法医秦明

VOICE OF THE DEAD

万象卷 01

THE
WHISPER

尸语者 下

法医秦明 著

死亡不是结束
而是另一种开始

北京联合出版公司
Beijing United Publishing Co.,Ltd.

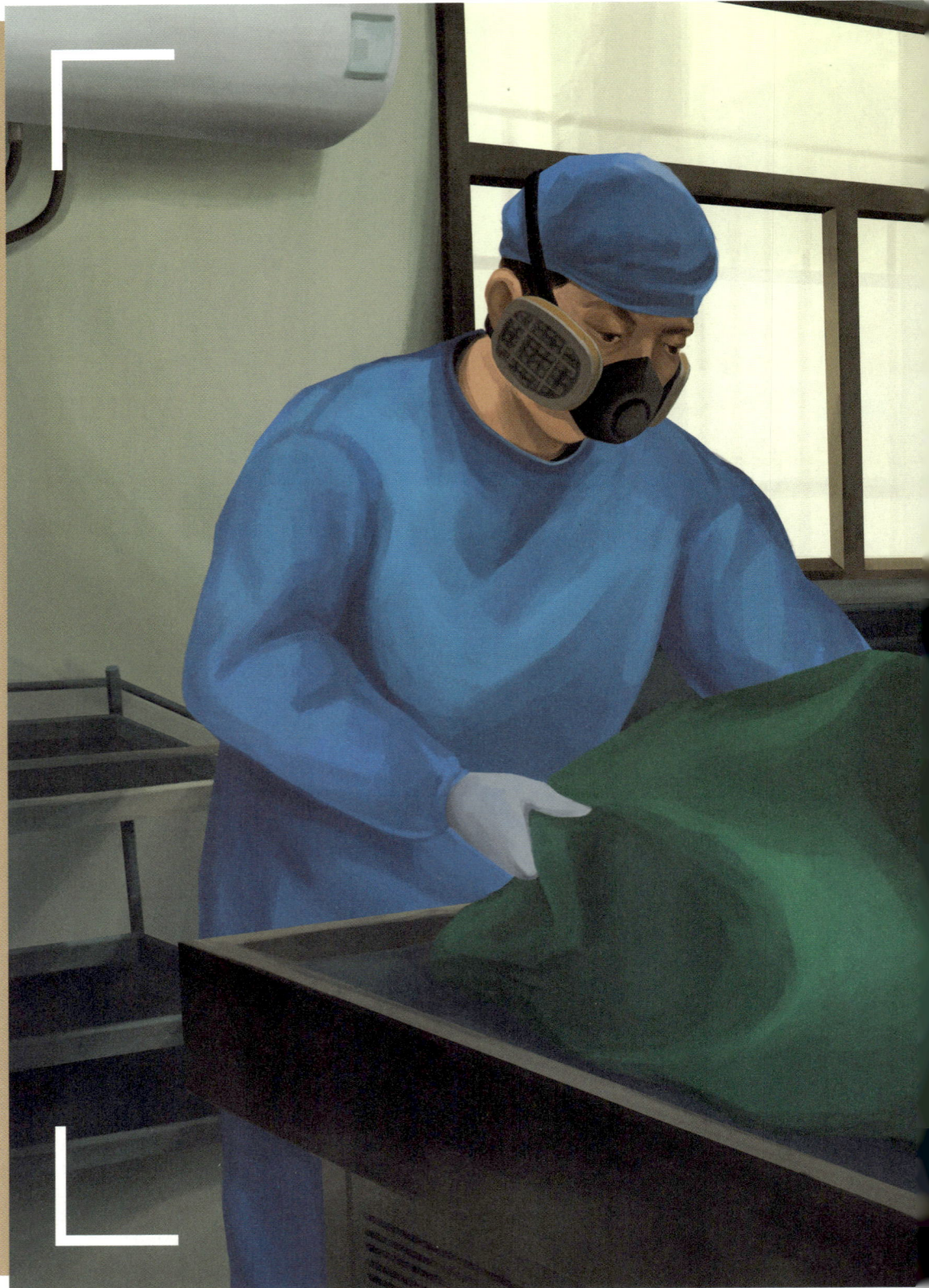

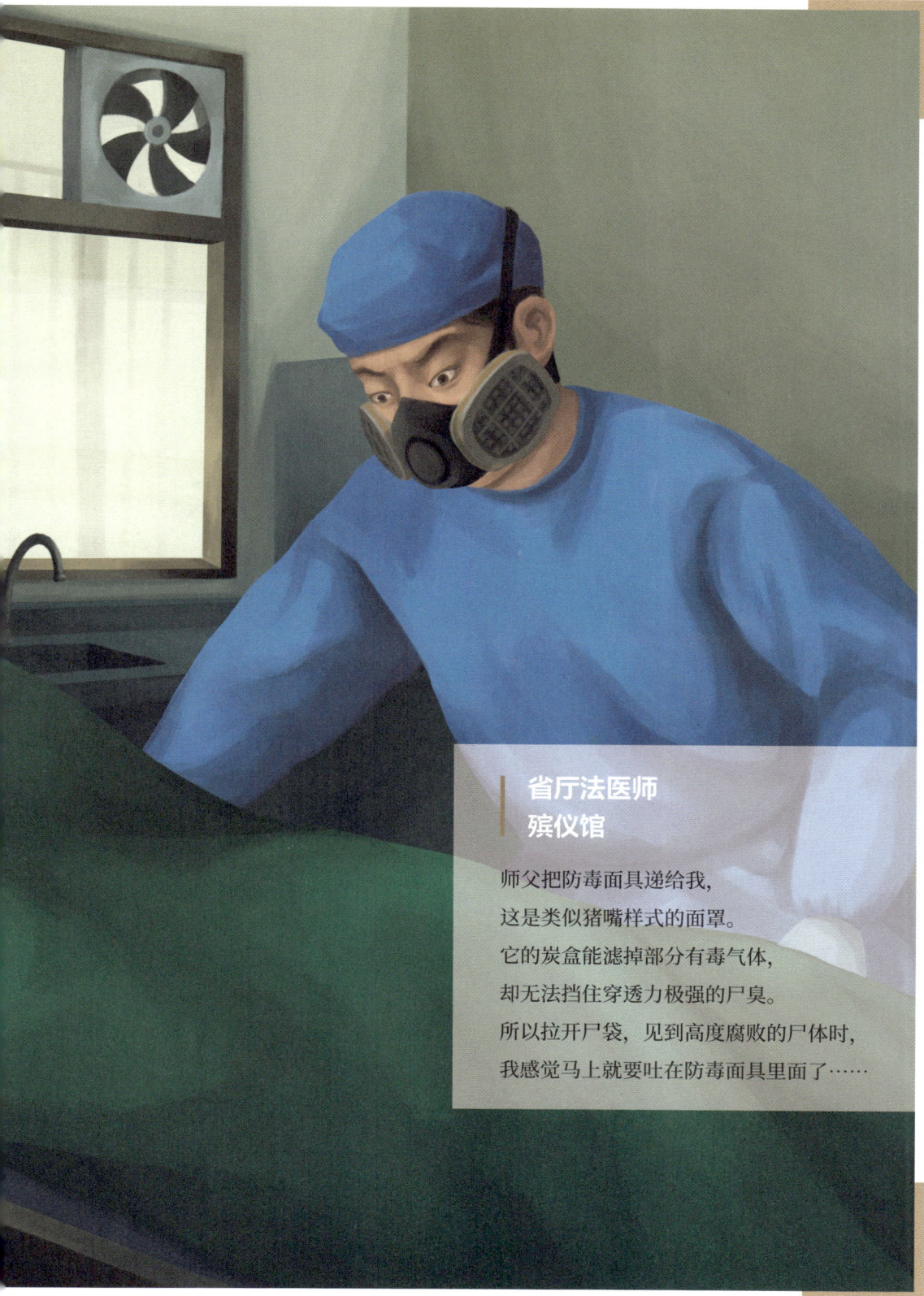

省厅法医师
殡仪馆

师父把防毒面具递给我，
这是类似猪嘴样式的面罩。
它的炭盒能滤掉部分有毒气体，
却无法挡住穿透力极强的尸臭。
所以拉开尸袋，见到高度腐败的尸体时，
我感觉马上就要吐在防毒面具里面了……

省厅主检法医师
菜花地

在死者的内裤里发现了油菜花，
说明案发现场一定有这种植物。
等我们来到目的地却傻眼了：
漫山遍野都是金灿灿的菜花田，
在这里面找血迹，简直大海捞针！
难道凶手就这样从我们眼皮底下"消失"了？

省厅副主任法医师
菜市场

我当法医这些年，
没少出差，一年两百多天不在家。
陪伴家人的时间真的很少很少。
今天难得和太太一同去买菜，
她熟练地为我挑了一把香菜：
"喏，下次尸检完使劲搓，去去味！"

万象

死亡不是结束，而是另一种开始……

献给支持和热爱着法医工作的人

———————

法医秦明
VOICE OF THE DEAD

回顾

我叫秦明，是一个学法医的大学生。

2003 年，我本科的最后一年，是在非典疫情的肆虐之中度过的。封校的日子结束后，就马上到毕业季了。我的心情格外沉重，甚至连女朋友铃铛找我上自习，我都有点心不在焉。

我倒不是担心毕不了业。

法医学专业的毕业考核，主要考量的是实习期的表现。在过去的 5 年里，我的实习经历比我预期的要丰富得多，甚至可以说是经历了常人难以想象的考验——深夜在停尸房里遇到电灯全关、在拥挤的阁楼里和突然睁眼的"死尸"面对面、爬到随时缺氧的下水道里捞腐尸……这些听起来恐怖的经历，对我来说，都不算什么。

毕竟，我遇到的第一道坎儿，早在我第一次解剖时就出现了。

当尸体袋里出现我同学的脸时，那种震惊的感觉，我至今仍心有余悸。

我并不怕当法医。

毫不谦虚地说，我认为自己已经具备一名法医应该具备的业务素质了。

无论是血腥残忍的命案现场，又或是恶臭难忍的高腐尸体，我都能够泰然处之，甚至可以在一些重大命案的侦破过程中，提供一些自己的思路，帮助破案。

我以此为豪。

让我却步的，是另一种东西。

　　我被人指指点点过、被伤者家属推搡过、被"请"到婚宴的角落里去过……在实习的日子里，我才发现，被辱骂、被歧视、被泼脏水，竟然是法医工作的常态。

　　明明是守护死者最后尊严的崇高职业，为什么会有那么多人不理解呢？

　　如果我真的当了法医，那这就是我必须承受的重负吗？

　　在反复纠结中，我的公务员考试失败了。

　　我的法医之路，一开始就栽了一个大跟头。

　　难不成，法医秦明的故事，就到此为止了吗？

法医秦明
VOICE OF THE DEAD

法医秦明

VOICE OF THE DEAD

引子

为了替自己煮蛋，
哪怕烧掉一幢房子也毫不后悔的人，
乃是极端的利己主义者。

弗朗西斯·培根

1

滨江公园。

漆黑的小树林里，影影绰绰。伴随着他的脚步，地上的灌木丛发出沙沙的声音。

马路对面是一幢两层小楼，墙壁被刷得雪白，就连一楼的卷闸门也被刷成了白色。也许，刷这样的颜色，是为了与西式婚礼的风格呼应吧。

小楼是 20 世纪 80 年代盖起来的，虽然外墙被用心地翻新过，但那过时的建筑结构依旧暴露了它年代久远的本质。

小楼孤零零的，虽然它的旁边也有一些破旧的民房，但是毕竟现在城郊的人都搬迁到了城里，所以那些民房也大都处于长期锁闭的状态。

这就让他有了机会。

附近并不是没有人住，500 米外，就有一个人口挺密集的村落。从小树林里向村落看去，可以看到星星点点的灯火。所以，他必须等待，等待那些灯火逐一熄灭。

"超凡婚纱摄影"的霓虹灯招牌，将这一片马路都照成了红色。如果不是有这块霓虹灯招牌，这一条水泥路会很黑。因为这条路上没有路灯，晚上通过的汽车寥寥无几，更不用说什么行人了。

初秋时节，蚊虫肆虐。但是他不得不蹲在这个半人高的灌木丛里，忍受着蚊虫的叮咬。

"啪。"

"你小点声。"

"有蚊子。"

声音从灌木丛中发了出来。

只要不出声，周围就只有风吹动树叶发出的沙沙声。

手表的时针在嗒嗒嗒地走着，时间在一分一秒地过去。11 点一到，"啪"的一声，红色的霓虹灯突然熄灭，周围陷入了一片漆黑。

"哎，果然很准时啊。"

"废话，我还不知道嘛。"

"今天踩点的时候看，他们家至少有 6 个人啊。咱们能搞定吗？"

"怕什么？都没有战斗力。"

"万一小孩哭闹什么的……"

"到时候，你只需要跟着我就行了。"

"……行吧。对了，你确定目标没错？"

"你这人生地不熟的，就不要废话了。"

他从灌木丛里站直了身体，向 500 米外的村落看去。星星点点的灯火已然全部熄灭。毕竟，农村里的人要起早干农活，晚上睡得都早。

他从口袋里拿出了黑色丝袜，试着套在了自己的头上。

"对了……你买这个的时候，没人注意到吧？"

"顺手从隔壁拿的。"

"我去，用过的？你套头上？"

"不然怎么办？要是买的话，警察一查就能查到！怎么那么多废话？害怕的话，你就别去。"

"小点儿声，小点儿声。"

小楼二楼有好几扇窗户，最东侧的窗户，依旧亮着灯光，把屋内的人的影子映在了窗帘上。

"还没睡呢。"

"快了。等着。"

过了好一阵儿，二楼的灯光也熄灭了。

"动手吗？"

"别急，再等一会儿。"

四周再次陷入了死寂。

他从口袋里掏出一把尖锐的东西，一下一下地戳在地面的泥土里，焦躁地等待着时间的流逝。

"嚓，嚓，嚓，嚓。"

金属刺入泥土的声音，从灌木丛里发了出来，显得格外刺耳。

身边的同伴甚至不敢出声。

不知道过去了多久，他戴上手套，说："差不多了，动手吧。"

2

雷影市公安局 110 指挥中心。

在指挥中心大厅顶灯的强光照射下，整个大厅犹如白昼。大厅的正前方，是一块占满整面墙的巨大液晶显示屏，显示屏中央轮流切换着全市各个路口的视频监控；显示屏的右侧，显示着今天的接处警总数以及一些重要警情的基本情况；显示屏的左侧，显示着值班领导和接警员的名字，还有一张雷影市的市区地图。

即便是深夜，接警员依旧十分忙碌。

电话铃声此起彼伏。

"小姑娘，你不要着急，你告诉我附近的标志性建筑物，我们会马上派人去接你。"

"什么？有老人晕倒？具体位置在哪里？"

"你是喝多了吗？我警告你，无事拨打 110，占用公共资源，是违法行为。"

"什么电动车丢了？具体是在什么地方？"

"有人打架吗？是多少人在打？"

"什么？猫？猫丢了？抱歉，这不是公安机关的管辖范围。"

几名接警员忙得不可开交。

"丁零丁零……"

"喂，你好，雷影市公安局 110 指挥中心。"

"是 110 吗？"

"是的，请问有什么可以帮助您？"

"我们家闯进来了蒙面的歹徒，快来救命！"

"请问您的具体地址是？"

"超凡婚纱摄影主店。"

"是在城郊滨江大道东头的超凡婚纱摄影吗？"

"是的，快来救命！"

"喂？喂？你还在吗？对方有什么具体特征吗？……"

"谁在喊救命？"

电话断线了。

"小李，快帮我找一下带班领导。"接警员对旁边的同事喊道，"好像出大事了！"

"滨江派出所吗？我是110指挥中心。"接警员以最快的速度接通了辖区派出所的指令电话，说，"你们辖区是不是有个超凡婚纱摄影主店？"

"是啊，在滨江大道。"

"接报警，那里可能发生案件了，有蒙面歹徒闯入。"接警员说，"抓紧派人过去啊！"

"收到！"电话急促地挂掉了。

"怎么回事？"指挥中心主任跑进了大厅。

"滨江大道的一个婚纱摄影店，有人报警说有蒙面歹徒闯入。"接警员说，"还没来得及细问，那边就挂断了电话。刚刚已经联系了辖区派出所，他们正在派人前往。"

"调集正在值班的特警，也赶紧往那边赶。"主任快步走到显示屏的大地图边，说，"这个地方是城郊啊！完全没有监控视频。"

"是啊，我刚才尝试调取了，但附近都没有监控。"

"这个地方这么偏僻，估计行人也很少。"主任说，"给刑警队值班室也打个电话，让他们先做准备，我觉得事情可能要糟糕。对了，还有交警部门，让现场附近的几个执勤点的人都别睡觉了，起来设卡，盘查可疑车辆。"

"可这附近四通八达，一片空旷，如果不是驾车作案，是徒步的话，那太容易走出去了，设卡就没用了。"

"没别的办法，先把车辆控制住，再说别的。"

3

滨江大道西段。

一辆警车，正在悄无声息地沿着道路一侧缓慢地行驶着。

"怎么了？困了？"开车的老民警说道。

正坐在副驾驶位上打瞌睡的年轻民警惊了一下，说："没，还行，白天出了五个警，没捞着睡觉。"

"没办法，警力有限，大家都只能超负荷运转。"老民警说，"年轻人觉多，可以理解。明早 8 点下班，你可以回去休息半天。"

"说是四班倒，但休息也是奢望啊，出完警，回去还得整理卷宗，得报卷啊。"

"怎么？觉得苦啦？"

"入警前反正是没想到有这么苦。"

"习惯了就好了。"

"咔，咔。"

车载对讲机响了两声，这说明所里可能有指令要下。

"哟，估计来活儿了。"老民警转动了一下对讲机，把声音调大了一些。

"8328，你们在什么位置？"

8328 是他们这辆巡逻警车的车牌号。

"在滨江大道西段，邮局门口。"年轻民警拿起对讲机上的麦克风，回答道。

"请用最快速度赶往滨江大道东头的超凡婚纱摄影店。"对讲机里传来急促的声音，"接报警，有蒙面歹徒闯入该店。"

老民警一脚踩住了刹车，换挡。警车急速倒退了几米，猛地转了个方向，在原车道掉了个头，开始在由东向西的车道逆行，向东疾驰。

"收到，预计 5 分钟能抵达现场。"年轻民警对着对讲机说完，连忙打开了警灯。红蓝警灯瞬间亮起，把路边周围的灌木丛照出了不同的颜色。

警方在夜间巡逻的时候，不开警灯和警笛，是为了不扰民；遇见紧急情况，则可以打开警灯和警笛。比如，现在警车正在道路上逆行，遇见正常行驶的车辆，就变成了对向行驶，会很危险，而有了警灯和警笛，则可以引起对面车辆的注意，从而使其避开。但此时路上并没有什么其他车辆，打开警笛没有意义，所以还是尽可能不扰民好。

通过了一个红绿灯路口，警车回到了正常车道，速度变得更快了。

"师父，这会是个大案子吗？"年轻民警有些紧张，说，"我上班一年，还没碰见过大案件呢。"

"检查手枪。"老民警一脸严肃，说道。

年轻民警更加紧张了，毕竟上班一年多，虽然每次值班的时候都会把那支转轮手枪领出来、挎在腰间，但它从来就没有出过枪套。此时，他取出手枪的手，都有些微微颤抖。

"检查完毕。"年轻民警说道。

老民警一脚刹车，把警车停在了超凡婚纱摄影的楼下。两个人用最快的速度跳下了警车，来到了楼边。

"开门！"老民警捶着卷闸门。

屋内死寂。

"怎么办？没有入口。"年轻民警看了看这一排老式建筑，一楼有三扇卷闸门，全都紧锁着，其他都是白墙，"我绕后面去看看？"

"来不及了，撬开！"老民警从腰间的单警装备中，取出了伸缩警棍，开始撬卷闸门。

年轻民警也"啪"的一声甩开警棍，上前帮忙。

不一会儿，卷闸门的锁被撬断了，一股血腥味儿扑鼻而来。

两名民警不约而同地从腰间摸出了手枪和强光手电，向屋内搜索。一楼很平静，看起来没有任何入侵的迹象。二人于是沿着楼梯向二楼进发。越往上走，血腥味儿越浓烈。

一上到二楼走廊，二人突然看见一个光着膀子的男人倒在走廊的中央，周围有一大摊血迹。老民警一边走到男人的旁边蹲下，一边对年轻民警说："搜索这几个房间。"

年轻民警点点头，举着手枪，一个房间一个房间地检查着。

"除了从外面锁着的房间，其他都没人。"年轻民警大声说道，"但是还有其他两名伤者！"

"看看人怎么样！"老民警探了探男人的脉搏，已不再跳动。

"都不行了。"年轻民警的声音从房间里传了出来。

他捏着肩部的对讲机话筒喊道："指挥中心，指挥中心，超凡婚纱摄影里至少有三名伤者，目前都探测不到生命体征。请立即调集120急救车支援！还有，现场附近环境极其复杂，请立即对现场附近布控！"

"我的天啊！不，不止三个人啊！"年轻民警几乎是尖叫了起来。

因为他打开了那扇从外面锁住的房门。

法医秦明

VOICE OF THE DEAD

| 第一案 |

融化的人

——

死去的人在死亡里腐烂，
活着的人在生活里腐烂。

——

舍伍德·安德森

1

"我不想当法医了。"

铃铛合上了法医学专业课的课本，严肃地告诉我。

她是我的法医学师妹，也是我的女朋友。我即将毕业的这一年，她刚要进入大四。非典疫情还没结束，我们俩被封在学校里，就经常一起上上自习、打打牌、聊聊天。

铃铛是因为港剧《鉴证实录》才主动报考法医的，但她第一次真正见识到死亡的残酷，是在不久之前。那天，她兴冲冲地准备了一份礼物，打算去探望一个叫小青华的小病人。那是个特别可爱的孩子，尽管身患重疾，却总是笑嘻嘻的，懂事得让人心疼。小青华虽然是我在实习时遇到的病人，铃铛却比我更要疼爱他。

但那天，她来到医院，看到的却是小青华湿漉漉的尸体。

人们把他从池塘里打捞出来，原以为是意外失足，却没想到隐藏着一桩惨痛的凶案。

电视剧里的演绎，远没有现实残酷。铃铛那天完全崩溃了。

所以，她告诉我不想当法医的时候，我并没有太过惊讶。

铃铛也是考虑了几个月，才做出了这个决定。

好在，法医学学生和医学生的基础课都是一样的，铃铛计划将来转行去当一名康复医师，为那些先天性听力损失、视力损失、脑瘫或者孤独症的患儿提供康复医学治疗。至少，看着那些可怜的孩子一天天好起来，总比在解剖台上目睹生命陨灭的伤痛要好受得多。

也许她是对的吧，我支持她。

但我呢？我还能继续当法医吗？

五月底的一天，父亲突然给我打来了电话。

"我发现中国刑事警察学院正在招收法医学双学位。"父亲说，"刑警学院因为不具备医学基础教育的条件，所以，他们的法医学双学位，现在只从医学院校本科应届毕业生中招收。这样他们就无须对学生进行医学基础教育了，而只教授法医学专业内容。"

我听得一头雾水。

"可是，我本来就是学法医的啊，还要再学一遍法医吗？"

"那你还想当法医吗？"父亲反问我。

"……想。"我沉默了一会儿，回答道。

"那就行。"父亲说，"我帮你问过了，他们的招生简章中，没有限制专业，法医系的也招收。我这就去给你报名。"

我后来才知道，报名地点在北京，而北京那时的疫情还挺严重。父亲是冒着疫情的风险，去给我报的名。看似对我的前途漠不关心的父亲，其实在这个阶段做了很多功课，并且真的帮我找到了一条可行的路子。

挂断电话时，父亲感叹了一句：

"我是 22 岁去的刑警学院学习，你也是 22 岁去刑警学院，这可真巧。"

我心情好了很多，第一时间把这个消息分享给了铃铛。

"啊？你要改行去当刑警了？"铃铛问。

"不是啊，刑警学院也有法医系，我还是去学法医。"

"你真的要把法医坚持下去啊？"

"试试吧。"

"那，刑警学院在哪里？"

"沈阳。"

说完，我才意识到，我又要和铃铛分别两地了。这次距离更远，足足数千里，还是两年的时间。那时候的交通十分不便利，每年能利用放假的时间回来一趟就不错了。这让我十分惆怅，当然，更惆怅的是铃铛。

她思考了一会儿，说："行吧，总比你闲在家里强。"

"说不定，能练出一身肌肉呢。"我安慰道，"而且，我也是学两年，正好我们能一起毕业，一起就业，这样选择在一个城市的概率就大多了。"

接下来的日子，我多了一项新任务——备考刑警学院的法医学双学位。

不过，这个考试和公务员考试、研究生考试都不一样，他们考的主要是医学基础和法医学概论。这对我来说，就是先天优势，当然是不足为虑了。不过，报考刑警学院还有身体条件要求，比如身高要在170cm以上，技术专业的矫正视力要在5.0以上。好在这两项要求，我都勉强达标了。

很快，我就收到了中国刑事警察学院法医学专业第二学士学位的录取通知书。

但这只是个开始。

要当警察，比我想象的难多了。

刑警学院的法医学二学位学制是两年，和本科生一样管理。

刚到刑警学院的时候，我是非常不适应的。

刑警学院的管理制度，比一般学校要严格很多。每天晚上10点钟熄灯后，我们必须躺在床上，不管能不能睡得着。既然不准出宿舍，我就没办法打电话给铃铛，只能躲在被窝里用手机打。而那时候的手机长途费是6毛钱1分钟，1个小时36块。我每个月的生活费是700块钱，和其他同学相比算是很多的了，但也经不起这么造。所以为了省出电话费，大部分时间，我都是韭菜盒子就稀饭来糊弄一下。

没有钱还是小事，最怕的还是被扣分。

刑警学院的行为规范，就像是驾驶执照一样，一年最多只能扣12分，否则就要给予相关的警告处理。这12分，弥足珍贵。

刚入学的时候，因为头发盖住了耳朵上缘，我就被扣了5分。

一气之下，我就去理发店剃了一个光头，结果因为警察不能是光头，又被扣了5分。

刑警学院的规矩还有很多，比如要求我们每天都要把被子叠成豆腐块。如果豆腐块不够标准，每次被发现都会被扣1分。大学时从来不叠被子的我，可算是傻了眼。

那个学期，过得可谓胆战心惊，如履薄冰。

更可怕的是体能方面。

原本我以为我是学法医的，是搞技术的，警察体育这门课，能过得去不就得了？再者说，大学时候，我可是法医学系的足球队队长，身体素质怎么说也要比大多数同学强吧，应付过关应该没问题。

可是上了刑警学院才知道，自己就是那十足的"差生"。

到了刑警学院，根本不存在"照顾学技术的同学"的说法，对谁都一视同仁。

比如早上 3 公里的列队跑，我每天都生不如死。因为我是全班个头最矮的，我们班最高的同学身高 195cm，他说他已经迈着小步跑了，可是我还是得费好大劲才跟得上。

又如做"前倒"，就是身体笔直地向前趴下、倒在地面上。虽然地上有薄薄的软垫子，但每做一次都能感觉五脏六腑被震得生疼。为了偷懒，我就先跪下，再趴下。结果被教官发现了，罚我一个人去角落做 100 次前倒。第二天早晨，全身没一块肌肉不痛的，从床上坐起身来都费劲。

我们也找警体教官理论过，但教官说得很有道理，让我们无法反驳："你们法医不要面对犯罪分子吗？如果凶手躲在现场，你难道不需要掌握一些自卫能力吗？"

在这种高强度的训练之下，我入学时是 120 斤，毕业时已是 140 斤了，足足长了 20 斤腱子肉。硬朗是硬朗了不少，但工作后，我没坚持锻炼，好端端的一身肌肉都变成了肥肉。当然，这已经是后话了。

虽然警体课的分数不高，幸好我在法医学专业课上还是有很大优势的。

毕竟我已经有了法医学专业本科五年的理论学习和实践操作，现在再学一遍一模一样的理论，简直就是游刃有余。温故而知新，所以每一门法医学专业课的考试，我都是接近满分的成绩，弥补了警体课成绩上的不足。

最后，两年的学习下来，我的总成绩在班上名列前茅，也算是没给自己丢脸。

刑警学院的就业形势是皖南医学院不能比的。

我们一进入刑警学院，就已宣誓入警，毕业时，再参加国家公务员考试。但是我们的考试和社会招考不同，并不是多个人竞争一个职位，而是考一个就业资格。也就是说，只需要达到最低分数线，并且通过论文答辩顺利拿到第二学士学位，我们就可以在全国各地招生单位中选择一家入职了。当然，这是我那个年代的规则，现在已经发生了一些变化。

在择业的当天，每个专业的学生，会按照综合排名的次序，进入招警会场。会场里放着很多张小桌子，每张小桌子后面都坐着全国各地招生单位的负责人。学生根据自己的喜好和志愿来选择招警单位。

这下，综合评价排名靠前的优势就出来了。

如果说我大学毕业后是五个人抢一个就业岗位的话，那么刑警学院毕业后，则是一个人可以在五个招警单位里挑一挑了。我毫不犹豫地和老家的省公安厅签订了协议，成了一名省公安厅的法医。

我之所以婉拒了那些经济条件更好、收入更高的省份的邀请，主要是有两个原因：

一是我觉得省公安厅法医的工作应该更合适我。之前实习时，我大概了解过，县市级公安机关的法医，平时负责伤情鉴定、非正常死亡案（事）件现场出勘与尸体检验和命案的现场出勘与尸体检验，而省公安厅法医主要负责侦办全省的重特大、有影响的命案。日常烦琐的工作内容少了，而有挑战性、有意思的工作内容多了。这不正合我意？我最终选择了法医之路，追求的不就是那种破案的挑战感、成就感和荣誉感吗？

当然，更重要的原因是铃铛。她既然选择了康复医学这条路，那么毕业后很大概率是报考本省的残疾人康复研究机构，我回到龙番，也是增加我们在同一座城市生活的可能。几年相处下来，我早已把铃铛放在了我未来生活中最重要的位置。

这一年的夏天格外炎热，但是我的心情一直非常好。

因为省公安厅的法医部门人少事多，所以我在和省厅政治部联系后，就被告知在毕业返乡后第三天，带着派遣证去政治部报到。当然，尽早成为一名正式的公安法医，尽早投入案件侦破，本身也是我自己的愿望。

七月初，第一天上班，我简单地走完了上交派遣证、领导代表组织谈话等程序，就接到了出差的任务。

带我去出差的，是省公安厅法医科的陈毅然科长。

陈科长年仅40岁，就已经是国内知名的法医专家。他胖乎乎的，一脸和善。

陈科长告诉我，以后我就跟着他出现场，直到我能够独当一面。按照公安机关法医行当的规矩，我得敬陈科长一杯拜师酒，尊称他为师父。既然第一天就要出差，我们就在车上以茶代酒，算是行了这个礼。

出发前，刑警总队的领导找我谈话，让我这个新人不仅要向师父好好学习业务能力，更要学他的为人处世。领导还特别加了一句，只要别学他说冷笑话就行。

我听得有些云里雾里。

当时公安机关车辆不多，师父是带着我乘坐大巴赶往出差目的地的。

不过，这趟出差，和我想象的不太一样。我们没有去破那种重大、疑难的案件，而是去复核一件信访事项。省厅是根据一名信访群众反映的情况，去当地复查案件处置的过程有没有问题，复核原鉴定单位的鉴定结论是否客观、准确。

师父见我有些迷惑，在出差的路上顺便就跟我介绍了一下省厅法医的职责：我们主要负责全省重特大、疑难命案的现场勘查、尸体检验、现场重建分析；负责死因、伤害复核鉴定；负责信访案件的处置、处理；负责疑难案件的会诊、技术审核；负责科研；负责规范管理基层法医的日常工作行为并提供业务指导。

听师父这么细细一数，我才知道我之前的认识是片面了，省公安厅法医的工作职责同样任重而道远。

师父见我一脸凝重的表情，又安慰我说："你之前想的也是对的，我们省公安厅的法医确实不需要天天跑非正常死亡案（事）件现场，我们面对的都是一些重大的、疑难的、久侦不破的案件。说到这疑难案件，凡是干法医的都喜欢，毕竟谁不喜欢挑战呢？"

旅途很长，大巴很慢，坐得让人心急。

师父见我沉默着，于是问道："有人说我们省厅的法医是'三管干部'，知道为什么吗？"

我没有回答，但我在认真思考省厅法医归哪些单位管。

"我们天天出差，住在宾馆，吃在饭馆，工作在殡仪馆，所以我们是'三馆干部'，哈哈哈哈！"

原来是这个"馆"！

师父的笑话真是冷得不行，我没觉得有多好笑，但他自己倒是笑得直不起腰。现在我突然理解领导找我谈话的时候，为什么要那样说了。

抵达目的地后，师父又很快地颠覆了我对他刚刚建立起来的印象。

听取案件前期报告、勘查现场、约谈信访人……这一系列需要在解剖前做完的工作，师父雷厉风行地在半天之内全部做完了。半天之内，师父没有再说冷笑话，反倒是板起了面孔，对当地法医有些工作不细致的地方严厉批评。

这和大巴车上的师父，完全是两个人嘛。

案件很简单，有一个人因为赌博，心中有鬼，听见外面有警笛声，就以为公安来棋牌室抓赌，连忙从棋牌室的二楼跳下去，结果当场摔死。可是家属却坚称这人是被几个赌友给打死的。

为了回应其亲属的诉求，当地公安机关邀请省厅派员来复检尸体，保证原鉴定结论的准确。

别说师父了，就是对我这个新人来说，这也是手到擒来的简单案件。

毕竟，摔死和打死的区分还是很容易的。

死者全身损伤外轻内重、一侧为甚，所有损伤一次就可以形成，头部损伤有明确的对冲伤。因此，可以轻易且清楚地断定他的死亡就是由高坠而不是击打导致的。

可是，就算是这种我认为非常简单的案件，师父的态度也是一丝不苟的。

当地公安局没有解剖室，解剖工作只能在殡仪馆的角落里进行。这样的条件，和设施完善的南江市公安局实在是天壤之别。更别说此时是最为炎热的季节，在密不透风的解剖服下，我能感受到自己全身都在不停地冒汗。

本来配合我们进行解剖的老法医，上解剖台五分钟后，就因为气温过高而中暑了，被紧急拉去了阴凉的房间里休息。然而师父却在解剖台前整整工作了3个小时，对尸体的每一个细节、每一处疑点都进行了仔细的解剖和分析。

"作为法医，无论何时，都不能甩手在旁边看着，只有亲自动手解剖，才能掌握第一手，也是最准确的信息。"师父一边脱下解剖服，一边和我说，"尤其是信访案件，很多人认为绝大多数信访案件都是家属不理解导致的，我们公安机关并不会错。其实越是信访案件，解剖做得越要仔细，不能仅仅限于提纲挈领、结论准确就行，而要对家属的每一处疑点都做充分解释，这样才能让生者释然，死者安息。"

脱下解剖服后，我发现我和师父的衣服已经全部被汗水浸透了。我捏了捏衣角，居然可以捏出水来。

全程在旁边见证解剖工作的信访人，听着师父的全程解说和答疑，神情早已经从最初的激动不满，变得平静了下来。甚至到最后，看着我们满身是汗的模样，还很是感慨。他点点头，接受了最终的结果，没有疑问，也不需要再上访了。

"看到没？态度决定一切。"在送走信访人后，师父对我说道。

第一次出差就非常顺利，完美地解决了一件信访事项，我的心情大好。在第二天返回龙番的路上，我接到了铃铛的电话，她说自己顺利通过了事业单位考试，考入了省残联康复研究中心，成了一名康复医师，这下真的是双喜临门。

我们的理想都先后实现了，而且顺利地考到了同一座城市，还有什么比这个更令人感到幸福的呢？不过，铃铛她们单位的要求就松快多了，她可以在家里调整三个月，国庆节后再去上班。

2

出差归来，我开始考虑在龙番的住宿问题。由于房租昂贵，而我在半年之内因为工资关系没有建立还拿不到工资，所以我决定临时借住在省厅警犬队的宿舍里。警犬队隶属于刑警总队，也就是说和我们法医同属一个单位。

虽然每天都要在犬吠声中睡去，但是对爱狗的我来说，和警犬们交交朋友也不失为一件乐事。但是警犬队宿舍的房间也不宽裕，只能腾出一间，所以我得和另一位同期入警的"同学"合住一屋。

说是"同学"，但我们俩之前并不认识。

虽然他也毕业于中国刑事警察学院，但是一来他是痕迹检验专业的，而不是我们法医学专业的；二来他是本科生，虽然和我一起毕业，但是因为他学制四年，我学制两年，所以我们并不是同一年级。

我只知道他比我小两岁，按照上大学的时间来算，他其实比我低三届。

确定好宿舍后，我拖着之前存放在办公室的行李箱，来到了房间。

一抬眼，就看到有个瘦高个儿男生正站在大衣柜的镜子前，梳理着头发。

"大晚上的梳头发，恐怖不恐怖啊？"

我一猜这就是我未来的室友了。虽然不认识，但可能是在学校里见过，我看他觉得面熟。他看上去斯斯文文的，感觉应该也是警体课的难兄难弟。我这一开口，就有点自来熟，倒是把他给吓了一跳。

男生脸色有些发白，也没顾上寒暄，问道："晚上不能梳头？有……有什么说法吗？"

"没看过《午夜凶铃》吗？"我笑着放下行李。

男生摇了摇头。走近了，才发现他皮肤本来就很白，眼睛也很清亮，就算带着一丝惊恐的表情，也是一个标准的斯文型帅哥。我绕到他身后，找个空地，淡定地收拾起行李，男生赶紧转身，又迎上我忍笑的目光。

"你干吗这样看我？"他的声音明显更紧张了。

"没什么，觉得你蛮瘦的。"我一边整理着行李，一边说道。

"瘦？"他一脸莫名其妙，"瘦和《午夜凶铃》有什么关系啊？和……和晚上梳头又有什么关系啊？"

"行了，行了，没什么不能梳头的，那也就是个恐怖片，都是瞎扯的。"我忍俊不禁，没想到他这么不禁吓，"我是秦明，法医学二学位的，以后就是兄弟啦，喊我老秦就行。"

"我是林涛。"他一边收起梳子，一边也郑重其事地握住了我伸过去的手。

虽然说我俩性格相差很大，专业也不同，但是在接下来的几天时间里，我和林涛很快就感受到了"相见恨晚"。我们的共同爱好很多，比如当时红极一时的网络游戏《魔兽世界》，比如踢球看球。我们每天总要卧谈到深夜，憧憬着将来一起出勘现场、指挥现场勘查的情形。

警犬队宿舍让林涛有些不适应，因为警犬们有的时候会在深夜学狼叫。对我来说，这也没什么大惊小怪的，但是林涛每次听见那此起彼伏的叫声，总是要把熟睡的我给捅醒。

"你怕？"我迷迷糊糊地问。

"不是，就是喊你起来一起听听。"林涛哆哆嗦嗦的，还在嘴硬。看他那样子，恨不得和我挤一块儿睡觉。

很快，我们不仅彼此建立了良好的关系，也和警犬们建立了良好的关系，更和宿舍的老鼠们建立了良好的关系。

我们刚发现宿舍有老鼠的时候，还是很激动的，跳着叫着追打它。但几天之后，我们俩就认命了，可以平静地靠在床上，打赌那只穿过宿舍的老鼠会往东走还是往西走。

在这"动物世界"里相安无事地过了几天，我们俩终于遇上大案了。

那天是周末，由于在刑警学院养成了早睡早起的好习惯，我和林涛早早地就醒了，商量着是否要去网吧好好地玩一天《魔兽世界》。这时，电话铃不合时宜地响了。

"起床没有？"师父说起话来，直奔主题，"有个案子，尸蜡化的，去不去？"

"去！"我不假思索地说。

融化的人

本来出了案子，我们就应该义无反顾赶赴现场的。但师父考虑到我俩还在新人入职的适应阶段，周末又是我们当警察的唯一的休息时间，所以居然还先征求了一下我们的意见。

我当然是要去的，毕竟参与破案，比打《魔兽世界》更有吸引力，况且师父说的可是"尸蜡化"啊！虽然我已经参与过数百具尸体的检验工作，却一直没有见过尸蜡化的尸体，怎么能错过这个机会。

"我也想去！"林涛看我要挂断电话，着急地喊了起来。

"师父，林涛也想去。"

"去吧，见识见识是好事。"师父欣然同意，"你们等着，十分钟后，我去接你们。"

还不到十分钟，厅里的警车就风驰电掣一般驶进了警犬基地。

师父从车上跳了下来，走进我们的宿舍。他吸了吸鼻子，闻了闻，笑着摇了摇头，说："隔壁犬舍都比你们这儿干净。林涛，你说你脸上这么干净，宿舍怎么这么乱？"

"哈哈，师父，那你可错怪林涛了，这是我的床。"我嬉皮笑脸地接话，"师父你说得也太夸张了，至少我们没有在宿舍里随地大小便吧。"

"你还真拿自己和警犬比啊？你乐意，警犬还不愿意呢。"师父哈哈一笑说，"出发吧。"

"师父，你怎么穿短裤？"林涛看见师父 T 恤加短裤，一身休闲打扮，感到不可思议。

"来不及换，带女儿去钓鱼，还没钓着鱼，就来了电话。"师父说。

"那是你不会钓啊。"我说。

"你知道沉鱼落雁是什么意思吗？"师父问。

"因为长得太好看了，所以鱼都害羞得躲到水底，大雁都自惭形秽落地上了。"我说，"师父，你的意思是……"

"下次啊，我可不能带我女儿去钓鱼了。她一在，这不都沉鱼了嘛！"师父说完又哈哈哈地笑了起来。

见我们都没笑，师父悻悻地说："不好笑吗？"

"有点冷。"林涛老老实实地说。

"你小子！你不拜我为师吗？我痕迹检验学也很强。"师父说。

这个我信，在复核信访事项的时候，师父通过现场的状况分析死者从二楼坠落后，是因为中途碰到了一根电话线，所以身体发生翻转，最后头朝下着地而死的。

这根电话线因为被碰撞成了两截，所以各自隐藏在固定点的角落里，第一次勘查时并没有被发现。有了这个解释，家属才相信从二楼跳下去也会摔死人。

"来，师父！"林涛二话不说，用自己的茶杯碰了一下师父的茶杯。

出门带茶杯是我给林涛传授的经验，因为我比林涛先出了一次差，一到现场就开始干活了，想喝水都找不到地方，渴得我嗓子直冒烟。考虑到我们以后经常也会有说走就走的出差，为了保证在路上能及时补充水分，我们俩都去买了保温茶杯。一听到师父要来接我们，我们俩就把茶杯灌好水了。

我们出了门，便登上了师父的车子，开始上路。

"林涛啊，我先给你上第一课，今天管好你的鼻子。"师父说，"今天我们遇到的可是尸蜡化，如果受不了了，就躲远点，不然吐在现场了，是一件很尴尬的事情。"

"尸蜡化是什么？"林涛好奇地问道。

"啊，这是一种保存型尸体现象。主要形成的原理嘛，就是皂化。这是尸体处于潮湿、缺氧的状态下，脂肪组织皂化而形成的一种尸体现象。一般比较常见的是尸体的部分部位发生尸蜡，而全尸尸蜡化倒是不多见。"我背着书上的理论，尽量用难懂的专业术语来掩饰自己其实也没见过的心虚感。

"臭吗？"林涛听不懂专业术语，倒是直接问到了关键点。

在我的印象中，既然是保存型尸体现象，那么就应该和另一种保存型尸体现象——干尸差不多。干尸我倒是见过，南江市公安局法医中心的标本陈列馆中，就有一具完整的干尸，什么气味都没有。

"啊……不臭吧，和干尸差不多。"我想当然地说。

师父坐在前排扑哧一声笑了出来："别不懂装懂，这一点你可比不上林涛。"

"嗯，还好吧，不算太臭。"我依旧在狡辩，"肯定没有巨人观臭。"

"巨人观又是什么？"林涛的问题越来越多。

"巨人观就是……哎，现在解释了你也听不懂，以后你总会见到的。"我敷衍道。

"全尸尸蜡化的尸体，是非常少见的，就连我也见得不多。"师父说，"承认没见过呢，不丢人。"

师父这话什么意思？难道我说错了？难不成尸蜡化比巨人观还臭？我实在是想象不出来。毕竟巨人观的气味，已经是我闻过的气味中最难闻的了。

说话间，一股臭气突然冲进了车厢内，我不自觉地揉了揉鼻子。

"怎么回事？"我说，"车窗封闭得这么密，都能这么臭。"

"这算啥？"师父打开了车门，一股更浓郁的臭气扑面而来。

案发现场已经到了，我抬眼一看，原来这是一个臭气熏天的垃圾场。

这是一个位于龙番市郊区的老式垃圾场，垃圾还是采取堆放式的。各种各样的垃圾堆在一起，像一座小山，其中不乏一些易于腐败的垃圾，导致这一片地方的上空都弥漫着腐臭的气息。

据说这座"垃圾山"以前出过事，因为每天都有很多拾荒者爬到"小山"上捡可以回收的废品，有一次"垃圾山"发生了塌方，把一名拾荒者掩埋在了垃圾里。虽然目击者看到后就报了警，但是毕竟"垃圾山"的面积太大，等消防队员把拾荒者从"垃圾山"里救出来时，他已经没有了生命体征。

所以，这里是比较危险的地方，尤其是前两天刚刚下过雨。会不会又有一名拾荒者被塌方的垃圾掩埋了，只是没有被人及时发现？我心里猜测着。

办案民警和龙番市公安局的法医负责人胡科长正围在报案人身边。我们逐渐适应了垃圾场的臭气，走过去和胡科长打过招呼，一起听报案人的讲述。

"前天下的暴雨，把这一大堆垃圾冲刷了下来。"

报案人是一个靠捡垃圾为生的中年妇女，她指着一座有一层楼高的"垃圾山"说，"昨天这里稀烂，我就没有过来。今天天放晴了，我起个早来这里找找有什么能卖钱的东西，老远就看见一个挺大的编织袋，鼓鼓囊囊的。喏，就在这个位置，一半在外面，一半藏在'垃圾山'里面。我还说这么大袋子，里头肯定有什么值钱的东西吧。袋子大概有两个行李箱那么大，很沉，我拖了半天才从垃圾堆里拖出来。"

我们不约而同地看向 100 米远处放着的那个白色编织袋。

"一拖出来就觉得臭气熏天，我天天待在垃圾场都习惯臭味儿了，可没想到这个编织袋这么臭。我估摸着，里头肯定不是啥好东西，要么是一些死猫死狗，要么就……我不敢打开看，就报了警。"

听她这一说，我仿佛也闻出了那种异于生活垃圾的气味。能在臭气熏天的垃圾场里，散发出独树一帜的奇臭，果真是不同寻常。

我不由自主地向那个白色编织袋走去。

"干什么去？"师父问道。

"去看看是什么。"

"废话，你说是什么？"

我也意识到自己这个回答实在很傻。之前我先入为主，以为死者是被塌方的垃圾掩埋的拾荒者，但如果是这样，显然尸体不会被装在编织袋里。出于本能，我也想凑近看一眼究竟。另外，我对师父之前所说的尸蜡化尸体更是充满了好奇。

师父又简单询问了报案人几个问题，走到正在和保护现场的民警说话的胡科长面前问："什么情况？"

"打开袋子，能看见一双脚，躯干和头有东西包裹。从脚掌看，应该部分尸蜡化了，其他的没仔细看。"尸体装在编织袋里，基本可以判断是一起凶杀案件了。

师父看了看周边的环境，摇了摇头。野外现场，还是每天都会有变动的垃圾场，这样很难发现线索。

"尸体被装在编织袋里，然后被掩埋在'垃圾山'中，那么尸体全身所处的环境基本是一致的。"师父说，"加上这臭气还这么大，很可能是全身一起形成了尸蜡化，至少也是大部分都尸蜡化了。"

"如果是全身尸蜡化，那恐怕形成的时间已经很长了。"胡科长说。

"至少半年。"我记得考试还考过这个知识点。

"是啊，时间久远了，增加了破案难度。"师父说。

"关键是这个现场，就没有任何价值了。"胡科长说，"什么人都能进来，这么久时间也没有提取物证的可能了。"

"连着编织袋一起拉到殡仪馆吧，我们去仔细检验。"师父神色凝重地挥挥手。毕竟是全省法医的头儿，他的话就是命令。

我们又重新坐回车上。此时尸体的真面目依旧没有展现，我的心里充满了忐忑。回头看了一眼坐在后排的林涛，他的脸色和我一样紧张。

我们很快到了殡仪馆内的解剖室门口，师父打开后备箱，拿了三个防毒面具，递给我们俩。

"不用，这个我以前也戴过，啥用没有。"我想起了之前检验巨人观尸体的事，故作潇洒地说道。

"你以为不戴口罩、不戴防毒面具很牛吗？"师父说，"法医不会保护自己，谁来保护你？"

"不是，我以前真的戴过，根本就遮不住臭味儿，还不如不戴，可以让鼻子派上用场。"我解释道，"上学的时候，老师说不能戴这个，会影响嗅觉，我们不是要靠嗅觉识别中毒征象吗？"

"20年前是这样，现在可不是。'狗鼻子'的时代早就过去了，现在我们有先进的毒物检验仪器设备，还需要你闻？"师父说，"赶紧戴起来。"

看见林涛在一旁鄙视我的眼神，我悻悻地接过防毒面具。这和以前圣兵哥给我使用的一样，就是猪嘴式样的半遮挡面罩。一个三角形的橡胶面罩，把鼻子和嘴巴遮挡住，面罩的前面，有一个活性炭炭盒。面罩的下面有个活动阀门，呼气的时候打开，可以从阀门出气；吸气的时候封闭，气流只能从活性炭盒进来，保证使用者吸入的气体都是经过活性炭炭盒的。

为了保证橡胶面罩和面部完整贴合，后面的橡皮筋勒得很紧，搞得我的脸很疼。林涛说他戴起来一点儿也不疼，我之所以疼，是因为我的脸太大了。

戴上这个令人难受的防毒面具后，我开始穿解剖服。

"高度腐败的尸体会散发出有毒的气体，对法医的身体造成极大的危害。这种防毒面具可以过滤掉一部分的有毒气体，但是，你说得对，别指望它能挡住臭味儿。尸臭的穿透力和黏附力都是很强的，这种防毒面具没有除臭的功能，不知道以后会不会被研究出来。不过，保护身体健康才是最重要的。做好心理准备，一会儿想吐，就出去吐，没人笑话你们，别硬撑着，小心吐在防毒面具里，那倒霉的可是你们自己。"师父坏笑着和我们说。

估计师父又在讲冷笑话，我连巨人观都见识过了，什么臭气，有这么夸张吗？

不一会儿，殡仪馆负责搬运现场尸体的车开了过来，突然一个急刹，紧接着车门打开，副驾驶位上的工作人员跳了下来。整套动作一气呵成——他是下来吐的。

驾驶员是一个经验老到的殡仪馆工作人员，他走到正在呕吐的助手身边，用手拍了拍他的后背，然后对我们说："这具尸体，你们还是自己搬吧，确实是非常臭，我们的车估计都得晒两天才能用。"

3

"一个个的，小题大做。"我冷笑了一下，心里这样想着。然后带着鄙夷的表情走过去，掀起面包车的后门，看见了那个白花花的、鼓鼓囊囊的编织袋。就在提起袋子的那一刹那，一股臭气直冲入我的鼻腔。防毒面具确实没啥除臭效果，刚在垃圾场，离得又比较远，好像还没那么刺激，这会儿我算是能理解那位副驾驶员的感受了。这恶臭中夹杂着酸臭，臭味儿一层一层往上涌，每一层的恶心感还都不一样，我的肠胃迅速翻腾起来，甚至感到一阵眩晕。

想到师父他们还在后面看着呢，我赶紧定了定神，和市局的实习法医一起将编织袋拖下了车，还好袋子不太沉。

我们把编织袋拎到运尸车上，把它推到解剖台的旁边，再合力把尸体抬到了解剖台上。

此时，师父已经穿戴完毕走了过来，对我说："去，戴两层手套。"

我看了看师父的手，果然是戴了两层乳胶手套，我又看了看胡科长，他也戴好了两层乳胶手套。我在之前的解剖工作中，从来都是只戴一层乳胶手套，毕竟手套也挺贵的不是。难不成现在有什么新规定？

我转头看了眼在一旁观摩的痕检员林涛，生怕他又嘲笑我不懂规矩，于是梗了下脖子，装作经验丰富的样子，说："没事，戴两层手套没手感，缝线打结都感觉不到线头。戴一层戴两层都没事，反正也不会影响到身体健康。"

师父看了我一眼，欲言又止。

我们打开白色编织袋的拉链，臭味儿迅速浓厚了好几倍，在一旁负责摄像的年轻民警立即摘下了防毒面具，跑到门口干呕起来。我还好，并不是因为耐受能力强，只是那种想展示自己经验丰富的虚荣心，让我勉强忍住了恶心。

编织袋里的尸体是蜷曲状的，头朝下，脚朝上。一双光着的脚抵在袋口，黄油油、皱巴巴的，看上去就像一块巨大、潮湿的人形肥皂。

师父探过头看了看，说："嗯，确实是大部分尸蜡化了，拉出来看看吧。"

我和市局的实习法医一同将尸体拉出了编织袋，尸体的尸僵已经完全缓解，我们把尸体平摊着放在了解剖台上。

尸体的小腿以上是用密闭、套筒状的塑料膜包裹的，这样的塑料膜有两层。塑料膜套筒的直径只有 50cm，紧紧套在尸体上。我意识到，如果不是这两层塑料膜的包裹，在"垃圾山"中确实很难形成缺氧的环境。

我们不敢随意剪断塑料膜，只能从下往上把塑料膜褪下来。原本以为会很难，没想到轻轻一拽，塑料膜就剥落了，臭气更加浓烈了。我没有想到如此轻松，用力过猛，塑料膜上黏附的大量油状物被这一甩，四下抛洒开来。周围没有穿解剖服的民警吓了一跳，纷纷检查自己的衣服有没有被污染。

师父没被防毒面具遮住的额头上可能被溅上了污水，他用干净的解剖服袖子擦了擦额头，皱着眉头说："虎啊？轻点儿！不知道尸蜡是怎么回事吗？是脂肪组织的皂化，皂化了自然是很滑的。"

我不好意思地向大家致歉，然后定睛看眼前这一具外形、颜色怪异的尸体。

尸体此时完全暴露在我们眼前，虽然穿着长袖 T 恤和单裤，但由于皂化了的组织浸透了衣服，黏附在衣服外面，整具尸体黄油油的，皮肤都皱缩起来，看起来十分恶心。

死者是一名女性，由于面部尸蜡化，无法看清面容，像是一张没有五官的脸，更无法推断年龄。死者的双手手腕先是被一根看似还比较新的绿色电线捆绑，之后又被一根白色的电话线缠绕固定在后腰的部位。

我们先是避开绳结剪开了电线，然后用手术刀切开死者手腕部位索沟的皮肤，皮下没有出血，看来是在死后被捆绑的。

真正接触到尸体皮肤的时候，我才知道原来不仅视觉，就连触觉也可以挑动呕吐的神经。尸体真的就像肥皂一样滑，戴着乳胶手套的手根本就抓不住尸体的胳膊，用力一抓，周围的组织就会渗出黄色的黏稠液体。

死者的衣着很整齐，没有撕扯、损坏的迹象。从内衣的时髦样式来看，应该是个年轻女性。照相、录像完毕后，我们开始褪去尸体的衣物，好进一步检验衣物遮盖下的尸表。

如果是变成巨人观的尸体，几个月就已经成为白骨了，这个我有经验。但是尸蜡化这种保存型尸体现象果真很神奇，即便外表看起来十分恶心，但是她的体表还是完整的。通过尸表检验，我们没有发现任何损伤，尸体的眼球已经完全萎缩塌陷了，口鼻腔已经腐败得只剩一层皮，指甲也全部脱落，无法检查出是否存在窒息征象。

解剖检验开始的时候，负责摄像的年轻民警又忍不住掀开防毒面具，对着一旁的垃圾桶呕吐。原本站在一旁的林涛走上前，拿过摄像机，说："我来吧。"

我看着林涛笑了笑，心想：这个家伙能忍住那么久都不吐，也是个干法医的料儿。

刀划过尸体的皮肤，就像划在肥皂上。尸体的皮下组织全部皂化了，但是肌肉组织清晰可辨。不过，死者的颈部肌肉由于皂化而变色得比较厉害，无法明确是否有出血。通过解剖，我们没有发现致命的外伤。虽然尸体尸蜡化了，但是她的会阴部的内侧还是鲜红色的，我们并没有发现损伤。即便里面有精液，此时也早就腐败殆尽了，但我们还是按照解剖规范，进行了阴道擦拭物的提取。

"在刑事案件中，最常见的两种死因就是外伤和窒息了。"师父一边检验一边说，"外伤既然被果断排除了，那就要考虑窒息。"

果然，师父很快就找到了死者最有可能的死因。

尸体的甲状软骨（就是喉结附近的软骨）上角有骨折，骨折断端发现有颜色的异常。这说明这个位置有出血，是生前发生的骨折。

真正打开胸腹腔的时候，一方面我们已经基本适应了臭味儿，另一方面尸体的内脏并没有尸蜡化，所以恶心的感觉减轻了不少。

尸体的内脏颜色虽然和新鲜尸体的内脏颜色不同，但是可以看得出来，相对而言，都比较深——这是内脏瘀血的表现，也是窒息征象中的一种，我们可以确定，死者是机械性窒息死亡的。

"她是被掐死的。"我说。

师父认可地点点头："死因问题不大了。现在关键是找出死者的特征，找到尸源。这种花心思藏尸的案件和碎尸案件一样，找到了尸源，就等于案子破了一半。你们觉得，她死了多久？"

"体表完全尸蜡化，但是内脏还没有尸蜡化，书上说，应该要四五个月的时间吧？"我觉得自己的理论基础还是很扎实的。

"尽信书不如无书。现在是七月，五个月前是二月，二月份那么冷的天，你就穿长袖 T 恤和单裤了？"师父点拨道。

我恍然大悟。的确，所有通过尸体现象判断死亡时间都是统计学的意义，但由于环境、季节和个体差异等，有时候误差会很大，结合衣物进行判断是个不错的办法。

"死者是被密闭的塑料膜套筒包裹的，但没有完全密闭，加之周围环境是潮湿、多菌的垃圾场，又正值炎热的夏天，所以尸体尸蜡化的速度会相应增快。像这样尸蜡化仅限于皮肤、还没有完全侵及肌肉组织的情况，我估计尸体在这样的环境下最多就放了两个月。也就是说，死者应该是天气暖和的五月份左右死亡的。"

我认真地点了点头，暗想又学了一招。

死亡原因和死亡时间判断完成后，师父并没有宣布解剖结束，而是让我用止血钳拔一颗死者的磨牙，又让胡科长取下死者的耻骨联合，进行初步的处理。

拔牙比取耻骨联合看似要简单得多，至少听起来是这样。可是，实际操作起来难多了。所有的工具都滑腻腻的，我根本就夹不住死者口腔深部的磨牙，即便是夹住了，也根本使不上力气。

几乎是轮番使用了所有勘查箱中的装备，使上了吃奶的力气，甚至不惜让尸体上的污水溅得到处都是，我总算拔下了一颗磨牙。而此时，胡科长已经处理好了耻骨联合上的软组织。

"要煮吗？"胡科长问师父。

师父摇摇头，说："这人的耻骨联合形态还是很典型的。"

至此，我们掌握了很多寻找尸源的依据。我们知道了死者大概的失踪、死亡的时间，有明显特征的衣着，再加之我们对死者牙齿、耻骨联合的观察计算，明确了这是一名 27 岁左右的女子，身高 162cm，身材偏瘦，长发，未生育。

"有了寻找尸源的条件，让刑警部门立即把死者的衣着照片和基本信息发到各派出所，从失踪人员中查找比对。"师父说道。

林涛很有眼力见儿，他叫来了躲在 50 米外的侦查员，把师父的要求交代了。

尸体检验工作进行了五个多小时才结束，仅缝合这一项，就整整做了 1 个小时。和拔牙一样，尸体太滑了，止血钳都夹不住皮肤，本来一个人就可以完成的缝合，我们硬是三个人才能勉强配合完成：一个人双手持止血钳夹皮肤，另一个人动针，还有一个人帮忙拽线。大家生怕缝针会扎到自己的手，所以都格外仔细。

因为天气炎热，尸检工作结束后，我身上的衣服都湿透了。最糟的是，我反复用洗手液洗手，但双手仍有一股尸臭味儿。

我很烦恼，几乎把解剖室更衣间的所有柜子都翻了一遍，先后换用了肥皂、洗衣粉、洗洁精甚至酒精来洗手，可是依旧无法去除那股臭味儿。洗完手，肥皂的气味只停留 5 秒钟，双手还是一股尸蜡化的臭味儿。我一边闻着自己的手，一边不停地干呕。心里琢磨着，这该怎么办？以前解剖巨人观尸体，也没这么夸张啊。

一旁的师父笑了："是吧，让你戴两层手套，还嘴硬，就让你尝试一下，看你以后还听不听话。尸蜡化的臭气穿透能力非常强，而且黏附能力非常强，我估计啊，你这双手，得再臭个两天。"

"戴两层手套就不臭吗？"我像警犬一样探着鼻子去闻师父的手掌心，果然没有闻到什么臭味儿。

"道理很简单，两层乳胶手套的隔绝力，那可不止两倍。"师父笑哈哈地说道。

看来，真是不听老人言，吃亏在眼前啊！

林涛捂着鼻子，离我远远的，一脸嫌弃。

"怎么着？"我故意去拍林涛的肩膀。

林涛一个箭步躲开了，嚷道："别碰我！我新买的衣服！"

"你以为你衣服上没臭味儿吗？"我嘲笑道。

林涛连忙紧张地捏起自己的衣角，在鼻子前嗅来嗅去。

此时，已经是下午时分了。因为一直在进行连续解剖，所以中午饭都没有吃上。等我们洗刷完毕后，所有参加现场勘查的民警一起找了一家土菜馆吃饭。大家都饥肠辘辘，端起饭碗就开始往嘴里扒。只有我坐在一旁，藏着自己的手。虽然我也一样饿，但是满手的臭味儿，实在难以端起饭碗，也毫无胃口。

师父看到我这样，笑了笑，出门拿了一把香菜回来："还好，厨房有这个。"

我疑惑地看着师父，不知他是何用意。

"搓手啊，愣着干吗？"

"这，能有用吗？"

"有用没用试试看好了。"师父说。

我将信将疑地接过香菜，使劲儿地搓了起来，直到把香菜都搓成了碎末。再一闻，真的好神奇，两只手现在是一股香菜味儿。虽然我平时并不喜欢香菜味儿，但是和尸臭比起来，香菜味儿就成了天底下最好闻的味道了。

顾不了那么多，趁着双手还残留着香菜味儿，我赶紧吃了个饱，就和林涛回宿舍了。

自从我说林涛的身上也有臭味儿，他就一直不停地闻自己，即便是吃饭的时候，也时不时地会捏起自己的衣角来闻。师父说，那是因为臭气分子附着在林涛的鼻腔黏膜，加之他疑心病，所以闻什么都是臭的。

不管身上是不是真的有臭气，我和林涛还是一起到公共澡堂洗了澡，然后又花了1个小时去洗衣服，林涛几乎把自己新买的衣服快要搓碎了。当我们一身轻松地准备入睡时，我发现我手上的臭味儿又回来了。

好在我的包里，还有从土菜馆厨房里顺回来的一把香菜，这才让我没有失眠。

第二天一早，我没直接去上班，而是先去菜市场买了几斤香菜。我把这些香菜分成几天的分量，随身带着、随时搓手。就这样，两天过后，手上的臭味儿才慢慢消散了，我才脱离了对香菜的依赖。

正当我为摆脱了手上的臭味儿而感到庆幸时，我接到了师父的电话："跟我去派出所，尸源找到了。"

我兴奋地猛拍了一下自己的大腿，然后拿出手机给林涛发了个短信。

很快，我和林涛就在省厅技术大楼楼下和师父会合，跟随师父驱车赶到了龙番市五街派出所。派出所的接待室里，一个年轻男人正耷拉着头，无力地坐在凳子上。

"今年 5 月 8 日，这名男子来我们派出所报案，称他的妻子失踪了。今天我们给他看了尸体的衣物照片，核对了死者的基本信息，和他妻子的情况非常吻合。相关的 DNA 同一认定检验正在进行。但从我们的直觉上看，这个尸源应该确认得八九不离十了。"刑警队长在接待室门外，低声向师父介绍道。

师父点点头，在刑警队长的陪同下，径直走进了接待室。

可能是因为师父的气势直接压倒了对方，所以对方在面对师父的时候，显得有些局促。

"小伙子，和我们说说事情的经过吧。"师父向男子发问。

"两个多月前，有一天晚上，我和张月到城东的树林里说话。"男子喃喃地说道。

张月应该就是他的妻子，也就是那具尸蜡化的尸体了。

"你说的是垃圾场东边 500 米外的那片小树林？"师父问道。

"是的。"

"那里荒无人烟的，方圆好几公里好像都没有人家吧？你们去那里干什么？"

"我……我们有点儿感情纠葛，想找个没人的地方沟通一下。"

"那也不用到那么偏远、没有人烟的地方吧？"师父冷笑了一下，说，"在家里说不就行了？"

"那个时候，家里有保姆，说话不方便，而且我们谈恋爱的时候喜欢去那里，所以……所以习惯了。"男子的脸上闪过一丝慌张的神情。

"谈恋爱的时候，喜欢去垃圾场旁边？"师父说，"你们的爱好还真是很别致啊！好吧，那你接着说。"

"我们过去谈了几句，就谈崩了。我一气之下就开车走了。"

"你是说，大晚上的，你把她一个人丢在了荒无人烟的垃圾场旁边？"

"是的，我对不起她！"男人突然大哭了起来，把在场的人吓了一跳。

"别急着哭，你觉得她是怎么死的？"师父打断了男人的鬼哭狼嚎，继续问道。

"肯定是有歹徒贪图她的美色，强奸不成，于是杀了她。"

"你怎么知道没有强奸成？"

"我……我……我猜的，我看衣服没有被撕破，也没有被脱下。"

师父盯着男子的眼睛，足足盯了好几分钟。男子逃避了师父犀利的眼神，低下头擦眼泪。

"走吧，问完了。"师父转身走出接待室。

4

问话突然结束，我、林涛和刑警队长都很意外，赶紧小跑着追出接待室。

"您看，我们现在怎么办？"刑警队长面露难色，"如果真的是这样，这案子没有什么抓手，可就难破了。要不要我们派人到现场那边去蹲点守候，碰碰运气？"

"不用了，把这个男的控制起来吧。"师父斩钉截铁地说。

"啊？控制他？"别说刑警队长，就连我也很意外，抓错人被投诉会很麻烦的。

"他很可疑吗？"刑警队长问道。

"非常可疑！"师父依旧斩钉截铁，"他说谎。"

毫无理由地在关键问题上说谎，一定是有问题的。不过，师父是指他在哪方面说谎呢？虽然这个男人确实非常可疑，说的话也有不合理性，但这只能作为怀疑，而不能作为证据啊。

不过，师父是全国知名的法医专家，也不像是天马行空的人，不会如此武断。既然他要求抓人，那肯定是他发现了什么蛛丝马迹。我仔细地把解剖的经过想了一遍，又回顾了刚才师父和死者丈夫的对话，只有在性侵害这个问题上有些破绽。

"因为他上来就说'强奸不成'吗？"我问道。

"楼上有会议室吗？"师父答非所问。

"有的。"派出所所长说道。

"够大吗？"

"坐30个人差不多。"

"让专案组各小组的负责人来这里开会。"师父说道，"把投影仪架起来。"

半个小时后，派出所会议室坐得满满的。师父操作着投影仪，向大家介绍尸检的情况。

侦查员们看到一张张高清的尸蜡化尸体照片，不由得皱紧了眉头，看来仅仅是从视觉上，就对他们造成了极大的心理冲击。估计这次的专案会开完，刑警们会更体谅法医工作的艰苦。

"按照尸检得出的线索，今天找到了尸源。死者是住在庆丰新村的张月。"师父说道，"刚才我和张月的丈夫谈了次话，觉得他疑点很多。"

刑警们神态各异地听着师父说。两天不眠不休的工作让大家精疲力竭，但是听说这么快就有了犯罪嫌疑人，大家又振奋了起来。

"首先，当时在场的人都意识到了这个疑点。他断言张月没有被强奸，这一点连法医都不能确认，他又怎么能那么笃定？"师父说，"其次，也是重点，他说张月最后是在荒无人烟的垃圾场附近被害的。这显然不可能。"

"为什么不可能？杀完人，包裹之后直接抛尸，不需要太多力气去搬运尸体，看样子很合逻辑。"刑警队长问道。

"第一，如果是偶遇歹徒被害，歹徒花那么多心思去包裹尸体，有什么意义呢？花心思埋尸就和碎尸一样，大概率是熟人作案，而且是很熟悉的人作案。当然，不能仅仅依靠这一点儿依据。"师父切换到了尸体被包裹的原始状态的幻灯片，接着说，"第二，如果是在垃圾场附近偶遇熟人，熟人作完案，要藏匿尸体，应该抛去更远的地方，不会抛尸在离杀人现场那么近的垃圾场。况且在荒无人烟的地方碰见熟人，概率太低了吧。"

我们都认真地听着，但总觉得这样的怀疑理由并不充分。

"当然，这一切都只是来源于工作的经验之谈。我认定张月丈夫说谎的原因是，我认为张月不可能在野外遇害。"师父看出了我们的疑惑，"我有充分的依据支持张月是在室内被害的。"

师父打开原始尸体的照片："大家看。包裹、捆绑尸体的物件有：编织袋、塑料膜、崭新的电线和电话线。尤其是塑料膜，有两层，两层外形、规格完全一致的长套筒状塑料膜。你们觉得如果在野外作案，会有这么充分的时间、会花这么多心思来包裹尸体吗？那这人的心理素质也太好了吧！即便是空旷的野外，偶尔也会有人路过。"

我们觉得非常有道理，都频频点头。师父喝了口茶，接着说："另外，在野外作案，能够在短时间内找到这么多捆绑、包裹尸体的物件吗？"

"附近不是有垃圾场吗？那里什么都有。"

"如果是在垃圾场寻找捆绑的工具，最有可能找来的是垃圾场里很常见的、更易于捆绑的软质绳索，而不应该是不易捆绑的硬质电线。而且电线和电话线上都有新鲜的剪断的痕迹，犯罪分子何必舍易取难呢？一般人家里可能没有绳索，但肯定有一些电线和电话线。"

"但怎么确定是在短时间内捆绑包裹呢？也可能是杀了人，然后几个人分头回家去找包裹尸体的物件，再回来包裹尸体呢？"我提出一种可能。

"你是法医，不应该问这个问题。我们知道，尸体死亡2个小时后就会出现尸僵，尸僵形成以后尸体就很难屈曲了。你们再回忆一下，我们发现尸体后，尸体的状态是什么样子的？我们看到的尸体是处于完全的屈曲、折叠状。而且在尸体被屈曲之前，已经套了两层塑料膜。也就是说，凶手在2个小时之内，完成了把尸体捆绑、包裹、折叠、装袋的全部程序。在荒无人烟的野外，能够在短时间内找到那么多崭新的捆绑和打包工具，可能性很低。所以，我觉得张月被杀的第一现场是在室内。"

我面红耳赤地点点头，认可师父的判断。

"那有没有可能是张月和她丈夫分开以后，被人劫持到有这些物件的室内，杀害以后再抛弃到垃圾场呢？"有侦查员问。

"这个可以排除。因为我们通过尸体检验，没有发现死者有约束伤和抵抗伤。也就是说死者死前没有被控制的迹象，也没有明显的抵抗动作。她应该是在没有防备的情况下被掐死的。"师父说。

之前实习阶段，带教老师经常会说到约束伤和抵抗伤。上班以后，在办理那一起信访案件的时候，师父更是用了"三伤"的简称。所谓"三伤"就是"约束伤""抵抗伤"和"威逼伤"。这些损伤大多看起来非常轻微，容易被忽视。但是，一旦确定损伤属于"三伤"，案情通常就不那么简单了。此时看起来，针对"三伤"的判断，对于案情的分析也是有很大作用的。

"如果是有两三个人控制她，然后胁迫她到室内呢？她一个弱女子，被两三个人控制，她也不敢反抗啊。"又有侦查员提出设想。

"是一个人包裹尸体的。"师父斩钉截铁地说，"如果是多人共同作案，何必在包裹尸体这么复杂的事情上，只有一个人上手？"

"一个人包裹尸体？这都能看出来？"连我都觉得很不可思议。

师父放大图片局部，接着说："大家看一看。尸体的双手是先被捆绑在一起，然后再绑在躯干上的，对吧？而且捆绑的地方没有生活反应。也就是说，人死了以后才被捆绑的。"

"是啊，这个没问题。"我说，"从手腕部索沟和绳索捆绑的顺序，是可以得出这样的判断的。但是，又怎么能看得出来是一个人捆绑的？"

师父接着说："你想想，一般捆绑都是发生在人没有死之前，目的是控制、约束他。但是，死后再捆绑尸体是为了什么？如果只是为了运尸方便，外面套一个袋子就已经足够了，为什么还要再捆绑？所以，原因只有一个，那就是一个人没办法把一具尸体直接套进袋子里，他必须先把尸体的双手和躯干固定在一起，再用一卷直径不大的塑料膜缠绕包裹住尸体，才能把尸体塞进袋子里。如果是两个人作案，没有必要这么麻烦，完全可以一个人固定双手和躯干，另一个人套袋子，压根儿用不到绳索来捆绑尸体了。"

大家恍然大悟。

"综上所述，死者应该是在室内，且在没有防备的情况下被人掐死，然后迅速被捆绑、包裹、折叠、装进编织袋。既然是乘其不备杀人，而且杀人后又要藏匿尸体，应该是熟人作案。"师父说，"这就是我判断她丈夫说谎的全部依据。"

这就是最简单的现场重建了。

大家纷纷点头认可。

"但是，即便明确了是一个熟人在室内作案，也明确了她丈夫在说谎，可我们还是不能确证就是她丈夫干的。上了法庭，他有一百种抵赖的办法。"刑警队长说道。没有拿到证据，他很不放心。

"我没有说一定是她丈夫干的，只是说他'非常可疑'。"师父说，"他总是强调他们是在垃圾场附近谈话、张月是在垃圾场附近失踪的。可见他对垃圾场这个地方很敏感，感觉他就是在欲盖弥彰，企图制造张月是在垃圾场附近遇袭的假象。"

"接下来怎么办？"

"既然我们很难再在垃圾场或者尸体上找到证据，那么我们就去他最有可能作案的地方——家里，寻找证据。"师父说，"办手续，搜查张月的家。"

侦查员们去局长那里办搜查手续了，但是我却很忐忑，张月的丈夫既然选择主动报警，那是不是说明他早就清理过家里的作案痕迹了，还能找到证据吗？

拿到了搜查证后，我们立即前往张月的家，用从张月丈夫身上扣押下来的钥匙打开了房门。

"林涛，这就是你的专业了。"师父对林涛说。

林涛在这个两室一厅的小房子里走来走去，看了一圈，说："这，都过去两个月了，从哪里开始啊？"

"从工具开始啊！"师父说，"那么多捆绑、包裹尸体的物品，总能找到相似的吧？"

林涛拍了一下脑袋，喃喃自语道："是啊！那种塑料薄膜，一般都是用来包裹被子什么的，所以要在衣柜里面找。被剪断的电线嘛，要不然就被丢掉，要不然就会扔在工具箱之类的地方。"

房子不大，师父又进行了指点，所以搜查工作进展得很顺利。很快，林涛就从张月家的工具柜里找到了形态一致的绿色电线和被剪短的、剩下的电话线头。不知道出于什么原因，这些东西居然没有被扔掉。当然，即便他扔掉了也没关系，因为我们在他家的大衣柜里，找出了一模一样的套筒状塑料膜。

"怎么证明这些就是打包尸体的工具呢？"我问。

"既然是被剪断的，那么就可以用案发现场的电线和塑料膜与在张月家发现的电线和塑料膜的断端进行比对。"林涛说，"这叫作'整体分离'实验，是可以作为证据使用的。"

终于知道什么是术业有专攻了，现在轮到我听得一头雾水了。

林涛耐心地解释道："这好比买一根甘蔗，掰断以后，再尝试着拼接起来。断端的毛刺都吻合的话，就说明这两节甘蔗是来自同一根。"

可能他觉得我比较好吃，用吃的东西来解释，我会理解得快一些。

我们重新回到了派出所，刑警队的审讯工作依旧阻力很大，张月的丈夫叫嚣着要投诉民警，他完全没有低头认罪的态度。

"看看这个再喊。"师父把装在物证袋里的电线和电话线扔在这个男人的面前。

"这个能说明什么？你家没有电线？你家没有电话线？"

"别嚣了。"师父说，"你不知道根据电线的断头能够鉴定出是否为同一根电线吗？"

男人突然沉默了。

"不过这个现在暂时不能还给你。"师父重新把物证袋拿回来，说，"我们回去做比对试验，只要能比对上，不管你承认不承认，那都不重要了。"

"怎么能不重要？"我和师父一唱一和，"主动交代罪行，和被迫认罪服法，那能一样吗？"

男人盯着我看了良久，突然又"哇"的一声哭了出来。就像之前一样，把我们吓了一跳。上次，他是迷惑我们，但是这次，他是真的被攻破了心理防线吧。

案件就这样被侦破了。

其实事情并不复杂。张月的丈夫有了外遇，小三不依不饶，要求他离婚，如果不离婚，就会去他家里、单位里闹，让他不得安生。

他拗不过小三的要求，向张月提出离婚，却被她拒绝了。张月是怎么想的，我们并不知道，但张月丈夫却因此起了杀心，他在自己的家里对结发妻子下了狠手，像打包一件货物般，将她捆绑和包裹，然后又在臭气熏天的垃圾场抛弃了她的尸体。

他以为，在那么恶臭的地方，妻子的尸体永远不会被发现。

他也就能够瞒天过海，和小三一起过日子了。

男人的眼泪里，又有几分是为死去的妻子而流的呢？

我想：他可能只是恐惧自己要面临的审判而已吧。

早在我见习的时候，圣兵哥就说过"十命九奸"，在后来的见习和实习过程中，这样的事情我还真是见过不少，也算是见怪不怪了。但是这一起案件，在现场、尸体上的线索如此不足的情况下，师父也能抓住关键、从容破案，这让我看到了法医学的真正力量。

我开始明白，"尸体会说话"是什么意思了。

"有一个问题我还没想明白，张月的丈夫为什么要去派出所报失踪？"在返回省厅的路上，我向师父问道，"如果他不报案，我们可能连尸源都找不到。"

"林涛你知道吗？说说看。"师父看了看身边的林涛。

"张月并不是生活在真空当中的，她也不是除了丈夫就没有其他亲戚朋友的。一个人在社会里突然失踪了，会发起寻找的，不仅仅是她的丈夫。如果其他人都发现异常了，她丈夫却不做出一副要竭尽全力寻找的姿态，难道其他人不会觉得可疑吗？"林涛说。

"唉，说得有道理。现在互联网在发展，我们除了线下的关系，还会有线上的关系，要想人不知，除非己莫为啊！"我深深地感慨道，"真的希望这种因为奸情而引发的命案能少一点儿，那些无辜的人，都能遇到良人吧。"

"如果遇到的不是良人，就赶紧离婚。"林涛补了一句。

法医秦明

VOICE OF THE DEAD

|第二案|

公路游魂

——

人不能把金钱带入坟墓，
但金钱却可以把人带入坟墓。

——

牛根生

1

省厅法医部门的工作比想象中繁忙许多，除了要出勘一些特大、疑难的命案现场，还需要处理很多信访案件和行政材料。虽然大多数交到我们手上的信访事项，都是因为信访群众对法医学知识不了解而产生的误解，但是我们丝毫不敢马虎，非常谨慎地一件一件复核，因为这也是发现和洗刷冤情的渠道。

因此，我们频繁地出差，不全是为了命案，还是为了复查信访案件。"频繁"这个词一点儿也不夸张，后来我统计过，刚工作那几年，一年 365 天，我出差的时间大概就有 240 天。换句话说，几乎所有的工作日，我都在全省各地之间不断奔跑。这样，就苦了同样是从外地来龙番的铃铛。

为了能多陪陪铃铛、和她在龙番相互有个照应，我不顾林涛的盛情挽留，毅然决然地离开了警犬基地，在单位附近租了个小房子。这房子还真够小的，一共只有 20 平方米，一房一卫，无厨无厅。虽然房子很破，家具摆设更破，家电还是从二手市场淘回来的，但我们毕竟有了个窝。

只不过这个窝实在是寒碜了点，不仅小，而且漏雨。一到下雨，外面下大雨，屋内下小雨。为了不让床上也下雨，无奈之下，我和铃铛只能挪床。房间的地面上贴着地板革，沾上雨水后变得十分湿滑。我挪床的时候，一使劲儿，摔了一跤，破旧的床沿把手背刮擦出好大一块擦伤。

擦伤是无须包扎的，但铃铛还是用红汞给我细细抹了一遍。

用水桶接住了屋顶的漏水之后，我们就在"叮咚叮咚"的滴水声中睡去了。第二天一早，我的手机就响了起来。

又是一个信访事件。

和现发命案相比，信访事项的处置时限的要求就没有那么高，我们不需要随叫随到、随令随走。但是为了高效处理这些信访事项，我们也不会拖沓，尽可能在最短的时间内完成。师父一大早给我打电话，也是为了能在当天做完工作，当晚就赶回来。

天气逐渐转凉，这是我来到龙林省省厅的第一个深秋。

刚刚下过一夜的雨，秋高气爽、温度适宜。我和师父乘坐着单位派的车，向目的地云陵市出发。

刚上车，师父就看见了我手背上红红的一片，问："怎么？手受伤了？"

"小擦伤。"我说，"正好我可以观察一下擦伤的愈合时间规律。"

想起以前上大学的时候，铃铛知道我受伤后，一边安慰我还一边拿我的伤口作为观察对象。其实作为法医，观察自己或者身边人的伤口，来发现损伤愈合规律或者找到伤口形成的原因，并不是一件什么稀罕事。只是大家一般只做不说，否则给别人知道他被法医当作观察对象，怪吓人的。

"不是小事。"师父说，"法医最重要的就是这双手了！我们的手是绝对不能受伤的。"

我知道师父说的是"职业暴露"。我们解剖尸体时，双手和尸体的血液之间，仅靠那一两层乳胶手套做隔离。如果碰上有烈性传染病的尸体，一旦发生职业暴露，比如手套破损，风险就会成倍增加。

"我的规矩，法医必须保护好自己。"师父说，"手既然破了，就不允许碰尸体了。"

"啊？那我这次去干吗？"我说，"您不是说了，法医不亲自上解剖台，是不行的吗？"

"那也有优先级。"师父说，"保护好自己自然比掌握第一手尸体信息优先。这次你不用上解剖台，在背后看就行了，我可以把信息传达给你。"

虽然我还有些不服气，认为师父小题大做了，但毕竟师父是为我好，我也就没再辩驳什么。

八点多一点儿，我们就从云陵市高速路口下了高速。

云陵市是一个小市，高速路口距离市区也比较远。连接云陵市区和高速路口的，是一条挺宽的但年久失修的柏油路。路上的补丁很多，路中央的绿化隔离带又有很多缺口，时不时会有车辆和行人穿行，所以车在这条路上开不快。

毕竟是小城市，而且是大清早，所以此时路上的车不多。下高速后没开十分钟，我们便发现路旁停着一辆闪着红蓝两色警灯的警车和一辆闪着蓝色警灯的救护车。两名交警和两名 120 医护人员正蹲在地上，似乎在检查一个躺在地上的人。

"停车。"师父吩咐驾驶员。

交通事故也要管吗？我突然觉得师父有点多管闲事，这是要下车看热闹吗？

我跟着师父跳下车，听见一名交警正在和 120 医生说："看来这是一起交通事故了，他确实还有呼吸吧？能救过来吗？亡人事故和伤人事故性质差太多了。"

我们走近了一看，果真地面上躺了一个男人。这个男人看起来大约四五十岁的样子，穿着一件黑色的夹克衫，下身是一条蓝色的休闲裤。裤子上系着一根普通的牛皮皮带，像是某个名牌的高仿。皮带扣是扣好的，但是很明显系得非常松，此时皮带扣歪到了一边，卡在裤子的皮带襻上。裤子前面的拉链是完全打开的状态，露出了白色的内裤。

男人仰面躺在距离道路中央绿化带一米远的柏油马路边，一动不动，但是走近了可以看到，他闭合着的眼睑似乎在微微颤动，说明这是个活人，而不是一具尸体。

"怎么回事？"师父走到交警旁边，同时出示了警官证。

一名交警站起身来，接过警官证看了看，显得有些诧异。诧异也是正常的，一起简单的交通事故逃逸事件，至于让省厅的法医一把手来过问吗？

交警递还师父的警官证后，向师父敬了一个礼，说："领导，今早有人电话报警，说看到有个人在路边躺着，可能是被车撞了，估计司机是撞到人后逃逸了。我们赶过来后发现这人还有呼吸。我们看来看去，也不知道他伤在哪里，我们不敢随意搬动他，所以呼叫了 120，医生正在进行检查呢。"

我蹲了下来，简单地看了看躺在地上的人。至少，他没被衣服遮住的地方，我没有看到哪里有损伤，衣服上也没有一点儿血迹，这说明他的体表可能没有开放性损伤。我又用食指和中指搭了搭他的颈动脉，发现确实还有明显的搏动。

于是我问道："医生，他伤哪儿了？损伤严重吗？还有生命体征吧？"

躺在地上的男人大概是听到了我在说话，居然"哼哼"了两声，只是没能说出一句话。

"不出意外，是伤到头了。"医生依次翻开男人的两侧眼睑，看了看，说，"两侧的瞳孔不等大。目前看，是失去自诉能力了，意识不清楚，生命垂危。"

双侧瞳孔不等大，是颅脑损伤的一个体征。

"幸亏我们抵达的时候，没有随便动他。"交警说，"我们上过急救课，颅脑损伤的患者，要是被随便搬动的话，有可能会加重他的损伤。"

我朝交警竖了竖大拇指。

"随身物品看了吗？"师父问交警道。

"有一个包，我们从里面找出这一张身份证。"交警把身份证递给师父，"还有一些病历，是其他人的。"

我和师父看了看身份证上的照片，又看了看地面上的男人。无论是脸型还是五官位置都高度吻合，很明显，这就是他的身份证。

有了身份证，很多事情就简单了。我们知道伤者叫作李解放，今年51岁，家住在云陵市郊区的辖区之内。巧就巧在，我们这次要处理的信访事项，恰好就是云陵市郊区派出所的辖区。

不一会儿，医生已经对李解放检查完毕，麻利地将他抬上救护车，送往医院治疗。

"你们肯定要跟过去的。"师父对交警说，"先去和医院办理一下相关的手续，然后通过李解放户籍所在地的派出所，联系一下李解放的家属。哦，对了，不管李解放能不能被医院救回来，等抢救工作完成后，你通知刑警部门，让他们告知我结果。"

"是。"交警说道，"感觉他伤得不重啊，还能哼哼。"

"不，很重。"师父说。

"这个你们刑警部门也要关注吗？"交警还是很诧异。

"这条路上有监控吗？"师父没有回答交警的问题，反而问道。

"几公里以外是有的。"交警往南指了指，又说，"北边就只有高速出口有了。"

"也就是说，这十公里的路面，是没有监控的。"师父说。

"是啊，没有。"交警说，"而且这条大路还有很多小路的分支，四通八达的。想通过监控来找车，恐怕比较难。"

"这也是肇事车辆敢逃逸的主要原因吧。"另一名交警说。

"没事，我们省厅现在关注这起案子，你们别忘了，有什么情况和刑警部门通个气，还有，如果到了医院，要手术的话，医生会脱去他身上的衣物，你们记得要把所有衣物都拿塑料袋装好，到时候交给刑警部门。谢谢了。"

师父说完，重新钻回了车里。交警还站在那里念念有词，估计是要加强记忆，让自己别忘了之后的通报和取证工作。

"这案子，有问题吗？"我一上车就迫不及待地问师父。

"嗯。"师父说，"先把手头上的信访事项处理完再说。"

又开了半个多小时，我们的车才来到了云陵市郊区派出所的大门口。还没接近派出所的大门，我们就听见了一阵嘈杂声。

我们不约而同地向车窗外望去，看见派出所的门口聚集了一群围观的人。

警车开到门外停好，我和师父下车，拨开人群，这才看到一名中年男子正拽着一名四十多岁的妇女说着什么，一名佩带着单警装备的民警正在二人旁边听着。

"他肯定是拿了我的钱跑了，一晚上了，怎么都联系不上，不是跑了是什么？"中年男子愤愤不平地挥着手臂嚷嚷着。

"怎么会呢？乡里乡亲的。"那妇女哭丧着脸说。

"怎么不会？谁不知道他吃喝嫖赌样样都来？我就这么点儿钱，拿走了我怎么治病？不管，拿钱出来还我，我后天还要开刀！要不然，我就死在你家门口！"男子揪着妇女的衣领不依不饶。

"我哪有那么多钱啊，你看我们家穷得……"女人欲哭无泪。

"别冲动，放手！"民警看见男子想动手打人，于是一把拦住了男人。

"说不准一会儿就会联系你的，急什么，不就几千块钱吗？至于来派出所闹吗？"旁边一个看似知情的老者说道。

派出所门前经常上演诸如此类的事件，民警都习以为常了，不过初入警队的我还是充满好奇，想要看个究竟。

在民警的调停下，双方的情绪很快平稳下来。为了让民警做记录，那名中年男子把事情的经过又说了一遍。

原来他叫王启，得了非常严重的胆道结石，经常疼得满地打滚，保守治疗了一阵子，终于忍无可忍，就决定拿出他仅有的 5000 元积蓄到市里开刀。那时候其实已经有了新农村合作医疗机制，但当年只是刚刚开始施行，大多数农民还没有重视这个机制，或者不会利用这个机制。不买医疗保险的人，一旦生了病，还是需要自己掏钱治疗。

而当地作为全省最贫穷的一个市的农村，村民的收入还是十分微薄的。王启一下子拿出 5000 元的手术费，也确实不容易。

王启准备开刀的医院，是村里的赤脚医生李解放给介绍的。不错，就是那么巧，这个赤脚医生李解放，就是我们在半小时前在路上遇到的那个男人。

这个李解放也是王启的街坊，因为自学过一点儿医学知识，就在村里开了个小诊所谋生。今年五十多岁，却已经行了三十多年的医。后来医疗机构都正规化了，没有执业医师执照、没有诊所执照的诊所，肯定是不能开的，那是非法行医。即使非法行医情节不严重的，被卫生管理部门发现，也会有很严重的行政处罚；如果情节严重的，就构成犯罪了。如果真的治死了人，可是要判处 10 年以上有期徒刑的。

李解放知道"没有金刚钻别揽瓷器活"的道理，所以之前也就是给别人看看感冒发烧之类的小病，也没有出现过什么严重的后果。但是，国家对非法行医进行了多次严打，李解放被抓到了几次，每次都罚款上万元。被罚了款，就得挣回来，所以虽然李解放的诊所从名义上来说是彻底黄了，但是他仍然一边偷偷给村里人看些头痛脑热的小病，开一些利润极大的药物，一边也顺带着给一些二线医院当起了医托，这样他还能从就诊的费用中赚取一些提成。

李解放倒不是只有非法行医这一种谋生方式，他家有地可种。只是他这个人的不良嗜好很多，花钱如流水，如果老老实实种地，才是真的入不敷出呢。

街坊们找李解放的道理也很简单，中国人口多，医疗资源不足，就医难，如果是小毛病，找李解放开几服药吃了就算了；如果吃药解决不了的，找李解放至少可以不用去排队等床位。李解放和很多小医院都很熟悉，可以走后门插队啊。

李解放给王启介绍的是一家二级乙等的小医院。当然，胆囊切除这种小手术，他们来做也是没有任何问题的。王启就是希望李解放能帮自己尽快安排住院、安排手术。毕竟速度越快，成本越低嘛。

于是，李解放就带王启去了这家医院就诊，当天就安排他住了院、进行了术前检查。这些天，李解放也算有情有义，不仅当了医托，还当了护工，负责照顾无亲无故的王启。毕竟，有利可图嘛。

直到昨天，也就是手术前一天，王启要换病号服，没办法随身安顿那剩下的3000 元钱，考虑到近来医院的小偷十分猖獗，他就把钱托给李解放妥善保管。可没想到，当天晚上李解放就失踪了，手机也打不通，王启担心了一夜，到了第二天上午依旧没有李解放的消息。

难道是李解放卷款跑了？

王启的第一反应就是这个。所以，他和医院说，要延迟手术，先找回钱来再说。

于是，王启在情急之下，跑出了医院，打电话叫来了李解放的老婆。可是李解放的老婆一口咬定，李解放昨晚没有回家，甚至也没有回村子。又说不信的话，可以找村民去问。

都是街里街坊的，王启自然清楚李解放平时不是个检点的人，吃喝嫖赌样样俱全，属于挣多少花多少的主儿。见李解放的老婆一副"我不知道、不关我事"的态度，他更是急火攻心，就把李解放的老婆拖来了派出所。

其实，李解放的老婆比李解放小了 10 岁，平时常常被他打骂，性格很懦弱，这会儿本来就什么都不知道，更是说不出话来。

从当事人、派出所和围观群众的角度来看，事情很简单，应该是李解放挥霍完了钱财，躲债去了。

王启说完这一切，大家看并没有什么新鲜事可以八卦，于是就一哄而散了。

直到围观群众都散去了，师父才对民警和两个当事人说："很快你们就会接到交警的通知，李解放人找到了，此时在医院呢。"

2

"交警？医院？"李解放的老婆听师父这么一说，两眼一翻就晕了过去，被一名女警扶进了接待室。演技很是浮夸，可能她也是想尽可能早地脱离这种难缠而又尴尬的境地吧。

其实王启的惊愕程度丝毫不比李解放他老婆差，王启瞪大了双眼说："你们是说，他给车撞了？"

师父没回答。我谨慎地"嗯"了一下。

"那李解放死了吗？会死吗？"王启接着问道。

师父耸了耸肩膀，表示他又不是神，谁知道未来的事情呢？

"那就是有可能会死了？这种人，坏事做得太多了，老天惩罚他。"王启咬牙切齿地说，"那我的钱呢？在他身上吧？你们公安什么时候把钱给我？我还要动手术呢！"

"他身上没钱。"师父说。

"不可能！我昨天下午才把 3000 块钱交给他，怎么可能没了？"王启几乎跳了起来，说，"肯定是抢劫！肯定是他被人抢劫了！我不管！你们公安破不了案就你们赔我！"

王启此时一点儿也不像一个病人，当然，这也可以理解，胆道结石不发作的时候，也确实没有什么症状。不过，刚才他还在说人家被车撞了是遭天谴，现在又转头说是抢劫案，这人变化得可真够快的。

"你回去等通知吧。"师父说，"胆道结石疼的话，就先借钱做手术。"

"我现在哪有心思做手术？"王启说，"我说过了啊，他身上肯定有 3000 块钱的，没有的话就是被人抢了！你们公安别破不了案说是交通事故！反正钱要不回来，你们得赔我。"

"我们会关注这个案子的。"师父说，"但是我们现在有别的案子要先办。"

说完，师父领头走进了派出所，没有再理睬跳脚的王启。

"真有意思，还抢劫。"我摇着头，小声说道。

师父转头看着我，好一会儿，才说："你怎么知道不是？"

"啊？还真是抢劫啊？"我大吃一惊。

"我可没这样说。"师父说，"但是，法医要善于发现疑点，并且不放过任何疑点。只有所有的疑点都有了合理解释，我们才能放心。因为我们是守护生命尊严的最后一道关卡。"

这句话我好像以前听过。

"难道……真的不是交通事故？"我问。

"难道……你觉得是交通事故？"师父反问我。

"这毕竟是活人嘛，又没有检验过，我也吃不准。"我说。

"吃不准，就是疑点嘛。"师父说，"你好好整理一下思路，看看你这个'吃不准'的思想根源在哪里，你为什么会有疑点。好了，先把我们这趟来的任务完成了再说。"

这次来办理的信访事项案情很简单，我们也没有发现什么冤案。

案件是两年前发生的，两个人因为琐事发生了口角，其中一人有心脏病，被这么一气，当场心脏病发作而死亡了。一来双方没有动手，就只有口角，这个很多目击者都可以证实。二来两人确实也互相不认识，更不知道对方有心脏病，并不存在蓄谋气死对方的可能性。所以，吵架只是死者死亡的诱因，心脏病发作才是死亡的直接死因。按照法律，当事人的行为不构成犯罪，但是需要承担民事责任。就是需要向死者家属进行赔偿、达成协议后了事，如果谈不好，就去法院打官司。

对于公安机关来说，主要的职责就是查实案件的事实部分，确定死者确实是死于自身疾病。当时当地法医对尸体进行了全面的检验，并且照相、录像，最后得出了客观准确的结论。

可是两年后，死者家属又以"家人被谋杀、警方不予立案"为噱头，开始了网络造势和信访。

我们来的时候，尸体早就在其家属的要求下火化了有一年多了。没有了尸体可以检验，我们只能从头到尾地看了一遍解剖视频，审阅了所有的调查材料，才确信这个案子当年的处置没有任何问题。

我们很清楚，时隔两年，家属忽然再闹，一般来说就是觉得当时达成协议的赔偿数额少了。但如果实事求是地在网上发帖，肯定得不到网友们的支持，也就无法在舆论中造势了。只有将"警方不作为"作为噱头，才能吸引更多的眼球。

既然经核查，事实部分结论准确、证据确凿，法医就可以如实结案了。至于究竟赔偿多少、能否让信访人满意，那就不是我们公安机关的事情了。

"看到没，我就是运气好，手破了，都没尸体可以检验的。"我笑嘻嘻地写完了结案报告，准备和案件卷宗复制件一起提交到办公协同系统里，报刑警总队领导审阅。

"你运气好？"师父说，"但是我早就听说过，你这嘴，是好的不灵、坏的灵。"

"谁说的！"我心虚地嚷道。我知道，肯定是哪次飙哥和师父通电话的时候说的。这帮老同志，不好好讨论业务，倒是讨论起我的八卦来了。更何况，飙哥自己才是"易发案体质"好吧！

"你，没想女朋友吧？我们晚走两天，关注一下李解放的事情。"师父说完后看了我一眼，说，"没啥问题吧？"

"没问题。"我说，"李解放他人怎么样了？"

"你先回答我，你真的觉得那是一起交通事故吗？"师父在带着我回宾馆的路上，再次提出了早上提的问题。

"不像，没有擦伤。"我想了一整天，就想出这么个结论。我指了指自己手背上的红汞痕迹，说："我就是不小心在家里摔了一跤，手背上都形成了这么大的一块擦伤。如果是被车子撞了，他肯定要摔倒，地面又是粗糙不平的柏油路，更容易在面部、手部这些裸露部位形成擦伤了。"

"非常好！不过，虽然交通事故的损伤通常会伴有皮肤拖擦伤，但也有仅发现一处损伤的案例。现在天冷了，穿的衣服多，身体裸露的部位很少。如果恰巧是没有裸露的部位受力着地，可能就是没有擦伤的。"师父说，"不过，这个案子还是有问题的。你注意到他的头颅损伤没有？"

"没看见损伤啊。"我说。

"有的,在太阳的照射下,其实能看得出他的额部上方靠发际线的部位,颜色有一点儿不同。"师父说,"我觉得很有可能那就是头皮下的出血,也就是受力的位置。"

"有吗?"我转动着眼球回忆着,可在现场的时候,我确实没有注意到师父说的这些。

"不管是不是,总有机会能发现。人死了就尸检,人没死就看CT。"师父比画着自己的脑门,说,"如果损伤在这个位置,就不合理了。我们知道,汽车撞击人的话,人一般是直立的情况,所以车撞过去,交通事故的损伤应该都会出现在身体的正面、侧面或背面上。但是李解放的损伤位置却偏向顶面,什么情况下,车会撞到人的额部接近头顶的位置呢?"

"哦,您是从这个方面发现疑点的。"我恍然大悟。

"不着急,我们好好休息一晚上,明天一早去医院!"

第二天早上七点钟,师父就来敲我的门了。

师父有早睡早起的好习惯,听说每天早上他六点钟就起床了。今早也不例外,他在找我之前,已经在宾馆外面走了一圈,锻炼了一番,还吃完了早饭。可是他的这种作息,就苦了我这种喜欢熬夜、玩游戏的小年青了。

"师父,这么早?"我睡眼惺忪地打开了房门。

"人死了。"师父开门见山,"我们现在去医院,找昨晚的值班医生和抢救医生聊聊吧,如果晚了,医生就交班回家睡觉去了。"

没办法,我只能硬撑着疲倦的身体,去餐厅拿了两个包子后,跟着师父驱车赶往云陵市人民医院。

云陵市人民医院神经外科的病房里,值班医生刚刚交完班,准备下班,他和我一样,满脸的疲惫。

"这位是省公安厅的领导,有几个问题需要询问一下。"陪着我们一起去医院的刑警支队副支队长唐箫对医生说道,他好像和医院很熟悉。

除了唐支队之外,交警支队事故大队的两位同志也一同来医院了。毕竟目前这个案子仍在按照交通事故逃逸案件处理。

"这是病人的影像学资料。"医生递给我们一袋CT片,说,"你们是法医,那能看得懂吧?"

师父点了点头，从袋子里拿出 CT 片，插在阅片灯上，仔细看着。

不用师父指导，我也能看得出来，李解放确实是头部受了伤，受伤的位置和师父昨天判断的位置差不多，是在额部偏上、靠近发际线的位置。在这里，有一条纵行的颅骨骨折，在对应位置的下方有一大块硬脑膜外血肿；而对应的脑组织，也有轻微的脑挫伤的迹象。

"这个是我们手术前拍摄的 CT。"医生说，"有颅骨骨折和脑挫伤，但是这两个伤都不致命，致命的是额部的大面积硬脑膜外血肿。"

"是啊，这么大的血肿，把脑组织压迫了，"师父说，"形成了严重的脑疝——枕骨大孔疝，确实不容易救回来了。"

所谓的脑疝，就是脑组织受压位移，超过了一定的界限。通俗一点儿说，就是血肿把大脑往下压，把脑干附近的重要区域脑组织给压进了枕骨大孔里。这里都是生命中枢，一旦形成严重的枕骨大孔疝，就回天乏术了。

"其实啊，这人受的伤不重，如果及时送医观察治疗，也许手术都不用做。"医生说，"可惜，肇事者逃逸了，把伤者留在那里，血就不停地出，血肿就越来越大，最后形成了脑疝。"

"你觉得，这个巨型血肿，需要多长时间才能形成？"师父问。

我知道师父的这个问题很重要，因为对于法医来说，死亡时间的判断很重要。然而，这个人被发现的时候还没有死，他的死亡时间和损伤时间发生了较大的偏差，死亡时间就没有意义了，有意义的是损伤时间，也就是受侵害的时间。

"额前的颅骨下，没有什么大动脉。"医生说，"是颅骨骨折导致小血管破裂。既然是小血管破裂，形成这么大的血肿，自然要好几个小时的时间。"

"他的 CT 是早上 8 点多拍摄的。"师父说，"好几个小时大概是多久？"

"我估计啊，他应该是在就医前一天晚上 12 点到就医当天凌晨 1 点这段时间里受伤的。"医生说。

在专科方面，法医的实践经验和临床医生就差远了。既然医生有了这个判断，那么李解放受伤的时间大概也就是那个时间段，八九不离十了。

"我们对李解放进行了开颅手术，清除了血肿。"医生接着说，"但是脑疝已经发生了，术后他的生命体征一直不稳定。今早 6 点左右，抢救无效。"

"他的衣服呢？"师父问两名交警同志。

"我们都提取了，在车的后备箱。"交警说。

"调查呢？"师父接着问。

交警愣了一下，说："附近没有监控，晚间车辆也很少，调查……恐怕不好调查啊。"

"当晚经过的车辆，是需要调查的。"师父说，"现在医生已经给了我们大致的时间点，所以，晚上 11 点到次日凌晨 2 点，所有经过现场几公里之外监控的车，还有下高速的车，都要问一下。"

"那能问出什么啊？"交警嘟囔道。

"不管案件怎么定性，这个都必须调查到。"师父严厉地说道。

尽管师父态度很严厉，但我见交警还是有些不屑。毕竟我们属于刑警部门，和交警是跨部门了，师父说的话，在交警部门得打折扣。

"这案子，是有疑点的，目前的办案单位是交警支队。"师父说，"那么，就请交警的同志再去做一做家属的工作，我们要解剖尸体。"

这一回，交警很爽快地答应了。因为他们也清楚，我们之所以要解剖尸体，是因为我们发现了疑点。如果真的是刑事案件，那么就会移交到刑警部门来办理，那就少了一桩麻烦事了。毕竟王启还在那边闹着呢。

可能李解放的老婆比较好说话，办案单位没有费多大的力气，就让她在尸体解剖通知书上签了字，但是她拒绝到场。

毕竟目前是以交通肇事逃逸立的案子，家属同意解剖尸体的话更容易善后，至于她来不来做尸体解剖的见证人，倒是没那么重要。

尸体和衣物都从医院太平间被送到了云陵市殡仪馆的法医学解剖室里。师父一边穿着解剖服，一边对我说："你手受伤了，就不要上了。我说吧，你的乌鸦嘴真的是好的不灵、坏的灵。你看，你说这趟差不需要解剖，这不又送上来了。"

"那不能怪我啊，这解剖也是你要求的，当事人家属又没有意见。"我摩拳擦掌地说，"再说了，我这是擦伤，不碍事的吧？"

"不管当事人家属有没有意见，我们都要坚守我们的职责。"师父严肃地说道，"你不能上，我说不能上就不能上。"

拗不过师父，我只能当一个旁观者。

师父先来到了解剖室的操作台前，台上堆放着死者的衣裤。

死者外面穿的夹克衫和休闲裤的背侧，都有大量的灰渍，这和他仰卧在地面上的姿势也是相符的，只是外衣上没有任何撕裂或破损的痕迹。师父又拿起死者的白色内裤看了看，发现臀部的位置，有一些污渍。

"我们看到人的时候，他躺在路边，外面衣服是穿好的吧？"师父问。

我说："是啊，裤子穿好的，只是前面拉链没有拉上。不过，皮带是扣好的，是不是摔跌翻滚的时候被扯开了？"

师父没有说话，拿起死者的休闲裤翻来覆去地看着。这是那时候很流行的帆布裤子，质量很好，在口袋和膝盖的部位还有加厚衬垫。

"有擦伤吗？"师父问。

我凑过头去看了一会儿，说："没有，不仅裤子上没有，就连夹克的肘部也没有。"

师父又拿过死者随身带着的皮包。这是一个有提手的人造革包，上面的拉链已经坏了，只能敞着口。包里除了王启的几份病历和检查记录之外，就只有交警在现场提取到的李解放的身份证了。

"这种包，不可能放钱。"师父拎起包，说，"包口都敞着，里面又没有暗口袋，一沓钱放在里面，太显眼了。"

"那就是放在衣服裤子口袋里了？"我指了指衣服。

云陵市局的钱法医拿起夹克衫，在口袋里翻找了起来。

"估计是没有，有的话，交警在现场可能就发现了。"我说。

"两个侧口袋和一个内口袋都是空的。"钱法医说。

"哎？等等，这是什么？"我指着夹克衫背后内侧的内胆说道。

内胆上，有缝线的痕迹。钱法医用手探了探缝线的位置，说："嚯，小秦眼睛尖啊，这里是个暗口袋，自己做的。"

3

李解放的夹克衫背后内侧，在内胆上缝了一个暗口袋，如果不注意，很难发现这个位置也可以藏钱。既然有暗口袋可以藏钱，那么王启的3000块很有可能被李解放藏在了这里。不过，我们搜索完这个口袋，并没有发现任何现金。

钱丢了，而且是从不容易被发现的暗口袋里丢的，那么交通事故肇事逃逸案件的可能性就不大了。

"真的不是交通事故啊！"我感叹道。

"先别急着下结论。"师父看了我一眼。

我这嘴快的毛病，到现在还没有彻底改掉。好在此时的解剖室内，除了我们三个法医和一个负责拍照录像的痕检员，并没有其他人在场。

"先按程序开始尸表检验吧。"师父说，"死者损伤的重点部位是头部，那个我们留在最后仔细看。先看体表，看看究竟有没有擦伤和挫伤。"

尸体已经被脱光衣服，放在解剖台上，钱法医按照法医的检验顺序，对死者的眼睑、口鼻、颈部和全身皮肤进行着检验。我从旁观者的视角看过去，死者头上除了那个手术创口之外，看不到任何损伤了。

如果真的是交通事故，一点儿挫伤和擦伤都不出现，那也太匪夷所思了。

尸表检验什么发现都没有，似乎是最大的发现。

死者额部的头皮在抢救手术中已被切开并缝合了，从外面看只有缝合的痕迹和碘酒的颜色，看不出师父之前说的隐约存在的头皮挫伤了。于是师父直接切开了他的头皮，从内侧观察。果然，在和额部骨折相对应的位置，也就是头皮内侧的手术切口旁，可以看到一条纵行的、隐约存在的头皮下出血。

"头皮外面没有擦、挫伤，只有单纯的头皮下出血。"师父指了指死者的头皮，对着我说，"而且是纵行的、条状的。你想想，该怎么判断致伤工具？"

一般来说，头皮上没有擦伤和挫伤，皮下却有出血的，说明致伤工具的表面很光滑。但除此之外，我几乎得不出其他的结论了。

"你先结合头皮、颅骨骨折的形态，好好想想再说。"师父一边说着，一边麻利地锯开颅骨，检查着脑组织。

医院手术只是清除了硬脑膜外的血肿，而没有打开硬脑膜，所以脑组织应该还是伤后的样子，没有因手术而遭到破坏。脑组织除了额叶有一点儿轻微的挫伤之外，其他部位都是完好的。医生说得没错，如果伤后立即送医，这人根本就不可能死。

明确了死因后，钱法医开始缝合头皮。我以为师父会继续解剖死者的胸腹腔，可是他没有。师父用手术刀把死者的四肢皮肤全部划开，并且一点点地分离着软组织。他不仅把四肢的皮肤从上到下全部一字切开，而且打开了手指的皮肤。从我的角度看，尸体四肢就像是被剥了皮一样，十分可怖。

"手指的皮都要分开啊？"我问。

"你一会儿缝好后，就继续把胸腹腔一起解剖了。"师父和钱法医交代完后才回答道，"这人的尸体，重点不在胸腹腔，而在四肢。"

　　我从解剖台旁绕过去，走到师父身后，说："您是在检查'三伤'吗？哟，手腕是不是有一点点脂肪内出血？这是捆绑形成的约束伤吗？"

　　"不仅如此。"师父简单地回答了我一句，就继续在尸体上分离起软组织来。

　　死者的双上臂，找不到任何摔跌、磕碰的痕迹。但是在打开死者下肢的时候，师父发现了疑点。

　　死者的双侧髌骨下方，都有两处片状的皮下出血，但程度不重，并没有在皮肤上表现出来，所以尸表检验的时候并没有发现。

　　"哎呀，膝关节还是有伤的。"我想起之前我们判断死者各关节都没有损伤，不像是交通事故。然而，此时我们发现膝关节有隐藏的损伤。

　　"是有伤。"师父点点头，说，"但是你要注意它的位置。"

　　位置？不就是膝关节吗？我一头雾水，不知道师父说的是啥意思。

　　我努力在脑海里搜寻着以前遇到过的案例，想作为本案的参考，可是找不到类似的。究竟是不是交通事故？我一时也不知道如何下结论了。但我的心里，还是偏向于这不是交通事故的。但要说到罗列依据，除了"没什么擦伤"这一点，我还真想不到其他的。

　　这样的依据，是不是薄弱了些？

　　在思考的过程中，钱法医已经解剖完了胸腹腔，开始检查死者的会阴部。

　　他突然叫道："哟，这人的生殖器上，有硬下疳啊！"

　　"什么？他是梅毒患者？"我一惊。

　　师父倒是处变不惊，说："怎么样？我不让你上解剖台，没错吧？"

　　"上了也不一定感染。"我不服气地嘀咕着。

　　师父没再和我辩驳，而是让钱法医继续把尸体所有的创口都缝合好，便开始脱解剖服了。看来，师父已经胸有成竹了。

　　像以往正常的解剖工作，头皮的切开口和胸腹腔的切开口，都不是很难缝。但是这具尸体，师父把四肢皮肤从上切到下，需要缝合的创口几倍于正常解剖，所以需要花更多的时间去慢慢缝合，也是难为钱法医了。不过我从入职开始就知道，只要是法医打开的创口，解剖结束后就一定会缝合。这也是法医对死者表示尊重的形式之一吧。

　　"怎么样？"见师父走出了解剖室洗手，唐箫支队长惴惴不安地走了过来，后面还跟着同样忐忑的交警支队的同志。

师父面无表情地洗着手，像是在脑海中梳理着整个案子的脉络。过了一会儿，头也不抬地说："交刑警队立案吧。"

"啊？"唐箫一惊，说，"真的是抢劫啊？但还是有问题存在啊！"

"你说。"师父洗完了手，甩着手上的水，说道。

"怎么会是命案呢？哪有杀人不弄死就扔路边的？那要是救活了，岂不是自寻死路？"唐箫提出了疑问。

"你说的这个，很好解释，只要不是熟人，就没有恐其不死的心态。"师父说，"别着急，解剖的过程中，我也留下了很多问题。现在呢，你们找个会议室，有投影仪的，我来和你们慢慢解释。"

等候钱法医缝合的时间，师父把痕检员拍摄的照片都从相机里拷贝到了笔记本电脑里，然后带着我乘车来到了云陵市公安局的大楼里。

大楼的四层是局党委会议室，我们的案件反馈就在这里进行。因为局长和副局长都被此事惊动了，都要求来听一下。

会议室里，刑警队员们面色凝重。发生这样一起命案，大家都会觉得肩上的担子非常重。当刑警的时间长了，就会有一种欲罢不能的情结。即便刑警这份职业又清苦、又辛劳、又很危险，但当过刑警的人，打心底里认为自己一辈子是刑警。每发生一起案件，刑警们一方面会为接下来的辛苦工作担忧，一方面又会对面临的挑战充满欣喜。即便是从刑警的岗位上被提拔成了领导，这种情怀也会一生相随。当时的我，虽然只是一个新人，也能感受到屋子里那种既严肃又亢奋的氛围。

人到齐后，熄灯、拉窗帘、打开投影仪，然后点上一支烟，这似乎成了专案组里的标配。整个局党委会议室里坐满了人，除了领导，还有刑警、交警和辖区的派出所民警。

"尸体的损伤主要集中在头部和四肢。"师父对照着幻灯片慢慢地说道，"虽然死者的头部在手术过程中被取掉了部分额部、颅骨，骨瓣又未能在医院调取，我们看不清楚骨瓣的骨折形态，但是我们可以通过 CT 片看到，这是一个条形的骨折线，纵行的，没有凹陷、没有粉碎。这样的骨折线在交通事故损伤中很少见，多见于击打或摔跌导致颅骨整体变形的情况。"

我知道，交通事故发生的时候，因为撞击的力量大，容易造成严重的粉碎性颅骨骨折或者凹陷性颅骨骨折。尤其当接触面是金属的时候，损伤还会更严重一些。

像这样在颅骨整体变形的过程中产生的条形骨折线，不可能是交通事故导致的。

"要么是被击打，要么是摔跌？"唐支队说，"那怎么进一步判断是哪种情况呢？"

"主要是看对冲伤。对冲伤指沿头部作用力方向，着力点对侧的脑皮质发生的挫伤。如枕部受碰撞，额部的脑皮质发生挫伤，而额部头皮、颅骨都无损伤。对冲伤一般见于运动中的头部受到外力作用后突然减速运动时发生。所谓的减速运动就是摔跌、磕碰等。"师父的理论功底是非常扎实的，名词解释比书本还准确，不过这个理论我也能倒背如流了。

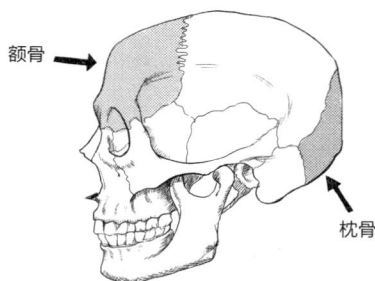

额骨和枕骨示意图

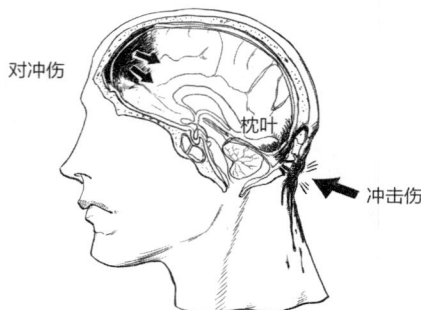

对冲伤示意图

"本案中，死者的额部脑组织有挫伤，边缘有出血，而对侧的枕部头皮、颅骨和脑组织都没有损伤，可见，这不是对冲伤。"师父接着说，"我不知道我说明白了没有，我的意思就是，这可以明确是一个打击伤。"

"没有对冲伤就可以肯定是直接打击导致的吗？"刑警们对案件的定性还是抱有怀疑的态度，"撞击伤和打击伤岂不是一样？"

"是，撞击伤和打击伤的形成机理是一样的。但是，你们看，在尸体表面上，头部是没有损伤的。"师父放映尸体正面照片，"这是头皮内侧，我们仔细观察可以发现，他的额部正中有一些隐隐约约的颜色的变化，而这颜色的变化恰恰就是沿着骨折线的方向。虽然头皮上有手术切口，可能在一定程度上有所干扰，无法从皮肤上看清楚外伤痕迹，但是我们仔细地沿颜色变化的地方切开皮肤，观察表皮层和真皮层，会发现皮肤的真皮层是有出血的。这样的出血通常都是外力挤压皮肤而形成的。"

怪不得解剖的时候，师父盯着死者的头皮看了好半天，还用手术刀在头皮内侧划了很多刀。

"但是，为什么不能是车辆速度较慢的时候撞击导致的呢？如果速度慢，力度都小，那么撞在头上，不也是这种损伤吗？"唐支队问。

"关键是死者的损伤靠近额顶部，不容易撞到啊。"我想起师父在现场的时候的想法，说道。

"有可能啊，恰好车辆表面这么高的位置有凸起物就可以。"唐支队说。

师父说："好，假设有一辆车撞击了人的额部，那么人会怎么样？"

"后仰摔倒。"我抢答。

"对，既然会后仰摔倒，那么位于撞击点的身体另一侧必然会有二次损伤。通过这个例子，大家应该就能理解，交通事故通常会形成二次损伤，例如磕碰、摔跌伤。"师父信心满满，"本案中，尸体头部有伤，但后脑、背部都没有损伤，不仅是没有损伤，就连衣物的背侧面都没有擦伤的痕迹，只有沾染的泥土，这不符合交通事故损伤的特点。"

整个会议室的人频频点头，大家开始被师父的观点说服。

"另外，我们检查了尸体的四肢关节。"师父继续放映他的幻灯片，"我们都知道，交通事故中，被撞的人会翻滚、摔跌，死者的四肢关节容易受伤。但是本案中，虽然死者的双膝关节都有明显的出血、髌骨下方关节腔内都有出血，但是肘关节没有出血。难道一个人被撞击翻滚后只用膝关节着地，肘关节腾空吗？又不是杂技演员。"

师父说了一个冷笑话，但全场没有人笑，大家都在皱着眉头思考着。

"不仅如此，我们还知道，交通事故损伤中，着力点通常是车辆和地面，而地面都是表面粗糙的。"师父指了指水泥地面，"人要是在这样的接触面上迅速翻滚、位移、摔跌，必然会在皮肤上留下擦伤，而本案的尸体上没有一点儿擦伤，这说明死者遇袭的地点不是户外的公路上。"

师父从髌骨的损伤说到了全身的擦伤，并没有提及他在解剖时提出的"位置"问题。我想去问，但又怕打断师父的分析，只能默默地等候师父接下来的发言。

"您说得有道理，我们现在也认为这确实是一起打击人头部导致重度昏迷后抛尸到现场的案件了。"唐支队说，"但是这样的案件很难找到头绪，我们不知道该从何处下手。他一个普通的赤脚医生，谁去杀他呢？"

"别急，我还没说完。除了交通事故的损伤形态，还有一个依据可以证明死者不是被车撞的。"师父按照自己的思路继续讲，"那就是致伤工具。"

关于致伤工具的事，师父解剖时已经让我分析过一次了，我知道死者的皮下出血是挤压形成的，那么说明致伤工具是个表面光滑的软物。可是软物又怎么能导致颅骨骨折呢？我一边苦苦思索着，一边听师父将解剖中的所见又向大家讲述了一遍。

"……所以，这样的工具应该是条形的、便于挥动的、质地柔软、韧性十足、表面光滑的棍棒类物体。"

师父一下子罗列出这么多致伤物的特征，别说侦查员，就连我都听得一头雾水。

"能再说清楚一些吗？"唐支队摸了摸脑袋。

"作为法医，只能这样描述致伤工具，毕竟我们不在作案现场，没有看到犯罪分子手上拿的什么东西，所以这样描述才是客观的。直接说是某种工具，就是猜测了。"师父笑着说，"不过，这个案子的致伤工具比较特别。我可以斗胆猜测一下。比如，橡皮警棍就具备我刚才说的所有特征。"

对于这个大胆的猜测，大家并没有欢呼雀跃，气氛反而更加凝重了。

沉默了两分钟，唐支队说："您是说，是我们自己人干的？"

师父没有吱声，一旁的派出所民警说："不会吧，我们配发单警装备两年了，警棍早就不用那种橡皮棍了，现在都是便携式的伸缩警棍，是钢制的。"

"这里的损伤，肯定不是金属棍棒形成的。"师父说道，"我想问一下，现在还有没有什么人可能会使用这种橡皮棍？"

"好像有些企业的保安还在用。"派出所民警对这方面更了解。

"保安？"唐支队问道。

"可能性比较大。"师父点头，"而且是当过兵的保安。"

"当过兵的？"几个人异口同声。

4

刑警们对犯罪分子的刻画是最感兴趣的，如果刻画得准确，可以大大地减少办案成本、缩小侦查范围。

"仅供参考。"师父对于依据不太充分的推断偶尔也会保守一下，"大家看。"

师父放映的幻灯片是死者外裤小腿背侧的照片，他说："小腿的后侧有形态特殊的灰尘，虽然看不清楚，但是基本可以肯定这是一个鞋印。"

怪不得师父在解剖室操作台前看了半天的裤子，其实我也看了，只注意到裤子背侧全都是污渍，就没有再仔细观察了。现在从放映的这张照片来看，在裤子小腿背侧的污渍里，确实能看到一个半圆形的弧形泥迹，和周围污渍的性质是不一样的。半圆形的弧形泥迹内侧，似乎还有规则的平行线，还真像是一个足迹。

我以为跟着飙哥侦破了几起重大案件，自己的观察力已经被培养得足够强了。可是和师父比起来，还相差甚远啊。作为一个法医，如果观察力不足，后续的所有分析能力就没有了基础。想到这里，我有些汗颜。

"鞋印能说明什么问题呢？"刑警队员们很急切地想要知道答案。

"单看这个鞋印是不能说明什么问题的，但是结合一些细微损伤，就有结果了。"师父切换到死者手部解剖的照片，"死者的中指、食指、掌关节的肌腱有拉伤出血。纠纷殴斗中容易扭伤手指，但通常扭伤的是手指的侧面或掌面肌腱，背面肌腱损伤的非常少见。结合裤子上的鞋印，我们来重建一下这个过程。"

我这才明白，师父为什么要把死者的手指皮肤都切开，原来他是看到了肌腱的出血啊。不过，我更佩服的还是师父的联想力。他看到手部损伤的时候，我以为肌腱的损伤并不能说明什么，所以简单拍完照就结束了，没想到师父还能利用这么轻微的损伤来做文章。

师父站起身来，走到我的背后，将我的手臂反背到背后，一边比画一边说："只有这样将手指、手掌弯曲，才能形成这样的损伤，同时一只脚踩在死者小腿上，大家可以看看，这是什么动作？"

"擒拿！"学过擒拿格斗的刑警队员们异口同声地说。

"是的。"师父微微一笑，"我也认为这样的损伤应该是在被专业的擒拿动作制伏的时候形成的。如果是学过擒拿的，只有咱们刑警或者武警了。结合之前的橡皮棍，我觉得，退伍武警转行做保安的人可能性比较大。"

关于凶手的身份，都是推理猜测，依据不是非常充分，所以师父接下来又显得比较保守地补充了一句："这个，仅供参考。"

"您是说，一个退伍武警拿着橡皮棍抢劫？"唐支队也开始了他的猜测，"马路上碰见受害人，用棍子打晕受害人，然后拿走了受害人包里的钱？因为不是熟人，所以也不管他死了没有？"

"不会。"师父摇了摇头，恢复了斩钉截铁的表情，"第一，死者可能确实有3000块钱，但是很有可能不是放在包里。如果劫匪是在路上实施抢劫，直接拿走包不就得了？没有必要在大马路上翻包，只拿钱不拿包。现在包还在，钱却不见了，说明钱是藏在夹克衫的暗口袋里，也排除了'路遇抢劫'这种情况，因为劫匪在光天化日之下是没有机会在他身上慢慢地找出暗口袋、劫走钱的。第二，我认为被害人遭袭是在室内，而不是在室外。"

"哦？在室内都看得出来？"唐支队看师父的眼神已经从平视变成了仰视。

"是的。刚才我们说到了尸体的双侧膝关节都有明显的出血。而出血的位置在哪里呢？不在髌骨的表面，而在髌骨的下方。髌骨和硬物挤压、摩擦的情况下就能造成这样的出血。"师父说，"那说明死者是在什么姿势下形成这样的出血？"

"是跪着！"我终于明白了师父在解剖时提出的位置问题，赶紧抢答道。

像髌骨这种凸出的位置，如果是常见的摔跌和磕碰，那么最容易受伤的是其正面。而死者的膝关节出血，却是在髌骨的下方，也就是相对凹进去的位置。再结合师父说的"和硬物挤压"的信息，那李解放应该就是跪着的姿势。

"既然是有跪着的过程，肯定不会是在马路旁边了。死者髌骨的表皮和相应部位的裤子上是没有擦伤的，这说明他跪着的地面应该是非常光滑的，比如地板砖、大理石，至少肯定不会是柏油路。"

刑警们纷纷点头："您是说他有被控制的过程？"

"对，这一点我敢肯定。"师父说，"不仅死者尸体上的损伤提示了他生前有跪着的过程，而且他的双腕关节皮下组织，尤其是脂肪内也有轻微的条状出血，这样的出血应该是软质绳索捆绑形成的，程度很轻，说明捆绑得不紧。"

"哦，原来是熟人作案啊！"一名刑警插嘴说，"既然在室内被控制了，肯定是他去了熟人的家，中了熟人的套。"

"恰恰相反。"师父又是微微一笑，"我认为犯罪分子和被害人一点儿也不认识。"

"嗯。"唐支队狠狠瞪了一眼插嘴的刑警，"熟人还能不置他于死地？还能让他活着躺在马路边？万一救活了怎么办？"

这是师父之前已经告诉唐支队的判断。

"这么大的人还能被骗到别人家去？"那名刑警不服气地嘟囔。

"问得好。"师父笑着说，"这个案件的关键就是被害人是如何到了室内，又是怎样被犯罪分子控制后伤害的。其实这个问题应该不难查，不是有群众反映李解放的不良嗜好有很多吗？”

“是的，他好赌。”唐支队点点头，说，“经过我们对李解放的调查，他这个人十分好赌，家里的钱几乎都输到赌场上了。我高度怀疑他是在地下赌场输了钱还不起被殴打的。据了解，李解放一般只会在自己村子或者附近村子里那几个比较熟悉的赌场里赌博。他也不傻，他知道去了陌生的赌场，会被人坑嘛。可是，这就有一个疑点了。李解放当天是在市里陪王启的，回去不方便。即便是回去赌博了，也是去熟悉的赌场，没有生人啊，他也就不可能被打伤后再重新被抛回市区里来啊。”

“只有赌博的可能性吗？”师父说，“我是指不良嗜好。”

唐支队疑惑地看着师父，过了好一会儿，才说：“哦，您是说，嫖娼？这个至少我们调查时没有发现他有嫖娼的经历啊。您是听王启说他‘吃喝嫖赌’‘五毒俱全’是吧？那只是老百姓的一个夸张手法。毕竟，他都五十多了！”

“五十多怎么了？他肯定有不洁性行为。”师父说，“因为他有梅毒。”

“这也不能断定是因为嫖娼得来的吧？”唐支队说，“我们也不掌握他妻子的情况啊。”

师父微微一笑，继续在电脑文件夹里找出了几张照片。

“大家看，这是交警在事故现场拍摄的照片。”师父指着幻灯片的中央说，“那天我们恰好也在现场，当时就注意到了死者的裤带虽然是系好的，但是明显有些松松垮垮，没有系紧，而且拉链没有拉上。幸好交警在刚抵达现场的时候，就拍摄了这张照片，不然我们也不能肯定这样的衣着究竟是原始状态还是120在现场抢救的时候所致。所以我们要对交警初期处置现场的细致工作提出表扬。”

参会的交警自豪地笑了一下。

“裤子说明不了问题吧？”唐支队说，“总不可能就在大马路边嫖娼吧？”

“不是这个意思，你别老着急嘛，听我慢慢说。我们尸检的时候发现，死者的内裤臀部位置是有污渍的。”师父说，“虽然在医院抢救的时候，医生就脱下了他的内裤，但是在医院，是不可能沾上污渍的。”

师父喝了口水，继续说道：“既然是原始状态，那么为什么在穿着外裤的情况下，内裤的臀部会沾染污渍呢？外裤拉链虽然是拉开的，但是弄脏也只会弄脏前面啊，后面怎么会弄脏？一种可能是李解放穿着内裤坐到了比较脏的地方，比如地面。另一种可能是李解放重伤后‘被’别人慌乱地穿上内裤，然后再‘被’穿上了外裤，甚至连拉链都没来得及拉上。在穿完内裤还没穿外裤的过程中，因为李解放受伤躺在地上，内裤臀部自然也就弄脏了。不管是哪种情况，都说明李解放事发的时候赤身裸体，或只穿了一条内裤。那么，此案就应该和卖淫嫖娼扯上一些关系。"

"您是说，李解放嫖娼的时候，被人敲诈，继而被控制、伤害，然后被移动到路边，对吗？"唐支队问道。

"是的，就是这个意思。而且本案行凶的地方应该离发现李解放的现场不远。既然不是熟人作案，没有必要冒着危险把那么重的伤者运送到很远的路边。"师父继续分析，"所以，下一步应该在现场附近寻找有可能租住在此，或者窝点位于此地的卖淫女，尤其要寻找和退伍武警、现职保安联系密切的卖淫女。"

"原来是仙人跳啊。"唐支队长舒了一口气，信心满满地说，"有了您的分析，接下来的工作就很容易了！之前我还在纠结，会不会是赌场里的抢劫。您不知道，现在赌场藏得越来越深，想要挖出地下赌场，还真是要花费不少工夫呢。而通过附近居民楼查找隐藏的卖淫窝点，那可就容易多了。"

"你们也不要轻举妄动。"师父说，"这两天，犯罪分子正处于惊弓之鸟的状态，不要惊了他们。咱们先要在外围调查清楚，有哪些暗娼躲在附近的几个小区里。然后再查找这些暗娼背后的保护者，有没有保安职业的男性，而且是武警退伍的。"

"或者，我们也可以从现场附近的几个厂子开始查起。"唐支队说，"把这几个厂子的保安都摸排一遍，看有没有密切接触卖淫女的人。"

"嗯，双管齐下吧。"师父说，"但有一个原则就是，不要轻举妄动。因为我们虽然分析了这么多，但一点点证据都没有拿到。摸排到犯罪嫌疑人后，我们是需要想办法从他们家里提取到相关证据，才能最终定案的。"

"放心吧，给我一天一夜的时间，就会有结果。"唐支队满怀信心地站起身来，合起了面前的笔记本。

看来今天又不能回龙番了，我心里想着。

好在第二天一早，唐支队就给我们传来了好消息。

之所以能调查得这么快，就是因为师父的分析很准确。

经过摸排，现场附近一家化肥厂的一名叫作谢东年的保安，进入了警方的视野。

化工厂的保安都来自保安公司，橡皮警棍是他们巡逻的标配。其中，有退伍武警背景的有三四个人。谢东年就是其中一个。其他人要么没有作案时间，要么没有什么可疑的联络人。而谢东年的女朋友叫陈思梦，很多人都知道她是个卖淫女。这个组合，就和师父之前怀疑的对象很接近了。

谢东年的收入不高，可是平时吃喝用度却十分奢华，就连随身的皮带、手表，都是名牌。不是李解放的那种高仿的名牌，而是正品名牌。

关于谢东年为什么会有这么多钱，很多人在私底下议论过。有人说谢东年是靠他女朋友养着的，他充当女朋友的打手，两人狼狈为奸；也有人觉得即便是卖淫，也不至于那么有钱。总之，这些钱来路不明，非常可疑。

事发当晚，正好轮到谢东年值班，可是在巡防指纹打卡记录中，晚间 11 点的那次指纹打卡，谢东年没有打上。凌晨 2 点的那次，倒是打上了。所以，他完全具备作案时间。

这么多疑点汇聚到他一个人身上，那基本就是他作案，没跑了。

可是，如何提取证据呢？

橡皮警棍是多人共同使用的，证明效力不强，那么取证的唯一方向，就是谢东年的女友陈思梦所租住的小房子了。

师父当然是闲不下来的，他又带着我起了个大早，和市局的技术员们来到了陈思梦的家里。此时，陈思梦已经被派出所以涉嫌卖淫为由拘留了，刑警队也派人正盯着谢东年。这一切都是为了不打草惊蛇，把人控制住，然后秘密搜证。

房子很小，也很乱。

床头的纸篓里，怕是有几十个避孕套。不过这是好事，说明陈思梦很懒，很有可能还没有清理房间，这样我们提取到物证的可能性就大了很多。

很快，我们从装着一堆避孕套的恶心纸篓里，找出了一根红色的头绳和一串钥匙。按理说，完好无损的头绳和钥匙，是不会被扔进纸篓里的。最大的可能这根头绳就是捆绑李解放用的，只需要对绳子上的 DNA 进行检验，就有希望获取证据。而钥匙也可能是李解放的。当他受重伤后，两个人慌乱地给他穿衣服的时候，钥匙可能就从衣物里掉落了出来。只需要去李解放家试一试钥匙，就知道它能不能也成为证据了。

在我们商量着如何尽快把物证送省厅进行 DNA 检验的时候（那时候 DNA 检验只有省厅可以开展，各市公安局的 DNA 检验是在几年后陆续开展的），我们突然接到了派出所的电话。正在被询问卖淫事宜的陈思梦，因为害怕，居然不打自招了。

通过审讯，师父的推断果然没错，案发过程与他的描述几乎百分百吻合。

原来李解放来到云陵市后，心里像猫抓似的痒痒，正在这时，王启给了他3000元钱，他顿时色胆包天，晚上趁黑溜了出去。他一个人闲逛到现场附近，恰巧碰见在路边招客的卖淫女陈思梦。两人一拍即合，谈好了价钱就往陈思梦的出租屋走去。陈思梦看李解放一副农民打扮，像是郊区人，应该和附近的人不熟悉，顿时起了歹意，短信通知她的男朋友谢东年前来敲诈。当然，这也不是他们第一次这样干了。之前作案几十起，从来没有人报过警。毕竟只要一报警，那自己嫖娼的丑事也就被揭发了。

谢东年曾经在西北当过几年武警，退伍后就在现场附近的化肥厂当了保安。李解放和陈思梦来到出租屋，刚脱去衣物，谢东年就闯进门来拍照，声称李解放强奸他的女朋友，并把李解放双手捆绑，让其跪在卫生间。

陈思梦和谢东年翻遍李解放的衣服和包，居然只找到了几十块钱。谢东年恼羞成怒，去卫生间质问李解放钱藏在哪里，难道他几十块钱就想来"白嫖"吗？李解放开始不愿意说，谢东年直接一棍子敲在了他的额头上。李解放被打了一下，虽然受到了颅脑损伤，但当时还没有丧失意识，只是觉得疼，也真的害怕了，于是交代出藏钱的暗口袋。谢东年从夹克的暗口袋里找到了3000元，正在欣喜之时，却听见了李解放倒在卫生间的声音。

李解放已经年过半百，哪里经得起谢东年这种壮汉的重击？谢东年心知不好，见此情形，没有什么别的办法了，只好慌慌张张地给李解放穿好衣服，然后扛起他，把他丢弃在附近的马路旁边，伪装成交通事故。

第二天清晨，看到交警前来勘查现场，谢东年和陈思梦还暗自庆幸躲过一劫，没想到时隔两天便被从天而降的刑警捉拿归案。

回去的路上，我对师父的精彩推断佩服得五体投地："师父，这个案子分析得太精彩了，我算大开眼界了。原来以为法医学专业在命案侦破中只是基础工作，顶多是能有个方向的指导。真没有想到，只要仔细认真，我们原来是可以控场的。"

师父说："关键是态度，尤其是技术工作。把工作当成事业，你就会发现自己的价值。"

法医秦明

VOICE OF THE DEAD

| 第三案 |

狂乱之刃

—

疯狂滋生疯狂。

—

丹·布朗

1

"从 CT 片来看，对冲伤明显。颅骨骨折线连贯为线形，贯穿枕部，这样的损伤必须是和有一定接触面积的钝物接触才能形成的，而且应该是经过了减速作用。"我说，"显而易见，伤者说了假话，他的伤不是被打的，而是摔出来的。"

"看来，我们最近是和'对冲伤'耗上了，连续遇到好几个对冲伤。"师父说，"人家说，在医院生孩子，要么连续来几个男孩，要么连续来几个女孩，像是一船拉来的。看来做法医鉴定也一样啊。"

"这是伤者啊。"我打断了师父的冷笑话。

早在实习的时候，我就已经知道，伤情鉴定是法医的另一项重要工作。

这项工作的难度一点儿也不亚于命案侦破。一方面伤情鉴定牵涉纠纷当事人双方的利益之争，所以无论做出什么结论，总会有一方不服，会认为对自己不公平，然后猜测说法医有徇私舞弊的嫌疑。另一方面，很多损伤伤及内脏、骨骼，法医不能像检验尸体那样得到直观的认识，而是要通过医学知识、医学影像学资料对活体的伤情进行诊断，并对照伤情鉴定标准进行鉴定。

我曾经的带教老师圣兵哥曾经因为一起鉴定，被鉴定人反复状告、举报，导致一向开朗的圣兵哥那段时间都很颓废和沮丧。伤情鉴定的难度和麻烦，可见一斑。

刚进入省公安厅工作的时候，我以为省厅机关就可以自动"过滤"掉这些吃力不讨好的工作，哪承想根本就不是这样。省公安厅的辖区有一个省那么大，每年全省的伤情鉴定有两万多起。

不管是疑难的鉴定，还是难缠的鉴定，师父都会尽可能组织会诊。对于疑难的鉴定来说，多邀请一些法医专家和一些临床医学的专家，就可以把伤者的损伤剖析清楚，从而做出客观、公正的鉴定，在法庭上被采信的概率也会更高。而对于难缠的鉴定，既然当事人对公安机关的鉴定意见总是有疑虑，那么有了这么多法医专家和医学专家共同得出的结论，可信度也会大大增加，这也算是提升公信力的一种办法。

"不能放过一个坏人，也不能冤枉一个好人。"这是师父对伤情鉴定的解读。

用这一句话来解读看似简单的伤情鉴定工作，似乎有点上纲上线，其实在实际工作中，真的是非常贴切。

并不是所有的伤情鉴定，都是看一眼就能得出结果的。来法医门诊做鉴定的伤者，和去医院门诊就诊的患者，思维方式是完全不同的。简而言之，去医院就诊，患者会尽可能地准确描述自己的症状和体征，而来法医门诊的，照实描述的，寥寥无几。

伤情鉴定，简直就像是一面人性的"照妖镜"。

我工作的时间越长，见识到的"作妖"也就越多。比如，法医口里经常说的"诈伤"和"造作伤"，就让我大开眼界。

所谓的诈伤，就是在打架的过程中，没有受到多么严重的损伤，但是伤者为了获得更高的鉴定结论等级，故意伪装自己有伤，来欺骗法医。这是比较低级的欺骗方法。

打个比方，伤情鉴定中，对于眼睛受外伤后的鉴定，很多是需要依据视力下降的程度来进行的。有些伤者明明看得见，却非要说自己看不见。视力是主观的，法医怎么判断呢？最简单的办法，就是从医学原理上来分析，伤者的眼球或者视神经在损伤后，有没有改变。如果有改变，可能会导致视力下降。如果连改变都没有，那又有什么依据能证明他是真的视力下降了呢？

我本以为这样就算解决问题了，没想到还会遇到另一种情况：伤者的眼球确实受伤了，也有损伤后的改变，视力也确实从 5.0 下降到了 4.6，但是法医指着视力表上的 4.0，他也声称自己看不见，那又该怎么办呢？好在，对于这种故意自述视力下降严重的伤者，法医自有伪盲试验的办法可以识别。所以，法医在某种程度上，也算是"识谎专家"了。

造作伤的手段，就比诈伤要高明得多了。

伤者为了达到自己的目的，不惜在自己的身上来伪造伤情，企图瞒天过海，欺骗法医。

有一次，一个人被别人用啤酒瓶子敲破了头，头部的创口只有 5cm 长，构不成轻伤。为了能得到轻伤的结论，他就找了从医的熟人，把原来的创口用手术刀给延长到了轻伤的标准。

殊不知，法医在鉴定时，并不会简单地看疤痕有多长，而是会观察疤痕的形态。啤酒瓶砸出来的损伤和手术刀划出来的损伤，自然不一样。法医识破后，会因"鉴定材料不真实"而不予鉴定。

这类造作伤并不少见，而且五花八门，自己戳破鼓膜的、自己拔掉门牙的，为了达到自己的目的，真可谓无所不用其极。不过，无论怎么伪造损伤，法医都有办法来进行判断。即便是从技术上不能判断的疑难点，也可以通过出警民警的证词和执法记录来进行判断。

渐渐地，我也从伤情鉴定中找到了乐趣。

它没有想象中那么枯燥，识破谎言，同样也是很有成就感的一件事情。关键是，这些用在活人身上的验伤办法，有的时候在命案中也可以用上。所以，我把伤情鉴定当成了对自己的锻炼机会，希望能多多提高自己的专业能力，早日成为像师父那样成熟的法医。

某天，会诊结束后，师父、龙番市局的法医胡科长和我在办公室里拉家常。

我们这个有六七千万人的大省，全省各级公安机关的法医，总共加起来也只有三百多人，可见这个职业有多冷门了。人少有人少的好处，大家都彼此熟识，关系都很好。

"最近案件好少啊，都有点儿闲得发慌了。"胡科长笑着说。

"我翻了你们的登记表，这一个月来，你们收了60起伤情鉴定，还闲得发慌？"我说，"我们一年还做不到你们半个月的伤情鉴定量。"

"我们每年受理伤情鉴定都是一千多起，这个月才收60起，你算算是不是闲了很多？"胡科长掰起了指头，"不过，咱龙番市有个规律：一旦伤情鉴定少了，就是要有难度大的命案了。不过最近好像还算平静。"

听完胡科长的话后，我后背突然冒了一身冷汗，冷汗还没消去，胡科长办公室的电话就应景地响了起来。不是我迷信，也不是故意在玩梗，无论在什么地方，干法医的确实忌讳这样的话。虽然我也被称为"乌鸦嘴"，但是乌鸦嘴的法医绝对不止我一个。

胡科长接电话时，脸上红一阵白一阵的，从惊讶到凝重。

挂了电话，他说："真邪门儿，我这张破嘴。"

狂乱之刃

"有命案？"我虽然祈愿天下太平，但是听说有命案，还是有一股冲劲儿涌上心头。

"西郊城际铁路高架下面的小楼，死了一对年轻夫妇，据说惨不忍睹。"胡科长皱起了眉头。

这时候"命案必破"的理念早已深入了刑警们的思想，公安机关对命案侦破的重视程度也高于任何一个时间段，相应地，命案也开始每年减少。这种一次性杀了两个人的案件，已经算是大案了。

我拿出手机看了下日历，对身边的师父说："明天是周末，不如我们一起出勘现场、侦办此案吧？"

"嚯，有这积极性、主动性还是不错的。"师父说，"不过不用你主动请缨，咱们也得去。要知道，有广泛社会影响的、重大疑难的和久侦不破的命案，就是我们省厅法医需要支援的案件。"

"那是最好不过了。"胡科长高兴地说，"走，出发。"

"你们先去。"师父说，"我回厅里接一下痕检员。"

我知道师父这是要去接林涛。

"林涛那小子，因为上个案子没有带他，这些天一直和我闹呢。"师父哈哈一笑，说，"怎么说，我也算是他的师父，不能只带你，不带他，一碗水要端平嘛。"

上个案子是我和师父处置信访事项的途中，偶然发现的一起命案。因为处置信访事项，主要是法医学专业的事情，和痕检专业关系不大，所以林涛并没有参与，错过了一起精彩的命案分析。林涛在听完我口若悬河般的复盘后一直耿耿于怀，几宿没睡好觉了。

从龙番市局开车到省公安厅，林涛早已经拎着沉重的勘查箱等在省厅门口了，可见他急迫的心情。他站在路边，穿着现场勘查服，站得笔直，引来不少路过姑娘的目光。

林涛一上车，驾驶员就打开了警灯，向案发现场出发。

省城不大，我们却也开了40分钟车才到达现场。我们一路上经过了繁华的市区，经过了寂静的农田，又经过了一片破旧的村落，最后才抵达了现场。和命案带来的压抑气氛截然不同，这里花香四溢，看上去像一片世外桃源。旺盛的植物簇拥着绿化带中央的三栋联排别墅，我们刚刚靠近，就被大自然的芬芳笼罩了。

三栋别墅都被警方的警戒带围了起来，当然不可能每栋别墅都发生了命案，只是因为这里人烟稀少，扩大封锁范围，自然有助于案件现场的保护。

我绕着别墅外的警戒带，走了一段，问："怎么会有人在这里盖这么好的房子？难道有内幕知道这里会被开发，先抢占先机？可是，这里离市区可不近啊。"

"是啊，就算地皮不值钱，盖这三栋房子，也花了不少钱啊。"林涛羡慕地抬头看了看。

"瞧你们俩那没见过世面的样儿。"师父哑然失笑。

"这块地是一个小老板的，之前作为苗圃，后来这里建了高铁高架，征了他的地，他赚了一大笔后就改行了。"辖区派出所民警说。

"他住这里？"我站在旁边的一个小土坡上，看了看周围的环境。别墅的周围有近十亩地种着各种植物。苗圃的边缘连接着刚才经过的那片破旧的村落，和小村的矮墙砖房形成了鲜明的对比。

"小老板转了行，这片苗圃就给了他妹妹打理，并且在这里投资建设了三栋联排别墅，说是以后这儿开发起来的话就能赚大钱。说即便城市开发到不了这里，也是自己家老人颐养天年的好地方。所以，怎么算，都不会亏。"民警介绍说，"不过，目前，我说的这个小老板自己倒不住在这里，他让他的妹妹和妹夫住在这里，打理苗圃。"

"只有他妹妹、妹夫？也就是说，这三栋别墅有两栋是空着的？"师父发话了。

民警指着最西边的别墅说："是的。咱们面前这两栋别墅，完全是空的，甚至都没装修。只有最西头的那一栋简单装修了一下，非常简单，就能勉强住人而已。小老板姓柏，他的妹妹柏长青两口子就住这里。不过，他们俩也是隔三岔五在这儿住，毕竟他们都是城区的户口，在城区也有房子，周末肯定是回市里的。"

师父点了点头，说："你说的柏长青，就是死者？"

"是啊，女的叫柏长青，男的叫周方。两人结婚三四年了，还没有孩子。"民警说，"不过目前还没有确定两名死者的身份，但不出意外，就是他们俩。"

"也就是说，你们还没进入现场是吗？"师父问。

"是啊，周围的窗户都有防盗窗，"民警说，"报案人也只是从窗帘的缝隙里看到里面的死者的。唯一的进出口，是大门，但是大门从外面被挂锁锁上了。"

"如果是有人入室杀人，那么门外的挂锁就是凶手挂上的。"林涛说，"所以你们不想破坏挂锁，正在技术开锁？"

民警说："对，我们市局的技术部门同志正在技术开锁，您可以看看一楼卧室的窗户。"

"这么半天了，还没打开呢？"林涛跃跃欲试道，"我来！"

2

见林涛朝大门方向走去，我则带上了现场勘查装备，顺着民警手指的方向走到了一扇密闭严实的防盗窗的窗户边，探头向屋内望去。

窗户上挂着窗帘，遮挡了一部分视线，但从窗帘的一角，隐约能窥见一只戴着银白色手链的雪白的胳膊无力地瘫在地上，手背上沾满了血迹。从手臂上明显的尸斑和从窗户缝隙里钻出来的腐败臭味儿看，我们确实没有必要强行破门抢救了。

林涛一直和我们吹嘘在学校的时候，自己技术开锁学得最好，不管多牛的锁，交到他的手上，很快就能打开。可是，我们一直不信，这时候，终于有他施展技能的地方了。

师父也没闲着，正在询问派出所民警初步的调查情况。

"三天前，也就是 25 日下午，在外地做生意的柏老板给他的妹夫周方打了电话，问了一些苗圃的情况。周方称自己摔了一跤，脚踝骨折脱位，已经卧床一周了。打电话的时候，柏长青不在家，所以周方说等到 26 日上午再让柏长青给她哥哥回电话，说说苗圃经营的事儿。"

"结果柏老板等到 26 日，也没有等到他妹妹的电话是吧？"师父说。

"是的。"民警说，"柏老板打电话过去的时候，电话无法打通。柏老板说柏长青从来不会关手机，不应该无法打通，就叫他在省城公司的秘书开车过来看了一眼。"

"26 日就有人来看了？"我问。

民警点点头，说："可惜看得不仔细。秘书来了之后，发现门是从外面锁好的，就像是主人外出锁门的样子。恰巧 26 日是周六，秘书觉得小夫妇应该回城了，所以也没在意。"

"腿断了，还怎么回城啊？"我说，"我记得侦查部门调查过，他俩又没私家车。"

"秘书这不是没你的头脑嘛。"师父似乎在嘲讽我。

民警笑了笑，接着说："秘书还算是负责，于是回到城里他们的住处，发现也没有人开门。没办法，他就只能向柏老板反馈了消息。柏老板一直忐忑不安，但是心存侥幸，认为是不是因为周方的伤势加重，去医院住院了。小两口害怕柏老板担心，所以就没打招呼。柏老板连续打了两天的电话，一直是无法打通的状态，觉得很不正常。于是，今天他又差了秘书再次过来看看。秘书来了之后，发现门依旧和三天前一样是锁着的。秘书这次学聪明了，他绕到屋后，从一楼的窗帘缝里往里看，才发现了一只死人的手。"

"感觉死亡时间很清楚啊。"我说。

"也得结合尸体状态来看。"师父说，"并不是说失联了，就一定死了，对吧？"

我点了点头。

"嚯，你真的把锁打开了？厉害啊！这是把好锁啊，真是难开，我们搞了1个小时都没搞开，都准备用切割机来硬的了。"刚刚了解完案件前期情况，我们就听到开锁民警激动的声音。

师父和我一起走到了别墅的大门口，看见两名民警戴着手套，拿着一只造型别致的挂锁，翻来覆去地看着。

林涛收拾好工具，赶紧拿回挂锁，小心翼翼地放进一个大物证袋里，说："别乱拿，这上面说不定有好东西呢。"

"厉害，厉害，这都能打得开。"我朝林涛竖了竖大拇指。

林涛擦了擦头上的汗珠，又整理了一下自己的头发，说："这种防盗门叫作双锁门。顾名思义，有暗锁，还有挂锁。暗锁倒是好开，挂锁确实有点麻烦，好在在学校的时候学过。你们看到的这个别致的挂锁，本身也是这扇防盗门的一部分，相当于再加一层锁。出门时可以挂在外面，晚上在家可以挂在门里面，真是安全。"

原来这么一会儿工夫，林涛就打开了两道锁了。

"你不知道我家的门牌号，对吧？"我担忧地问道。

"你又没钱，我偷开你锁干吗？"林涛瞬间理解了我的意思。

"没钱有秘密啊！"我说。

"喊，在我面前你有啥秘密？"林涛收拾好了工具，准备去拎装有勘查踏板的箱子。

师父用异样的目光看了我俩一眼，又问林涛："你是说，这个锁肯定是死者家里的了？"

"是的，完全可以确定。"林涛打开箱子，抱出一摞勘查踏板，说，"配套的，一体的，所以肯定不是外面人为了延长案发时间而带过来的，而是顺手所为。"

"顺手所为。"师父沉吟着，又抬头看着别墅的二楼。

"先铺设勘查踏板，你们从踏板上进去看看吧。"林涛说完，把踏板递给了身边的痕检员。

龙番市公安局尽是训练有素的现场勘查员。他们麻利地捞上勘查踏板，一步一放板，很快就进入了现场的卧室。不一会儿，痕检员沿着摆好的勘查踏板走出了现场，一脸沮丧地说："已确认，两名死者。"

胡科长脸上的肌肉抖动了一下，为自己刚才在办公室的话而感到后悔："早上真不该说那些话。"

"我说吧，这种事儿不信邪不行的。"我一边说，一边换掉刚才在室外已经弄脏了的鞋套，避免对室内的现场造成污染。

一切准备就绪后，我站起身来挺挺胸，怀着一种神圣的感觉，走进了现场。

勘查踏板示意图

一走进别墅大门，一股夹杂着腐败臭味儿的血腥味儿扑鼻而来。

"这个天气，不应该腐败得这么快啊？"我揉了揉鼻子。

虽然还没有入冬，但是此时的天气已经有些凉了，三天时间应该不至于高度腐败。

"进去看看再说。"师父率先沿着勘查踏板走到了中心现场房间的门口，朝里面看了一眼。

这是一栋标准结构的小别墅。一楼是大客厅以及厨房和卫生间，还有一间卧室。从前期进入现场的痕检员的陈述来看，中心现场就是在一楼的卧室里。

一楼被简单装修过，墙面粉刷成了白色，但是凹凸不平，只是抹了泥子，并没有刷上乳胶漆。地面也只是铺设了最简单的地板革，甚至都没有用胶粘到地面上。地板革只铺到了楼梯旁边，楼梯还是水泥的，再往上看去，就没有装修过的迹象了。

大客厅的摆设不多，只有一台电视机和一组沙发。因为摆设过少，客厅显得空荡荡的。卫生间和厨房已经贴上了瓷砖、装上了吊顶，但是一看都是便宜货。卫生间和厨房里摆放着基本的生活用品，透露出浓浓的生活气息。

"林涛，林涛！"师父对门外喊着，"再拿一组踏板进来。"

不一会儿，林涛抱着一摞踏板走了进来，知道师父是想上二楼，于是蹲在地上看了看，说："这地面条件，没什么可能性会留下足迹。"

"那也得用踏板，这是规矩。"师父接过踏板，向楼上走去。胡科长和我跟在师父的身后。

"先上二楼吗？"我指了指楼上。

师父点点头，说："让痕检部门先把中心现场的地面搞明白，我们再进去看。"

沿着勘查踏板上到二楼，先是一个小客厅，然后就是两个房间。如果说一楼还被简单装潢过，通往二楼的楼梯再往上就都是毛坯房了。二楼没有什么异常，也没有出现其他的尸体。因为是毛坯房，地面条件很差，几乎发现不了什么线索。师父上到二楼的目的，是想仔细检查二楼的窗户。可是，这些窗户无一例外都是锁闭的，而且并没有被撬压的痕迹。

"一楼有防盗窗，二楼的窗户都是锁闭的，难道凶手是从门进来的？"我觉得十分奇怪，"可是林涛说了，一楼的防盗门是双重保险的。在家的时候，主人会从里面锁上挂锁。即便是神偷，也进不来啊。难道真的是敲门入室吗？熟人作案？"

师父说："哦？你这么快就能看出是盗窃案件？"

"啊？那倒不是。"我顿时谨慎了起来。

话还没有说完，就听见楼下的痕检员在楼梯口喊我们："胡科长，张局长到了，让我们尽快勘查，然后汇报基本情况，以便进一步走访调查。"

"楼下看了是什么情况？"胡科长也对着楼梯口喊道。

"两名死者，初步断定是柏长青和她的丈夫周方。"痕检员说，"现场毫无翻乱痕迹，死者的贵重首饰也都在，外衣口袋里还有现金，不像是盗窃案件。"

胡科长一听，探头对楼下说："楼上的窗户都是密闭的，犯罪分子的出入口还是要研究的。"

"出口没问题。"我说，"肯定是犯罪分子杀人后从大门离开，离开的时候锁了门。"

"门从外面用挂锁锁上，是可以提示这一点。"师父说，"但是挂锁需要钥匙才能打开、锁闭，凶手怎么会有挂锁的钥匙呢？"

"这……"我想了想，虽然可以假设很多种答案，但是并没有依据来支持，于是不吭声了。

"你先下去看看，换林涛上来，再排除一下从二楼进入的可能性。"师父对我说。

我应允了一声，沿着踏板走下楼，喊了林涛上楼，自己留在客厅里仔细地看着。

客厅里有个撕页式的挂历，挂历显示是 25 日。挂历下放着一个烟灰缸，烟灰缸里没有烟头，只有一团揉成团的纸。我小心地展开纸团，原来是一张最近被撕下的日历，日历上写着"24 日"。我把纸团和挂历做了拼接，确实是从挂历上撕扯下来的。

大门口的墙上钉着一枚水泥钉，在雪白的墙壁上格外显眼，我走过去仔细看了看水泥钉的位置，对楼上喊道："师父，出口没问题了，挂锁的钥匙应该是挂在门口一枚水泥钉上的。现在看来，钥匙是被凶手拿走了，所以才能顺利地出门，并从门外将挂锁锁上。"

师父没有应声，看来对这个信息并不感兴趣。

很快，林涛从楼上走了下来。

"二楼有发现，一会儿再说。我得先看看大门挂锁和内侧的暗锁把手上有没有什么可用的痕迹。"林涛说，"你既然确定了凶手是从大门离开的，还不嫌麻烦地用钥匙开锁、闭锁，那么很有可能会在门锁上留下可用的痕迹。"

见林涛急匆匆走了出去，我沿着踏板在一楼绕着圈，简单地看了卫生间和厨房，没什么有价值的发现。

"中心现场差不多了，你可以进来看看了。"在中心现场的痕检员对我喊道。

"好咧。"

我应了一声，向卧室走去，眼前突然闪过一个小黑点，我定睛一看，原来是苍蝇。

天气都转凉了，这时候还有苍蝇呢？

我走进房间，向尸体躺伏的位置看去，着实吓了一跳。

一具男性尸体躺在床上，被子被掀开，露出他身上整齐的睡衣睡裤，他的右脚踝处包裹着白色的纱布和蓝色的夹板，纱布的间隙里露出一只蜡黄的脚。我突然想起民警介绍的案情，周方在一周前扭伤了右脚踝，看来这名死者就应该是周方了。

床另一边的地面上躺着一具女性尸体，同样也穿着睡衣睡裤，只是睡衣的纽扣全部解开，露出沾染了血迹的乳房和肚皮，伤口依稀可见。

"看来他们是 25 日晚上睡觉了以后，当天夜里遇害的。"我说。

"啊？是怎么看出来的？"痕检员问道，"是通过腐败程度吗？"

我摇了摇头，说："不是。客厅有个挂历，只被撕到 25 日的那一页，结合死者的衣着，就得出结论喽。"我想起了飙哥当初利用死者手腕上的手表的时间来判断死亡时间，看来我也学以致用了。

痕检员笑了笑说："哦，我说呢，这尸体腐败得很奇怪，应该是看不出时间的。"

此时，师父和胡科长也从二楼下来了，从我的背后挤进了中心现场。

"师父，进入口确定了吗？"我问道。

师父摆摆手，说："别急，先仔细看看尸体。"

我走近尸体，弯下腰看看床上男尸，又走过去蹲下身看了看女尸。两具尸体的头面部都被乱刀砍烂，眼珠都鼓出了眼眶，碎裂的牙齿黏附在下巴上，鼻子也歪在一旁，所以已经无法分辨面容了，头颅下方都是大片血迹。尸体的颈部都被完全割开，露出白森森的气管。尸体头面部和颈部的诸多创口连接在一起，形成了一个敞开的巨大创口，创口里偶尔可见白色的蛆虫在蠕动。

我从勘查箱里拿出了酒精棉球，擦拭掉女死者胸口的血迹，露出雪白的皮肤。

"的确，其余的组织并没有高度腐败。"我说，"仅仅是头面部高度腐败，而身体却丝毫没有腐败，你说的奇怪就是指这个吧？"

年轻的痕检员点了点头。他可能见过整尸腐败的，遇到这种情况可能还是头一回。

我见师父正在看尸体，想好好表现一下，于是解释道："是这样的，头面部的软组织被完全砍开了，所以头部下方有大量的血液。那么浸泡在血泊里、暴露在空气中的皮下组织，自然会比其他部位腐败得更快，也更容易吸引苍蝇。"

"行了，别嘚瑟了，再验证一遍时间。"师父说。

我知道师父没有纠正我的说法，说明我说的是正确的，便越发自信地回答道："从外面的挂历，都可以判断出来了。"

"我说的是用蛆。"师父说，"法医对于已经确认的判断，更要多方面印证，确保不会犯错。"

跟了师父好几个月了，我开始熟悉师父的办案作风——对于不确定的事情，不要过于保守，要大胆推测。对于已经确定的事情，要多方法证明，确保结论绝对准确。到现在为止，我还没有对高度腐败尸体进行过死亡时间的推断。这一次，师父应该还有考验我的意思。

其实在之前的实习过程中，我早已熟练掌握利用蛆虫长度判断死亡时间的方法了。此时，我熟练地拿出了勘查箱里的镊子，捏起创口里的一只白色的蛆，放到一支装了酒精的试管里。不一会儿，蛆就不再挣扎了。我又用镊子取出不知道是醉死还是溺死的蛆虫，用比例尺仔细地量了量，说："夏天蛆虫每天生长 0.8 毫米，这个季节要慢一些。这个蛆虫只有不到 2 毫米，用昆虫学计算死亡时间，也应该是三天左右，和我们之前判断的一样，他们是 25 日晚上死亡的。"

林涛此时正好走进了中心现场，看到我把一只蛆弄来弄去，不禁感到一阵恶心，干呕了一下，说："你居然玩蛆！"

3

"请注意你的措辞，我这是在观察和分析。"我白了林涛一眼，问道，"有发现了？"

林涛扬了扬手中的相机，说："刚才我仔细看了那个挂锁，仿佛有一些痕迹，于是我就用试剂显现了一下，果然发现一枚残缺的血指纹。"

"好事啊！"师父高兴地说。

我也很兴奋，看来我们没有白分析，我们对凶手离开犯罪现场的出口进行了准确的判断，还获得了重要的战果。我知道，判断出入口是现场重建的一部分，而现场重建的作用之一就是寻找证据。

还没高兴多久，林涛就来了个转折："别急，我说的这枚血指纹，只有排除的价值，没有认定的价值。因为它是残缺的。"

"那你说个屁。"我用肩膀撞了一下林涛。

林涛瞬间跳开，说："玩蛆的，你别碰我！"

"没关系，血指纹是最有价值的指纹类型。"师父说，"即便是残缺的，也可以作为证据链的重要部分。"

"是啊！咱们也不只有这么一个证据。我觉得这个案子有很好的破案条件。"林涛指着市局的年轻痕检员，说，"他们在卧室地面，也发现了多枚血足迹。同样，血足迹和血指纹一样，是最有证明效力的足迹类型。只要找到犯罪嫌疑人的鞋子，就有比对价值。"

师父点点头，问："你们说的卧室内的血足迹，有几个人的？"

"一个人的，可以断定。"市局的年轻痕检员斩钉截铁地说道。

"绝对没有第二个人的足迹了，对吗？"师父接着问道。

师父怎么会纠结这个问题？难道他觉得是两人作案？我又下意识地看了看地面上的血迹。

年轻痕检员从师父的口气中，也听出了这个问题的关键性，于是没有回答，而是拉着林涛蹲在地上，又研究了5分钟。

"是的，无论从磨损痕迹还是步态姿势，我们都能判断只有一个人的血足迹。"林涛说，"这个卧室的空间狭小，两名死者都是在床上或者床边遇害的，甚至都没有能够站起来走几步。"

师父满意地点点头，说："那林技术员、秦法医，你们对案件性质可有什么初步判断？"

"整间卧室没有被翻乱，东西摆放得都挺有序的，看起来实在不像是盗窃案件。"林涛叹了口气，说，"我们刚开始看到女死者的睡衣被解开了，怀疑是强奸，但目前看她的睡裤没有被脱下，又不像是强奸。看来仇杀的可能性比较大了。"

"嗯，同意！男死者在睡眠状态下被直接砍击头面部而死。看血迹，他都没有一点儿移动的迹象，说明凶手是进卧室后直接下的手，我也觉得像寻仇报复杀人。"我附和道。

"这个情况已经反馈给专案组了，侦查员也认为是寻仇的可能性比较大，并且现在张局长已经安排五组侦查员开始外围调查了。我看哪，做生意的，结仇家的可能性还是比较大。"市局年轻的痕检员说。

"是啊。"林涛见我们都支持了他的观点，更加自信地说，"而且死者的头面部、颈部都被砍烂了，不是有深仇大恨，怎么下得去这样的狠手啊！"

"痕检这样考虑，是可以理解的。但是法医判断案件性质，得从法医的角度来进行。"师父看了我一眼。

难道师父不赞成我们的意见？为什么呢？我的脑子飞快地转动着。

"既然是要从法医的角度来判断，那么等一会儿去解剖室，再慢慢说这个问题。"师父说，"也可以让侦查部门先调查社会矛盾关系，我们两边同时推进。"

之前说了，师父办案时总说"不确定的事情要大胆推断"。我现在越来越理解他的风格了。以前看推理小说，感觉只要推测出了一种可能，就会一股劲儿全往这个方向推进；但现实中的破案并不是这样的，我们需要排除其他所有可能性，只剩下唯一指向，才能明确办案方向，找出真凶。师父在每个案子里，都喜欢让我们提出所有的可能性，再一个一个去排除。

"那女死者的睡衣被解开，怎么解释呢？"胡科长突然问道。

"我分析是凶手看见死者漂亮，想猥亵一下吧。"我说，"现场没有搏斗痕迹，根据血迹形态分析，女死者应该是被惊醒了，因为她睡在屋内侧，无法夺门逃跑。或者说，她刚刚醒，还没来得及跑，就被砍击头部后倒地，倒地后就没有再挣扎和翻动。面部的几十条砍创，也肯定是在现在的原始位置被砍击的。"

我蹲在地上，看到喷溅状的血迹以女死者的头部为中心向周围发散，周围没有血迹的踩踏，所以得出了这样的结论。

"所以，凶手并没有想强奸。"林涛接着说，"只是杀人以后猥亵。"

我正准备站起身来，似乎发现了什么，突然指着电视机下方说："你们看那是什么？"

在场的所有人都朝电视柜的中间层望去，那里空空如也。

那并不是我的重点，我看到柜子后面，好像隐藏了几根裸露的电线头。

林涛走到电视柜旁边，把手伸进柜格，小心地拿起电线头，看了看说："这是被剪断的新鲜痕迹。铜线都没有任何生锈的痕迹，肯定是最近才被剪断的。"

我在电视柜附近看了一圈，说："他们家没有安装有线电视，如果想看电视，就只有接 DVD 了，可是这底下的 DVD 显然是被人剪断了电线后拿走了。这是什么情况？"

"观察得不错，这个发现很有用。"师父站在一边沉吟着。

王法医皱起眉头，说："是啊。如果是 DVD 坏了送去修理，也不至于要剪断连接线。这个动作，是什么意思？和犯罪有关吗？"

我摇了摇头，表示也不清楚。大家都在沉默中思考这个奇怪的发现。

"对了，还有个问题没解决呢。"我追问道，"刚才你们看二楼窗户，有发现吗？犯罪分子如何进入现场的，还没有解释呢。死者既然都是躺在床上，或者刚刚下床就被袭击了，那就说明不是敲门入室啊。难道，是溜门入室？可是这别墅附近都是平地，也没有其他住户，没地方藏身，如何溜门入室？"

"嗯，不错。"师父又赞赏了一句，"其实，我们已经基本断定了凶手是从二楼卫生间窗户钻进来的。"

"二楼窗户？"我很惊讶，心里也有很多问题，但一时不知道从哪里问起。

师父似乎看透了我的心思，说："二楼卫生间窗户上发现一枚灰尘指纹，这枚指纹非常新鲜。既然咱们在中心现场，确定了不可能是敲门入室，也不可能是溜门入室，那么我们就可以确定，这枚灰尘指纹就是犯罪分子进入现场的时候留下的。"

"二楼到处都是厚厚的灰尘，说明小两口根本就不上楼。"林涛说，"所以在二楼的窗沿出现灰尘指纹，确实很可疑。"

"那，和血指纹比对一下啊。"我对林涛说。

"你傻不傻？人有十根指头！"林涛奚落道，"如果两枚指纹不是来源于一根指头，怎么比对？但这两枚指纹，至少可以说明，凶手没有戴手套。"

"可是，二楼的窗户都是完全闭锁的啊。"我说。

"如果卫生间的窗户没有关闭，凶手进来之后，就能从里面锁闭窗户。"师父说，"听起来，凶手很有反侦查意识吧？"

我恍然大悟，这个疑点确实可以被师父解释。于是我双手比画着，接着问道："可是，卫生间的窗户那么小，人能钻得进来？"

我记得二楼卫生间的窗户，只有大约 50cm 高，而且是左右推拉式的，只能开半扇。

"说明凶手的身材矮小。"师父微笑着说，"这不，犯罪分子刻画的结论来了。"

"等等，还有问题。"我说，"这别墅的层高比普通住宅高多了，有四米多吧？我之前都看过外墙了，没有水管、屋顶、遮阳篷等这些可以攀爬的东西。他怎么上去的？"

"外墙确实没有攀爬痕迹。"林涛神秘一笑，说，"所以师父说，他是带梯子来的。"

"带梯子来的？"我大吃一惊，这似乎超出了我的想象。

"是啊，凶手是有备而来。不仅懂得带梯子爬进来，而且懂得进来后关上窗户。"师父说，"初步推测，凶手为男性，身材瘦小，而且有反侦查意识。"

我还是有些无法信服，继续提出疑问："如果凶手有反侦查意识，为什么他作案却不戴手套，还留下那么多痕迹，是不是有点儿矛盾？"

"对了，还有一个矛盾的地方。"另一名市局的痕检员擦了擦额头上的汗，打断了我们，"没有发现两名死者的手机，应该是被凶手带走了。但是死者口袋里还有现金，就连女死者手腕上的铂金手链都没被拿走，这不比手机值钱？"

我低头想了想，接着说："凶手不拿钱不拿首饰，却偷手机和 DVD，这人真是挺奇怪啊。"

"我刚才说了，法医对案件性质的判断，要从法医的专业来。"师父说，"所以，我们先去解剖完尸体，再下结论。"

说完，师父走过去和林涛耳语了几句，林涛点点头，拎着勘查箱先行离开了。

这是我第二次来到龙番市殡仪馆里的法医学尸体解剖室了。

之前处理尸蜡化的尸体时来过一回，当时被尸体吸引了全部注意力，都没有在乎解剖室的设备落后。现在仔细一打量才发现，这里真的是破旧不堪。

一间砖垒的平房，一个排风扇，加上一张不锈钢解剖台和两组器械架子，就组成了这个省会市的解剖室。

也许，有好的排风系统的话，上次那具尸蜡化尸体就不至于把我们熏成那样了吧？

只有一张解剖台，却有两具尸体，想要同时开展解剖工作的话，就只能让一组人用解剖室外面院子里的运尸推车了。

解剖室里外，躺着两个年轻的死者，已不能辨明容貌。

相对于高度腐败的尸体，被乱刀砍死的尸体更让法医们头痛。因为法医工作的一项重要内容，就是要对尸体上所有的损伤——进行测量、拍照和检验。如果有很多创口交织在一起，法医也必须搞清楚每一刀的方向和大小。所以，"血肉模糊"

这四个字，对于法医来说，意味着巨大的工作量。

比如，男死者周方的尸体损伤很明确，头面部的大量砍击创导致面颅骨完全塌陷，死因很快就能判断出来是急性大失血加上颅脑损伤。可是，仅仅是尸表检验，我们就进行了快 2 个小时。因为我们得逐一分辨出尸体面部那二十多刀里每一刀的大小和方向。实际上，究竟是砍了 25 刀还是 21 刀，对案件的侦办来说没有什么太大的区别。但是，作为证据，则需要鉴定得清清楚楚。

除了头、颈部的损伤，我们还确定了周方的右脚踝确实是发生了撕脱性骨折，符合扭伤所致。在做完尸表检验后，我们对他的尸体进行了解剖。因为他的胸腹部没有损伤，所以解剖的重点是头部。

死者周方的整个面颅骨和额骨都已经粉碎，这给开颅造成了很大的困难。我们既需要把还没有挫碎的脑组织给完整地取出来，还要防止尖锐的碎骨片扎破乳胶手套。

又经历了一个多小时的解剖工作，我们终于艰难地将脑组织完整取了出来。

通过检验，我们发现，死者周方作为一名青壮年男性，身上没有任何抵抗伤，显然是在睡眠状态中突然遭受打击死亡的，但可怜的是，他生前经历了非常人能承受的痛楚。他的脑组织损伤并不是十分严重，说明他遭到猛烈的打击后，并没有因为失血而马上死亡。在承受了巨大的痛苦之后，他的颈部还被凶手残忍地割开。此时他仍没有死，因为从切割创的边缘还可以看到明显的生活反应。颈动脉被完全断离后，他才因失血迅速加剧而死，此时全身的血基本都流完了。

尸检情况也验证了，凶手不是敲门入室的。结合窗户处的指纹，那就只能是翻窗入室了。

尽管两具尸体是同时开始检验的，但男死者周方的尸体检验完成后，女死者柏长青的尸体检验工作却还没有完成。

因为柏长青尸体的损伤相比于周方，更加复杂。致命伤同样是头面部的大量砍击伤和颈部的切割创伤，但是她双手的虎口部位都被砍开了，两只手的无名指和小指只靠着一丝皮肤和手掌相连，这是明显的抵抗伤。

除了这些损伤，柏长青的胸腹部都被血染了。在现场的时候，她袒胸露乳地躺在地面上，我们认为是她的颈动脉破裂后，大量的血沾染到了胸前的皮肤。此时，我们用纱布擦干净她胸前的血痂，发现她胸腹部的皮肤有二十多处 1cm 长的小创口，小创口分散在死者的乳房和肚脐周围，有的有轻微的生活反应，有的则完全没有生活反应。

"凶手是先砍男人，再砍女人的。"我说，"男人毫无抵抗，女人有轻微的抵抗，这说明了袭击的顺序。"

师父点了点头，但是他的表情告诉我，这是最基本的推理，没什么好强调的。

他说："重点不是这里，而是这些小创口。"

"这些小创口，有的是濒死期的损伤，有的是死后的损伤。"我说，"看来凶手刺击的时间段很长。女人的裤子没被脱下来，没有被性侵的迹象，难道他解开女死者睡衣的纽扣，就是为了刺上这二十多个创口？这是什么意思呢？"

"这个问题你先好好想想吧。"师父说，"我现在更想知道的是你对本案致伤工具的判断。"

"从伤口来看，应该是具有一定重量的砍击器，还要便于挥动。它的刃口有一定长度，还很锋利……"我说，"应该是菜刀和砍刀之类的吧。"

师父用止血钳指着女死者柏长青胸腹部的创口，说："我不是在问你致命伤的致伤工具，我是在问，这种小创口是用什么工具形成的呢？"

"菜刀的刀角？"我问。

师父不置可否，用手捏起其中一处创口，指着创角说："菜刀刀角形成的创口，会是一角钝一角锐，对吧？但是你看，这个创口两角都是钝的。"

"钝器？"我一头雾水。

4

师父摇了摇头，说："死者的头部解剖我们已经做完了，现在你要打开胸腹腔，看看这些细小的损伤伤得有多深。"

我用手术刀划开了死者的胸腹腔皮肤，然后按照解剖术式，分离了皮下组织和胸骨。一打开腹腔，我就惊呆了，因为我发现死者的腹腔内有食物残渣，这说明她的胃破裂了。后来打开胸腔，我发现死者的肺脏上也有出血，这说明她的肺脏也有刺破口。除此之外，死者的肝左叶，也可以看到破口。

师父拿起一个止血钳，指着死者的腹腔说："有的创口只到皮下，但有的已经进入了腹腔，刺破了内脏。现在，我们要看看最深的部位，能到什么地方。"

我从器械盘里拿出一根探针，从死者被刺破的脏器组织的窟窿里探进去，说："我的天，这个损伤居然伤到了脊柱腹侧面。"

我拿出卷尺，量了量探针，这个创口的深度，居然有 15 cm 长。我说："不可思议，那肯定不是菜刀的刀角形成的了，看来这个工具很长？"

"再看这一处伤到了肋骨骨质。"师父说，"肋骨形成印痕，不是菜刀角形成的三角形，而是一条线形。"

"说明工具的头端是平的。"我说。

"嗯，不错。平头的，头两端钝，长 15 cm……"

"起子！"我打断了师父的话。

"对，是起子。"师父说，"但是凶手在现场没有翻动行为，现场也没有工具箱，所以凶手不可能是在现场找到的起子。那么说明了什么问题呢？"

"凶手自带的呗！"我说，"凶手有菜刀又有起子，难道有两个凶手吗？"

师父摇了摇头："这就是我在现场的时候，为什么一直在问痕检部门，究竟能不能确定是一人作案的原因。他们十分自信，可以肯定是一名凶手作案。"

"那能说明什么？"胡科长在一旁也诧异道。

我低头思考了片刻，说："说明犯罪分子的作案目的是盗窃。"

师父看我答对他出的题目，非常高兴，说："非常好，我就是这个意思。这个案件应该是盗窃案件。"

胡科长在一旁也会意地点了点头，说："是的，开始我们还认为是报复杀人，现在要赶紧通知专案组转变侦查方向了。不是查死者的矛盾关系，而是查村子里那些偷鸡摸狗的人了。"

"破案已经是十拿九稳的事情了。"师父说，"下面就该由我们去专案组和侦查单位交流一下，难题自然会迎刃而解。"

负责照相的技术人员被我们说得一头雾水，问道："等等，为什么你们能确定这是一起盗窃案件？"

"靠的是经验。"胡科长说，"你想想，哪有寻仇杀人还带个起子的？盗窃犯惯用的工具是起子，而菜刀反而是辅助防身的工具了。"

其实我也不明白师父为什么就觉得可以破案了，于是忍不住问道："通过我们之前的分析，犯罪分子既然直接扛着梯子到现场，那说明他对现场周围地形、环境很熟悉，也有机会能发现死者家的二楼卫生间窗户是开着的。那么，他很有可能是在现场附近的村落居住。但是，毕竟附近有好几个村子，涉及几百个符合条件的男性，所以通过指纹来大范围排查的难度很大。那么，哪里来的'十拿九稳'呢？"

"等会儿揭晓答案吧。"师父说,"目前我也不敢完全肯定自己的推断,要和侦查组碰头后才可决断。"

我没有继续打破砂锅问到底,默默地和师父、胡科长一起对尸体进行缝合,再把尸体交还给殡仪馆。然后,我们乘坐勘查车,穿过夜色,来到了龙番市公安局专案组的大会议室。

会议室里,已经坐着好几个人,其中有市局的领导和各个侦查组的负责人,还有显然是刚刚从现场返回的、风尘仆仆的林涛。

"找到了吗?"师父首先盯着林涛问道。

"找到了!"林涛说,"已经送去 DNA 室加急检验了。"

"找到什么了?"我一头雾水。

师父神秘一笑,对专案组长说:"首先可以肯定的是,凶手一定来自现场附近的几个村落里。这是基于前期分析确认的。关键的理由是,凶手既然是带梯子来的,不可能住得远。因为那么长的梯子,可不轻啊。"

"不错,我们这边的工作也是围绕这几个村落开展的。"专案组长说。

"现在应该改成一个村落了吧。"师父看了看林涛说道。

林涛清了清嗓子,说:"是的!我们对几个村子的隐蔽角落,都进行了地毯式的搜索,目的就是寻找灰烬,终于在甲上村村口堆放建筑垃圾的地方,找到了一堆灰烬。在灰烬里,我们找到了衣服的碎片,碎片上似乎有血迹,还找到了半块儿已经基本烧焦的鞋底。"

"灰烬!血衣!"我惊讶地说道。

"灰烬很新鲜。"林涛补充了一句,"而且烧焦的鞋底的花纹,也应该和现场的一致。"

师父说道:"两名死者身上有大量伤口,凶手身上肯定有大量血迹。这衣服肯定是没法清洗了,最好的办法就是焚烧。以前吧,很有可能是在自己的炉灶里烧掉。但是现在是新农村了,几乎没有哪家有炉灶,都开始烧煤气了。所以,凶手只能去僻静的地方焚烧。而按照一般规律,凶手焚烧血衣一般都是在自己家附近。所以我认为,如果林涛找到的灰烬就是凶手焚烧的,那么凶手一定就住在这个甲上村里。这个结果,需要 DNA 来印证。"

"这个村子不小呢。"主办侦查员说,"取全村人的指纹和 DNA 吗?"

"不需要那么麻烦。"师父说，"首先我得问问，你们侦查部门现在对这个村子的情况掌握得怎么样了？"

"只有一下午的时间，太紧张了。"主办侦查员说，"这个村子位于城乡接合部，人口流动也非常频繁，人太多太杂，不太容易查清楚。不过，村子里的人员名单倒是梳理出来了，现在正在核查案发时间段附近仍在村里居住的人，等这一轮核查结束后，才能逐一摸排可能具有作案时间的人。"

"目前对死者的矛盾关系排查也陷入僵局。"另一组主办侦查员说，"这两个人专心经营苗圃，接触的都是生意上的人，目前正在逐个儿调查。通过下午的调查情况，反映这夫妇俩为人忠厚，不与人发生矛盾。"

师父低头想了想，慢慢地说道："矛盾关系不用查了，意义不大了。我想问的是，这个甲上村里是不是有户人家有个精神病儿子？"

会场一片寂静，突然，辖区派出所的所长说道："没有确诊的精神病患者，但是有一家的儿子据传言说是有间歇性精神障碍。父亲叫汪会。"

师父点了点头，问："那么，这个汪会的儿子是不是身材矮小？"

派出所所长说："是的，一米六，而且很瘦。"

我顺着师父的思路回忆道："现场二楼的窗户狭小，只有身材矮小的人才能钻进去，这点符合。"

师父没有回应我，而是继续问道："这一家是不是很穷？"

主办侦查员插话道："我们今天摸排的时候去这家了，家里的确穷困潦倒，除了破床破桌子破电视什么的，就没别的东西了，更别说冰箱、空调这样的大家电了。汪会的儿子在 10 岁时得了脑膜炎，没有及时医治，现在处于时而智障、时而狂躁的状态。"

"你是怀疑精神病人作案？"专案组长说，"可是，你们之前说凶手有反侦查能力啊！翻窗入室，还会锁窗户。杀完人，还知道从外面锁门，延迟案发时间。这是一个精神病人能做到的吗？"

师父没回答，而是看着主办侦查员说："汪会是不是说案发那天他孩子一直在家？"

"那倒没有。"侦查员说，"不过他倒是一直强调他的儿子从来不出门，都是憋在家里吃了睡、睡了吃。不过，这些情况，您是怎么知道的？"

"是尸体告诉我的。"师父笑着说了一句阴森恐怖的话，"现在我来分析给你们听。"

师父喝了一口水，慢慢地说道："先说主要的，我们要从尸体身上奇怪的刀伤说起。第一，两名死者的头面部和颈部都被砍了几十刀。这样的情况见于两类案件，一是深仇大恨、毁容泄愤，二是精神病杀人。第二，女死者的衣服被解开，乳房和肚脐周围有多处由起子形成的刺创，但是经尸检确认，死者并没有遭受性侵害，这样的情况也见于两种案件，一是性变态杀人，二是精神病杀人。第三，现场发现了 DVD 机被剪断的线头，又确定本案是盗窃案件，什么人盗窃只偷 DVD 和手机，却不翻动现场、不拿死者的现金和铂金手链？只有一种解释，凶手觉得 DVD 机和手机很值钱，所以才拿走了。但因为他没用过 DVD 机，所以不知道怎么拔线头，才用刀割断线头。这样的人，只能是智障或者精神病人。结合以上这三方面的问题，只有精神病患者才能做出这样的现场。"

我恍然地点了点头，说："凶手患有间歇性精神障碍的话，就可以解释为什么整个作案现场有时让人感觉凶手有反侦查意识，有时又像没有反侦查意识，甚至作案自带梯子都做得出来了。这是因为他时而清醒时而糊涂，所以整个案发现场和行为逻辑都让人费解。"

师父接着说："我之所以分析这个人家里很贫穷，是因为即便凶手有精神障碍，如若生活条件一般也都应该能认识什么是 DVD 机，这个时代，连 DVD 机都不知道是什么的，可见凶手的家里有多穷。"

胡科长在一旁补充道："嗯，听你这样一说，所有的疑点几乎都可以解释了。之前我一直在考虑一个问题，男性死者没有经过任何挣扎就被打死在床上，甚至连抵抗的动作都没有，这非常奇怪。因为盗窃杀人，通常都是进屋翻动东西惊醒受害人后，不得已才杀人。而本案中，凶手几乎是进了卧室就杀人。如果是正常人，还真不好理解。"

师父接话道："凶手应该是了解柏长青一家的习惯。受害者通常是周五回家，周一才回来，而恰巧案发当天是 25 日，周五。很有可能是凶手以为柏长青回了城，于是晚上来盗窃。哪知周方脚踝受伤，他们当晚没有回城。凶手进入卧室后，对于卧室内有人大为惊讶，但是因为受害人此时并没有醒来，若是正常人可能会逃离或者继续悄悄盗窃。但凶手是精神障碍患者，这种程度的受惊，会严重刺激他的精神状况，很有可能就诱发了狂躁症状。所以，才会出现这样不被理解的行为举止。"

大家都在似信非信地点头。

师父接着说："我们再进一步考虑，如果凶手的狂躁症发作了，他可能想得到离开时用挂锁锁闭大门，但不太可能想得到后续的处理，如焚烧血衣、销毁证据。那么，假如村口的焚烧灰烬确定是血衣的话，很有可能是他的父亲汪会帮忙销毁证据，汪会被警察问话时，自然也会极力隐瞒儿子当晚的真实行程。"

就在这时，DNA 检验室的技术人员走进会议室，低声和张局长耳语了几句。

张局长说："灰烬里发现的衣服碎片，检出死者血迹。那个烧焦的鞋底，没有发现血迹，但是找到了一个男性的 DNA。"

"那就抓人吧。"师父和张局长说道，"我相信这个男性的 DNA 肯定是汪会的儿子的。"

专案组长显得有些迷糊，说："我们还没有提取他的指纹和 DNA，嫌疑人又是精神障碍，审讯肯定没谱，贸然抓人，可靠吗？"

"相信我，尸体不会说谎。"师父说，"尸体上奇怪的刀伤，已经说明了一切。"

专案组长想了想，一声令下，三辆警车驶出了公安局大门。

师父、胡科长、林涛和我在专案组会议室里静静地等待着回音。

1 个小时后，专案组长的手机突然响起，电话的声音很响："张局长，是他干的，比对的工夫都省了！他家的床底下发现了割断电线的 DVD 机和两部手机！另外还有一把钥匙，怀疑是死者家大门挂锁的钥匙。"

"好吧，把嫌疑人和汪会一起抓回来。"张局长说，"这个汪会涉嫌包庇。"

夜还未深，专案组就得到了好消息。

在证据面前，汪会再也无法隐瞒下去了。

原来 26 日早晨，汪会发现自己家的梯子横着放在院子里，顿时有了不祥之兆。待他跑到儿子的房间时，发现儿子满身是血地躺在自己的床上呼呼大睡。汪会也不知道儿子干了什么事，只觉得大事不好，于是赶紧把儿子身上的血衣、鞋子、床单和被褥悄悄地拿到村口焚烧。可是他不知道自己儿子盗窃来的 DVD 机、手机和钥匙还放在床底下，这便留下了另一个致命的证据。

对汪会之子的审讯难度很大，他赘述了很多不相干的问题，提到男死者周方的时候，他咬着牙，眼露凶光地说："杀！杀！"提到女死者柏长青的时候，他却只会流着口水说："奶子，奶子。"

"这个嫌疑人的陈述碎片，已经明确反映出了他的作案过程。"师父说，"既然汪会承认血衣是他儿子的，血衣上又有死者的血迹，鞋子上又有他儿子的 DNA，那么这就是最直接的证据。"

"不仅如此。"林涛说，"残缺的血指纹虽然条件差，但是也找到了不少和嫌疑人一样的特征点。而且，那一枚灰尘指纹可以确定就是嫌疑人留下的。"

"铁案又能如何？精神病杀人，不负刑事责任。"我叹息道，"可怜了这一对无辜的夫妇，那么年轻就枉死了。"

"是啊。"师父也受到了我情绪的影响，"住在偏远地区，本身就有风险，夜间关紧门窗太重要了，如果他们二楼的窗户也关紧，就不会有这样的悲剧发生。仅仅是百密一疏，疏忽了一扇窗户，却酿成惨案，真是可惜了。"

法医秦明

VOICE OF THE DEAD

| 第四案 |

滴血屋顶

爱既不占有，

也不被占有。

纪伯伦·哈利勒·纪伯伦

1

夏日的夜晚，万籁俱寂。

忙碌了一天的人们，早早地钻进了空调房里，要么追剧，要么读书，要么酝酿着睡意。只剩下这个老旧小区外面的池塘边，还响着青蛙和蛐蛐的二重唱。

付清峰下班晚了，等他骑着自己的自行车哼哧哼哧地来到家楼下的时候，衬衫和裤子都已经被汗水湿透了，沾在皮肤上很不舒服。他三步并作两步，跑到了位于雅缘新村 5 栋 203 室的家门前，用最快的速度掏出钥匙打开了房门。

家里黑漆漆的，没有开灯，在黑暗中，似乎可以看到主卧室房门下缘透出的光亮。

天太热了，这才十点钟，妻子冯爱玲已经钻到空调房里了。

付清峰放下公文包，推门走进了房间。房间的台灯亮着，但它发出的微弱光芒并不能把整个房间照亮，只能将床上侧卧着的妻子的轮廓展现在他的面前。

"亲爱的，我回来了。"付清峰走到床边，俯下身亲了妻子的面颊。

"臭死了，赶紧去洗澡。"妻子似乎已经睡着了，被他惊醒后，仍躺在凉席上，迷迷糊糊地说道。

付清峰讨了个没趣，解开了一粒纽扣，让悬挂在床头上方墙壁上的空调的冷风吹进自己的怀里。汗水受到冷风的侵袭后产生的冰凉感，让他的燥热减缓了许多。他干脆在房间里，把衬衫和裤子都脱了下来。

冷风再一次吹过他的身体，让他起了一身鸡皮疙瘩。

"快洗澡，别感冒了。"妻子在昏暗中说道。

付清峰应了一声，恋恋不舍地离开空调房，去卫生间冲了一把澡。

洗完澡，全身都放松了下来，付清峰一边擦着头发一边重新回到了房间里。此时，妻子已经把台灯关掉了，房间里一片漆黑，从窗帘透进来的月光，只能勉强支撑着付清峰摸索到床边。

他翻身上床，让冰凉的凉席刺激着自己的肌肤。

"舒坦啊！"他轻声感叹，脑子里想着工作上的事情。

想着想着，他的意识开始模糊了起来。

突然，一滴冰凉的液体从上方坠落，正好落在了付清峰的眉心处，甚至发出了"啪"的一声响。

冰冷的触觉和突兀的声响，让付清峰全身都颤抖了一下。付清峰顺手把滴落在额头的凉水抹去，翻了个身。

"怎么了？"冯爱玲迷迷糊糊地问道。

"没事，这破空调要换了，老是滴水。"付清峰说。

"换什么换，哪有那么多钱换，制冷效果不是挺好的嘛。"冯爱玲说道。

话音未落，又是一滴水从上空落下，不偏不倚，正滴落在侧卧着的付清峰的耳廓里。他又是一个激灵，重新恢复了仰卧的姿势。

"那就找人来换一面墙装。"付清峰说，"我这样睡一晚上，不等于是洗了个头？"

冯爱玲似乎睡着了，没有回答。

付清峰睁开双眼，凝视着头部上方的空调机，却只能看到个轮廓。

啪、啪。

又是两滴水，正砸在付清峰的额头和鼻尖上。

付清峰用手抹去脸上的水，恼火地翻身坐了起来，喘着粗气。用来支撑身体的右手，从席子上离开的时候，付清峰感觉到了一丝黏黏的感受。

他用右手的大拇指摩挲着其余四指，那种黏黏的感受似乎不是错觉，就像是手掌里黏附了油脂一样，让人很不舒服。

"你这翻来覆去的，还让不让人睡觉了？明天还要上班呢！"冯爱玲生气了，她伸手拉开了台灯，同样也坐了起来。

当她用恼怒的目光看向付清峰的时候，眼神里的怒气瞬间消失，取而代之的，是猝不及防的恐惧。

"啊！"冯爱玲用她生平从来没有过的尖锐嗓音，大喊了一声，几乎刺穿了付清峰的鼓膜。

在距离她不到一米的距离，她的丈夫满脸是血地坐在那里，狰狞得像一只刚刚吃完人的野兽。

凌晨，师父坐在勘查车上，用 10 分钟的时间绘声绘色地说完了本来 30 秒就可以描述完的发案经过，然后总结道："这么恐怖的发案经过，如果发生在林涛身上，一定能把他吓尿。"

"那也不至于。"林涛摇头否认，脸色却已经发白了。

"如果发生在秦明身上，就更惨了。"师父说。

"我的外号是'秦大胆儿'啊！师父！"我辩驳道。

"是啊。"师父还没说完，就开始笑了，边笑边说，"你睡觉那么死，满脸是血了你都不知道，第二天早上一看，成关公了。"

"这有那么好笑吗？"我看着师父笑得前仰后合的夸张样子，真是理解不了，"不过，房顶真的能渗透出血水吗？我租的房子倒是会漏雨，但血水都往下漏了，这得有多少血啊？"

"我不是学建筑的，不了解这些建筑材料的结构。可能是老旧小区，楼板渗透性更大吧？反正这是实实在在发生的事情。"师父说道，"至于现场是什么样子，一会儿就能看到了。大清早的，你们怎么一个个无精打采，要不我再给你们说个好笑的吧？"

林涛看了一眼车窗外漆黑的夜色，担心师父又要吓唬他，赶紧打断道："师父！你都是副总队长了，能正经点不？"

"我怎么就不正经了？"师父乐呵呵地说，"我教过你们俩，平时工作的时候，是一定要严肃、严谨的，但是在不工作的时候，要懂得享受生活，要懂得自娱自乐，知道不？不然，我们这在社会阴暗面里工作的工种，干长了岂不是会心理不健康？跟着我都 3 年了，你俩怎么还没学会劳逸结合呢？"

时光荏苒，从进入省厅到现在，3 年的时间很快就过去了。

在这 3 年里，师父因为他的硕硕战功，被提拔为刑警总队的副总队长，分管刑事技术各个专业。而我不仅转了正，还被授予了二级警司警衔，获得了法医师的职称。我和铃铛也结束了 8 年的爱情长跑，在龙番买了房子，准备挑个好日子结婚了。只有林涛还单着，看到我和铃铛出双入对的，也经常憧憬自己未来会遇到什么样的女孩。

虽然师父当了总队领导，可是一来基层离不开法医专家，二来他自己也闲不住，所以依旧每天不断地跑着现场。师父的心理我是很能理解的，当法医的，只有奋战在侦破命案的第一线，才能真切体会到这份职业给自己带来的荣誉感和成就感。

"说到这个副总队长啊，还真是不好当。"师父说，"各种各样的事情，繁杂。"

一般情况下，一个省厅的刑事技术部门都隶属于刑警总队，其包含的刑事技术专业很多。除了要出命案现场的法医和痕检以外，还有 DNA 检验、理化检验、模拟画像、视频侦查、电子物证、文件检验、声纹检验等诸多内容。所以一个分管刑事技术的副总队长肩上的压力，也是很大的。纵览全国，像师父这样还在到处跑现场破案的副总队长，不多。

"咱们厅的法医，现在就我们俩，而且你还不具备自己出现场的资质。"师父对我说，"所以你赶紧加油吧。"

法医和医生一样，是有职称的。自下而上分别是法医师、主检法医师、副主任法医师和主任法医师。按照规定，法医技术人员在本科毕业后，需要连续从事法医工作五年以上，才能获得主检法医师的职称，而主检这个职称的含义就是可以主持案件的侦破和出具鉴定。我现在还只是法医师，那么就只能作为助手出现场。

林涛的痕检专业属于工科，所以职称分别为助理工程师、工程师和高级工程师。作为助理工程师的林涛，也无法主持一起案件的现场勘查。

所以，我们俩都还需要等候两年的时间，获得相应的职称，才能独立出现场。

"我是这样考虑的，我再坚持两年，等你们的中级职称都拿到了，我再从基层遴选一个法医。"师父憧憬道，"如果你们悟性高、学得好，我就可以把跑现场这一块工作交给你们三个人，算是咱们省厅的第一勘查小组。等再往后，遴选来了更多的法医和痕检，就组建第二、第三勘查小组。那我可就轻松多了。"

"那你觉得我们悟性咋样？"林涛问道。

"还行吧。"师父扬了扬眉毛，说，"这起案件我不多说，考察考察你们俩的悟性。"

汀棠市是我的老家，我对这里再熟悉不过了。

所以，我按照汀棠市上报省厅的案发地址，指导驾驶员开车。赶到现场时，手表的时针已经指向了凌晨 3 点。看来这个酷暑的夜晚，将会是一个不眠之夜。

这是个老旧小区，没有地下停车场，所有的车辆都停在小区主干道的路边。好在此时私家车的数量并不多，所以五六辆警车也还有地方可停。

为了不打扰居民们休息，警车都关闭了警灯，静静地停在小区主干道的一侧。十几名警察，正在往返于 5 号楼楼道和警车之间，动作都很轻。

可能是处于深夜的原因，小区里并没有围观群众，周围居民的窗户也都是黑的。不知道这些邻居有没有注意到这一起命案的存在，又是不是怀着忐忑的心情睡着了呢？

我们把车停好，拎着勘查箱走到了 5 号楼 2 单元的楼道口，此时，这里已经拉上了警戒带。圣兵哥此时正站在警戒带里，听报案人说着什么。他一看见我们，立即走了过来，并且亲热地和我拥抱了一下。

确实，我和圣兵哥算是久别重逢了。

"陈总，你们还真来啦？"圣兵哥说，"怎么，现在死一个人的案子，你们省厅都要出马吗？"

"这不是案件少了嘛，"师父说，"为了命案必破的目标，只要是疑难的案件，只要我们能跑得过来，我们就来。"

我和圣兵哥对视了一眼，其实我们都了解师父，他是"无案不欢"的人。

"这可能是我最后一个案子了。"圣兵哥说，"过两天，我就要到国保支队去上班了。"

"哟，提拔了啊？"师父的口气里，并没有任何恭喜的情绪。

因为去了国保支队，就当不了法医了。师父知道，这也是圣兵哥无奈的选择。

圣兵哥原来是汀棠市的法医部负责人，也是我实习时的带教老师。我最终选择了法医这门职业，很大程度上也是受了他的影响。

但法医也是普通人，除了追求崇高的职业荣誉感，也不得不考虑考虑现实的待遇问题。在公安机关工作，其待遇是和职级有关，和职称毫无关系。作为技术人员，即便你拥有最高的职称，而职级上不去，待遇还是非常差的。可是，技术部门本身级别就很低，即便做了技术部门的主官，待遇也不一定会得到提升。因此，很多技术人员不得不在生活和热爱之间二选一，最终离开技术部门的技术专家实在不在少数。

我只是有些感慨。10 年前，我参与的第一个案子，就是圣兵哥带着我出现场的，我人生操刀的第一场解剖，也是圣兵哥带着我完成的。没想到 10 年后，难得和圣兵哥再度联手，却是他最后一次出现场。

圣兵哥不好意思地笑了笑，说："刚才我问了 203 室的报案人，他们发现房顶在滴血后，就上楼看了看，发现 303 室的大门是虚掩着的。从门缝往里看，卧室的门口似乎有一只脚，于是没敢再进去，直接报案了。我们前期处置的民警，穿着鞋套进入现场，确认趴在地上的女人已经死亡。死者的头部附近有一大摊血，这些血渗过天花板，就滴到了楼下。"

"确定死者的身份了？"师父问道。

"基本确定了。"圣兵哥说，"DNA 还需要送省厅做，但是从面容上就可以断定死者是 303 室的房主林琪。初步调查结果显示，林琪，27 岁，是汀棠本地人。以前是某航空公司的空姐，半年前辞职了，现在在汀棠的一家广告公司当平面模特。她好像原来是在龙番机场附近租住的，半年前买了这栋老楼的房子，住到了这里。她父亲早逝，只有一个母亲，住在县里，我们正派出民警和她母亲沟通。她好像平时不太和附近的邻居打交道，和周围的邻居都比较陌生。"

现场 303 室对面的 304 室是没有人居住的，汀棠市公安局找到了房东，把 304 室临时征用，作为专案组的临时指挥部。当我们走进指挥部的时候，专案组长正在给侦查员们分工，得令的侦查员夹着本子匆匆离开指挥部，开始紧张有序的调查访问。

"陈总来啦。"汀棠市公安局的副局长桑林热情地和师父握了握手，说，"现在我们的技术员刚刚打开了现场通道，法医正准备进去看看尸体。"

"怎么样？室内现场，是不是条件不错？"师父问。

桑局长皱起眉头摇了摇头，说："不行，地面是瓷砖，很干净，我们在上面没有找到任何足迹。"

"说明凶手的鞋子也很干净？"林涛插话道。

"现场有翻乱吗？"师父问。

"翻得非常乱。"桑局长说，"这个案子定性肯定是没问题的，一起尾随抢劫的案件。"

"尾随抢劫？"师父问道。

"是啊，我们发现了这个。"桑局长拎起桌子上的一个物证袋，透明的物证袋里，装着一串钥匙，"证实了，这就是死者林琪的钥匙，而且其中之一是可以打开现场大门的。"

"在哪里发现的？"师父问。

"既然他们定性是尾随抢劫，那么肯定是在大门口发现的呗。"我推测道。今天我和林涛都格外积极，想要向师父证明自己的悟性。

桑局长点了点头，说："是啊！钥匙就掉在门口，在门缝里发现的。最大的可能就是嫌疑人尾随受害人到门口，受害人打开大门没来得及收起钥匙，嫌疑人就挟持受害人进入了房间，以致钥匙掉落在门口。这种案件多见于流窜抢劫啊。"

大家都不吱声了。

流窜抢劫案，对于刑警们来说侦破难度最大。一来是没有恒定的作案规律，二来是嫌疑人与受害者毫无关系。所以在这个时候，大家都指望着能从现场找出一些可以认定犯罪的直接证据。

"现在我们一方面在布控搜查形迹可疑的人，另一方面在想办法清点现场的财物。"桑局长说，"毕竟死者是一个人居住，就连她母亲都不知道现场有哪些贵重物品。首先，我们得知道丢了什么，才好从销赃途径上下功夫。"

"尸体还没看呢，现在就确定侦查方向，有点早了。"师父严谨地说道，"不过，你们先查着，总不会是坏事。虽然现在你们的主要精力是在布控和搜查，但也别忘了要有警力去调查死者的社会关系，这一点，对于破案，同样十分重要。"

"这个请放心，常规操作，也在查着。"桑局长拖开一把椅子，示意师父坐下。

师父摇摇头，说："不坐了，既然现场通道已经打开了，那我们就抓紧时间进现场看看吧。现场看完，还要尸检，等工作完，天就得大亮喽。"

听师父说完，我和林涛一起打开了勘查箱，开始在304室内穿戴起勘查装备来。

2

沿着痕检部门打开的现场通道，我们进入了现场，并且在现场里绕了一圈，熟悉一下环境。

现场是旧式的两居室，但是明显是经过重新装修的。房子不大，但是因为装修和家具都是新的，所以显得窗明几净。地面上贴着暗色的地板砖，墙壁上都贴着雪白的墙纸。家中的家具估计是定制了同一个品牌，所以很配套。

客厅有一组沙发和餐桌餐椅，都没有被移动过的痕迹。次卧里除了一张没有被褥床单的床之外，没有其他摆设，看起来也是没有任何被人侵入的痕迹。

所以，大家的目光都集中在中心现场——主卧室。此时，几乎所有的市局痕检员和法医挤在这个不算小也不算大的主卧室里。

主卧室大概有20平方米，因为只摆放了一张1.5 m宽的床、两个床头柜、一个梳妆台和一个大衣柜，所以剩余的空间不小。

"怎么样？指纹、足迹什么的，有发现吗？"林涛对正在刷大衣柜门上的指纹的痕检员问道。

"没有，地面不具备保留灰尘足迹的条件，也确实没有发现血足迹。"痕检员说，"喷溅状的血有是有，但是并不多，可能没有黏附在凶手的鞋底上。指纹可能就更难了，因为我们发现床头柜上，有手套痕迹，说明凶手戴了手套。"

我和林涛心里一沉，心想：这可就麻烦了。

"不要都挤进去看。"师父一把拉住正准备进入现场的我和林涛，说，"人太多了，也看不仔细，而且有可能破坏现场。"

我和林涛点点头，站在卧室的门口，看着里面的法医初步检验尸表、痕检则在刷大衣柜上最后一块区域。

林琪俯卧在卧室床边的地板上，香消玉殒。她的拖鞋还穿在脚上，左脸贴地，头下地板上的一大摊血触目惊心，已被血染透的长发胡乱地遮盖着她的右边脸，看不到容貌。

卧室的抽屉全都被翻乱了，林琪手提包里的化妆品、杂物都被倒在了床上，唯独不见钱包。

"完了完了，看起来应了之前判断的，真的是尾随入室抢劫杀人的案子。"林涛说，"戴手套、翻柜子，还拿走了钱包。"

"不一定吧，要是流窜犯，估计少不了劫色。"我说，"死者是空姐，姿色出众，可是死者衣着却很整齐。"

"去去去，你不能看她衣着整齐就断定她没遭性侵害吧？"林涛还在坚持己见。

"你俩，都不得重点。"师父低声对我们说，"判断案件性质，哪有从性侵不性侵这个角度来分析的？那顶多是个参考因素。再好好想想，该怎么办？！别忘了，这次我得考验你们，我的判断，不会轻易和你们说。"

我扭头看了看师父，发现他的目光并没有盯着死者的身体，而是看了看她的双足，又看了看床上堆放着的杂物。

就那一下，我灵光一现，说："我明白了！虽然我看过的抢劫杀人案件不多，但是这案子确实还是有疑点的。"

"哦？"师父说，"你说来听听。"

"我也说不好。"我挠了挠脑袋，说，"给我感觉不像是单纯的抢劫杀人，我总觉得这现场被翻动得很假。"

说完，我指了指大床左侧的一堆杂物，说："那一堆杂物都堆在一起，下面压着什么都不知道。看起来，凶手就是直接把床头柜抽屉抽下来，直接把里面的东西倒在床上，却没有翻找里面有没有值钱的物件。"

"好像真的是欸！"林涛瞪大了眼睛。

我见师父脸上露出满意的笑容，知道我猜到了师父的心思，接着说道："而且，如果是尾随，乘其不备挟持死者进屋，死者为什么会穿着拖鞋？"

"穿着拖鞋怎么了，她开门换拖鞋的时候被尾随的人推进来了，正常嘛！"林涛说。

我的脑海里过了一遍我自己回家的步骤，掏钥匙开门，打开房门，脱掉鞋子，拎着鞋子走进家里，关门，穿拖鞋。如果是这样，那凶手根本就没有机会在死者穿上拖鞋后，再突然出现，把她挟持进卧室。

"我家在门口放了一个垫子，都是要在门口换好了拖鞋之后，再拎着鞋子走进家门的。"林涛显然也在回想着自己回家的步骤。

"可是现场门口没有垫子。"我说。

"别着急，我们慢慢看。"师父打断了我们的争论，说，"既然你们找出了拖鞋这个疑点，想要证明什么样的思路呢？是不是该有下一步的动作？"

我极力地思考着，然后用食指点了点天花板，说："我知道了！"

我走到了门口，门口玄关内侧放着一个竹制的简易鞋架。鞋架的最上面一排，放着四双女式的鞋子，有高跟鞋、长筒靴，也有平底运动鞋。不过，我的目光却定在了鞋架第二排上。因为那一排放着好几双拖鞋。除了有女式的棉拖鞋和凉拖鞋之外，还有一双男式的拖鞋。那双深蓝色的男式薄绒布拖鞋被整齐地放在鞋架一角，暗示这个家的主人，似乎不止一个。但是，因为现在是酷暑，穿这双薄绒布拖鞋又显得有些格格不入，这也说明，另一个主人并不常来。

我的脑子里胡乱地想着，戴着手套，拿起了拖鞋，左左右右、翻来覆去、仔仔细细地看着。

突然，我眼睛一亮，放下手中的拖鞋，迅速打开了勘查箱，拿出一张滤纸，在拖鞋的鞋底夹缝里蹭了两下，又在滤纸上滴了两滴试剂，很快滤纸上蹭过鞋底的部分变成了翠蓝色。

林涛看着我忙完了一切，惊讶道："联苯胺试验的结果是阳性！拖鞋里面有血液！"

"我们忙完了，你们可以进来了。"痕检员从中心现场传出来的喊声，打断了我和林涛杂乱的思绪。

师父脸上难得浮现出满意的笑容，吩咐道："走吧，把拖鞋放物证袋里，先让其他人送去省检测 DNA 室。现在关键还得看看尸体的损伤情况。"

我们仨一起回到了主卧门口，看着刚退出来的痕检员和法医。

"怎么样？"林涛关切地问痕检员说。

"不行，戴手套了。"痕检员惋惜地摇摇头，说，"全是手套痕迹。"

"那工具呢？现场有行凶的工具吗？"我也问着泽胜哥。

泽胜哥是我以前在汀棠市法医门诊实习的时候，一起共事的师兄。

泽胜哥摇了摇头，说："没有，肯定带走了。"

"这个天，戴手套，太奇怪了吧？"我说，"怎么会不引起死者的注意？"

"从背后袭击的。"泽胜哥说，"尾随而来，没注意后面有人，更注意不到后面的人戴没戴手套了。"

"不不不。"我说，"说不定是杀完人再戴手套的。"

"嗯，轮到你了。"师父推了我一把，我在泽胜哥疑惑的眼神中走进了现场。

我走到尸体的旁边，见尸体穿着一件短袖的衬衫和一条到大腿中段的短牛仔裙。衣着确实是整齐的，并没有撕扯破裂的痕迹。我第一件事就是掰了掰死者的手指和肘关节，说："尸僵已经形成了，现在是凌晨 4 点半，而尸僵在肘关节达到最硬需要十个小时左右，那么算起来，就应该是昨天下午 6 点半左右死亡的。从角膜轻度混浊、尸斑指压褪色的情况来看，也是印证了这一推断。"

"6 点半，感觉正好是下班后回家的时间。"林涛说。

"那不要紧，这个不影响我们的判断。"我说，"可以是尾随，也可以是结伴嘛。"

我轻轻撩开遮盖林琪右脸的头发，露出了她侧着的脸颊，皮肤白皙、线条柔美，确实是一个美女。我看到她秀气的鼻子下有一抹殷红的血迹，说："鼻腔有出血，说明很有可能颅底骨折了。"

说完，我按了按林琪的头，说："不仅仅是颅底骨折，全颅都能感觉到明确的骨擦感，存在严重的颅骨骨折。"

"真下得去手啊！"林涛咂了咂嘴，感慨道，"这么好看的姑娘。"

林琪的一双大眼睛已经失去了神采，却仍然无辜地睁着，像是在惊讶地看着眼前墙根处喷溅的血迹，仿佛遭到杀害前完全没有预料到自己会死。

我将尸体翻转了过来，检查了死者的五官和颈部，没有再发现头部以外的任何损伤。

"师父，确定了，死者身上没有'三伤'。"我一边检查一边说道，"对啊，如果是尾随挟持，不应该没有约束伤啊。还有死者头侧 20cm 处墙面上见喷溅状血迹，也只有这个地方有喷溅状血迹，这说明死者倒伏的位置就是遭受打击的原始位置。"

"很好，具体的损伤去解剖室再细看，这里光线看不清楚，把尸体运走吧。"师父挥了挥手，率先走出了中心现场。

我招呼着殡仪馆的同志穿好鞋套，走进了中心现场，把尸体抬上运尸车，准备去解剖室进行进一步检验。

临出发前，师父走到对门 304 室的门口，对里面的桑局长说："好消息，你们不用再排查什么销赃途径了，凶手估计除了死者的钱包，啥也没带走。"

"你咋知道的？"桑局长吃了一惊，从里屋快步走了出来，问道。

"既然说了是好消息嘛，自然会更简单了。"师父说，"现在你把调查销赃途径的警力都撤下来，抓紧时间休息，等天亮了，到上班时间了，就全部转到对死者生前社会关系的调查中去。"

"你是说，熟人作案？"桑局长的脸上是一副既惊喜又疑惑的表情。

"基本可以断定。"师父说道，"进一步的推理分析，还得等到我们做完了尸检之后，再下定论。"

"好咧！这确实是个好消息！"桑局长之前的一脸忧郁，一扫而空。

我和林涛跟着师父乘坐一路闪着警灯的勘查车赶到了汀棠市殡仪馆。

自从见习完毕之后，我就再也没来过这里。经过这么多年，殡仪馆更加破旧，解剖室也更加破陋了。

此刻，解剖室内，器械相互碰撞发出的叮叮当当声，将这个夜晚渲染得更加诡异。圣兵哥和泽胜哥已经穿好了解剖服，正在整理解剖器械。林琪的尸体被放平在解剖台上，沾染了鲜血的面庞仍然歪在一边。

"多美的姑娘。"泽胜哥说道，"要脸蛋有脸蛋，要身材有身材，可惜没活过30 岁。"

"怎么了？做最后一场解剖啊？"师父走过来拍了拍圣兵哥的肩膀。在现场的时候，没有时间闲聊，此时师父放下了悬着的心，关心起了圣兵哥的前途。

"没办法，刑科所里没有职数了。"圣兵哥依旧是不好意思的表情，"也不能说是最后一场解剖，说不定我还会回来的。"

师父在圣兵哥肩膀上的手沉了沉，最终还是没说什么。

我匆匆穿好了解剖服，来到圣兵哥的身边。死者的衣物已经全部被脱了下来，放在操作台上。圣兵哥说："死者的衣物都是整齐的，尸表我们也都看了，没有'三伤'，也没有性侵的损伤。我们也做了阴道擦拭物的精斑预试验，是阴性。"

"意料之中。"师父说，"现在关键的就是死者头部的损伤，必须准确推断致伤工具，还有致伤方式。"

"可是，现场我们没有提取到什么证据啊。"泽胜哥问道。

"有，秦大胆在拖鞋里发现有血液的痕迹，陈总早就安排人把 DNA 材料送去省厅了。"圣兵哥说，"虽然我们刚刚建了 DNA 实验室，但是这种需要精密提取的检材，还是送省厅做比较妥当。"

"拖鞋里找到了 DNA？可以嘛，秦法医。"泽胜哥称赞道。

"士别三日都应刮目相看，我们都士别了那么多年了，我可不得进步一下。"我美滋滋地回应道。圣兵哥跟着笑了。

"别给点阳光就灿烂，解剖工作这都还没开始呢。"师父说，"DNA 不急，我们静候佳音。眼下你先把胸腹腔按照解剖术式解剖完，然后重点看头部。"

我点了点头，用手术刀从死者白皙修长的颈部开始，一刀划向了耻骨联合。这是我们国内法医惯用的"一"字形解剖法。在手术刀抵达肚脐旁边的时候，我发现死者的肚脐上，坠着一个金属环，那是一个脐环。这种东西在我的工作经验中，还真是第一次见到。

我摘下脐环，细细打量："好像是钻石的，乖乖，这个东西很贵吧？"

师父从我手上接过脐环，翻来覆去地看了看，笑着摇摇头："这个东西不值钱，是假的，但是它的价值不在于此。"

"师父，您还会鉴宝呢？"在一旁拍照的林涛惊讶道。

"那它的价值在哪里呢？"我追问道。

"看看它的内侧吧，如果这个案子是熟人作案，它很有可能直接就指出了犯罪嫌疑人。"师父浮现出了信心满满的表情。

我定睛一看，果真这个小东西的内侧刻了两个字母！

"真有你的，师父，居然还没老花。"我赞叹道。

脐环的内侧隐约刻着"HT"。显然是个人名的拼音缩写。

"这个，顶多缩小侦查范围，不重要。"师父说，"你们还是先做完解剖再说。"

在解剖完尸体的胸腹腔后，我又用手术刀刮去了林琪的满头秀发，暴露出她青色的头皮。头皮上，赫然有多处创口，头皮下的红色软组织翻在创口外面，看起来和她那张可人的脸蛋形成了巨大的反差。

"不错呀，你现在的剃头手艺挺熟练了。"圣兵哥在一旁欣慰地说道。

圣兵哥一说我才想起来，我第一次尝试剃头的时候，花了很长的时间才将死者的头发剃干净，还在死者的头皮上割了好多小口子。

"咦，这损伤都在枕部啊。"林涛看了看死者的头皮，说道。

"嗯。"我给圣兵哥使了个眼色，我们默契地把尸体同时翻过来，让尸体呈俯卧位趴在解剖台上。这样她枕部的所有创口，便一览无余了。

我说："从尸体现象看，死者应该是昨天下午6点30分左右死亡的，死因是重度颅脑损伤。"

"嗯，致伤工具呢？"师父问。

对于这些问题，我已经是轻车熟路了："死者头部有7处创口，创角钝，创口内有组织间桥，创缘不整齐，所以是钝器打击所致。结合她颅骨的严重粉碎性骨折，骨折线延伸到颅底，可以推断是便于挥动的金属质地的钝器打击形成的。"

"你这个，是写进鉴定书的严谨措辞。我现在就想知道，你认为致伤工具是什么东西，不要那么费劲地描述。"师父说。

法医工作，在同一项工作任务里，也可以有两种表达方式。一种是写进鉴定书的，那必须严谨，要有充分的证据，且绝对不会错；另一种则是为了破案，而进行的大胆推测。

师父是在鼓励我说出自己的猜想。

3

我仔细看了看林琪的头皮，除了7处创口之外，还有几处挫伤。

我指着林琪头皮上的一处皮下出血，又指了指另一处皮下出血，不紧不慢地说："这两处应该也是嫌疑人击打所致，但是出于种种原因，这两下他没有使上力，没有击碎头皮，正是因为这样，他在死者的头皮上留下了犯罪证据。"

"嗯，说说看。"师父抱着胳膊说道。

"这是一块很细微的损伤，像是一枚印章印上去的'∩'形。"我说，"这就是书本上说的工具印痕，一般很难发现，一旦发现，就能清楚地提示出作案工具的形态。不过，单看这一处，似曾相识，但想不起来像哪个工具。"

我又指了指另一处挫伤，说："不过，我看到这一处挫伤的时候，立即就知道了。这一处挫伤的中央，有三条平行的细线，之间的间隔是相等的，都是0.8cm，说明这是一个制式的工具。"

"不错。"师父说。

"扳手！是金属扳手！"林涛一边拍照一边抢答道。

"对！就是扳手。"我说，"'∩'形损伤是扳手两个齿之间的空隙形成的，而平行细线，是扳手正面的螺母形成的。"

"对啊！就是这个形态，大小也合适。"林涛说。

师父说："很好，这个案子也提示你们，要时刻关注身边各种可以用来作案的工具，关键的时刻就有可能用得到。"

"那，致伤方式呢？"师父继续提问，"你们还看出了什么？"

我大概知道师父的意思。只要仔细看，就会发现，死者林琪头上的7处创口，1处在左侧，6处在右侧。如果是死者处于俯卧的姿态，被凶手连续击打的话，创口不应该有这样的分布，而应该是密集并且位于一侧的。

我虽然在脑海里还没有完全还原出作案的过程，但还是举了举手，说："我大概知道了！"

"等等，你先不用告诉我答案。"师父打断我，说，"回去好好整理一下思路。记住不要先入为主。先入为主是法医的死穴，不要受现场状况的影响。"

圣兵哥在一旁也点头表示赞同。

"先入为主"这个名词我很熟悉了，不管是圣兵哥、飙哥还是师父，每一个带我的法医前辈都会不厌其烦地和我反复强调，但我好像并不能做到完全避免。

师父看了看解剖室外面的天空，对我说："天快亮了，侦查部门估计开始调查了，一会儿我们回宾馆好好睡一觉，等侦查部门调查完毕，下午专案会的时候，由你来主要陈述法医学专业的发现。作为法医，不仅要有高超的技术，还要有好的口才，这样你才能说服侦查部门。"

师父给我留下思考的空间，是想让我印象再深刻一些，这一招在我这工作的三年里，他已经用了很多次了，对于"嘴比脑子快"的我来说，还挺管用。其实法医该陈述哪些内容，侦查部门需要哪些内容，我心里已经有数了。所以师父让我来做主要陈述时，我也没觉得紧张，只需要回去好好地把我们的发现捋一遍，就可以完成这个任务了。

尸体解剖结束了。圣兵哥和我将尸体上的切口仔细地缝好，清洗干净尸体上的血迹，并为尸体重新穿好了衣服。只可惜，剃掉的头发，无法再重新回到她的头上了。

圣兵哥抚合了林琪不瞑的双眼，叹了口气，说："生前很爱漂亮吧，我们也尽力让你漂亮地走。放心，我们会为你洗冤的。"

此时，殡仪馆解剖室的门外来了几个人，哭声一片。看来林琪的母亲和亲属来这里送她最后一程了。

"你们节哀吧，我们会尽全力抓到凶手的。"师父最先走出了解剖室，也是最先遇见了死者的家属，他低下头，低声安慰着死者的母亲。

林琪的母亲仿佛没有听到师父的安慰："女儿啊，你怎么这么早就走了啊！你让我们怎么活啊……"

随着林琪母亲的泣不成声，亲属们也都哭号了起来，哭声在清晨幽静的解剖室外的回廊里回荡着。

作为法医，这种情景我实在是见得多了。尤其是在南江市公安局实习的时候，接待了十几名死去的年轻女孩的家属，我的心理素质渐渐地变得强大了。此时，虽然解剖室周围都笼罩在一种悲怆的气氛中，但我们并没有因此而被打断思考。

走出了解剖室，走进夜色中，我和师父互相递了一根烟，点燃后深深地吸了一口。

突然，我隐约听见了一阵细微的抽泣声，这声音着实让我头皮一阵发麻。师父显然也听到了，于是我们循着抽泣声向前走去。

不远的一株冬青树旁，隐约可以看见一个瘦长的黑影。

师父大声道："站在那里的是哪位？"

黑影吓了一跳，随即抬手擦了下眼睛，说："我……我是司机，带他们来的。"

"那您在这里……"

此刻我们已经走近了黑影，看到眼前是一个相貌不错的男人，皮肤白皙，鼻梁高挺，眼帘低垂，眉心的一颗黑痣给他平添了忧郁的气质。

"我是林琪儿时的玩伴，看见她死，我也伤心。"男人说，"接到通知后，我就去做林母的工作了，但是她就这么一个女儿，所以我很担心她的身体。"

"哦，是您开车载她家人来的吧？"

"是的。"

"您，贵姓？"我警惕地问道。

"姓孙。"男人说。

死者脐环上的两个字母从我的脑海里飞过，不是 HT 啊，我的心瞬间放了下来。

"人死不能复生，节哀顺变吧。"我递上一根烟，问，"您在汀棠开出租？"

我注意到了停在身侧的出租车。

"是的，听说林琪出事了，就开车去她县里的老家接她母亲过来了。"

"呵呵，你还挺有心，和林琪关系不错吧？"师父仿佛话中有话。

"没……没，我们只是初中同学，很少打交道的。"孙姓出租车司机连忙解释，"林琪性格内向，不喜欢交朋友，我们很少见面，就是见面，也是因为她租我的车回县里的老家。"

"哦，她一般不和别人打交道？"

"是的，听说她被一个老板包养了，那老板不准她接触任何男人。她性格内向，也没有什么女性朋友。她被杀，一定是那个老板找人干的。"孙姓出租车司机显得有些咬牙切齿，"我听说，林琪想让那个老板离婚，逼得挺紧。"

"这她也告诉你？"师父问道。

"不是，只是来的时候听她家人说的。"

"好吧，这是我的名片，如果你或者她的家人想起什么情况，可以随时和我联系。"师父递上了自己的名片，"对了，那个老板姓啥？"

"叫，呃，我听她家人说，叫黄涛。"出租车司机说道。

HT！我的脑海里炸了一下。

出租车司机说完，伸出右手去接名片，可是没有接住，名片掉到了地上。这时，我们都注意到他的右胳膊绑着绷带。

"哦，对不起，前不久出了个小车祸，尺骨骨折，现在快好了，就是还不能使力。"

回到宾馆后，我毫无睡意，一直在思考着师父提出的那些问题。

下午时分，汀棠市公安局大会议室，烟雾缭绕。会议室里满满地挤了几十人，大部分侦查员的眼眶都有黑眼圈，显然这一天谁也没有闲着。

见我们进来，桑局长热情地挥了挥手，接着对侦查员们说道："这个现场看似很简单。受害人的钥匙落在门口，卧室关键部位都被翻乱了，受害人的手提包也被翻动过；现场没有发现钱包、现金和首饰，但因为受害人没有关系人，所以财产损失情况不清楚；客厅好像被打扫过，没有发现灰尘足迹。所有的关键部位都没有发现指纹，嫌疑人应该是戴手套翻动的——这一切都像是惯犯作案，目标是受害人的财产。可是，省厅刑警总队的陈总却在勘查完现场后，让我们把侦查方向调整为熟人作案。"

"是的。"师父坐到座位上，喝了一口茶，说，"我敢肯定这起案子是熟人作案。"

"现在，就请陈总，给我们叙述一下判断是熟人作案的依据吧。"桑局长说道。

"让秦法医说吧。"师父用舒服的姿势靠在椅背上，笑眯眯地看着我。

此时，我已经调试好了投影仪，抬头一看，全会议室的人的目光都聚在了我身上，紧张感顿时就涌了上来。余光扫到坐在不远处的林涛，他悄悄对我比了个加油的手势。我才深吸一口气，重新看回幻灯片，故作镇定地说道："呃，各位同志下午好。刚才桑局长说，客厅没有发现灰尘足迹，好像是被打扫过。我先纠正下这一点，凶手并没有打扫现场，对吧林技术员？"

我看向林涛，林涛立即点头赞同，说："对！如果是打扫现场，会在现场留下打扫的痕迹，而不是没有痕迹。"

我得到了林涛的协助，心跳也没有那么急促了，接着说道："既然不是打扫了现场，那么凶手在现场没有留下灰尘足迹的唯一可能就是穿着干净的拖鞋。"

侦查员们似乎很惊讶，眼光看看我，又看看师父。

我说："我知道你们会质疑我，但是我的这个推断是有依据证明的。"

说完，我点击电脑里的资料，投影仪的屏幕上放出了一张深蓝色男式薄绒布拖鞋的照片，就是我在现场提取到的那一双。

我说："现场有一双男式拖鞋。"

现场一片哗然，这个依据出乎所有人的意料。

桑局长说："有男式拖鞋就是熟人作案了？调查显示，林琪已于半年前辞职，被一个叫作黄涛的老板包养了。这个林琪，之前虽然收入不菲，但是消费也是颇高，所以能买现场那里的房子，用的肯定不是她自己的钱。我们怀疑，是黄涛给她买的房子。黄涛有家庭，只能偶尔去林琪家里，所以她家有男人的东西不奇怪！"

"桑局长少安毋躁，我还没有说完。"我意识到自己不能学习师父那样卖关子，连忙解释道，"男式拖鞋不是没有价值，只是价值不在这里。"

我站了起来，走到幕布旁，指着现场照片，说："这双拖鞋是在门边发现的，尸体在卧室，而且我们肯定了尸体遭受暴力打击的位置就是在她倒伏的位置。也就是说，打击的位置距离拖鞋的位置是……十几米，而且中间隔着一堵墙，还拐了两道弯。这样看，这双拖鞋和尸体没有关系，是吗？"

所有人都在点头。

我继续说："可是，我们在这双拖鞋上，发现了一滴新鲜的可疑斑迹，经过联苯胺试验，证实是人血。那么，林琪的血有可能绕过一堵墙飞溅到10米外的拖鞋上，而且在中间的客厅的地面上不留任何痕迹吗？不可能！也就是说，案发的时候，这双男式拖鞋应该在死者旁边。"

全场安静了下来，大家都在思考。

"那，会不会是巧合，不是死者留下的血迹？比如，黄涛之前来穿的时候，不小心弄到的？"桑局长问。

"但这是一滴新鲜的血迹。"我强调道，"这滴血是不是死者林琪的，很快 DNA就会给我们结果，而且不只是这个结果。"

"哦。"桑局长若有所悟。

"林琪死亡的时候是穿着拖鞋的，而且上面也有喷溅状血迹，说明不是凶手多此一举杀完人后还给尸体换拖鞋。那么，这双男式拖鞋肯定是案发当时，凶手穿着的。"我说得兴起。

师父一边点着头，一边补充了一句："如果是之前根据一串钥匙来推断的陌生人尾随作案、流窜作案的话，凶手进屋还有必要换鞋吗？如果真是这样，这一定是个讲究卫生的凶手。"

这个冷笑话没有逗笑大家，因为大家都陷入了思考。

"你是说熟人作案？动机呢？"桑局长接着问道，"毕竟，动机有可能会影响我们的侦查方向。林琪的社会矛盾关系我们调查得比较全了，只要有个方向，就会是破案的关键。"

"这个不好说，但最大的可能是情杀或者仇杀。现场翻动的痕迹可能都是为了伪装，因为我们在现场的时候，就觉得那种翻动很刻意，是为了翻动而翻动，而不是为了找东西而翻动。那门口的钥匙很有可能就是嫌疑人为了迷惑我们，特地丢在门口，企图伪装成一个尾随抢劫的杀人现场。"我说。

"对了，会不会是凶手乔装成修理工人进入现场呢？"一名侦查员举手问道，"这也是一种常见的入室抢劫的方式。"

"说老实话，我们也考虑过是凶手乔装成修理工、物业什么的换拖鞋入室抢劫。

但仔细想想，可能性也不大，凶手没有必要把钥匙丢在门口来伪装现场，显得多此一举了。"我舔了舔有些发干的嘴唇，说，"当然，这些都是推断，还有一个证据也可以证明这是个熟人作案，而不是陌生人冒充入室的。"

"说说看。"桑局长饶有兴趣地看着我道。

我此时终于找到自己的节奏，敢于直视所有的参会人员了，在人们注视的目光中继续道："林琪的身上没有'三伤'，也就是我们经常说的威逼伤、抵抗伤和约束伤。这是这个案件最特殊的地方。如果是被别人挟持到卧室的，身上一定有'三伤'，也就是说她的手腕、颈部等部位应该有伤，可是死者没有。那么，凶手是怎么袭击她的呢？她为什么会对凶手不设防呢？"

"你确定，没设防？"桑局长追问道，"也许是体力悬殊，林琪没有能力抵抗呢？"

"我确定。"我斩钉截铁地说道，"她的损伤全部在头部，而且分布得非常奇怪。她的左侧颞部，也就是太阳穴上后方一点儿的位置，仅有一处挫裂创；右侧颞部却密集地存在着六处形态相似的挫裂创，这还没有加上那些没有形成挫裂创口的皮下出血。这些挫裂创和皮下出血都导致了皮下的颅骨骨折，创口和骨折线纵横交错。"

为了让大家能理解我的论述，我先普及了一些法医学知识："如果一个人在被约束或者昏迷的状态下被打击，伤口应该很密集；如果在有反抗能力的情况下被打击，伤口会分布得很散。可是林琪具备了两种矛盾的损伤形态，头部的损伤一侧轻一侧重。"

我重新把幻灯片放到现场概貌的照片上，说："再结合林琪倒伏的位置就是左侧脸着地，右侧脸朝上。分析来分析去，只有一种可能，那就是林琪在没有防备的情况下被打击形成了左侧颞部的创口，这个损伤足以导致她昏迷。所以她倒伏下去后，左侧的头面部就无法再遭受打击。凶手恐其不死，就在她暴露在上方的右侧颞部连续打击，形成了右侧颞部密集的创口和皮下出血。"

这下大家终于听明白了，纷纷点头。之前听师父主讲的时候，我还觉得很简单，自己讲一遍才知道，原来想让其他警种清晰地明白我们法医的分析，一点儿都不简单。

"如果凶手是在林琪正面施暴，林琪应该会下意识地抵挡，如果抵挡了，她的手臂应该有伤。但是，她的手臂没有任何损伤。所以，凶手应该是在她背后乘其不备，突然实施打击的。更何况，如果是正面打击，她更有可能是仰卧，而不是俯卧。好了，现在让我们一起回到刚才的那个问题，我们试想，一个陌生的修理工可能会跟着女主人进入卧室，并且在她背后突然施暴，而女主人一点儿防备都没有吗？显然不可能。所以，这一定是个熟悉的人作的案。"

"分析得漂亮，不愧是陈总带出来的徒弟。"桑局长已经开始喜形于色了，"熟人作案，这个案子就好办多了。你们侦查部门，把侦查得来的情况汇报一下。"

4

"好的。"主办侦查员长吁了一口气，说道，"根据我们可靠的调查，林琪生前性格孤僻，没有朋友，也没有仇家。现在处于被包养的状态，包养她的，是市金属公司的老板黄涛。之前桑局长也介绍过了，虽然这一处房产登记的是林琪的名字，但我们根据林琪生前的收入和流水判断，掏钱的人，应该是黄涛。我主观认为，这个黄涛很可疑，因为我们今天约见他的时候，他一直在否认自己和林琪之间的关系，只说是普通朋友。"

"黄涛和林琪之间，有什么矛盾吗？"桑局长问。

"是有矛盾的。"主办侦查员点了点头，说，"据传，林琪一直逼着黄涛离婚，但是黄涛似乎没有离婚的想法，一直在敷衍着林琪。我在想，会不会是林琪逼得急了，黄涛就痛下杀手了呢？"

这场景不禁让我想到我进入省厅办理的第一起案子，凶手就是逼迫离婚不成，就杀了妻子。

"除了黄涛之外，还有什么可疑的人吗？"桑局长环视了一周，问道。

大家都在翻看着自己的笔记本，似乎没有发现其他的疑点了。

"这个黄涛，确实很可疑。"师父突然提问道，"不过，他是左撇子吗？"

"左撇子？"主办侦查员卡了壳，说，"这，我没有太注意。不过，我们今天和他接触的时候，让他在笔录上签字，他应该是……应该是用右手签的字。"

"凶手是左撇子？有什么依据吗？"桑局长看向师父。

师父又继续喝茶，把问题抛给了我："秦法医，你怎么看？"

我点了点头，说："这点我来解释吧，这个还是要从林琪的损伤情况来分析。"

说完，我拿着一支笔，当作是扳手，走到林涛的背后，开始模拟还原现场。

我右手拿着笔在林涛的头部左侧挥动了两下，说："刚才已经分析了，林琪左侧颞部的伤是第一次形成的，也就是说凶手站在林琪的背后用一个便于挥动的钝器打击了林琪的左侧头部。这个姿势右手是无法使上劲儿的。"

说完，我又换左手拿着笔，在林涛的头部左侧挥动了两下，接着说道："如果用左手，就可以顺利地形成了。第一下，是把林琪打倒的关键的一下，所以凶手一定使出全力。这样看，这个凶手一定是个左撇子。"

"右手写字，不一定就不是左撇子吧？"主办侦查员说，"很多人因为是左撇子，但是从小家里人不允许用左手写字，所以他们虽然是左利手，但写字还是用右手的。"

"这个，还得请各位侦查部门的同志查一查。"我说，"毕竟只是推断，不牢靠。"

"现在问题就来了。"桑局长说，"虽然我们大家都很怀疑是黄涛所为，可是我们手上一点儿证据都没有。哪怕是一些旁枝末节的证据也好啊，现在没有抓手，如果他嘴硬，我们很难审讯下来。"

"我们送去省厅进行 DNA 检验的男式拖鞋，不仅仅是检验那上面的血迹是不是林琪的血，还有别的检验。"我微微一笑，抬腕看表，说，"我估计结果差不多要来了。"

话音刚落，师父的手机响了起来。他笑眯眯地看了一眼显示屏，接听了电话。在他连续"好"了几次后，挂断了电话，对我们说："现场提取的深蓝色男士拖鞋的鞋底花纹里，发现了林琪的血液基因型。在拖鞋的内侧面的多点检验中，检出了混合型 DNA，其中包含黄涛的基因型。"

"好！"桑局长鼓了鼓掌，说道。

"别高兴得太早。"师父说，"既然林琪是被黄涛包养，黄涛偶尔会来这里和她幽会，这双男式拖鞋本身就是给黄涛穿的，那里面检出了他的基因型，有什么大惊小怪的？这个可做不了证据。"

"师父，你刚才说的是'在拖鞋的内侧面的多点检验中，检出了混合型 DNA，其中包含黄涛的基因型'。既然是混合型 DNA，那么除了黄涛的 DNA，还有谁的？"我敏锐地察觉到了师父挖下的坑。

"不错，我的坑被你发现了。"师父赞许地点点头，说，"因为人的脚很容易出汗，尤其是在这个炎热的夏天，穿着薄绒布拖鞋，就更容易出汗。既然这双拖鞋本身应该是黄涛穿的，所以我觉得，另一个人的 DNA 同样有价值。另一人，反正不是林琪自己。"

"不是黄涛干的？"主办侦查员皱起了眉头，说，"那会不会是黄涛雇凶？"

"你没有好好听讲。"林涛笑着说，"刚才老秦都说了，凶手是死者非常熟悉的人，熟悉到同处一个卧室，背对着他都不设防。"

"可是，调查显示，林琪被包养后，是被黄涛严令禁止和任何男人接触的。"主办侦查员困惑道。

"如果是她在被包养之前的情郎呢？"林涛说。

我打了个激灵，脑子里翻滚着什么。

"有一件事情吧，我就总是想不明白。死者林琪肚脐上有一个脐环，而脐环上就刻着 H、T 两个字母，似乎正好就是黄涛的缩写。所以我们大家都先入为主，认为是黄涛送给她的。但有个问题解释不了啊！黄涛一掷千金，给林琪买了个房子，但是给她买的脐环，却是个 A 货？这不合理吧？"林涛看了一眼师父，师父也正笑眯眯地回望着他，于是他信心十足地接着说，"陈总在解剖现场的时候，就说这是个假货了。后来我还不放心，把这个'钻石'脐环拿回实验室用显微镜看，发现这玩意儿确实是玻璃做的。"

"这黄涛财力雄厚，不至于去买个玻璃制品忽悠情妇吧。"主办侦查员说。

"所以我就在想，这个 H、T 也许不是黄涛呢？"林涛说，"如果是其他人，而且这个其他人的 DNA 又恰巧在拖鞋里，这案情不就明朗了吗？"

"看来，我们还得继续深挖林琪社会关系的历史。"主办侦查员说。

"我想问一下，当时解剖要通知家属，是哪位通知的？"我举了举手，问道。

"是我。"主办侦查员说。

"死者母亲和亲友是乘坐一辆出租车来的，开出租车的是一个小伙子。"我说，"那个小伙子，你知道叫啥名字吗？我只知道他姓孙。"

"哦，我知道。"主办侦查员翻了翻笔记本，说，"当时我通知完死者的母亲，她顿时就精神崩溃了，后来是死者的小姨打电话把这个姓孙的司机喊来的。我看看，这个人叫作，孙……孙昊天。"

我猛地拍了一下桌子，说："孙昊天！昊天！首字母缩写不也是 H、T 吗？"

"你为什么会怀疑他？"主办侦查员满脸困惑。

"这个脐环，是假钻，顶多值两百元，如果内侧刻着的其实是孙昊天的缩写，一来符合孙昊天的消费能力，二来说明孙昊天和林琪之间有某种关系，只是这种关系瞒过了所有人的眼睛。"我说，"如果这两人的感情很深的话，一旦林琪被别人包养了，孙昊天自然是最有杀人动机的那一位。"

"那这个孙昊天是左撇子吗？"桑局长问。

"孙昊天是不是左撇子我不知道，但是，昨晚在殡仪馆，我们恰好见到了孙昊天。他躲在一个角落偷偷地哭泣，却否认了和林琪有任何亲密关系，说只是儿时的玩伴。这就很值得怀疑。"我摸了摸下巴，神神秘秘地说，"之前断定凶手是个左撇子，但是，如果凶手右手受伤了，只能用左手行凶，不也是符合条件的吗？还真巧，孙昊天的右手绑了绷带，是前不久的车祸里受伤的。"

"那么，现在看，也只能说孙昊天作案的嫌疑很大。"桑局长说，"不过不能作为上法庭的证据。即便是通过 DNA 检验，可以断定拖鞋里的混合 DNA 包含了这个孙昊天的，也不能作为定案的直接证据。"

"那是。"师父说，"他只需要狡辩说，自己到林琪家里做过客，就行了。"

"没关系，桑局长，只要他真的杀了人，就一定会有证据，我们可以去孙昊天家里找。"我说，"现场林琪的钱包被拿走了，里面有她的身份证。如果是一般的尾随抢劫案件，这身份证一定会被凶手扔掉。可是如果是情杀，说不定身份证会被凶手留下来作为一个念想呢？"

"好！"桑局长很兴奋，"办理秘密搜查令，去孙昊天的住处密搜，记得提取孙昊天的样本 DNA，我们市局就能做。虽然 DNA 不能作为直接证据，但确实是非常好的旁证，是证据链的重要组成部分。还有，刑警队那边，立即办手续，做好实施抓捕的一切准备。"

烈日炎炎，我们跟市局的侦查员们来到孙昊天住处的楼道。孙昊天的出租车不在楼下，显然他出车去了。

侦查员小声地问我们："我去安排一个锁匠，弄开他家门，进去搜搜？"

"多此一举了。"我笑着看了一眼林涛，说，"现成的高级别锁匠，就在这里。"

林涛瞪了我一眼，从口袋里掏出工具，没用五分钟，就打开了孙昊天家的门锁。

这一进门我们似乎就觉得案件要破了。

因为在玄关的正中，挂着一幅超大尺寸的照片，不用辨别就知道，照片里微笑着的美人，就是林琪。

"初中同学，搞这么大阵仗，哼。"我一边说着，一边戴上手套和鞋套，进入了孙昊天的家。

他的家不大，一室一厅。除了最为基本的家具之外，也没有其他多余的东西。陈设的简单，给秘密搜查节省了大量的时间。

我和林涛在他的家里一番寻找，却一无所获。

我们不仅没有找到林琪的钱包、身份证，甚至都没有找到可能是作案工具的金属扳手。

"你说，他会不会把这些赃物、物证都扔了？"林涛又确认了一遍是否把所有角落都搜查过了，失望地说道。

我想了想，说："不！我们方向搞错了！你想想，扳手，不仅可以用来砸人脑袋，还可以用来作为修车工具。作为一个出租车司机，从车里拿出扳手，使用完后再放回去，是不是很合理？"

"对啊，即便是凶手要留着死者的身份证作为念想，也不应该把身份证放在家里。他是出租车司机，早出晚归，最有可能是随身带着！"林涛也嚷道。

"所以，我们就不应该来搜家，而是应该去搜车。"我说。

"不白来，至少用排除法说明，在车上的可能性最大！"林涛说。

话音刚落，对讲机很快响起："指挥中心，指挥中心，交警一大队警员在纬五路胖子面馆门口发现目标出租车，车内无人，报告完毕。"

"我们亲爱的交警同人办事效率还真是高，这么快就搞定了。"我很是兴奋，说，"这畜生，还有胃口去吃炸酱面？"

对讲机里桑局长的声音同样兴奋："王江，马上带人过去，抓不到，回来我摘了你的帽子！"

王江是陪我们一起来孙昊天家搜查的刑警队长。他摸摸有些秃的头顶，不满地说："不就有点儿掉头发嘛，总拿我的帽子开玩笑。"

很快，我和林涛坐上王江的车，赶到了交警部门说的地方。两名交警还在出租车附近看守着。

"人呢？"王江问。

"还在里面吃。"

"真悠闲。"我啐了一口，又对林涛说，"车锁能不能打开？"

"那更简单了。"林涛蹲在出租车后备箱的后面，不一会儿，就打开了后备箱。一把锃亮的扳手映入了我的眼帘。

"这么干净的扳手呢。"林涛有些惋惜地说。

在把扳手放进物证袋的同时，我也忧心忡忡："这显然就是他干的，哪个出租车司机有这闲工夫清洗扳手？你看这扳手洗得比他的车洗得还干净。怎么办？证据貌似被销毁了。"

"哎，你看那是什么？！"林涛把出租车后备箱里放着的一个纸箱子翻了翻，居然翻出了一个女式钱包。

"这是林琪的吗？"我问。

"谁知道呢？"林涛打开钱包，见里面什么都没有。

正翻动着，我无意间的一瞥，发现孙昊天已经从面馆出来，正站在面馆门口，看着我和林涛在捣鼓着他的后备箱。

四目相对，孙昊天转头向巷子口跑去。不过，早已埋伏在附近的刑警，没有给他逃跑的机会，几步之内，就将他按在了地上。

孙昊天戴着手铐坐进警车的同时，我也将从他出租车上提取到的钱包和扳手装进了大物证袋中。

我一路忧心忡忡："现场没有证明嫌疑人的物证啊，我们之前的分析仅仅是推断，定不了案啊。这扳手又被洗了，唉。"

林涛沉默着。

汀棠市公安局新建的 DNA 实验室送检台旁，DNA 检验师抬头看了一眼师父，失望地说："陈总，这扳手上，什么都没有，连扳手的螺口都清洗了。"

师父看着我们灰心丧气的样子，宽慰道："能洗到的都洗了，洗不到的呢？看着啊，别说我不教你们。"

师父用镊子夹起一小块纱布，打开扳手的双齿，将纱布从双齿之间塞了进去又拔了出来。雪白的纱布中央，仿佛带着点儿殷红的血迹。

"量小，试试吧。不行的话，送省厅。"

"这也行！"我惊呼道。

"如果再不行，就找个工人，把扳手拆成零件。"师父说，"DNA 无处不在，还怕找不到吗？你之前不也从拖鞋缝的缝里找到 DNA 吗？下回细心点儿就行。"

审讯室内，孙昊天依旧低头不语，刑警队长王江按捺不住地拍了一下桌子，大声地说道："你以为你不说话就定不了你的罪吗？我建议你还是放聪明点儿，坦白从宽，争取宽大处理！"

"坦白从宽，牢底坐穿？哼哼。"孙昊天冷笑了一下，说出了第一句话。

吱呀一声，审讯室的门被推开了。我拿着一个文件夹，和林涛一起走了进来，说："怎么，还没交代？"

"没，硬骨头。"王江有些尴尬。

"孙昊天，我是省公安厅的法医，刚才我拿到了一份 DNA 鉴定书。"我沉着脸说，"对你很不利。"

我随即将文件夹递给了孙昊天。

孙昊天翻开文件夹的手微微有些颤抖，没看两眼，他的声音就开始有了哽咽："没想到啊，还是栽了。我还以为天衣无缝呢……好吧，其实我也不想这样……"

原本只字不提的孙昊天，此时突然像变了个人。

"我和林琪是青梅竹马，她说她会嫁给我，我爱她，胜过一切，胜过我的生命。她是那么完美，而我只是一个出租车司机，我和她在一起总会自卑，所以她说要把我们的关系保密的时候，我也同意了。我以为我们俩会一直这么好下去，哪怕没名没分，我也愿意……可是我错了，大错特错。

"五个月前，她傍上了一个大款，她说，为了不让那个浑蛋暴发户起疑心，要和我彻底断绝关系。断绝关系？那就是分手了？这太突然了，我不能失去她！即便她有了别的男人，但只要让我留在她身边，我也可以忍受的啊……可是她像是铁了心，换了号码，也不回住处。我找不到她，感觉整个人都疯了。

"难道她以前对我的那些爱，都是逢场作戏？难道她说以后会嫁给我，都是哄我骗我的？难道她从一开始就在利用我？……不行，如果我不能拥有她，她也不能被别人拥有！

"于是我下定决心，要杀了她。这样，她就会永永远远留在我身边了。

"我各种寻找，终于重新找到了她的行踪，也跟踪到了她的新的住址。我天天都在她家楼下等，揣着扳手等，终于等到了她。她给我开了门，她还是那么美，我一看到她，心就软了。我对她还抱有希望，我苦口婆心，想挽救这份感情，我想让她知道，包养她的人，只看中她的身子，我，我孙昊天的感情才是纯洁的，没有任何铜臭！

"可是她不听我说，她给我拿了五千块钱，让我走，让我不要再缠着她。她说她累了，她不想和我再聊下去了，她甚至不愿意正眼看我……我不能忍受这样的羞辱，我的兜里是带着家伙的，我趁她不注意，从背后用扳手砸了她的脑袋。她一下子就倒地了。我的右手受伤了，左手使不上劲儿，这一下倒没有打死她，她躺在地上挣扎着，挣扎着，又害怕又厌恶地看着我……哈，她现在愿意正眼看我了？可她的眼神让我愤怒，也让我不舒服，我不想看她，于是我胡乱砸她的头，一下又一下，血和脑浆喷得我一脸一身，喷得我一脸一身……"

孙昊天开始颤抖，不停地颤抖。

"后来呢？"

"……后来她不动了。我知道我杀了她，我带扳手来的时候，我就知道我会杀了她了。我在地上坐了很久，感觉整个房间里阴森森的，血腥味儿到处都是，我很担心有人闻到气味，忽然开门进来。好在，她家对门好像没有住人，于是我就赶紧像电视上演的那样，找了两块布把手指包住，把柜子什么的都翻乱，拿走了她的钱包和身份证，又把她的钥匙扔在门口。很多人都知道她被有钱人包养了，我想：这么一搞，你们肯定会以为她是遇到劫财的了吧。"

"你拿的钱、身份证和沾血的衣服呢？"

"钱和身份证，我埋在我家阳台的绿植的花盆里了，衣服烧掉了。"孙昊天突然镇静下来，擦干了脸上的泪水，脸上居然露出了一丝让人不寒而栗的笑容，"这样也挺好，事情结束了，我跑不掉了，哈哈哈……她？她也跑不掉了。"

"这人真是可怕。"

从审讯室出来，我还在摇头，"就算林琪真的是个拜金女，也利用了他的感情，可这个男人的占有欲也太可怕了。口口声声说爱她，一分手，就想要弄死她。我一想到他送林琪的母亲来殡仪馆时哭得很惨的样子，就觉得心里发毛。"

"这两个人肯定是曾经相爱过的，要不然林琪也没有必要一直戴着孙昊天送给她的脐环。"林涛也感叹道，"只是一个移情别恋了，一个由爱生恨了，最后变成这样的结局，真是让人难受。"

我也叹了一口气，然后跳起来拍了一下林涛的脑袋："不说这个了，你看你，都是什么搜查能力！什么地方都找了，就忽略了花盆。"

"别弄乱我的发型了。"林涛瞪了我一眼，一边用手指理着自己的头发，一边飞快逃开我的"魔爪"，说，"这谁能知道，还有这么高端的藏匿手法呢？不过也好，去挖出来，就是又一个证据了。"

"你说在师父那儿，我们这次能打几分呢？"我追了上去。

法医秦明

VOICE OF THE DEAD

| 第五案 |

死寂圣诞

——

世上的喜剧不需要金钱就能产生，
世上的悲剧大半和金钱脱不了关系。

——

三毛

1

侦破汀棠那起案件后，师父开始慢慢地放手让我和林涛独挑大梁了。

只是我自己还很清楚，虽然那一起案件侦破得很成功，但其实是我们俩揣摩到了师父的用意，顺水推舟罢了。以我们现在的实力，想要独立侦破一起疑难命案，还是有风险的。所以，政策上要求实践工作五年才有资格获得主检法医师职称，才能获取独立办案的资格，是有实践道理的。

为了能顺利考过主检法医师的职称，也为了能早日独立办案，我和林涛在工作之余，把自己埋在了书海里。大量的论文集和专著，成了那段时间我们的主要阅读内容。书到用时方恨少，说得一点儿也不错，利用刑事技术破案，不仅仅是依靠经验和悟性就能完成的任务。

很快，天气由热转凉，眼看着元旦将至，一年又要过去了。

铃铛非常清楚，元旦假期我们几乎是没有可能放假在家的。警察就是这样，当大家都在工作的时候，我们也在工作；当大家都放假在家的时候，我们却不一定放假。既然元旦是不能一起过了，铃铛决定退而求其次，要求我在圣诞节前夕的平安夜一定要腾出时间，请她吃一顿烤肉。

在那个时候，对于收入不高的我们来说，一顿烤肉可是一笔不菲的消费。我们很少去吃，所以都很馋。

圣诞节前夕，上了一天班，都很平静，并没有出差或者加班的可能，直到下午快下班的时候，我的心才放了下来，这顿烤肉看来是能稳稳地吃成了。

晚上，我们俩骑着新买的电驴，开开心心地去了一家韩式烤肉店。

"不知道为什么，总感觉过圣诞节差点意思，街道上再热闹也没啥感觉。"我夹了一盘肉，放在烤盘上，滋滋作响。

"不然怎么办呢？传统节日你有感觉，但是你休息过吗？"铃铛嗔怒道，"到省厅这三年，每年元旦和春节，你哪次不出差？也就是我还乐意陪着你，你说，换谁谁不得跑了？"

我嘿嘿地笑了一声，赶紧给铃铛夹肉。

回忆了一下，还真是。运气好的，大年初二在出差；运气不好的，年三十就得走。我还记得有一年年三十去一个县城出差，因为外出务工的人们纷纷返乡，不愿意回农村的家里居住，都在县城里的宾馆开房间，以至于我们跑遍了整个县城，也找不到一家有空房间的旅店，只能在公安局的禁闭室里睡觉，免费尝试了一下"被关禁闭"的滋味。

铃铛盘子里的烤肉已经堆叠成了一座小山。

我一边烤肉一边安慰："吃肉，吃肉。我老婆最好了，感谢老婆大人不嫌弃我。我知道，警嫂都不容易。"

这一说，却把铃铛的眼眶给说红了："秦明，你说，我们一起到龙番，人生地不熟，连个熟人都没有，天天就我一个人。"

"都怪我，都怪我。可我也没办法，省厅就我和我师父两个法医，别说我这小年青就是得多干，就连师父升职成副总队长，不还得出差嘛。"我摸着脑袋说道。

"我知道，就是有点儿委屈。"铃铛说着，抽了几张纸巾擦眼泪。

"让老婆受委屈了。"我看铃铛一哭就心疼，连忙转移话题，问道，"对了，这几年咱们都没仔细聊过呢，你当上康复医师之后，感觉怎么样？你又遇到什么样的孩子了？"

说到了铃铛的职业，她似乎立即从委屈的心境里走了出来。

铃铛眉飞色舞地和我说着那些孩子有多可爱、有多乖巧，然后又神色黯然地说可惜他们听不见，所以不能说话。沉默了一会儿，铃铛又信心满满地说："现在的医学技术飞速发展，助听器的性能大大提升不说，电子耳蜗技术也日趋成熟，更重要的是，现在国家非常重视对新生儿听力的筛查以及对贫困听障儿童康复治疗的政策帮扶。"她越说越兴奋，完全忘记了这是我们俩的浪漫聚餐，滔滔不绝地展望着以后会有越来越多的听障儿童能及早被发现、及早治疗、及早康复，她希望这些孩子都能听见世界、学会讲话……

我看着她眼睛里闪着的光，低下头吃了一口肉，感觉又是甜蜜，又是遗憾。

甜蜜的是，我知道铃铛离开法医行业后，寻找到了一条属于自己的路；遗憾的是，我们这三年来的相处时间是那么少，我和铃铛都很久没有这样聊天了。

"所以，你转行没错。我不转行也没错。"我笑着又给她倒了一杯茶水。

"对呀。你不知道，每次看到那些可爱的孩子对声音有了反应，我心里可高兴了！我感觉我真的改变了一个孩子的人生，真的帮到了他，也真的很有成就感。"铃铛一口气喝了大半杯茶水，开心地说道。

"所以，你看，咱们其实都是一样的，虽然看上去干的都是一份不起眼的工作，但是我们的工作都很重要啊。"我说，"当你治疗的孩子开始说话，你的成就感和我抓获犯罪分子时的成就感是一样的。你的工作，是让更多的孩子过上正常的生活，而我的工作，是通过重拳打击犯罪，让犯罪减少，也是让更多的人过上正常的生活。我们的工作，都是平凡的，也都是神圣的，不是吗？"

"是啊。"铃铛的眼神里充满了坚定。

"所以，你得多理解理解我啊，我答应你，以后一有空就带你吃好吃的。"我嬉笑着说。

"谁不理解你了，还不是因为某人一直没空，连好好聊天都没时间。让你请我吃顿饭，我可约了大半年了——哎，秦明，你怎么光给我夹肉，这肉都到我盘子里了，你自己吃上几口？"铃铛还没说完，我的手机猛然响了起来。

我一边暗想可千万别是什么案件，一边忐忑地从口袋里掏出手机。

铃铛放下手中夹肉的筷子，很紧张地盯着我。

不过，真是怕什么来什么，手机屏幕赫然显示"师父"两个字。我朝铃铛做了个抱歉和无奈的表情，接通了电话。

"在哪儿？"一听到师父习惯性的开场白，我立即确定这顿浪漫晚餐算是泡汤了。

"在……在吃饭呢，师父。"我瞥了一眼铃铛，她的眼泪似乎又要落下来了。

"给你 20 分钟时间，大厅门口集合。"

"又有案件？"

"清夏县，烧死 3 个。"

"烧死？非正常死亡啊，我们也要去？"跑了半年的命案，非正常死亡事件对我来说已经是小菜一碟了，我祈望着不是什么必须去的大事儿，和师父说说，能让我逃了这次出差。

"死亡 3 人，我们必须到场，不管什么性质。再说了，你敢保证不是死后焚尸？"师父说，"别废话了，按时到。"

说完，师父干脆地挂了电话，根本没给我争取的机会。

以前听见有案件，我会满心欣喜，可是这次挂完电话，我却充满了内疚，因为铃铛的眼神已经很是失落了。

"你看，这……真是，不好意思。"我手足无措。

"去吧，你骑小电驴走，一会儿我自己打车回家。"铃铛强颜欢笑地说，"没关系的，争取元旦回来，到时候我们再来吃。"

说完，她把刚才烤好的肉全部又夹给我，说："我自己在这里慢慢烤，你先把这个吃了，垫垫肚子，估计要熬夜。"

我心里挺难受的，也没说话，狼吞虎咽地把肉片全部吞下肚，然后和铃铛告别，骑着车赶去公安厅。

20分钟后，我和林涛跟着师父已经坐在了前往二百多公里外的清夏县的车上。

"怎么，没去约会？"我问林涛。

林涛一脸不满地看着我说："跟谁约会？你不知道吗？我不过圣诞节，只过光棍节！哪像你，重色轻友，铃铛头天来，你第二天就抛弃我。"

"铃铛都来三年了！你还记着仇呢？"

"而且，你们今晚去约会了对不对？吃好吃的不叫上我？"林涛说。

"你喜欢当电灯泡？"

"管他当什么呢，有的吃就行。"林涛甩了甩头发。

"一上车就打情骂俏，吵不吵？"师父正在副驾驶座看行政材料，没办法，当领导，又要跑现场，他的时间还真是很紧凑。

"不对啊，这个词用得不恰当啊。"我说。

可能是当年还很流行过圣诞节的缘故，市区的路面非常堵，我们花了快一个小时的时间，这才上了高速。到了高速上，驾驶员打开了警灯，一路向清夏县疾驰。

晚上九点多，我们终于下了高速，拐上了一条村村通公路。

乡村小路上夜色正浓，除了车灯照射出的那一片光亮，几乎一片漆黑。四下静悄悄的，视线很快被周围平原中的黑暗吞噬，只能看到远处山林的大致轮廓，城市里热闹的圣诞气氛早已被抛在几百公里之外。

突然一个刹车，车子颠簸了一下，我和师父不约而同地向前一顿，胸口被安全带勒得生疼。没系安全带的林涛更是一头撞到驾驶座靠背上，疼得叫了一声。

驾驶员突然自言自语道："哎哟，对不起！对不起！"

"对不起？"我吓了一跳，心脏突突地加速。

林涛听驾驶员这么一说，全身一哆嗦，不自觉地挤到我身边，看着黑咕隆咚的窗外，问："怎么了？为什么说对不起？你撞到什么了还是看到什么了？"

"一只小猫横穿马路，来不及刹车，好像给轧了。"驾驶员说完，跳下车去，拿手电筒找了找车底，说，"真的，是轧了，死了。"

林涛知道不是灵异事件，长舒了一口气，而我的心里却揪了一下，暗暗为这只倒霉的小猫默哀，一条小生命就这么陨灭了。不仅如此，我也似乎感受到了不祥的预兆，不知道今晚我们要去的现场，又会是什么样的惨状呢。

"平安夜不平安啊。"一直沉默的师父叹息了一句。

我下车和驾驶员一起把小猫的尸体从车底拿出来，在路边的坑里简单地做了掩埋，也算是让它入土为安吧。外面太黑了，林涛一直没敢下车。

重新回到车上，驾驶员不仅重新打开了下高速的时候就关闭了的警灯，而且明显放慢了车速。林涛也不敢怠慢，乖乖系好了安全带。又开了大约半个小时，晚上10点，我们终于赶到了那一处十分偏僻，而且看上去狼狈不堪的现场。

现场是一个独门的小院，小院在两辆勘查车和两辆消防车的大灯的照射下，孤零零地矗立在一大片田野的中央，方圆几里都没有住户。

我们的勘查车刚刚接近现场，我的手机就接到了我们邻居省份——南和省的欢迎短信，看来这是一个两省交界的地方。

过去，多地区交界的地方，经常会被犯罪分子，尤其是流窜犯当作犯罪的"宝地"，因为管辖权可能有争议、协查通报发布需要时间，这有利于犯罪分子作案后的逃离和藏匿。不过现在已经进入了信息化时代，协查通报传递的速度很快，我们国内的良好治安环境是不允许有盲区的。

在这样一个特殊的位置发生的案子，很有可能就是流窜犯罪。于是，我暗暗祈祷着，希望这就是一起意外失火而引起的非正常死亡事件。我心里的忐忑溢于言表。

"怎么？还没办过火灾的案例吧？"师父就像是看穿了我的心思。

"是，是啊。"我一边跟着师父跨过田野，向现场的方向走去，一边应答道。

"那我考考你吧，所谓的烧死，包含不少种死因呢。"师父说，"在火场中，最常见的死因有哪些啊？"

这个可难不倒我，毕竟我是专业课学过两遍的双学士学位，而且这些天还一直在不断地温习理论知识。

"火场中最常见的就是窒息了，有可能是'热呼吸道综合征'，也有可能是现场环境缺氧，还有可能是一氧化碳中毒导致的内窒息；"我答道，"其次，就是燃烧生成的有害气体的中毒而导致死亡；再次，高温和火焰直接作用于人体会形成烧灼伤，有可能导致创伤性休克、神经源性休克，也有可能是重度烧伤后被抢救出来，但最后死于继发感染性休克；最后，在火场中，也会因为燃烧造成建筑物坍塌，而导致钝性机械性损伤死亡。"

"啊？原来烧死有这么多说道呢。"林涛在黑暗中，挨着我的肩膀和我一起并排走着。

"不错，理论扎实。"师父微笑着点头，说，"以前见过火场尸体吗？"

"没有。"我坦白道。

"没事，法医工作，万变不离其宗。"师父说，"只要你牢记理论，就能办得好。"

我知道师父这次又是一个监督官的角色，具体的办案，还得我和林涛来。

很快，我们走到了小院的附近。因为周围根本就没有什么居民，所以现场警戒带都省得去拉了。周围没有建筑物的遮挡，寒风呼啸，这个平安夜的现场格外寒冷。

因为失火断电，现场没有可以照明的设施，只能依靠停在院落外面的现场勘查车了。勘查车的车顶，一般都有一个伸缩灯架，上面有两盏大灯。此时现场勘查工作已经开始，灯架竖了起来，大灯直接越过了院墙照射进了院内，把院内照射得如白昼一般。

我走到院落的门口，向内看去，院内有两间砖房，都已经没了屋顶，其中一间的墙壁已经坍塌了一大半。院子里到处都是积水，看来门外的两辆消防车费了不少力气才把大火扑灭，这会儿房子还在腾腾地冒着黑烟。

几名穿便服的刑警正在分头询问参与灭火的消防队员和村民，一边问，一边在笔录本上记录着。

"先简单了解一下情况吧。"师父皱着眉头看了看糟糕的现场，对我们说，"这样的现场比较难勘查，一片狼藉，消防过程也破坏了一些痕迹。"

说完，师父背着手，沿着院墙在院落的外围走了一圈。院落的外围都是土地，和四周的田野连成一片。因为消防部门倾倒了两车水在这一片土地，所以此时这里已经十分泥泞，我们只能尽可能找到一些砖头和石块作为下脚的地方。

走了一圈，重新回到院落大门口，师父一边蹭掉鞋子上的泥，一边走到报案人身边询问情况。报案人是个五十多岁的老头，他的眼睛红肿，像是哭了很久。

"我住在离这儿三里远的那边。"老头指着远处，说，"这不刚冬至嘛，天黑得早。下午 5 点的时候，天已经差不多黑了，我就看到这边有烟，随后就看到有火光。这边的位置嘛，是老夏家，我开始以为是老夏在烧什么东西，后来发现不对劲儿，火很大，就赶紧打了 119。打完报警电话我就跑到这附近来，看房子烧着了，火光冲天，我也进不去，就喊'老夏、老夏'，但一点儿动静也没有。后来听消防队员说老夏被烧死了。"

看来老夏就是这座小院的主人，而且报案人显然和老夏的关系非同一般。

"老夏家几口人啊？"师父随口问道。

"老夏的儿子儿媳都出去打工了，老伴去世了，他一个人带着两个小孙子，一个 6 岁，一个 4 岁，听说都被烧死了。作孽啊！孩子还那么小！"

"看来他家条件还不错吧？"

"一般吧，但他节俭得很。"

"领导好，"这个时候，清夏县的刑警大队长梁永春走出了现场，"你们来得好快啊。现场我们已经初步看了，一老两小，三条命。起火原因消防部门正在看。还不清楚是生前烧死还是死后焚尸，因为尸体被烧得挺厉害。我们的技术人员正在不妨碍消防部门判断起火点的情况下看现场，目前还没有发现有价值的线索。"

"我们刑警部门和消防部门有合作的机制，"师父知道我们还没有跑过火灾现场，所以低声对我们说，"一旦亡人火灾事故发生，消防的火灾调查部门和我们需要共同对现场进行勘查。勘查的目的是搞清楚起火点和起火原因。如果判断是意外起火，就交由消防部门进行下一步处置；如果有人为纵火的可能，就需要我们刑警部门来接手了。"

"你是领导啊！"报案的老头听了这些话，一把抓住师父的手说，"领导，你要为他们做主啊！要抓住纵火犯！"

"谁和你说是纵火啊？"梁大队对报案人说，"冬天取暖设备用得多，很容易引发火灾的！你们也要注意防火啊！"

"啊？真的不是命案啊？"我问梁大队。

梁大队对我使了个眼色。其实生前烧死还是死后焚尸都还没有搞清楚呢，谁知道是不是命案呢？只是为了防止在村民之间流传谣言，引发恐慌，梁大队这样说也是权宜之计。

"谁发现尸体的？"师父和梁大队握了手，引着我们走进了院落，确保外面的几个围观群众听不见我们的对话了，这才问道。

"火扑灭了以后，一个消防战士进来清理现场，发现三个人在各自的床上躺着，都烧得不成样子了。他就联系了我们，我们也第一时间上报到了省厅。只是没想到你们到得这么快，也就三个多小时就到了。"

"要不是龙番城里太堵的话，更快。"师父说。

"在各自的床上躺着？"我说，"下午5点就睡觉？而且熟睡到连着火了都不知道？"

"嗯，我们也觉得可疑，但还是要尸检了才能明确性质。"梁大队耸了耸肩膀。

我和林涛跟着师父往院落深处的砖房走去，这里已经被烧得面目全非，迎面而来一股浓浓的焦煳味，分辨不清烧的是木头还是人肉。

"师父小心！"坍塌了大半的屋顶看起来空荡荡的，时不时有泥沙往下掉落，我走得胆战心惊，"这屋子随时可能会倒塌啊。"

2

"我们看现场的，各种危险都会遇到，有充满毒气的现场，有随时可能爆炸的现场，当然也包括这样可能会倒塌的屋子。"师父笑了笑，说，"你有保护自己的意识非常好，不过不能因为现场有危险就不看现场啊，职责所在，义不容辞。"

师父大义凛然，完全不像说冷笑话时的样子。

师父把技术员递过来的安全帽戴上，走进了现场。

现场里，戴着安全帽、穿着消防靴的消防火调部门的人，正在一边测量，一边勘查。他们的装备比我们好得多，有专业的消防头盔，防护能力比我们从工地上借的安全帽要强很多倍。他们脚下的消防靴是有钢板衬底的，防止火灾废墟里的尖锐物体刺破鞋子伤到脚。我们只能先靠眼睛搜索黑漆漆的地面，确认了哪里是绝对安全的下脚点，再慢慢往里移动。

"什么时候能给我们的勘查车上也配上消防的装备啊？"我嘟囔道，"这也太危险了啊。"

"还没干事儿呢，就找组织谈条件了？"师父也是小心翼翼地一步一步跨进了现场的砖房，说道。

我们走进第一间尚未倒塌却没了屋顶的屋子，发现这里是老夏家的厨房和仓库。灶台上放着四个空碗，锅里有一锅面条。厨房内被熏得漆黑的墙壁全部湿透了，地面上也全是积水。

既然无论是灶具还是地面都已经被水浸泡，那么这里也就没有什么可以勘查的了。但林涛还是执意从积水中走了进去，想在一些没有被水冲过的地方发现"奇迹"。

我和师父则走进了另一间坍塌了一半的砖房。

这里应该是卧室，摆放着两张床，坍塌的砖瓦下压着的是类似桌子、衣柜之类的家具。坍塌的砖瓦重量不轻，把这些木质的家具都给压散了。我刚走进屋内，突然迎面塌下两块砖，着实吓了我一跳。

"这是啥意思？有冤情吗？"我说。

"别胡扯，幸亏林涛不在，不然你得把他吓着。"师父仍是小心翼翼地跨着步伐，向家具另一侧的大床和小床方向走去。

"这砖头块子要是砸在脑袋上，这帽子不一定好使啊。"我敲了敲自己的塑料安全帽。

还好三具尸体都躺在自己的床上，没有被塌下的砖瓦压坏。两张床都已经烧成了焦黑色，但是没有坍塌。从灰白色的灰烬当中，我们可以看到大床上有一具已经完全炭化的成年人的尸体。同样，小床上也有两具完全炭化的小小的儿童尸体。

走近尸体，一股浓重的肉煳味扑面而来。

我下意识地揉了揉鼻子。干法医几年后，我养成了一个习惯，碰见有明显异味的现场和尸体，我都会使劲儿地揉几下鼻子。不知道是心理作用还是真有效果，揉过了鼻子，我通常就不会觉得异味难以忍受了。

师父当然知道我的这个习惯，笑着问我："不会吧，腐败的尸体说难闻可以，火烧的尸体可不难闻，肉烧熟了都是香的。"

我知道师父说的是事实，并不是对死者不敬。但不知怎么的，师父的这句话反而引得我想吐，我突然想起了今晚狼吞虎咽吃下去的那盘烤肉……我强忍着干呕的欲望，憋得眼泪都快出来了。

我整理好手套，走到床边，把尸体附近的灰烬拨开了一些，让尸体完全暴露出来。尸体身上的衣物基本已经被烧干净，皮肤都已经炭化，三具尸体都是拳击的姿势。

"尸体呈斗拳状。"我说，"书上说，斗拳状是生前烧死的尸体的征象啊。"

"谁跟你说的？哪本书上这样说？"师父说，"死后焚尸的尸体很多时候也是斗拳状。只要火势凶猛，软组织迅速受热收缩，软组织一收缩，就会拉着关节往屈曲的姿势变化，这就是斗拳状尸体现象的形成机理。"

我惭愧地吐了吐舌头，还以为自己把理论学得很扎实，但对一些容易混淆的内容，我就记得不太牢靠。而这些理论，可是完全不能记错的，不然整个案件就会往错误的方向偏移。好在有师父深入浅出的解释，比书上枯燥的理论要好记多了。

我用戴着手套的手，捏了一下老年尸体的胳膊，胳膊上"咔"的一声响，掉下来一块烧焦的皮肤。

"烧得很严重啊，"我说，"都脆了。"

"屋顶都烧塌了，当然严重啊。"师父一边观察地面，一边用脚尖蹭了蹭硬土质的地面，说，"你来看看这里。"

我转过身，蹲在地上，看着师父脚下的土面，烧得明显比周围的地面要严重得多，我说："这里炭化最严重，这里应该是起火点！"

"是的，你去和消防部门说一下。"师父说，"烧得这么严重，不仅仅是因为这里是起火点，而且有助燃物。"

"这也能看出来？"我吃了一惊，"那我现在就来提取这块土壤样本，让人先送市局做理化检验，看看是什么助燃剂。"

"嗯，这思路是对的。"师父说，"还有，这里距离市里不近，别让他们多跑一趟，顺便将三名死者的一些还没有烧焦的肌肉组织也一起送去，进行 DNA 检验来确认身份。"

是啊，到了室内现场，我们总会先入为主地认为死者就是家里的主人。在这种被烧焦的、无法辨别面容的案件中，事先进行 DNA 检验确认身份，才能确保不犯低级错误。

师父不仅是刑侦专家，也是火灾事故现场的鉴定专家，对火灾现场的勘查非常有经验。这才进入现场十分钟，就找到了起火点，也推测了可能的起火原因——人为纵火。

技术员按照师父的指示在地上刮蹭着灰烬，我也用剪刀剪下了三名死者被烧裂的皮肤下面仍有血色的肌肉组织，一起装进了物证袋送检。

师父左右看了看，又看了看湿透的墙壁，说："把尸体拉去殡仪馆尸检吧。"

确实，既然起火点并不是电线或者取暖设备，而且有助燃剂，这多半是一起杀人焚尸的案件了。只要怀疑是刑事案件，就无须家属同意，可以直接解剖。

我们在现场待了一个多小时，知道这种被烧毁后又被水冲的现场，已经几乎没有可能再发现什么指向犯罪的痕迹物证了。只有通过尸检来寻找一些线索或证据，又或是通过尸检来给我们提示一些寻找证据的方向。

"只盼别是流窜作案。"我说。

"都快 12 点了，您的血压有些高，不如先回宾馆休息，明天再看尸体吧？"梁大队和师父很熟悉，他了解师父的身体健康状况，于是关心地对师父说。

"刚才说了，有助燃物！既然很有可能是命案，那么破案能等吗？"师父摘下安全帽，率先坐进车里，"我们抓紧时间去殡仪馆，侦查部门也要抓紧调查死者的社会矛盾关系。"

现场是清夏县的偏僻之处，距离殡仪馆很远。我们从现场出发，开了大约一个小时，在接近凌晨 1 点的时候，才到了殡仪馆。

一进殡仪馆大门，我们都傻了眼。清夏县还没有建成尸体解剖室，殡仪馆到处都是黑咕隆咚、静悄悄的，只有当我们走进停尸房时，才终于听见了凡间的声音，那是冰冻尸柜压缩机发出的轰鸣声。停尸房也没亮灯，月光从窗外照进来，没有一丝月下的浪漫，反倒多了些阴森的感觉。

既然没有解剖室，那么解剖工作就只能找一个距离水源近的地方进行。最理想的地方，就是停尸房外面的空地，那里有一个自来水龙头。然而，空地上并没有任何光源。

"能想办法照明吗？"师父问道。毕竟尸体解剖必需的条件之一就是要有充足的光线。

"两个办法，一个办法是用勘查车车顶的大灯，很亮，不过一箱油只能照 7 个小时，咱们在现场消耗了半箱油，现在只剩下半箱油了，只能照 3 个小时。加油站挺远的，要是去加油会耽误不少时间。"清夏县的邵法医说道，"还有一个办法就是用接线板接一个灯泡到外面，不过亮度有限。"

"3 个小时我们肯定忙不完，先接灯泡吧，最好能找到瓦数大的，然后再用手提勘查灯辅助照明。勘查车也去把油加满，等加油回来，我们正好解剖到关键位置，需要更强烈的灯光。"师父一边说，一边在院内寻找一块既能放下 3 张停尸床，还能避风御寒、方便解剖的地方。

"3 个小时肯定忙不完……"邵法医咽了一口口水。师父的言下之意是，谁都别想睡了。

很快，简易灯被当地的法医和痕检员架了起来，用的是工地上的照明灯，很亮，同时也很烫。这样的灯，在这个寒冬季节，实在是再合适不过了。不仅能照明，而且能取暖。有了从停尸房冰柜压缩机里排出的热风，加上工地照明灯散发的热量，躲在院子角落的我们，顿时也不感觉冷了。

与此同时，尸体也被殡仪馆的师傅开车拉了回来。我们帮着殡仪馆的师傅，将那三个被焦炭蹭黑的白色尸体袋搬运了下来。

"没事了吧？没事我走了。"殡仪馆的师傅打着哈欠说。

"给我们找 3 张运尸床吧，这样就不用蹲在地上解剖了。"师父说。

"哦，等着吧。"殡仪馆的师傅显得很不耐烦，"你们明天解剖不行吗？这么急，都 1 点多了。"

"死者的家属肯定觉得不行。"师父皱着眉头说道。

三具尸体被依次摆放在一字排开的运尸床上。尸袋一拉开，一股焦煳味迅速弥漫在空地的上空。虽然我的胃早已排空，但是一想到我昨晚吃的是烤肉，我就酸水翻涌。

"在现场的时候，我说过，第一步要确定是生前烧死还是死后焚尸，这对案件的定性起到关键作用。"师父显然是想考查一下第一次接触火场案件的我的理论功底，"生前烧死和死后焚尸，从尸体上看，有什么区别？"

"这很简单好吧。书上说了，看皮肤烧伤，有无生活反应，有无红斑、水疱。"我心想：虽然我没有实践过火场的案件，但这种小问题也想难倒我？

虽然我反应很快，但挨骂也很快。

"尽信书不如无书！这三具尸体的皮肤都炭化了，还看什么生活反应？"师父说道。

"我还没说完呢。关键是看死者的呼吸道有没有烟灰炭末。我知道张举烧猪的案例啊，中国历史上记载的第一起侦查实验。"我很不服气，继续思索着有没有漏讲的内容，"哦！还要看呼吸道和肺脏有没有热灼伤。"

"同时，要看有没有一氧化碳中毒的征象。在现场的时候，你也罗列了那么多火场致死的因素，这些因素有的时候交织在一起，很复杂。很多人在火场中还没有吸入烟灰炭末，就已经一氧化碳中毒死亡了，这样的尸体因为没有吸入烟灰，会被误认为是死后焚尸。"师父说。

听完师父的补充，我才感受到火灾案件侦破的难度，悄悄为后面的解剖捏了一把汗。

"灯光有限，不可能三具尸体同时检验。你先看小孩的吧，先易后难。"师父强调说，"火场尸体虽然难解剖，但我们还是必须同样细致地、全面地、系统地解剖。过去很多老法医在检验火场尸体的时候，为了图省事，哪儿都不解剖开，就把脖子划开、气管划开就结束，其实这样是很容易犯错误的。"

我走到两具小孩的尸体旁边，开始干活儿。

刚伸手碰了一下尸体，"咔"的一下又掉下一块烧焦的皮肤，露出了猩红的皮下组织，在强光灯的照射下显得分外血腥。

虽然尸表已经全部炭化，但是尸表检验一样不能少。我们不仅要观察死者已经烧焦变形的五官有没有异常，还得把颈部、四肢关节等关键部位表面炭化的皮肤切开，观察炭化表层下方的软组织有没有出血的迹象。

炭化的皮肤非常坚硬，以至于锋利的手术刀经常派不上用场。为了能切开皮肤，我们经常要使用更加厚重的脏器刀或者剪刀。

在尸表检验完毕后，我都没有发现明显的外伤。我们接着需要打开尸体的体腔，同样也非常费劲儿。因为不仅仅是皮肤，尸体的肌肉组织也因为脱水而十分干硬，即便是小孩的尸体，我们也费了九牛二虎之力才打开胸腹腔。师父说，一会儿解剖大人的尸体会更费劲儿，说不定要用上开颅锯。

我们依次检验完尸体的其他部位后，再检验颈部和头颅这些关键部位。

我用止血钳夹住尸体气管的一旁，用洗净的手术刀轻轻切开小孩非常稚嫩的气管，气管壁很薄，意外的是，整个气管内全是烟灰，热灼伤也非常明显。

"居然是生前烧死！"我讶异地说道，"难道不是命案？"

"死后焚尸肯定是命案，但是生前烧死不一定就不是命案。这个逻辑问题，你要搞清楚。"师父说，"毕竟，小孩子太容易被控制或者致晕了。"

很快，师父突然间像是想到了什么，用手术刀麻利地切开小孩的头皮。

和解剖躯干部完全不同，小孩的头皮已经烧得不完整了，而且非常脆，颅骨也烧得很脆，不用开颅锯都能轻易撬开。

小孩的头皮下到底有没有血肿已经无法分辨，但是切开头皮后我们发现孩子的颅骨已经碎裂。在我剥开头皮时，原本黏附在头皮上的几块颅骨掉落下来，随之露出红白相间的脑组织。

"脑组织里面有血！头部有外伤！"邵法医说道。

"不是吧。"我虽然没有见过烧成这样的尸体，但在书上看过相关的理论，"烧死的尸体经常会出现颅骨迸裂的现象，是燃烧后颅骨脆化、脑组织膨胀等原因造成的。"

"是的，烧成这种程度的尸体，尤其是幼儿尸体，通常会有颅骨骨缝分离，甚至颅骨迸裂的现象出现。"师父认可了我的观点，"但是，从脑组织的颜色来看，应该是有外伤的。"

"我记得，书上说有一种颅内血肿叫作'热血肿'？不是外伤，而是高温导致的。"我说。

"嗯，能记得这个算是不错的。"师父说，"你告诉我这个热血肿的全称和机理？"

我想了想，说："好像叫作'硬脑膜外热血肿'，是指头部受到高温作用，脑和硬脑膜受热凝固收缩，与颅骨内板形成间隙。同时，硬脑膜血管和颅骨板障血管破裂，溢出的血液聚集于这个间隙里。"

"对啊，既然是硬脑膜外热血肿，那么就不可能导致硬脑膜内侧的脑组织颜色改变啊。"师父微笑着说。

"哦，是啊。"我回味着师父的话，心想：法医这个职业，如果只是硬背书，不去结合实践案例理解文字里的意思，还真是做不好。

3

师父对照着脑组织有些偏红的部位，仔细观察着颅骨迸裂的痕迹。突然，师父眼睛一亮："我就说嘛，这根本就不可能是意外失火的事件。你来看看骨折线有什么问题？"

听师父这么一说，我们都凑过头去看。

我认真地看了看，明白了师父的用意，于是用止血钳指着颅骨迸裂的许多骨折线中的一条，说："这条骨折线边缘的颅骨是往内凹陷的。刚才我们就说了，烧死的尸体中颅骨迸裂的骨折线是因为脆化、膨胀而形成的，骨折线都是线形的，绝对不可能往内凹陷，对吧？"

师父接着说："不错！凹陷性骨折，脑组织内又有出血，又没有对冲伤，那么就只能是外力直接作用所致了。"

"你们的意思是说小孩是被打晕以后，活活烧死的？"邵法医问道。

"是的，如果没有猜错的话，另一个小孩的情况和这个一样。"师父说。

很快，我们解剖完毕另一具小孩的尸体，和师父猜想的一样，气管内充满烟灰，全身没有其他外伤，但颅骨迸裂的痕迹当中有几条骨折线是往内凹陷的。无论是尸表炭化的程度，还是尸体的损伤情况，几乎都是如出一辙的。

"看来凶手很有信心。"师父说，"他先让小孩失去抵抗力，然后把他们烧死，并不担心小孩会活过来。所以我认为，他所用的助燃物应该是汽油之类极易燃烧的东西，他把汽油直接浇在死者身上。"

"这样的话，即便因为烧灼而清醒过来，也不可能逃生了。"我咬牙切齿地说，"孩子都不放过，真是个畜生！"

"您先前不是说起火点是屋子中央吗？"邵法医问。

"是的，那里应该是装助燃剂的容器，也是起火点。凶手如果真的在人身上也泼了汽油，那么火势很快就会蔓延到尸体上。"师父说，"回头我们再去现场看看那一片灰烬，说不定有发现。"

已经凌晨四点多了，天还是漆黑的。

勘查车已经在加油站加满了油，邵法医把勘查大灯打开，汇聚工地照明灯的光线，把殡仪馆的这个角落照得雪亮。

时间过去了这么久，虽然我们已经笃定这是一起凶杀案件，可是我们即将完成的解剖工作中，并没有获得任何破案的抓手，这让我不得不有些焦急。

师父抬头看了看我，发现我正愣在一旁沉思。师父立即明白了我的心思，笑着说："别着急，现在看看大人的尸体，也许会有意外的收获。"

老夏的尸体，我们检验得更加仔细，费了半天劲儿，真的动用了开颅锯才打开尸体的胸腹腔。我隐隐地发现，他的肺脏不像两个小孩的肺脏，竟然没有一点儿烧灼伤。

我拿起手术刀准备切开气管，师父拦住我说："这个慎重一些，掏舌头吧。"

掏舌头是法医们对某一种解剖术式的常用简称。这种解剖术式就是将尸体的颈部切开，沿着下颌缘，把下颌下方的软组织全部切开，这样就可以直通口腔内部了。法医用手从颈部下颌下伸进死者的口腔，切断舌头后侧的软组织连接，就可以从颈部把口腔内的舌头掏出来。这样，舌头连着后侧的喉头，加上食管和气管就可以整体从尸体上分离。拽住尸体的舌头，分离后侧的筋膜，就可以把尸体的整套内脏和身体分离。

这种办法比常规的解剖方法要麻烦一些，但是好处就在于可以整体无盲区地观察整个喉头、咽喉部、气管和食管，也可以完整地取下尸体的全套脏器。所以，这种办法通常运用在需要法医组织病理学检验的时候，因为法医组织病理学是需要取出所有的内脏，先观察内脏大体的形态，再取下脏器标本进行切片，最后在显微镜下诊断。

我明白师父的意思，他是想更仔细地观察死者喉头的情况。好在我以前去南江市公安局实习的时候，飙哥手把手教过我如何掏舌头。此时，虽然灯光有些不足，但我还是麻利地用手术刀沿着尸体的下颌缘把肌肉全部切断，然后从颈部伸进几个手指到尸体的口腔，掏出舌头，接着将咽后壁的软组织切断，很顺利地将舌头掏了出来。

师父微笑着点了点头，对我熟练的手法表示认可。

我将尸体的上呼吸道、肺脏全部与胸腔分离以后，惊讶地发现，死者的喉头居然没有一点儿烟灰或者被烧灼的痕迹。

"师父，那这是死后焚尸啊。气管内也应该是干净的。"我说。

不出所料，打开死者的气管，果然整个气管壁都很干净，没有异常。

我抬起手臂用上臂擦了擦额头上的汗，舒了一口气，说："这就更没有问题了，肯定是杀人案件。"

死者老夏的头皮虽然也被烧焦了，但是颅骨并没有烧得很严重，更没有迸裂。切开头皮后，我们发现老夏的颅骨左枕部、左顶部有好几处凹陷，颅内更是损伤严重。

"和小孩的损伤形态是一致的。"我说，"极大的可能是用钝器打头。"

那么，会是什么钝器呢？没有了头皮上的损伤作为支撑，仅仅从颅骨骨折的形态来推断致伤工具还是很难的。为了发现更多的痕迹，我用纱布仔细地擦拭尸体的颅骨，想把骨膜擦干净，以便更好地观察凹陷性骨折的形态，心想：或许用这种办法，可以更细致地推断出致伤工具的形态。

我这边擦拭颅骨，师父那边已经开始现场重建了。

"三个人都是颅脑损伤，但颅脑损伤导致人死亡是需要一定时间的。"师父沉思了一会儿，说，"这样看，应该是凶手先打击老夏的头部，导致他倒地昏迷，然后将他拖进燃烧现场，放在床上。发现两名小孩以后，又用钝器打击导致小孩昏迷。在这个过程中，老夏因为颅脑损伤严重而死亡，但小孩受了伤只是昏迷。等火烧起来，死了的老夏和昏迷中的小孩都被烧死了。"

师父这样的现场重建，是最合理的一种解释了，这样就可以解释老人小孩为什么明明在同一燃烧现场，却分别是死后焚尸和生前烧死的问题了。

于是大家纷纷点头认可。

在师父对案情进行分析的时候，我隐约有了新的发现。

我招呼身边负责照明的林涛过来，用强光手电照射老夏颅骨凹陷性骨折的中央。这时候死者的颅骨骨膜已经被我擦干净了，露出白森森的骨头和清晰的凹陷骨折线。

"你抱着个颅骨干啥呢？"林涛已经很困了，肿着眼睛问道。

我细细看着光照下的颅骨，突然眼睛一亮，说："你看，这是什么？！"

师父也听见了我的惊呼，连忙停止了他的现场重建分析，走了过来。

强光手电把剥离了骨膜的颅骨照得雪白。

同时，也把尸体颅骨骨折凹陷的中央一处隐约的蓝色痕迹照得清清楚楚。

"这是什么？"我用止血钳指着那一处蓝色痕迹，"怎么会有蓝色的东西？衣物都被烧焦了，不可能是衣物的残渣。"

"会不会是你剥离骨膜的时候污染了？"师父拿过颅盖骨，仔细地看着，又查看死者的衣物有没有蓝色的东西。看来这个发现，也超出了师父的预估。

"不会。"我拿止血钳指了指其他几处骨折凹陷的地方，"一共有 7 处凹陷性骨折，5 处都有蓝色的痕迹。"

师父又仔细看了看其他几处凹陷性骨折的地方，皱起了眉头。

"而且，我刚才擦拭了一下。"我用止血钳的尖端轻轻地擦蹭着骨折中心点的蓝色痕迹，"轻擦是擦不掉的。应该是油漆类的物质，压嵌到骨质里。我们所有的工具，没有一个是蓝色的呀！尸体上，我们也没看到蓝色的东西啊！"

"嗯。"师父点了点头，说，"这里出现蓝色的痕迹确实比较奇怪，你有什么看法？"

"蓝色的物质，呈片状，附着力强，应该是油漆类的物质。"我重新仔细看了看，继续说，"能够被压嵌到骨质里，应该是用钝器将油漆压嵌进去的。结合几名死者都是被钝物打击头部导致死亡的，所以根据这个蓝色的物质，我认为最大的可能是凶器外表涂有蓝色油漆，凶器打击颅骨，将凶器上的蓝色油漆压嵌到了颅骨骨质里。"

师父点了点头："你的这个发现应该是我们今天最大的收获了。"

看到师父眉宇间洋溢着喜悦，我知道他的这句话是对我今天工作的最大肯定。我终于有一项不在师父的引导下也能独立发现的线索了！

又花了近一个小时的时间，把尸体身上的切口、裂口全部缝合，我们才脱了解剖服、洗了手，结束了解剖的工作。我抬腕看了看表，居然已经快 7 点钟了，天边已经开始泛白。即便有工地照明灯和压缩机这两个"不专业"的取暖设备的帮助，但是在寒风中工作 6 个小时的我们，双手、双脚还是都已经冻得麻木。

我搓着手，拼命地跺着脚，希望能够促进手足部的末梢血液循环。

站在一旁的县局痕检员麻利地收起录像机，显然是对我们的磨磨蹭蹭有些不满，他耸着肩膀、跺着脚、打着哈欠，说："省厅领导就是敬业，尸体都烧成了这个样子，你们还这么认真地缝合，有意义吗？又开不了追悼会。"

"别乱讲！这是必需的程序。"林涛严肃道。

县局痕检员的这句话引起了我的强烈反感，我也皱起眉头，说："死者也有尊严，缝合不是为了开追悼会，而是尊重死者的一种方式，他毕竟是个人，而不是个物件。"

真正的法医都很尊重死者，尽管为了破案我们会解剖尸体，但解剖结束后，我们也会仔细地缝合。虽然我们并不会像有些电视上演的那样，在每次解剖前向死者鞠躬，但我们坚信，只有通过我们的努力，让逝者的冤情得以洗刷，才是对死者真真切切的尊重。

"对不起，我刚刚说错话了，那我们现在怎么办？"痕检员挠了挠头问。他显然被我的那句话说得很不好意思。

"还能怎么办？睡觉去。"师父打了个哈欠，笑着说，"法医是人不是神啊，得睡觉的。你们回去休息吧，等 11 点再参加专案会。"

我心里不太高兴地想着，才睡三四个小时，还不如不睡呢。法医确实不是神，但再这么下去，说不定哪天就升天成"神"了。但想归想，工作了那么久，我当然知道专案会对法医的重要性，只有通过专案会上的交流，才能让法医了解刑警们侦查到的情况，同时也能让侦查员们了解法医的推断；双方只有充分沟通，才能保证快速准确地破案。所以我也没说话，默默地坐上车。一上车，困意就弥漫了整辆车，师父在我之前响起了鼾声。我回到宾馆简单冲了个澡，就沉沉地睡去。

疲劳工作后不到 4 个小时的短暂睡眠，是最让人难受的，尤其是被门铃唤醒的那一刻，我感觉有千百只大手把我摁在床上。我没有睡好，因为梦里的画面全都是那蓝色的钝器，像放电影一样闪过。可惜梦就是梦，醒来想想，我依然不知道那应该是件什么样的工具，既能用力挥舞，又能一招致命，关键是这么顺手的工具很少是蓝色的。

"走吧，时间快到了，去参加专案会，别迟到。"师父看我洗漱完毕，催促道。

专案会上烟雾缭绕，刑警们显然连 4 个小时的睡眠都没有，一个个眼圈发黑、眼睛发肿。刑警们就是这样，知道吸烟不好，但是经常熬夜，只能通过香烟来提神、支撑。

在法医解剖结果出来前，虽然没有确认是杀人案件，但毕竟是三条人命，整整一夜里，侦查员们都是按照命案来进行侦查的。

老夏的大名叫作夏启福，今年 61 岁，两个孙子叫夏雨和夏天，分别是 4 岁和 6 岁。

因为老夏家是独门独户，家里所有人都被灭口了，所以经过一夜的侦查，并没发现什么有价值的线索。目击者也仅仅知道，起火时间是下午 5 点多钟。

对于老夏家的矛盾、情仇的调查也遇到了很大的阻力。村民们都反映老夏为人忠厚，儿女又在外打工，并没有明显的矛盾关系。所以，调查工作目前陷入了僵局。

当师父说已经通过尸检确定这是一起杀害三人并放火焚毁尸体的命案的时候，侦查员们并没有太多的讶异，显然他们都已经做好了心理准备。

"三名死者都被钝器打击了头部。老夏是被打击头部致死，小孩是被打击头部致晕以后烧死的。助燃物是汽油。"师父说道，显然，今天一早他就接到了理化实验室的电话，通过检验，确定了凶手携带了汽油用于助燃，"所以，凶手应该是可以轻易获取汽油的人。"

在那个年代，农村有很多私人开设的加油站，获取汽油并非难事。师父曾经说过，为了社会治安稳定，对于汽油、柴油这种助燃剂，一定要加大力度管控。如果不是拿去加在车里，而是打散装汽油、柴油，都需要派出所出具证明才可以。好在，这种想法，现在已经得到了实施。

"所以，凶手应该是可以轻易获取汽油的人"的分析，显然没有引起专案组的兴趣，因为这样的人在当时实在是太多了，根本无法从实际意义上缩小范围。

梁大队问："除此之外，有没有其他指导思想？比如，我们该查流窜犯，还是继续查社会矛盾关系？"

师父摇了摇头。

我很诧异为什么师父没有把我们的重大发现公布于众。

县局局长、梁大队和侦查员们的眼神里充满了失望，看来他们原本对省厅的刑侦专家抱有很大的期望，师父这一摇头，让他们的期望破灭了。没有一个明确的方向，现场和尸体上都没有任何有价值的物证，又是两省交界的现场，他们确实不知道该如何开展工作了。

梁大队问："那……那我们下一步该怎么办？"

他仍然希望师父能够给专案组指点迷津。

"下一步，让你的兵多休息。"师父笑着说，"让大家休息吧，看一个个累的，身体是自己的，要以人为本啊。"

师父这个工作狂还能说出这样的话来，连我都非常诧异，心想：你咋不以人为本啊？我这还困着呢。

师父接着说："休息一下，下午迟些时候我们再碰头，我有些疑点还没有想好，要再去看看现场。"

还看现场？那不都烧成了一堆瓦砾了吗？还能找到什么？我拿起茶杯喝了口茶，稳了稳心神，但失败了——此刻，我真的非常想念我的枕头。

专案会散会了，侦查员们都回去睡觉了。我则很不情愿地跟着林涛和师父来到现场。现场的警察去调查走访了，只留下了一两名民警在现场看守。因为担心白天的时候会有村民闯入现场，所以此时现场已经被警戒带围了起来。这个天气，在现场值守，可真是一件很不容易的事情。看着被冻得瑟瑟发抖的值班民警，我们的心里很不是滋味，心想：一定要早点儿破案，给老百姓一个交代，也让民警们少受一点儿苦。

"你在外围看看，我和林涛进去看看起火点。"师父揉了揉通红的眼睛，转身对身旁的痕检员说，"给我们准备一个筛子。"

我明白师父的意思是让我去寻找蓝色的钝器，而他和林涛要去清理起火点的灰烬，看有没有更进一步的发现。筛子是最好的工具了，能把那些细碎的灰烬都除掉，留下来的都是成形的、可能对破案有帮助的物件。

按照师父的安排，我一个人沿着现场周边搜索，脑子里只有蓝色的钝器。

蓝色的……什么东西是蓝色的？

走了个把小时，突然我的眼睛被远处草丛中的一片反光刺了一下，在阳光的照射下，反射面闪闪地亮着蓝光。我的心立即提到了嗓子眼儿，发了疯似的向蓝光处跑去，边跑边戴上纱布手套。

当我气喘吁吁地跑到反光的地方时，突然有了一种茅塞顿开的感觉：对啊！这不就是易于挥动、能置人死地的钝器嘛！

草丛里，静静地躺着一个蓝色的打气筒。

4

这片草丛离现场大概有两公里，旁边是一条村民平时拉板车走的小路，路比较窄，汽车肯定开不进来，但自行车、摩托车肯定没有问题。打气筒看上去有八成新，还不到报废的程度。在这样一个特殊的地方，找到这么一个打气筒，我暗暗高兴，这是凶器的可能性已经很大了。

我小心翼翼地拿起打气筒看，这个打气筒比我们常见的型号要粗大一些，一般是用来给摩托车打的，它的外表已经被露水打湿，底座涂了蓝色的油漆，有几处油漆已经龟裂、脱落，露出了黑灰色的底色。底座的周围可以清晰地看到几处暗红色的附着物。我很激动，屏住呼吸，用颤抖的手打开了勘查箱，拿出了联苯胺试剂。

联苯胺试验结果呈阳性！是血迹！

虽然我一开始就抱着寻找凶器的心理准备来的，但没有想到会是一个这么大的打气筒。随身携带的物证袋的尺寸显然不够，我只好用两个较小的物证袋分别套住打气筒的两头，保护上面的原始痕迹和血迹。

因为打气筒的一头是着力点，通过血迹的 DNA 检验就可以判定这是否真的就是凶器；另一头是凶手的抓握点，说不定就能找到认定凶手的 DNA 证据。

我就这么拿着打气筒，一路向现场小跑而去，心里充满了欣喜：我真的通过现场外围搜索，发现了凶器！

一跑到现场外面，我就大声地喊起了师父。一会儿，师父戴着手套和口罩走了出来，看着我满脸兴奋的样子，说道："让我猜猜，你找到了凶器！"

我使劲儿地点了点头。

师父神秘兮兮地指了指身后的人，说："师徒同心，其利断金。你看看，我们也有发现。"

不看不知道，一看吓一跳，我差点认不出后面的人是林涛。林涛这人吧，有偶像包袱，平时很注意自身的形象，时不时撩个刘海儿整下衣领。不过，在火场之内，哪还能保留好形象呢。因为筛灰，林涛此时全身都是灰蒙蒙的，头发都变成了灰色，脸上更是横一条、竖一条的炭渍，手里还拿着一把脏兮兮的筛子，像是来拾荒的流浪汉。就他现在这副模样，谁能猜到底下是一个眉清目秀的大帅哥呢？

林涛见我似笑非笑地打量他，有些不好意思，于是扬了扬手，说："我们找到了塑料片。"

"塑料片？"我见林涛的手心里果然攥着几块不起眼的塑料片，看起来已经被烧得不完整了。

"这塑料片又能说明什么？"我走近仔细地看了看，说，"你们俩的发现可不如我这个啊，哈哈。我这个要是 DNA 做得顺利，可就是破案的直接抓手了！"

师父看着我得意扬扬的样子，说："别太自负，你仔细看看这几块塑料片，是我们从起火点的灰烬里筛出来的。"

原来师父和林涛用了几乎一中午的时间，把现场中心的灰烬慢慢地筛了一遍，从中发现了这几块让师父欣喜的塑料片。

这是几块红色的硬质塑料片，我翻来覆去地看了半天，没发现什么特别有用的线索，于是抬起头看了眼师父。

师父正微笑着看着我："怎么？没有发现其中的奥妙吗？"

我又低头看了看，茫然地摇了摇头。

"哈哈，小时候没有玩过拼图游戏吗？"林涛说道。

我依旧十分迷茫，就算能把这些碎片拼在一起，又能说明什么呢？虽然心里这样想，但是嘴上不服输："我可是拼图高手。"

"那就来吧！"林涛把塑料片放在一块白布上面，和我开始玩起了拼图游戏。

不一会儿，我们把烧碎的塑料片拼出了一个大概，松散散地摆在白布上。这时候，师父递给我一个放大镜，我接过来仔细观察地上的塑料碎片，发现上面隐隐约约有几个凸起的汉字，可是大部分已经被烧毁，很难辨认。

我抬头看了眼师父，说："没觉得有什么好线索啊。"

师父蹲了下来，用放大镜照着其中几块碎片的拼接处，说："别的字可能认不出来了，这两个字应该看得出来吧。"

我低头仔细地观察师父放大镜中央的位置，果然有两个小字依稀可辨："盆业。"

"嗯，是某某盆业。"林涛挠了挠脑袋，说，"我早就想到了，既然是在起火点发现的，那最大的可能是装汽油的容器啊——可是，为什么会拿盆来装汽油？"

"是啊。"师父神秘地笑了一笑，"你见过拿盆装汽油焚尸的吗？这正常吗？"

原来师父的发现是这个，这是一个不常用来装盛助燃剂的工具。我陷入了沉思：这能说明什么呢？

师父知道我们还是没有头绪，指了指我手上拿着的打气筒，提示我说："对你发现的这个凶器，有什么想法吗？"

师父的话把我从沉思中拉了回来，我说："哦，我是这样想的。这不同于一般的打气筒，应该是给摩托车打气的那种。而且我发现打气筒的地方是一条小路，旁边是山路，坡度很大，骑自行车经过的可能性不大，只可能是徒步或者是骑摩托车。"

"对，很好。难道凶手徒步端着一盆汽油来焚尸？"师父用调侃的语气说道。

"会不会是死者家里的汽油呢？"林涛问道。

"这种可能性我也想过。我查看过，死者家里没有用得着汽油的工具，没有常备汽油的必要。"

"我知道了，您是说凶手是驾驶摩托车来到现场的。"我说。

"那，案件性质，可有判断？"师父问。

我一愣，师父这思维跳跃得够厉害的，刚才还在说交通工具，这怎么又开始讨论案件性质了？我低头想了想。

"我明白了！您的意思是，这起案件应该是一起激情杀人事件。"我说，"如果是预谋杀人，可以直接用汽油桶带来汽油，方便携带、方便泼洒。而该案是用盆装的汽油，那么最大的可能是凶手杀人后，就地取材找了个盆，是为了接汽油的。"

"非常好！"师父说，"可是，拿个盆，装一盆汽油也不方便走路啊。"

"是凶手就近取油！"林涛抢答道，"他用盆接了摩托车内的汽油，然后焚尸的。"

我点点头，觉得林涛分析得很有道理。

师父补充道："小孩的头部损伤，虽然能够致昏，但是没有致死，更印证了凶手是仓促杀人、焚尸的。"

我回头想了想，是啊，打晕小孩，就为了点燃现场，这确实有一股很匆促的味道。不过，师父的思维突然跳跃到案件性质上，是不是有其他所指呢？

"激情杀人，嗯！"我沉吟了一下，说，"我觉得能分析出凶手是激情杀人，这很重要！至少不是那种有预谋的流窜犯罪了！而且，在死者的家中激情杀人，说明了什么？"

林涛也是一副茅塞顿开的样子，说："熟人作案！"

师父点点头，说："对了，这就是我想说的。激情杀人不见得是熟人作案，但是在死者家中激情杀人，通常就是熟人作案。"

"可是，仅仅根据一个盆就判断是熟人作案，总感觉依据不是很充分啊。"对于目前我们的这个推断，我还是有些心存顾虑。

虽然法医工作很多时候需要推理，甚至有时我们戏称自己的工作就是"我猜我猜我猜猜猜"，但是我们每次推理都得有充分的依据，如果没有依据地瞎猜，失败率当然会很高。

"当然不可能仅仅根据这一点。"师父一边说，一边招呼我向现场走去，"还有两个依据。"

走到了现场的厨房，师父指着灶台说："锅里有一锅面条，桌上有四个碗，这是反常现象。"

"对啊！"我一拍大腿，说道。

其实在第一次勘查现场的时候，我们就应该注意到，家里就三人，平时吃饭，按道理说拿出三个碗就够用了，因此多出的这个碗肯定是用来招待熟人的。

"如果仅仅是认识呢？关系不熟的、路过的人，出于某种原因，不也可以来家里吃饭吗？"林涛问。

"调查情况很清楚，老夏是一个非常好客的人，如果不熟悉，晚餐不会这么简单。所以我认为，凶手是经常来老夏家吃饭的人。"师父说。

我点点头表示认可，问道："那第二个依据呢？"

师父接着说："另外，你还记不记得，三具尸体的身上都没有抵抗伤。尤其是小孩的损伤，是被人从面前一击致晕的，如果不是熟人，这么大的小孩应该会知道遮挡、抵抗。正因为是熟人，所以小孩对他拎着打气筒走进卧室并没有多少防范。"

"这就好办了！"我对身边的邵法医说，"你赶紧把这个打气筒送到市局 DNA 实验室，我们得先去专案组，让睡足了的侦查员们动起来，抓紧破案！"

"等一会儿，在做 DNA 之前，还是让我先看看吧！"林涛抢过打气筒，说，"既然是激情杀人，也许没戴手套呢？"

下午的专案会，小小的会议室内挤满了人，刑警们都已经养足了精神，眼神中都充满了期待。在侦查工作陷入僵局的时候，专案组也把希望寄托在了刑事技术工作，尤其是法医工作上。

"通过中午的现场勘查，结合昨天的尸体检验，我们有了新的发现。"我开门见山。

依照师父的安排，还是由我来反馈我们的新发现。我的话音刚落，整个专案组都精神振奋起来。

"我们目前有充分的依据推断此案是一起激情杀人案件，而且是熟人作案。"我接着说，"凶手应该经常在死者家中逗留，并且有驾驶摩托车的习惯。"

"真的吗？"这个结果明显出乎了梁大队的意料，他问，"有依据吗？"

在侦查员们神采奕奕的目光中，我简短地介绍了我们做出如此推断的依据。

"侦查范围很小了，我们很有信心。"梁大队说道，"汇总调查的内容，如果你们判断得没错，那么也就那几个人有嫌疑了！不过，我们怎么甄别犯罪嫌疑人呢？"

"自然是有抓手可以甄别。"林涛从桌下拿出我找到的打气筒，说，"我们现在有充分的证据证明这个打气筒就是作案凶器，而且我们在打气筒上找到了可疑的指纹，和死者家里的日用品上的指纹进行了比对，发现这枚指纹不是死者的。"

专案会场开始有些嘈杂，大家兴奋地交头接耳。

"下一步，这个打气筒会送去市局 DNA 室进行检验。"我指了指打气筒底座端的血迹，说，"如果这个血迹和三名死者有关，那么，这就是证明犯罪的直接证据！"

"案件很明朗了，不过，你们分析作案动机会是什么呢？是什么问题导致了凶手激情杀人？"梁大队依旧不依不饶，希望能够尽可能进一步缩小侦查范围。

这一问，我和林涛都卡了壳。

"既然是激情杀人，动机就不好说了。"师父皱了皱眉头，说道，"但是，凭感觉，里面可能有财物纠纷。"

"哦？财物纠纷？"梁大队顿时来了兴趣。

"是啊。"师父说，"我们在筛现场灰烬的时候，除了发现盆的碎片，也发现了很多不同季节衣物的碎片。"

"不同季节？"林涛低声对我说，"这我都没发现。"

师父打开现场概貌的幻灯片，说："大家可以看到，卧室现场虽然房屋基本塌了，但是屋内的衣柜并没有塌。虽然衣柜也被烧毁了大部分，里面的衣物也基本烧尽，但是衣物碎片不应该散落得整个现场都是。那么，只有两种可能，一是凶手用衣物当助燃物，二是凶手翻动了现场寻找财物。"

师父喝了口茶，接着说："既然凶手费了那么大劲儿去摩托车内取油，我觉得就没有必要再搬动衣物当助燃物了，因为现场有很多木头家具和被褥，何必再花时间搬衣服呢？如果是为了在现场寻找财物，那就有可能把衣柜中的衣服弄得满现场都是了。"

梁大队点点头，问："翻乱现场。可是既然您说是激情杀人，怎么又会是抢劫杀人呢？"

师父说："这里说的激情杀人，是指临时起意的杀人。如果在交谈中，凶手得知老夏有钱，临时动了杀机，也是可能的嘛。"

"我知道该怎么做了，交给我吧。"梁大队听完，信心满满，转头对摩拳擦掌的侦查员们说，"不用多说了吧，嫌疑人是谁，你们心里应该有数了吧？行动吧！"

县局局长、师父和我留在了专案指挥部。

师父和局长轻松聊着家常，等待侦查员们的消息。我实在太困了，趴在桌上不知不觉就睡着了。

不知道睡了多久，一阵急促的电话铃声响了起来。我揉了揉僵硬的脖子，坐直了身体，看见师父斜靠在椅子上也睡着了。

局长拿起电话，问："怎么样？"

听不清电话那头说了些什么，只看到局长的表情充满喜悦。不一会儿，局长挂断了电话，说："有了你们的推断，我们省大事儿了。"

师父也已经被电话吵醒，问："这么快就有信儿了？"

局长说："恭喜咱们，案子破了。"

我们悬着的心终于放下了。

局长接着说："经过调查，案发前两天，老夏确实去银行取出了他的全部积蓄，大概是三万多块钱，准备给他儿子。他儿子在外做些小生意，近期资金周转出了问题，就找老夏借，准备元旦回来拿的。老夏前两天去镇里买东西，顺便取钱，之后就把钱藏在家里的衣柜里。之前我们就调查出了这个信息，听完你们的提示后，我们就考虑这种隐秘的事情，老夏有可能透露给谁呢？或者说，谁能知道呢？"

师父问："很熟悉的亲属吗？"

局长说："是的。就是老夏的亲侄子！你们说嫌疑人经常去老夏家吃饭、有可能为了钱杀人、平时还喜欢骑摩托车……我们第一个就想到了他。这个人天天游手好闲、不务正业，经常去老夏家蹭吃蹭喝。幸好有这个打气筒以及打气筒上的指纹，让这起案件证据确凿。真的谢谢你们！"

师父继续问道："过程交代了吗？确定是激情杀人吗？"

每破一个案件，师父都会详细地询问作案过程，然后和我们推断的过程相比对，这样不断地总结，自然就会不断地提高推理能力。

"抓捕后，他在警车上就基本交代了。是老夏在吃饭中无意中说漏了嘴，说自己取了三万多块钱，然后那小子就动了杀机。他用打气筒打死了老夏、打晕了孩子，然后在大衣柜里翻找财物。他很了解老夏，三分钟的时间，就找到老夏藏钱的位置了。最后，他从摩托车内取油焚尸。"又破一起命案，局长很是兴奋。

"留守老人和孩子缺乏防范意识，把一些经常走动的亲戚视为依靠，自然也就容易掉以轻心、无话不谈。老夏的这个侄子，也是心术不正，为了三万多块钱，连几岁的孩子都下得了手。"师父感慨道，"防人之心不可无。亲侄子也会下手灭口啊！"

我心想也是，想起曾经办过的"腐臭古井"的案件，下毒手的可是自己的亲外孙，更不用说亲侄子了。人间应该是有爱的，如果真的是"人为财死，鸟为食亡"，那人和动物又有什么区别呢？

法医秦明

VOICE OF THE DEAD

| 第六案 |

死亡骑士

———

婚姻的成功取决于两个人，

而一个人就可以使它失败。

———

塞缪尔·约翰逊

1

光阴似箭，岁月如梭，一晃过了春节和清明节，眼看着就到端午节了，我工作的年限也很快要满4个年头了。

4年的时光转瞬即逝，我一路跟着师父奔赴各种凶险的现场：有的恶臭难忍、蝇蛆满地，有的充斥着毒气，有的随时都会爆炸，有的暗藏了烈性的传染病病毒……但只要有师父在身边，看着他冷静、淡定地处理问题，听着他有条不紊地分析着解剖发现的线索，就算是再危险的地方，我也总能找到一些安全感。

但人毕竟是血肉之躯，我心目中神一样的师父也终究不是神。哪怕他依然还会在压力最大的关头，给我们说一些一点儿都不好笑的冷笑话，可他的身体还是出卖了他，疲倦的神态偶尔会从他那全神贯注的眉眼里不经意地流露出来，也是在这个时候，我隐约有了一些不好的预感。

这年的春天快要结束的时候，师父忽然说："我的左耳好像听不见了。"

说这句话之前，师父正坐在自己的椅子上，把电话从左手换到了右手，之前还在要求对方大点儿声说话的他，脸色忽然变了。因为他意识到，并不是电话有问题或者对方声音太小，而是自己的左耳突发性耳聋。那天早上，他破天荒地请了假，很快他又破天荒地住了院。

师父没有办法不住院，因为医生诊断说，这是疲劳过度导致的内耳血管痉挛，如果不及时医治，可能会导致永久性单耳失聪。

住院第三天，师父一个电话把我叫到了病床前。

"这么久以来，你表现得很不错，有成为一名优秀法医的潜质。"

师父的开场白居然是这么直白地赞扬，我一时间不知所措起来。以前在破案的过程中，即便我想明白了师父的问题，师父也只是用眼神肯定过我。

"你做好准备了吗？"师父接着问道。

"啊，什么准备？"我感到莫名其妙，也有一些忐忑。

"独当一面的准备啊，你不能总是跟着我出现场吧？"

我吓了一跳，连忙跑到师父的床头，看了看病床的病号牌，上面明明写着"单耳突发性耳聋"。

"您看您这话说得，把我吓一跳！"我说，"怎么搞得好像是……好像是要提前退休似的？"

"你小子！"师父白了我一眼，整个人似乎又严肃起来了，"你也看到了，现在各地对我们省厅法医的信任度越来越高，我们需要出勘现场的次数也越来越多了。我一个人，肯定是不行的。你跟了我也有 4 年了，该有些独立办案的能力了。"

"可是，我不是得先拿到主检法医师的资格才能独立办案吗？"我犹豫着，说实话，我虽然一直在做准备，但也没想过这一天会来得这么快，"虽然我的确是双学士学位毕业的，但是毕竟工作年限还不够，这会不会不符合规矩啊……"

"嗯，要先获取主检法医师资格，才能作为一起案件的法医工作'主持人'，这个是没错。"师父说，"但是参与命案侦破不同于检验鉴定，能力要大于虚名，我觉得你可以去试一试自己的身手了。没关系，各地都有主检法医师，虽然你去了后，他们也会充分尊重你的意见，但是这并不算你在独立办案，所以不算不合规矩。"

师父这话一说，我那不祥的预感更加强烈了，难道这么快就要赶鸭子上架了？

"喀，能不能成为省公安厅的主检法医师，"师父反倒微笑起来了，"要看接下来这段时间，我给你出的一系列考卷你能不能及格——洋宫县刚刚发生了一起案件，是交警处理的，但当地法医在进行尸表检验的时候发现了异常。目前的案件性质还没定，他们请求我们的支援。"

判明案件的性质，这可是法医工作里责任最大，也是最难的部分。交通事故的死亡事件里，县级公安机关法医的职责，就是通过尸体检验来确定性质，排除他杀的可能。但这次他们居然向省厅求助来确定性质，可见这起交通事故肯定不简单。

听师父这么一说，我立即就慌了："不是吧，考题这么难？上来就考性质？而且，还是一系列考卷？怎么才能算及格？"

师父看见我慌乱的表情，更是乐了："干吗这么不自信？你可是我教出来的徒弟。好歹也在各种稀奇古怪的案件上摸爬滚打了这些年，什么'疑难杂症'没有见过？你要坚信你的能力，法医这个行业，见多就识广。而且，我也没让你一个人面对困难，这不是还有林涛吗？他比你早到，我刚刚找他谈过了，他可是欣然接受了。"

听说林涛要和我面临同样的考试，我的心里似乎平静了许多。师父出于身体原因，不能出现场，其实我知道他心里痒得就像猫抓一样。说是对我们进行考试，实际就是用这种方式鼓励我们集中精力、尽职尽责罢了。

这么一想，那种从小到大培养出来的对考试的紧张感，此时就消失了很多，我坦然地问道："是什么案情？"

"早上我刚接到电话，就把你叫过来了。尸体还在现场，你现在就赶去洋宫县吧，去了就知道案情了。车子在楼下，林涛在车里。"师父扔给我一把警车的钥匙，"我不担心你会考不及格，倒是担心你开车安不安全。"

"放心吧，我肯定比林涛强。"我心不在焉地答道。

一路上，林涛都在叽叽喳喳，显得很兴奋的样子，而我倒是一直在默默开车。

洋宫县是省城的下属县，离省城只有30公里的路程，我们半个多小时就到达了洋宫县公安局，然后在早已等候在公安局大门口的刑警大队长的指引下，驱车赶到了案发地点——洋宫县洋桥镇。

隔得很远，我们就看见现场围着密密麻麻的人，时不时还能听到警察对讲机中发出吱吱嘎嘎的声音。我忽然有了一种进入拳击赛场的感觉，人山人海，嘈杂喧闹，唯独师父不在身边。当我停完车，和林涛一起拎着现场勘查箱走进警戒带的时候，瞬间感受到了四面八方聚集过来的目光。我的心跳加速，却故作镇定，耳朵里隐约捕捉到有人低声议论着：

"这就是省厅来的法医？看上去这么年轻，靠谱儿吗？"

"感觉这俩都是新兵蛋子啊。"

"不会还是学生吧？脑门子都出汗了……"

"那高个儿的好帅！"

……

洋宫县公安局的法医和林涛一样也姓林，算起来也是我的师兄，我强颜欢笑地过去和他打招呼，算是寒暄。林法医一边和我说话，一边忍不住左顾右盼，神色里是掩饰不住的失望和诧异，最后他的目光停在我身上，可那眼神里，满是怀疑。

他什么都没说。

这种怀疑让我心里很不是滋味，也是，别人不会因为认识我就信任我，只会看我有没有办事的能力。我暗自深吸了一口气，开始工作吧！

死亡骑士

师父不在，但程序不能乱。就像是拿到试卷的学生，首先要通览试卷一样，我抵达现场后，第一步就是熟悉现场的环境。

我绕着现场走了一圈，心渐渐地平静了下来，这是一座南北走向的水泥小桥，是一座旱桥。桥面的边缘没有护栏，桥底下也没有水流。因为桥边没有护栏，就让这座桥看起来有一些危险。从桥上往下看去，这桥大概有三米高，不算太高，但是毕竟桥底下乱石嶙峋，又堆积了大量的生活和建筑垃圾，一旦掉下去也很容易摔死人。桥底长着茂密的荒草，但依旧可以看见荒草之间那些凸起的硬物。桥边是一个小型的集镇，听说每天上午 8 点到下午 3 点，这个农村小集镇上会有很多商贩，但过了下午 3 点就很少有人了。

"这附近有住户吗？"我问侦查员。

"没有。最近的住户也在 2 里地以外，这里就是卖东西的集镇。"侦查员倒是很友好，没有用那种怀疑的目光打量我。

"现在这种赶集的模式不多见了呀。"我说，"现在的商业中心都是距离居民区越近越好，以方便为主嘛。"

"这个镇子是个例外，可能也是村民的一种习惯吧。"侦查员耸了耸肩膀。

"这桥下面怎么有这么多生活垃圾？"我站在桥边，小心地往下看，发现桥下的荒草之中可以看到有很多诸如白色饭盒、塑料袋之类的垃圾。

"这儿没人打扫，小集镇上的摊贩平时吃了午饭，饭盒什么的垃圾都往这下面扔，时间长了，就全是垃圾了。"侦查员很耐心地和我解释。

我点点头，走到桥面上警察聚集的地方。

这个地方围着一圈警戒带，里面蹲着好几名警察。警戒带内，支着一辆七成新的摩托车，摩托车上黏附了一些泥土。摩托车的旁边停放着死者的尸体，尸体的衣着很完整，衣服上貌似看得到血迹。尸体的脸上也黏附着泥土，让人看不清死者的表情。

怎么看，这都是一桩交通事故的样子。

"什么案情？"我问。

林法医挥手叫来了主办本案的交警同志，说："给省厅领导介绍一下案情吧。"

我是在省厅工作，但并不是什么"领导"。虽然很多基层的同志都会这样称呼在省厅工作的民警，但此时听起来，这四个字还是挺刺耳的。

交警也是一脸怀疑地看了看我，翻开笔记本，严肃地说："前期调查都结束了，情况是这样的：26 日，也就是前天下午，一个叫胡丽丽的中年女子到洋桥镇派出所报案，称她的丈夫失踪了。"

"下午报失踪？"我微微诧异。

"是的，据她说，25 日晚上她照例回娘家，26 日早晨回到自己家，发现家里的被子叠得很整齐，以为自己的丈夫上班去了。可是到中午的时候，她丈夫吴明路打工的工厂厂长给她打了电话，问她吴明路为什么没有去上班。她当时就慌了，和吴明路的父亲一起到吴的朋友家找了一圈，没人见过他，于是下午就去派出所报了案。"

"成年人，失踪 48 小时才立案吧？"我问。

"是啊。"交警说，"不过，如果怀疑有生命危险，是可以随时报警的。据胡丽丽和吴明路的厂长说，吴明路是非常守规矩的人，不会无缘无故不去上班，手机打不通更是从来没有过的情况，所以他们怀疑吴明路有了生命危险。"

"吴明路平时晚上几点下班？"我看了一眼摩托车旁的尸体，问。

"他一般是早晨 7 点出发去工厂，晚上 7 点从工厂回家。工厂到家里的距离，骑摩托车要半个小时。"

"胡丽丽 25 日晚上几点回娘家的？"

"她回去得早，下午 5 点就到了位于隔壁村的娘家。她娘家人和邻居都能证实胡丽丽 25 日晚上一直在娘家。"

"也就是说，她 25 日晚上就没有看见吴明路，是吗？"我问。

"是的。"交警似乎有点不耐烦。

"这辆摩托车是吴明路的？"我指着支在一旁的摩托车说。

"确证了，是死者的。"派出所民警说。

"好吧，您接着说。"我示意交警同志继续介绍情况。

"今天，28 日，也就是胡丽丽报案两天后，一个摊贩早晨来报案，说发现桥下有一具尸体。我们赶到的时候，确证死者是吴明路，他躺在桥下，身上压着摩托车。群众报案说有个人骑摩托翻到桥下去了。"交警同志指着桥下的一处荒草被压倒的地方说。

"今天早晨才看见的？"我沉吟道，"报案人只是看到了摩托车和尸体，事故过程是他们推测的对吧？"

"是的，这个我们详细问了，一般不会有人站在桥上往下看，扔垃圾都是站在离桥几米处往桥下使劲儿一扔，桥下有垃圾和荒草，尸体没被人发现也很正常。这

死亡骑士

两天下雨，我们看死者的衣服都是湿的，再根据尸体附着的泥土状况，死者应该是在这个桥下躺了两天了，应该是在失踪的那个时间段掉下去了。"

我简单看了看尸体的外表，用戴着手套的手弯曲了一下死者的肘关节，看起来尸僵已经缓解了，死亡时间和他失踪的时间点应该差不多。于是我点了点头，对交警同志的分析表示认可。

"25 日，吴明路上班的状况……"我身边的林涛接着问道。

"25 日晚上 7 点，吴明路准时下班的，这个都调查清楚了。"

"他一般在哪里吃饭？"我追问道。

"都是回家吃饭。"派出所民警递过来一沓材料，说，"要不，你们自己看吧。"

林涛接过了材料，翻了翻，蹲在桥边仔细地看着水泥小桥的边缘，说："你们认为可能不是交通事故的原因，是因为桥边没有擦划痕迹，桥面上没有刹车痕迹，对吗？"

林涛的这一说仿佛出乎办案人员的意料，他挠了挠头说："这个……这个我们还真的没有想到。我们还是认为这很有可能是一起交通事故的案件，而且最大的可能是单方事故。"

看来办案人员的意思，是死者当时骑着摩托车，途经小桥的时候，因为避让行人或车辆，不小心从桥边跌落了。

"是我提出疑点的。"站在一旁的林法医插话道，"接到交警的电话后，我就赶过来进行尸表检验，简单地看了尸表之后，觉得有点儿不对。尸体除了头上有几处严重的损伤以外，其他肢体没有损伤。毕竟发现尸体的时候，摩托车是压在尸体身上的，从这么高的地方跌落，摩托车又压上了身，怎么可能没有损伤？"

"我觉得有可能。"交警不以为然，反驳道，"我们发现摩托车和死者的时候，摩托车是一头车把着地，一头后备箱着地，正好这两点把摩托车架空在地面上。而尸体除了头部位于摩托车底盘的位置以外，其他的肢体正好就躺在摩托车车体和地面的这个空隙处。可能就是那么巧，摩托车只砸在了他的头部，并没有撞击到身体上。"

说完，交警拿出一台数码相机，用相机上的小屏幕播放着当时现场的状况。屏幕虽小，但是幸好交警部门的勘查人员下到了桥下，拍摄了多角度、多方位的细目照。看起来，摩托车确实没有实实在在地压在尸体上，那么他说的这种可能性就还是存在的。

我从数码相机中看完了原始现场的照片，点了点头，觉得交警说得有理。

林法医看到我赞同交警的意见，连忙说："可是，摩托车的底盘能形成头部几处挫裂创吗？"

"怎么不可以？底盘有凸起的螺丝钉啊，距离也差不多。"交警也是面红耳赤。

我夹在两个人中间，感到有些尴尬，原来我的一举一动都会被他们当成是支持或反对的态度。难怪师父以前总是不轻易给出判断，我还以为他是故意装神秘呢。不过，以前师父在现场，经验老到，气场强大，勘查节奏拿捏得死死的，现在只有我和林涛两个士兵出马，总感觉有些底气不足。

但不管怎么说，今天也是我的主场了。我硬着头皮，学着师父的模样，笑着打断了二人的争论，说："大家别急，有争议呢也是一件好事，说明这个案子有意思！有意思的案件可能都是存在很多巧合的，至于损伤形态，我们验尸的时候再说。我们再想想林涛刚才说的问题，如果死者是骑车从桥上跌落的，比如说是为了避让行人，那为什么桥边没有擦划痕迹？为什么桥面上没有刹车痕迹？"

交警坚持自己的观点，走到小桥的一边说："这座桥是水泥的，但桥头两边有很陡的斜坡通到桥下，如果死者是为了避让车辆，直接从桥头边的斜坡处摔跌下来，那么自然不会在水泥的桥边留下痕迹。斜坡是土坡，下过雨后，即使有痕迹也没法发现了。"

我走到斜坡边看了看，尸体原始位置是在桥北头东边的斜坡下方。看照片，摩托车的车尾应该是紧靠桥北头东边的旱沟河床边。

"如果是速度很快地从斜坡冲下了桥，由于有初始动能，尸体和摩托车怎么可能跌落得离河床这么近？"我说，"桥又有十多米长，死者不可能从桥南头冲过来这么远，对吧？这样看起来，倒像是骑着摩托车慢慢从桥北头斜坡处掉下去的。没有初始动能啊。"

我的话让交警陷入了沉思。林法医看我开始支持他的观点了，高兴地点点头，说："对对对！秦法医的这个分析有道理。"

2

我笑了笑，底气已经足了几分，继续说道："当然，这只是推测。很多交通事故有很奇怪的现象，没法逐一解释，因为交通事故的过程是多变的。我们不在场，仅仅依靠现场的痕迹和尸体上的损伤，是很难还原重建的。所以，我们只能根据已有的发现，抓大放小，解决一些原则性的问题。”

我引用了师父曾经的一句话，意思是让大家都不要先入为主，要用充分的依据说话，不要纠结一些无关痛痒的小线索。

看着原本面红耳赤的两个人渐渐冷静下来，我接着说："根据刚才说的，死者应该是从桥北向桥南这个方向跌落桥下的，现在我想问的是，死者的家在哪边？单位在哪边？这条路是不是必经之路？"

"死者家住北边，单位在南边，这桥是他上下班的必经之路。"派出所民警说道。

"那就是说，死者是在从家往单位去的方向掉落桥下的。"我说。

交警点了点头表示赞同，突然又像想起来什么似的说："对了，摩托车是处于在挡状态的。"

说完交警指了指摩托车的把手。我不会骑摩托车，但是大概知道摩托车上的一些挡位、开关的大概位置。

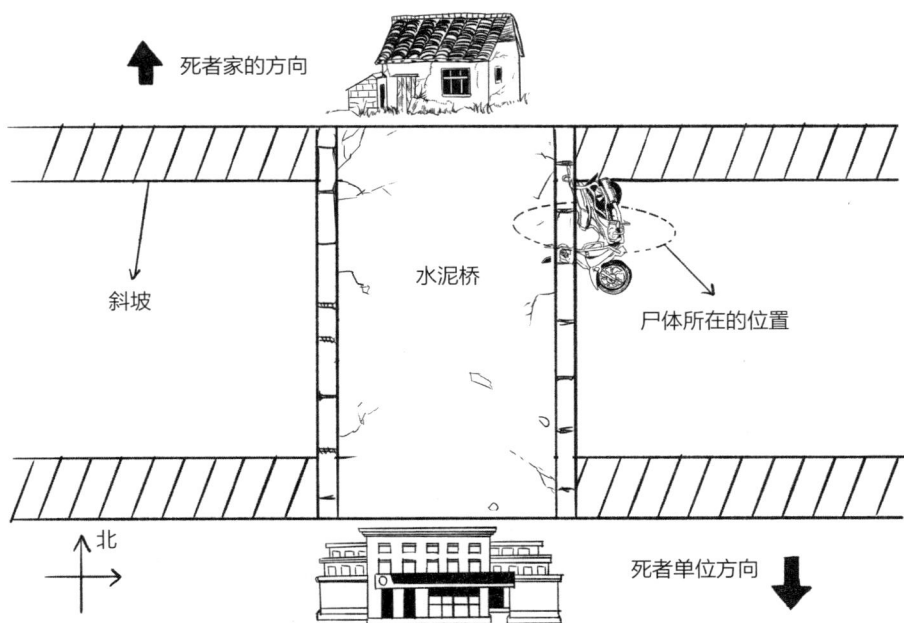

案发现场示意图

我看了看摩托车的挡位，确实处于在挡的状态，这说明可能是跌落后熄火了。在观察挡位的时候，我无意间注意到了摩托车的右侧把手上，大灯的开关是处于关闭状态的。

方向是从家到单位，而且关着大灯，这说明当时天已经亮了，不需要开灯，那难道死者是清早上班的时候出的事故吗？我心里盘算着。

"好了！现在立即开展工作吧。"我学着师父的口吻开始指挥了，"分四个步骤，第一，下去看看尸体着地的现场；第二，去死者家里看看；第三，检验尸体的衣着；第四，解剖尸体。现在，请殡仪馆同志把尸体拉走吧，我们下去看看。"

说完，我对自己的安排还是很满意的，只不过在场的几位交警的眼神里，依旧还有一些怀疑的神色，这让我全身都不自在。

我和林涛一起换上了高帮胶靴，小心翼翼地从桥头北侧东边的斜坡慢慢地下到旱沟里。这个斜坡真的很陡峭，而且因为前两天下雨，显得很滑，从这么高的地方安全地下到沟底还真不是那么容易的事情。好在以前在刑警学院学到的本事还没有忘记，我和林涛手拉着手，另一只手拽着身边的杂草，几步一跳，才顺利到了沟底。

沟底都是杂草和垃圾，今天的阳光很好，温度挺高，所以沟底并没有多少烂泥。

在桥北头东边的沟底见到一个貌似人形的凹陷，应该是尸体的位置，因为连续两天下雨，尸体因重力下沉，在土壤上留下尸体的痕迹，这倒省去了勘查人员在现场地面画出尸体原始位置了。人形凹陷的凹坑内和周围都是一些脏兮兮的生活垃圾，垃圾上没有看见多少血迹。

我蹲在地上，戴上手套，将垃圾一点一点地从凹坑内拣出去，凹坑底部的土壤渐渐显露出来，原来沟底是很松的黄沙土地，看起来没有什么异常。

"能看出来啥不？"我问林涛。

林涛在人形凹坑附近走了一圈，有些失望地说："现场破坏严重，不可能找到可疑的足迹了。"

"这也正常，不管是谁来到现场，第一感觉，都是一起单方交通事故。"我说。

"这倒是，我看也就是个事故罢了。"林涛小声说道。

"这只能说明我们的基层法医是非常负责任的。"我抬头看了看桥上，林法医正站在桥边，身体前倾看着桥下，"开始我对他看不起我们还有点意见，现在我觉得他是个负责任的好法医！"

死亡骑士

"好了，好了，我知道了，你又该说，你们法医就是守护生命尊严的最后一道关卡。"林涛笑了笑，说，"没什么好看的了，肯定找不到什么线索或证据。"

"那就上去吧。"我说，"开始咱们的第二个步骤。"

我在交警同志的帮助下，又从沟底爬上了桥面。我拍了拍身上的泥土，站在桥头设想了一下死者驾驶摩托车的路线，突然觉得有些奇怪，但我只是在脑里想了想，并没有说出来。

林涛似乎也在做着和我一样的事情。少顷，他说："要不，我们去死者家里看看？"

侦查员虽然一直都很配合，但可能觉得已经了解的情况没有必要再去确认一遍，神色显得有些不太情愿。不过，既然我们提出了，他们也没有反驳，于是说让我们自己开车，他带着我们去。

我开着车，带着林涛、林法医以及一名侦查员，在侦查员的指引下，一路颠簸，到了死者的家里。

死者家位于一座小村庄的最深部，车子还没开到他家，老远处就可以看到尘土飞扬的施工工地。很快，我们就到了一排平房的前面，死者家就在这一排平房的正中间。

侦查员说："这一排人家中，只有死者家和隔壁这一家住人，其他的住户都在外打工，一般没有人回来住。"

我抬眼看了看死者家的房屋，一个大大的院子，白墙黑瓦，铝合金窗户。从门外看去，屋内整洁亮丽，地板砖雪白，组合家具也很气派。这房子盖得很大气，说明死者生前还是比较富裕的，房子的大小和家里的装修档次明显超出了隔壁几户。

我信步走进死者家的院落。死者的妻子胡丽丽正斜靠在屋门边上，一脸的伤心，失魂落魄。我心有不忍，悄悄走近她，问："大姐，我能进家里看看吗？"

胡丽丽没有看我们，只是黯然地点了点头。

我走进屋内，一股刺鼻的乳胶漆的味道扑面而来。

我顿时警觉了起来，悄悄问侦查员："他们家最近刷了墙？"

侦查员笑了笑，可能是觉得我们太大惊小怪了，坦然道："哦，这个我们详细调查过了：最近这边房子要拆迁，吴明路家的房子虽然大，但是装修很陈旧了。所以，如果趁着还没拆到这里的时候，装修得更精美一些的话，拆迁款会多很多，所以在吴明路失踪之前，他们家就开始装修了。你懂的，这叫'小投资、大回报'。"

"吴明路失踪以后呢？"我倒是不关心吴明路投机取巧的问题，只是关心吴明路既然失踪了两天，为什么他家的乳胶漆的气味还这么浓重。

"他失踪以后，他家仍在装修，昨天刚弄好。"侦查员指了指门口的一个白色的乳胶漆桶。

"这个装修的时间段，也太巧了吧。"我沉吟着，走到墙边用手指蹭了蹭雪白的墙壁，感觉墙上的乳胶漆仍未全干，"那，装修一般在每天什么时间段开展？"

"早上 9 点到下午 2 点，吴明路不在家的时间。"侦查员说，"这个问题，胡丽丽证实了，他家隔壁邻居也证实了。"

我在吴明路的家里绕了一圈，突然发现壁橱的角落里放着一个做工考究的日记本，本子上写着吴明路的名字。

我眼前一亮，大声问道："大姐，这个日记本我可以看看吗？"

靠在门边的胡丽丽回头看了一眼，发现我们拿着的是她丈夫的本子，眼睛顿时红了一圈，点了点头。

我翻开日记本，本子里工整地写着每一天的日期，日期后面是花销的账目。看细目，这不是记录心情的日记本，而应该是吴明路的个人账本。

我无心关心吴明路的日常花销，飞快翻到日记本的最后一页，既然吴明路有定期记账的习惯，或许可以推断出他吃最后一顿饭的时间。

日记本的最后一页写着："5 月 25 日，香烟 10 元，白酒 12 元，晚饭咸菜炒饭 8 元。"

"既然吴明路是'早七晚七'的上班制度，白天他肯定不在家，记不了账。"我压低了声音，对身边的林涛兴奋地说，"这笔账应该是 25 日晚上吴明路回到家才记的。说明吴明路 25 日晚上是安全到家了。我们需要侦查的时间段又缩短了。"

"那最大的可能，就是 26 日早上 7 点上班的时候出的事情了？"林涛也小声地说。

"从摩托车大灯的情况看，也是这样。"我低声说，"不过，咱们不能先入为主，万一是杀人伪装现场，那半夜杀也是可以的。"

说完，我转头看看院子里的胡丽丽，她没有什么动静，不知道我们的低声细语是否引起了她的疑虑。在有事实依据之前，我们最好不要轻易惊动死者的家属。

"总之，他 25 日晚上 7 点半才能到家，26 日早上 7 点半应该到厂里但是没有到，这个时间段便是死者被害的时间。"林法医说。

我连忙用手势让林法医声音更低一些，我说："师兄，既然不能先入为主，我们不能确定这是交通事故，也不能确定死者是被他人所害啊。没有依据证明任何一个观点。"

"哈哈，也是。"林法医的态度明显改变了许多，看到我之前记下的几点发现，他对我的信任度也在增加。

我走出屋内，弯下腰问胡丽丽："大姐，26 日早晨，你回家以后，家里一切正常吗？"

胡丽丽没有直接回答我的问题，像木偶人一样机械地点点头。

"被子也是叠好的？"

胡丽丽眼神依旧很空洞，只会重复点头的动作。

"请节哀吧。"看样子，从胡丽丽这里是问不出什么情况了，不过也可以理解她的丧夫之痛。我安慰了胡丽丽几句，和大家一起走出了死者家。

我走出死者家小院，发现死者的邻居正好站在自己家门口，用一种欲言又止的眼神看着我们。我顿时从他们的眼神中读出了一些意思。难不成，他们是有话对我说？

我走到他们家门口，回头确认胡丽丽没有跟出院外，然后从背包里拿出茶杯说："老乡，给我倒点儿水行吗？"

对方很高兴地同意了。

我一走进死者邻居家里，立即问："麻烦问一下，前两天，也就是 25 日晚上，你们听见什么动静没有？"

邻居小夫妇一齐摇了摇头。

"那你们对老吴的死，有什么看法呢？"

邻居小夫妇又一齐面露难色，和刚才那种欲言又止的表情如出一辙。

我看了看在门外等候得有些不耐烦的侦查员，说："放心，我们的人在门口守着呢。如果你们有线索，就直说，我们保证会对信息源进行保密。邻里邻居的，你们也不想让死者蒙冤对吧。我是省公安厅的，相信我。"

为了取得他们的信任，我又从包里掏出警官证，递给了小夫妇。

林涛在一旁也掏出警官证，附和道："对，没事的，说吧。"

邻居还真的接过了警官证，仔细看了看，说："其实也没什么，就是有一点儿怀疑，我们也说不好，只是听说老吴今天出交通事故死了，所以觉得有些蹊跷。"

"蹊跷？"我说，"你们的意思是，觉得老吴有可能是被别人杀的？"

"不是不是，不是这个意思。我们就是觉得有些可疑而已。老吴失踪前一天，也就是 24 日，我家的三条狗丢了两条。"邻居说。

"丢狗？"一旁的林法医对邻居的文不对题感到有些意外。我挥了挥手，示意让林法医先不要插话。

邻居接着说："是这样的，我家养了三条狼狗，很乖的，可是 24 日下午我们从地里干活回来，发现丢了两条。巧就巧在丢的这两条是会叫的，剩下的那一条是不会叫的。"

"哈哈，这个没什么可疑，可能就是巧合，现在偷狗的那么多。"林法医还是忍不住插话了。

"您的意思是说，可能是有人有针对性地把你养的两条会叫的狗弄走，就是为了能潜入死者家里作案而不被你们家人发现？"我打断了林法医的话。

"大概是这个意思，只是我们的怀疑而已。如果是偷狗的，肯定把三条狗一起偷了，为什么就偷会叫的？而且我家那条不会叫的狗最肥。"邻居说。

我也觉得这个线索不能作为认定吴明路是被杀的依据，甚至连一个指向性的线索都不能算。但是毛主席不是说过，人民群众的眼睛是雪亮的。既然邻居能给我们提供这样的线索，说明他们对此事是有某种直觉的。

我认认真真地在笔记本上记下了这一条线索，接着说："还有什么其他的发现吗？"

"还有，15 日开始，老吴家就在装修，20 日左右我们就听见老吴和胡丽丽吵架，说什么离婚离婚的，听起来好像是老吴怀疑胡丽丽和装修工人有不正当关系。"

我全身一紧，捏着笔的手微微抖了起来。我紧张地看了一眼门外，胡丽丽没有在外面。这个发现，实在是比之前丢狗那件事重要多了。任何疑似命案，首先要有个杀人的理由。尤其是这种存在杀人抛尸可能性的案件，如果真的有抛尸动作，那说明肯定是熟人作案。"十命九奸"，看来这个疑似命案，目前已经有了一个极其合理的杀人动机。

"他们家的装修队有几个人？"我决定多掌握一点儿情况。

"装修队？哪有什么装修队？和你们城里不一样，我们农村搞装修，不可能找装修公司、找装修队。找个朋友来，就把所有的活儿都包圆了。村子里有那么几个人，木工、漆匠、瓦工的活儿都干，就是干得没有那种专业装修队好罢了。"

"他们家，也就只找了一个人，对吗？"我接着问。

"是啊，就那一个人。我们住隔壁，我天天看得到他。对了，关键是老吴失踪了，他家还在装修，没有停工，直到昨天才停工的。"邻居说，"好像说，已经基本装修完了。"

我心中一喜，这些信息是前期调查没有发现的重要线索。如果通过尸检，我们能确定这是一起命案，那这一条线索说不定能直接导致破案。看来，我决定来死者家看看是对了，绝对是不虚此行啊。在回去的路上，我把现场和尸表上发现的那些小线索在心里激烈地碰撞起来，只可惜信息量还是太少，并没有碰撞出我所期望的火花。

不知不觉工作了好一会儿了，此时已经到了正午。我们饥肠辘辘地跟着林法医到小集镇的路边摊儿买了碗牛肉面，狼吞虎咽地吃着。

"你问这问那的，也怀疑这是一起命案吧？"林法医坐在我对面，说道，"你之前不是说不能先入为主吗？"

"我没有先入为主啊。"我嘴里嚼着面条，说，"我们只是需要把每一起非正常死亡案件，都当成命案来审视，这样才能防止有隐藏命案的发生。"

"嗯，说得有道理。"林法医放下筷子，从钱包里拿钱。

"感谢林师兄请客，吃得好饱。"我揉了揉肚子说，"走，殡仪馆，干活儿去！"

这话一说，把前来收钱的小店老板着实吓了一跳，畏惧地目送着我们走出了小店。

3

洋宫县殡仪馆法医学尸体解剖室内，吴明路安静地躺在尸体解剖床上。我们到达的时候，两名刚参加工作的法医已经开始对尸表进行照相、录像，并已经将死者的衣服逐层脱了下来，放在解剖台旁边的操作台上。

在现场的时候，我们已经对尸体的尸表进行了一个大概的检查，也对衣物进行了检查，死者的衣着很完整、很正常，下身是裤衩和外裤，上身是圆领长袖T恤和外套，脚上穿着袜子和鞋子。衣服的质量看上去不好，但衣服上并没有什么撕裂口，看起来似乎没有搏斗的痕迹。

我迅速地穿上解剖服，戴好手套和口罩，走到操作台边，把死者的衣物小心地展开、铺好，一件一件地检查着。

突然死者的圆领 T 恤衫引起了我的注意。

我拿着圆领 T 恤衫，走到了解剖台旁，林法医和技术员们正在按照规范对尸体进行全方位的拍摄。我探过头去看了看尸体头部的伤痕，扫视了一眼尸体的全貌，又看了看死者的圆领 T 恤衫。

我思考了一番，指着圆领 T 恤衫肩膀上的血迹说："师兄，这件衣服上的血迹，你不觉得很奇怪吗？"

林法医看了看衣物，没有说话，似乎在寻找着衣服上不同寻常的地方。

我没有卖关子，而是直接说："死者全身只有头部有几处开放性损伤，其他地方没有破裂口，也就是说，只有头上出血。死者如果是因交通事故从桥上跌落的话，而且摩托车还压在死者的上半身，那么，死者无论如何也没办法坐起来或者站起来，对吧？"

林涛立即明白了我的意思，说："是啊，那么，他头上的血怎么会流到肩膀上呢？"

林法医眼睛闪了一闪，压抑着内心的激动，说："对对对！不过，我们先想象一下其他的可能性。假如死者的血流出，在脑后形成血泊。下雨后，雨水冲刷着血液，在死者的头颈肩部形成血水泊，那么血水泊是不是就有可能浸染到衣服的肩膀部位呢？"

我想了想，林法医说的还是有一些道理的，怎样才能排除这个可能呢？我突然想起了什么，拿起了死者的外套，看了看，说："师兄刚才说的可能性可以排除了。"

林法医连忙凑过来，看了看外套，说："对！如果是血水泊浸染的话，应该先浸染到外套，才有可能浸染进穿在内侧的 T 恤，而外套却没有血！"

这个时候，我似乎看不到林法医眼神里的疑惑了，更多的是欣赏和赞许。

我笑着说："这可是重要发现，根据这两件衣服的情况看，第一，死者头部受伤的时候应该是上身直立位，所以血液才会流到肩膀上；第二，死者头部受伤的时候，应该没有穿外套，所以血液才会流到穿在内侧的 T 恤上，而没有在外套外面留下血迹！"

"哈哈！伪造的交通事故现场！"林法医说，"我没看错，就是个杀人抛尸案件！"

"别急，我们看完尸体以后再下定论！"我故作镇定地说道。

死者的损伤很简单，除了头部的四处挫裂创，全身没有明显的损伤。

"交警还和我抬杠，我就是觉得摩托车砸在头上不可能形成四处创口。"林法医说，"况且，摩托车底部也没有血迹啊。"

"交警也不是瞎说，他们好像测量了摩托车底盘凸起的螺丝钉之间的距离，和这四处损伤之间的距离很相近。"林涛说，"这四处损伤，看起来都在一条线上。"

"交警毕竟不懂法医学知识，他们说'一次损伤有可能形成四处创口'也不无道理。"我点点头，说，"我仔细检查过摩托车了，有明显被雨水冲刷过的痕迹，如果真的是摩托车砸的，因为接触时间短，又沾了水，底盘不留血迹也有可能。"

"一次撞击，可以形成四处创口？"林法医看到我态度转变，感到有些诧异。

"是的，刚才林涛说了，摩托车的底部有很多凸起的大螺丝钉，如果这些螺丝钉同时砸在死者的头上，确实有可能一次形成四处创口。"我用止血钳仔细地钳起创口周围的皮肤，"这些创口内都有组织间桥，是钝器损伤，所以如果一个一个创口分开看的话，不能排除是摩托车底部的螺丝钉砸在脑袋上形成的。更何况，这四处创口连成了一条直线，如果是外力打击形成的话，反而有点巧合了。"

组织间桥是分辨钝器伤和锐器伤的重要依据。钝器打击在皮肤上，形成创口的机理是撕裂；而锐器砍击、刺击在皮肤上，形成创口的机理是割裂。撕裂的创口中的软组织自然不会整齐地断裂，而会有软组织纤维相连。

"那这个损伤，说明不了问题？"林法医问。

"能说明问题。"我学会了师父的斩钉截铁，"根据创口形态来判断案件的性质，这个要看条件，这个案子具备这样的条件。我们分辨是不是由于摩托车的一次砸击才形成多处创口，不是根据创口的多少，而应该是根据创口的方向。"

林法医的脸上出现了恍然大悟的表情。

我接着说："我们先仔细观察一下死者头部的四处创口，再结合创口下面的粉碎性骨折形态，便可以分析出死者顶部的两处创口的方向是垂直的，没有皮瓣。"

"颞部的两处创口也是垂直的，也没有皮瓣啊！"林法医仔细检查了尸体颞部的创口后说。

"哈哈，可是头顶部和头颞部不在一个平面上啊，如果和两个相互垂直的平面都垂直，那么力自然不会是在一条线上。"

我说得有点绕，但是林法医很快明白了过来："对！和颞部垂直的力，就应该和头顶平面平行，如果和颞部、顶部都平行，那么只能是两个方向的力！"

"是的，即使摩托车底部有再多的螺丝钉，也不可能一次性在他顶部和颞部同时形成垂直的创口，所以，造成头部四处创口的力，不是一次形成的。也就是说，死者的确死于颅脑损伤，但导致颅脑损伤的不是一次性可以形成所有损伤的交通事故，而是多次在不同方向作用下形成的钝器打击。"

从林法医如释重负的表情上来看，现在我们得出了这样的分析，他的心里总算是有了底，说明他之前的怀疑是正确的。

我可以理解他的心情。一起死亡事件现场的中心是尸体，而接触尸体的唯一警种就是法医，所以法医掌握了大量的信息，需要在死亡方式的判断上发挥重要作用。而对于死亡方式的判断，决定了这是一起事件还是一起案件，这是不容出错的。圣兵哥早就告诉过我，一旦没识破命案，就会有枉死的冤魂；而如果误判了命案，又会浪费大量的警力。所以，这个职责无疑使得法医肩上的担子很重。

我们继续按照规范系统解剖了尸体，在确认其胸腹腔内的脏器血管没有异常以后，林法医开始穿针引线准备缝合了。

我说："师兄等等，我再仔细看看颈部。"

我仔细地分离了死者颈部的肌肉群，很快在他右侧的胸锁乳突肌下居然发现了片状的出血。

"又一个意外的发现。"我高兴地说，"死者的颈部皮肤没有损伤，深层肌肉有出血，说明死者生前颈部受过力，虽然不是致命损伤，但是可以肯定不是摩托车之类的硬物撞击形成，应该是诸如手掌之类的软物压迫形成的。因为硬物导致颈部肌肉内出血，很容易会导致颈部表皮的剥脱。"

"你是说，他被别人掐过脖子？"

"是的，被掐过！"我说，"掐扼的程度不重，说明这个掐脖子不是为了置他于死地，而是为了固定他的体位，方便打击头部。我开始也纳闷，如果死者是在运动过程中被打击，或者被打击后立即倒地，不可能会有那么多血迹流到他的衣服上。"

"对。应该是头部受伤以后，死者仍有一段时间处于上身直立的体位。"

"头顶部的损伤应该就是凶手掐住死者脖子、把死者固定在墙壁上后打击形成的，颞部的创口应该是死者倒地后，凶手恐其不死，又补了两下，所以方向不同。"

"师弟是在现场重建啊！"林法医的眼神中仿佛露出了一丝崇敬。

"重建得对不对，一会儿我们检验一下他的后背，看后背有没有出血就可以验证了。"我笑着说，"现在我们要取出死者的小肠，精确推断一下死者的死亡时间。"

法医通过观察死者最后一次进餐（末次进餐）的内容物状态，是可以大概判断出死者的死亡时间的。比如胃充盈，食糜还没有进入十二指肠，大概是死亡距离末次进餐 2 小时之内；如果胃内食糜不多了，且已经不成形了，大概是死亡距离末次进餐 4 小时左右；如果胃排空了，大概是死亡距离末次进餐 6 小时以上。

由此可以看出，通过胃内容物推断死亡时间不很准确，而且必须是胃内还有食糜才可以推断。如果胃内已经排空了，就只能说是 6 小时以上了，无法再精确。

因此，之前师父就想到了利用小肠内容物往前推进的距离，来判断死者死亡时间和最后一次进餐的关系，经过三百多例解剖后的研究，我们已经有了比较准确的计算公式。如果死者不是患有疾病、年龄太小或太大，其小肠内容物的迁移距离和死亡时间有着强相关的关系，利用此来推断，误差甚至可以缩小在 1 小时之内。即便胃已经排空，只要小肠还没有排空，就依旧可以进行死亡时间的推断。

在吴明路死亡的案件中，虽然没人可以证明他的晚饭是什么时候吃的，但是通过他的记账习惯，我们大概可以判断他已经吃过了晚饭。而这个很"宅"的人，吃晚饭的时间又非常固定。知道了末次进餐的时间，推断起死亡时间就很有优势了。

我们小心地沿着肠系膜，把死者的整副小肠取了下来，蛇形排列在解剖台旁边的停尸床上，然后把小肠剖开。小肠里装的是什么东西，想必大家都是知道的。在我们剪开小肠的那一刻，一股难忍的恶臭就扑面而来。可是，我们不能躲避，只能俯在解剖台上，慢慢地把小肠一点点儿剪开。

林法医虽然是老法医，但是此时也有些作呕。而我已经习惯了，毕竟在此之前，我们为了做研究，已经剖开过三百多具尸体的小肠了，都见怪不怪了。

人的小肠一般有 5 至 7 米长，所以剖开小肠的工作耗费了很长的时间。在小肠完全被剖开之后，我们又分段取出里面的内容物，在清水下筛了一会儿，保留出还算成形的食物残渣，进行观察。

距离胃更近的区域，我们在小肠内容物里找到了疑似咸菜的成分；距离胃更远的区域，我们在小肠内容物里找到了疑似玉米的成分。

经过计算，死者的死亡时间应该是末次进餐后 5 个小时，离次末次进餐 9 个小时。

"经过调查，死者下午 4 点钟的时候吃了一顿，吃的是玉米。我们上午查看了他的记账本，他晚上肯定回了家，而且是买了晚饭回了家，晚饭是咸菜炒饭。既然食物成分和我们发现的食糜残渣成分可以对得上，那么我们的推断就是有意义的。再根据我们目前推断的死亡时间，根据下午 4 点钟的这一顿到死亡之间有 9 个小时推断，死者的死亡时间应该是 26 日凌晨 1 点。"我数学一直很差，掰着手指头算着，

"死者晚上 7 点从厂里回家，7 点 30 分到家，如果他 8 点钟吃的晚饭，那么过 5 个小时，也正好是凌晨 1 点。所以我敢肯定，死者的死亡时间是 26 日凌晨 1 点。多重验证，误差会更小。"

"哈哈，这又是一个依据！"林法医这时候心里已经有底了，说，"凌晨 1 点，他不可能骑摩托车出门。"

到了这个时候，我觉得我的这次考试很有可能要高分通过了，难以抑制心里的激动，说："现在我们把尸体翻过来，检验他的后背吧，看看我之前重建的现场对不对。"

背部解剖不是法医尸体解剖的常规术式，只有在一些特殊的案件中，才会解剖背部。之前师父带着我解剖过尸体的背部，虽然解剖方法和打开胸腹腔完全不同，但是我早已熟练掌握了这项技能。

打开死者的背部皮肤、逐层分离死者的背部肌肉后，不出所料，死者后背的浅层肌肉有明显的出血痕迹，显然是受到挤压形成的。

"被凶手掐住脖子压在一个平面物体上，这个时候死者的上身处于直立位置，这就说明，刚才提到的平面物体应该是垂直于地面的，比如说墙壁。"我说道。

"这个推断有用吗？"林法医问。

"有一点点用。"我笑着说，"说明作案现场有墙啊！我们发现死者的地方是在桥下，可没有墙壁，所以真正的凶案现场不可能是我们发现尸体的现场，应该是在室内，说白点儿，就是死者的家。"

"结合死亡时间看，凌晨 1 点，是睡觉的时间，死者确实应该是在他自己家中遇袭的。"林法医说，"这可是个精心伪装的现场啊。"

"本来我就对他们家在男主人死后还继续装修的行为很怀疑。"我说道。

"我也是。"林法医沉吟着，"不过我还是有一点儿疑问。"

我看着林法医，意思是让他问。

"既然他是凌晨 1 点在家中死亡的，为什么他家床上的被子是叠好的？他要起早上班啊，那么晚了怎么可能不睡？凶手又不可能杀了熟睡中的死者后，又帮他叠好被子。"

我笑了笑："师兄糊涂啦。被子是叠好的，可不是我们说的，也不是侦查员说的，而是他老婆胡丽丽说的。既然死者是在家中被害的，我觉得胡丽丽可能有重大嫌疑，胡丽丽在这个问题上也就有可能撒了谎，这反而更能反映出她的可疑。"

死亡骑士

"老秦你也不能先入为主啊,不能随便就受到了死者邻居的误导,胡丽丽可是有确切的不在场证据的!"林涛说。

"我知道肯定不是胡丽丽干的,胡丽丽干不了。因为死者被凶手掐住固定后,被打击的部位是头顶部。"我看到林法医想插话,伸出手阻止了,说,"别急,我知道你的意思,我没有根据死者的损伤在头顶部,就说凶手和死者之间存在身高落差,因为死者也有可能是坐在床上被掐住,这样死者是坐着、凶手是站着,自然会形成体位落差——我想说的是,凶手应该比死者强壮得多,不然一只手怎么能控制住死者?胡丽丽,大家都看到了,柔柔弱弱的,能做到吗?"

林法医和林涛本来正顺着我的话在点头,听到这一问,又赶紧摇了摇头。

"但是,"我接着说,"如果真的像邻居说的那样,胡丽丽和他人有奸情的话,不能排除是胡丽丽唆使奸夫来行凶的啊。你们不觉得胡丽丽的不在场证据太巧合了吗?如果是外人干的,他怎么知道那天晚上吴明路家只有他一个人?"

林法医说:"嗯,说的是有道理,但还是得靠证据来说话。尸检可以结束了吗?"

此时我和林法医已经在解剖台前站了 5 个小时,林法医不断地扭着他有一点儿椎间盘突出的腰部。

因为大部分解剖台的高度是不能调节的,所以解剖台建得都比较低。因此,法医一般都是弓着腰工作的,所以很多法医都患上了椎间盘突出的毛病。

"师兄有腰疾,先下吧,我和你的助手继续。"我说。

"还要解剖什么?"

"既然是第一次主持案件侦办法医工作,我要做到万无一失。"我说,"我想把死者的脊椎打开,看看椎管内有没有出血。如果死者是驾驶摩托车从桥上跌落的,又是仰卧着地,那么他的脊椎肯定有伤。换句话说,如果像我们之前推断的,死者是死后被抛下桥的,他的椎管内就不可能有血了。"

林法医见我接下来的工作是验证性的工作,按照刚才的推理,不出意外,椎管内一定没有任何出血,所以他点点头,说:"那我先下了。"

于是,林法医坐在一边,看我和实习法医一点儿一点儿分离了死者脊椎附近的肌肉组织,然后用开颅锯锯开了死者脊椎骨的两侧骨骼。我捏住脊椎骨的棘突,将棘突的部分取了下来,暴露出椎管。

这一看,我傻了眼。

椎管内,居然全是血!

4

这个发现太出乎意料了，怎么可能？出血是生活反应，难道死者还真的是跌落桥下的？难道我们之前的分析推断全部错误？

林法医傻在那里，我也傻在那里，大家就这样傻傻地站了几分钟，我是真的没了主意。于是我脱下解剖服，想向师父求助，可是师父的电话却无法打通，连打了几次，都是这样。

"师父之前说过，那医院信号不好。"林涛也有些着急，说，"专案组还在等着我们反馈呢。"

我头脑蒙蒙的，之前那么多分析推理，难道就要被这一个尸体现象推翻了？

怎么办，没有时间了……我看向林涛，他也正愁眉苦脸地看着我。我们俩这对难兄难弟，难道离了师父，就变成无头苍蝇了吗？

我轻轻咳了一声，然后深吸了一口气。

定了定神，我重新戴上一副手套，把死者椎管内的硬脊膜剪开。硬脊膜被剪开后，向两侧分开，这就充分暴露了藏在硬脊膜之下的脊髓了。我凑过头去看了一眼，发现硬脊膜下面，呈现出一条雪白的脊髓，完整、干净，并没有挫伤和出血。

我扑通乱跳的心终于平缓了一些。

"脊髓没损伤。"我沉吟道。

"怎么办？"林法医焦急地问道，"我们怎么和专案组说？"

我摇了摇头，希望自己可以清醒一点儿，说："师兄，去你们的办公室，借本书看看。"

我们一路沉默着来到了技术中队的办公室，林法医从柜子里抱出了一摞教科书。我拿起《系统解剖学》和《局部解剖学》认真地翻阅着。

过了一会儿，我放下了书，看着面前的众人，冷静地问道："咱们复一下盘。现在是不是有充分的依据证明，死者是先被杀害，再从高处被抛尸的？"

林涛思考了一下，坚定地回应道："没错，有充分的依据！"

"死者的死亡时间，是不是快 3 天了？"我继续问。

"是，从 26 日凌晨到现在，快 3 天了。"林法医也在点头。

我心领神会，然后拍了拍面前的书本："那就只剩下一个问题，如果一个人是高坠导致的脊椎损伤，还导致了椎管里的出血损伤，那这种情况下，有可能不造成脊椎的骨折吗？"

这个问题有点拗口，林法医想了一下，然后猛地拍了一下自己的脑袋："是啊！吴明路的尸体没有脊椎骨折！"

"对，不仅没有骨折，而且脊髓也没有损伤。外面不骨折，里面没损伤，那这椎管里的血，是从哪里来的？"我一边说，一边用手指点了点翻开的书。

林法医和林涛都凑过头来，看书上那一页"中枢神经系统"示意图。

"你们看，脊髓两边，是不是有很多神经根和小血管？"我问。

"嗯。"林法医点点头。

"我们想象一下，如果尸体腐败了，硬脊膜牵拉椎管内的神经根和小血管，会导致小血管的破裂，即便这时候人已经死了，但血管内的残余血液还是会因为血管的破裂而流淌出来。所以，我们才会在吴明路的椎管内发现出血。吴明路已经死亡3天了，所以这个过程完全成立。简单说，椎管的出血不是因为高坠，而是因为腐败！"我说。

"能解释了？"林涛大致听明白了我的意思。

我点了点头。

"我支持你！"林涛说，"无论从法医角度还是痕检角度，都有那么多依据指向这是一起命案，我们应该自信一点儿！"

"是的，我们准备好了，可以去专案组了！"我高兴地说。

晚上8点，我顾不上吃饭，和林涛、林法医一起走进专案组会议室。会议室里，侦查员和交警同志都在等待我们的到来。

我在掺杂着怀疑、期待的诸多眼神中坐定，深吸了一口气，算是给自己加油。毕竟，这是我自己第一次独立拍板案件性质，甚至要否定原来大部分人的意见。

我不确定他们会不会相信我，但是我必须鼓起勇气、竭尽所能，用最通俗易懂、最逻辑清晰的方式叙述出来，争取大家的信任。

林涛坐在我身边，虽然没说什么，但悄悄伸手在我的大腿上拍了两下，我知道他了解我此刻的心情，也在给我加油鼓劲。

那一刻，我觉得自己肩上的担子很重。

"交警同志赶紧回家吃饭吧。"我开口了，不知道为什么居然试着说了个冷笑话，"是凶杀。"

我肯定的态度引起了专案组的一片嘈杂。

刑警大队长虽然已经做足了心理准备，但还是一脸狐疑地问："能肯定吗？"

"能肯定。"我坐了下来，喝了口水，说，"我们长话短说，我从尸体检验情况开始说起。"

"死者死于颅脑损伤，死亡时间是 26 日凌晨 1 点。"我刚说完，会议室又是一片窃窃私语，看来仅仅是特殊的死亡时间点的推断，就已经让侦查员们开始动摇，相信这不是一起普通的交通事故了。

"判断是凶杀，主要有几个依据。依据之一，死者的颈部有软物形成的损伤，摩托车形成不了。"我言简意赅地说，"依据之二，死者的头上四处创口，是两个不同方向作用力形成的，摩托车一次形成不了。依据之三，死者的脊椎没有骨折，不符合高坠后后背着地应形成的损伤。依据之四，死者的会阴部没有损伤。"

尸检的时候，我注意到了这个细节，但是没来得及和林法医说，所以林法医也很诧异："会阴部？"

"是的，如果死者是骑跨着摩托车跌落翻滚，会阴部应该有挫伤。"我说完，全场都在点头。

"根据以上四点依据，"我接着说，"尸检情况充分表明，死者是先被别人掐颈固定在墙壁上，再被钝器打击头部致死。"

我停顿了一下，大队长意犹未尽："这就完了？"

"当然没有完。"我笑着说，"现在我来说现场情况。依据之五，死者的跌落位置是桥北头东侧，死者家住桥北面，而当天晚上死者肯定已经安全到家，如果是死者再次从家里出来是由北往南骑，经过小桥跌落的话，按照驾驶车辆靠右行驶的习惯，死者驾车应该沿桥的西侧行驶，即使跌落也应该是跌落在桥北头西侧。即便是死者逆向行驶，由于速度动能，死者也不可能紧贴着桥头跌落，应该冲出去一段距离，而死者的这个位置，则应该是从桥头北侧东头位置垂直跌落。"

大家继续点头。

"再说摩托车。"我又喝了口水，说，"依据之六，摩托车虽然处于在挡状态，但是大灯处于关闭状态。既然吴明路是在凌晨 1 点伸手不见五指的时候死亡的，怎么可能不开车灯骑车到现场？他总不可能是在跌落的瞬间关闭了大灯吧？但如果是凶手驾驶摩托车运尸到现场，为了不引起别人的注意，关灯驾驶就解释得过去。"

"对！而且我们通过衣着检验，判断死者受伤流血的时候，上身处于直立位，如果是跌落桥下则不可能。这是依据之七。"林法医听得热血沸腾，忍不住也插话补充了我们剩余的依据。

我笑着向林法医点了点头，继续说："根据上面的七个依据，我们认为死者是在睡眠状态中被人惊醒，然后被人掐压固定上身后打击头部致死。死者死亡后，凶手给死者穿了外套、裤子和鞋子，然后运送到发案现场，伪造了一个交通事故的现场。杀人现场很有可能是在死者家里，既然凶手能公然地进入现场，那么死者的妻子就脱不了干系。不知道上述的七个依据够不够，当然，还有很多算不上依据的可疑之处，比如胡丽丽当天晚上过于巧合地不在场；比如死者失踪以后他们家的装修工作仍在进行；比如死者邻居家三条狗中有两条会叫的狗在案发前突然神秘失踪；比如死者应该是在夜间睡眠时间遇袭，胡丽丽却坚持声称次日回家后家中的被子是叠好的……"

听我如此简单快捷而且有理有据地判明了案件的性质，大队长显得非常高兴："这么多依据足够了！不过，我想知道，胡丽丽为什么会去杀她的老公？有什么作案动机呢？这一点，在之前的侦查中，我们没有发现任何端倪。"

虽然大部分人刚开始都认为这起事件是单方交通事故，但是本着"人命关天"的态度，刑警部门还是对死者周围的人进行了调查。只是，他们没有调查出有什么异常的情况。

"我听他们邻居说，吴明路和胡丽丽曾经有过激烈的争吵，因为胡丽丽可能与装修工有奸情，吴明路最近在和胡丽丽谈离婚。"我说。

"就因为这个杀人？"大队长摸了摸额头，说，"夫妻吵架而已，用作杀人动机，好像有一些牵强啊。"

"开始我也觉得挺牵强，所以也和邻居私下交流了一下。"我说，"据说，他们那片房子要拆迁，吴明路所住的房子，是他祖传的宅子，也要拆。如果他装修结束，就可以拿到 70 万元的拆迁款！我们设想一下，如果吴明路和胡丽丽现在离婚了，因为是婚前财产，这 70 万元胡丽丽拿不到一分钱；但如果吴明路死了，根据继承法，胡丽丽理应继承这 70 万元拆迁款。一个女人有了新欢，又能拿到让下半生无忧无虑的巨款，这杀人动机还牵强吗？"

大队长对我的分析也表示了认可，说："有道理！不过，有证据吗？"

"如果可以确定凶案现场是在死者家中，就是指控胡丽丽是同案犯的有力证据。

因为死者受伤会出血，胡丽丽却否认家中有血的事实。"我说，"不过，有个难点，就是死者家的墙壁在死者失踪后又粉刷了，不确定还能不能找到死者确实死在自己家中的证据。"

"你是说，死者家中应该有血，但现在可能找不到了，对吗？"大队长说。

"凶手杀了人，急于将墙上的血迹粉刷掉，所以，下一步，我们得铲去新粉刷的乳胶漆，希望可以发现浸染到墙壁内的血迹。"我说，"另外，偷狗的事情也应该引起重视，所以下一步，要派一组人搜查装修工的家，看能不能找到偷狗的工具和药品。"

办理了相关的法律手续后，第二天一早，我和几名侦查员就到了胡丽丽家。

心里有底了，我们的眼神也变得冷峻起来。当胡丽丽看到我们气势汹汹地走到她家门口，冷冷地审视她的时候，她居然扑通一声跪了下来。

"我都交代，我都交代，不是我杀的吴明路，能不能不判我死刑？"胡丽丽哭喊道。

看来杀人真的不是一般人能干的。受到了利益的诱惑，胡丽丽动了杀心，可是吴明路被杀死后，即便不是胡丽丽亲自动的手，她也一直在承受着巨大的心理煎熬。上次我们来她家，她的那种木讷的表情，并不是因为悲伤，而是因为恐惧。

没有想到案件侦破会进展得这么顺利，但即便是胡丽丽承认了，我们也需要寻找到足够的证据。

在胡丽丽被押上警车的时候，我和林涛也开始了在吴明路卧室寻找血迹的行动。

法网恢恢，疏而不漏，因为已经有了现场重建的指导方向，所以血迹真的让我们找到了。

我们用刀片将床边墙壁上新刷的乳胶漆刮掉后，发现内层的乳胶漆其实也是新刷的，这增强了我们寻找物证的信心。很快，我们就发现陈旧的墙壁上黏附着不少喷溅状的血迹。

捷报频传，负责搜查装修工家的侦查员和技术员们也获得了战果，装修工的摩托车后备箱中真的放着一根套狗的绳索，上面还依稀黏附着几根狗毛。

获取了这么多间接证据，它们又可以形成一套完整的证据锁链，所以审讯工作进展得也很顺利。在铁证面前，装修工也没能扛住多久，很快就交代了他受胡丽丽唆使杀人毁迹的犯罪事实。

死亡骑士

原来胡丽丽和吴明路的感情一直不错，直到胡丽丽认识了装修工赵某。为了能有更多欢聚的时间，胡丽丽提议请赵某来家装修，以获取更多拆迁款。吴明路同意了，但他很快就察觉到了赵某和胡丽丽的奸情。吴明路对妻子不忠的行为感到愤怒，并表示一定要离婚。想到马上到手的 70 万元拆迁款就要不翼而飞，胡丽丽心痛不已，于是找赵某密谋杀害吴明路。

有了这样的想法后，胡丽丽就开始了缜密的策划。

24 日上午，吴明路去工厂上班，邻居也都外出，家里没人。赵某骑着自己的摩托车来到现场，装作继续施工装修的样子。在探清隔壁邻居确实已经离家后，到隔壁邻居院子中，按照胡丽丽的指示，将两条会叫的狗用套狗索套走，杀死后掩埋。

25 日晚，胡丽丽借故回娘家，走之前将家门钥匙放在门框上面的一处隐蔽位置。

26 日凌晨，赵某步行潜到吴明路家，按胡丽丽的提示，用胡丽丽放在门框上面的钥匙开门进屋。本来赵某是想趁吴明路熟睡时杀害他，未承想，他摸黑走路的时候不慎碰倒了放在客厅的酒瓶。吴明路突然惊醒，发现赵某，并与其进行一番打斗。不过很快，身体孱弱的吴明路就败下阵来。赵某杀害吴明路后，为吴明路穿上外衣外裤和鞋子，驾驶吴明路的摩托车把尸体运到小桥旁，精心伪造了一个"吴明路驾驶摩托车跌落桥下"的交通事故现场。

26 日早晨，胡丽丽回家后发现家中墙壁有大量血迹，立即慌了神，赶紧喊来赵某共同打扫了现场，为了掩盖墙壁上的血迹，他们在已经刷过乳胶漆的墙壁上又刷了一层。

28 日，当他们看到交警处理吴明路死亡现场的时候，心里还在暗自庆幸计划成功了。可未承想，仅过了 24 个小时，他们就被戴上手铐脚镣，在铁栏里面等待法律对他们的严惩。

案子结束了。我整理着资料，放入档案袋。

想想这几年我遇见的大多数命案，动机似乎总是纠缠在情与财之间。人有欲望很正常，这样才有生活的盼头，但如果欲望过度膨胀，那他就连最简单平凡的生活都会失去，天堂到地狱，真是一念之隔。

回到省城，我和林涛先去医院看望师父。

师父的身体已经好了很多，听力也基本恢复了。

听说我在案件办理的过程中，还给他打了电话，师父笑哈哈地说："你见过考试的时候，还能请教考官的吗？"

我知道师父只是在和我开开玩笑，他一向主张人命大过天，绝对不可能因为这是对我的考试，而置一起命案于不顾。

师父接着说："幸亏医院没信号，电话没打通，不然还激发不出你们遇见问题就独立思考、积极翻书复习的动力啊。要记住，温故而知新，我们学的那么多理论课程没有哪一章哪一段是没用的，没事就多读读书。不过呢，你们这次的表现确实不错，我以后就能少操点心喽！"

我和林涛相视一笑，那种共患难后共享荣耀的喜悦感油然而生。

师父笑着说："好了，你们来点儿实惠的吧。赶紧摆场子，我要出院了。"

法医秦明

VOICE OF THE DEAD

| 第七案 |

荒山残尸

骄傲，
嫉妒，
贪婪是三个火星，
它们使人心爆炸。

但丁·阿利吉耶里

1

这顿饭，是师父请的。

因为这根本就不是一顿欢迎师父归来的饭，而是欢送我下基层的饭。

在饭桌上，师父向我宣读了将我下派锻炼的命令。

虽然我们这些法医是在省公安厅工作，但是实际工作和在基层差不多，也是需要奋战在命案侦破第一线的。可是，既然编制在机关，就要按照机关的规矩来。所有在机关工作的民警，都需要有基层工作经验。尽管我已经工作了四年了，但由于法医的工作非常繁重，之前都还没有机会被下派锻炼。

该来的还是要来的，虽然很多人都期待着去基层锻炼，但我却心存惶恐。毕竟刚刚结婚不久，就要离家一年，不知道铃铛知道后会是什么感受。

果然，铃铛听到消息后，立即露出极其失落的表情。

但是听到下派地点是距离龙番市并不远的秋岭市，我周末都可以回家时，她的表情瞬间阴转晴。

"原来这么近啊，那就还好。反正你平时出差那么多，和只有周末能回家有什么区别？"

想想也是。

放下了思想包袱，我很快就收拾行装上路了。

秋岭市是一个山区城市，但我被分配到的责任区刑警队，负责的却是市区里最繁华的辖区。对警察来说，在繁华的地方工作，任务自然是更加繁重的。辖区里遍地的市场、娱乐场所，刑事案件的发案率也会比其他地方高很多。

责任区刑警队是刑警的最基层单位，也叫作刑警中队，是市公安局下属分局的刑警大队的派出机构。和派出所一样，责任区刑警队分布在市里的各个区域，负责本辖区内不属于派出所管辖的刑事案件。

什么盗窃电动车啊、打架斗殴啊、开设赌场啊、组织卖淫啊，听起来就十分繁杂，但都要归责任区刑警队管。不过，队里的氛围特别好，大家在一起工作、一起吃饭，像一家人一样。所以，每一名民警即便是每天都忙得脚后跟打后脑勺，但还总是嘻嘻哈哈、积极乐观的。

跟着办案民警工作了一个月后，我就感觉自己学到了非常多的知识。除了故意伤害案件中涉及的人体损伤程度鉴定问题之外，这一段时间的工作，大多都是我不熟悉的。所以我就像是一块干燥的海绵，掉进了水池里，疯狂地吸收着周围的水分。无论是受案、立案、侦查、办结、报卷的一系列办案法规和程序，还是和人民群众和谐相处的态度，或是审讯犯罪嫌疑人的技巧，都让我受益匪浅。

不过，对队里的民警来说，我也有着特殊的用处。毕竟对于一个责任区刑警队来说，遇见最多的就是故意伤害案件了。在案件受理的前期，我就可以估计出伤者的伤情等级，这对民警接下来的办案，有很多提示的作用。

不过，我最擅长的还是命案的侦破。可是，在一个责任区刑警队里，几乎很难遇得见命案。"命案必破"从提出以来至今的五年时间，我们全省的命案就从我刚参加工作时的一年发案一千多起，降低到现在的一年三四百起。全省有150多个县、区级公安机关，每个县、区级公安机关又有数个责任区刑警队，所以一个责任区刑警队一年也未必能遇得上一起命案。

虽然日子过得很充实，但我总觉得，我的才华好像被埋没了。

从春天工作到冬天，我才遇到了一起故意伤害致死、犯罪嫌疑人逃逸的案件。我第一个赶到现场，下意识地就戴好手套，去翻看死者的眼睑，掀起死者的衣服去寻找他的致命伤。队长赶紧从中心现场一把把我拎了出来，我这才意识到，现在的我是一名侦查员，应该立即去外围调查，寻找目击证人才对。

在我当法医的时候，总觉得划定了一个侦查范围，就很容易破案了。自己当了侦查员才知道，即便是寻找一个目击证人，都要花费很多的精力和心血；能让目击证人或者案件关系人开口，也同样非常不容易。

在技术警种眼中看似"容易"的部分，都是侦查员经过大量的走访调查换来的。

不同的警种，真的是有不同的艰苦。

这一起故意伤害致死案件调查清楚之后，队里明确了犯罪嫌疑人，要展开抓捕。我满怀期待，想参与抓捕行动，可是队长却二话不说，拒绝了。无论我怎么好话说尽，队长都没答应。后来我才知道原因：这次抓捕行动，他们只有五个人，零条枪，他们唯一的武器就是伸缩警棍。

面对穷凶极恶的亡命之徒，基层公安民警有时候不得不用血肉之躯去面对尖刀利刃。这种局面，很大程度上是由极个别害群之马滥用枪支导致的，我不知道这种局面还会持续多久。

大半年的工作，波澜不惊，细碎繁杂，我却干得津津有味。

不知不觉，元旦将至，队长让我和他去一趟市局刑警支队，说是我的老朋友来了。

到了会议室，我一眼就看见了坐在会议桌旁的省厅刑警总队的于总队长和林涛。

好久没见林涛，他还是那样帅气，头发一丝不乱、皮鞋一尘不染。虽然我每个周末都会回龙番，但是林涛总跟着师父到处出差，倒是一直没有机会再见到。

见到林涛，我忍不住冲上去给了他一个拥抱。

"你咋来了？想我了？"

"嘁，别自作多情了！"林涛白了我一眼，指了指身边的于总队长说，"我跟于总来命案督导。"

"领导好！"我向于总敬了个礼。

每年年底，也是最寒冷的时节，省厅刑警部门会有一项很艰巨的任务，就是命案督导。为了实现命案必破的目标，省厅会在元旦前夕将侦查员、技术员分组到全省各地，对那些数量不多的未破命案做进一步的推进，尽量减少未破命案的积压数量。

换句话说，就是要向各地表达省厅对于命案的高度重视，还会提供技术支持，协助侦破积案。我们龙林省的命案侦破成绩每年都位居全国前列，未破的命案本来就很少，所以每年的命案督导，都能够有精力做得更细致，因为细致，成绩自然也很好。

既然我正在秋岭锻炼，而于总队长的这一组督导组又正缺个法医，所以于总队长干脆就把我留了下来，让我跟林涛一起对秋岭市往年的和今年的命案梳理一下。

我们一梳理，发现秋岭市的命案侦破率还不错，该市及其三个所辖县一共只有两起命案没有告破，其中一起是两年前的，明确了犯罪嫌疑人，但犯罪嫌疑人在逃，目前仍在进行追逃工作。也就是说，我们督导的内容只有一起今年发生的命案。

既然目标单一，说干就干。

案件是发生在秋岭市辖下的一个山区小县，叫作秋岭县。案件发生在一个月前，也就是十一月下旬。目前，案件还在开展调查，只是进展缓慢，因为到目前为止，连死者的身份都还没有搞清楚。

按照于总队长的要求，当天下午，秋岭县公安局的侦办人员携着这一个多月办案的卷宗，来市局向于总队长汇报工作。

"就这几份询问笔录？"于总队长重重地把案卷摔在桌子上，生气地说，"本来是想表扬你们命案侦破的成绩，可你们自己看看你们的案卷，像什么样子？"

秋岭市公安局的分管领导和刑警支队领导低着头，一脸尴尬。

"这个案子真的很难。"支队长觉得很委屈，"位置偏远，调查毫无结论，技术也没有给我们什么支持。"

"就知道推卸责任，破不了案谁都有责任，单怪技术？你平时重视技术了吗？"于总队长打断了对方的话。

支队长越解释，于总队长越生气。个别地方确实有这样的现象，破了案是侦查部门的功劳，破不了案是技术部门的责任。有一些基层的法医自嘲是尿壶，别人尿急的时候还必须拿来用，用完了扔在床下不管不问。好在省厅的刑警部门领导对技术很重视，我们工作起来才有动力。

"领导别生气。"分管局长来打圆场，"这个案子除了报案人能说清楚发现死者的经过以外，调查一无所获。技术嘛，死因都没有明确，尸源更是无从查起，所以……"

于总队长摆摆手，打断局长的话："此案不破，我们督导组不回去过元旦，再破不了，春节也在你们这里过！"

一听元旦都回不了家，我立即觉得十分沮丧。

下派锻炼的日子里，好歹周末、节假日受到中队长的照顾，还能回龙番。可是一加入这个督导组，连元旦甚至春节都可能没法回去过了。

工作这些年，我只有一次春节没有回家。那一年我奉命值班，原本以为可以过一个清闲的除夕夜，没想到晚上 11 点接到电话，说是有一家人雇了一条船过年，结果船上的灯笼失火，烧了整条船，一家人大多在第一时间逃离了船只，只有一个老人被烧死后掉落河中。印象中那年新年钟声敲响的时候，我正坐着一艘小破船，在河上捞那个被烧死的老人的尸体。

这次听到于总队长淡定的话语，我算是见识了，看来警察的工作性质还真不是吹的，于总队长说出元旦、春节不回家这样的话时神情也那么平静，看来是司空见惯了。

分管局长尴尬地说："那，我们请本案的侦查员先向领导汇报一下此案的前期调查情况？"

"不用了。"看来于总队长被秋岭市刑警支队制作的这份极其不规范的案件卷宗气得够呛，他伸手指了指我，说，"你牵头，小潘和小林辅助，我们自己人去调查。需要用车用人用设备的话，你们局全力配合就是了。"

于总队长的意思很明显，他让我来牵头，显然是想证明技术也可以主导一起命案的侦破。"小潘"年纪比我和林涛略大，我们都喊他潘哥，是厅刑警总队重案科的侦查员，也是一名集帅气和睿智于一身的年轻干将。于总队长这样的安排是给我们补足了侦查警力，临时就给我们组成了一个勘查小组。

于总队长这话说得很重，但作为技术，这样的话听着确实很解气。我也希望能早日破案，于是赶紧低头收拾本子和笔，准备出发。

秋岭县是一个山区小县，除了县城还算是一块平地，周围的村庄基本都坐落在山里，村民们以种茶为生。秋岭县和秋岭市市区相隔 30 公里，我们乘坐一辆越野车，在盘山道上行驶了近一个小时才到达现场所在的秋景村。进了小村，发现周围崇山峻岭，蔚为壮观。

报案人是一位七十多岁的老大爷。山里的百姓非常朴实，老大爷知道我们的来意后，放下手中的活，把我们请进屋里坐。虽然案发至今已经一个多月了，但当我们问及本案情况时，他还是一脸的惶恐不安，哆哆嗦嗦地给我们讲起了他亲身经历的"鬼故事"。

老大爷的茶园和他家之间隔着一块坟地，坟地里坐落着二十多个坟头。老大爷说，秋岭县是土葬区，村里的祖坟以前是在不远处的一座小山头上，但是十几年前基本上都"住"满了，所以，他家附近的这个位置，算是村里人新开辟的集中坟地。自己家离坟地很近，自然对坟头的数量非常清楚。毕竟小村落也就一百多号人，在活着的时候，谁都认识谁。坟地里每添一座新坟，老大爷都会在坟前烧上几张纸，磕上几个头，也算是尽尽心意、聊表哀思。

老大爷的儿孙都在外地打工，老伴已经去世了。虽然他已经到了古稀之年，但是由于生活所迫，还是独自肩负起了家里几亩茶园的种植工作。

一个多月前，老大爷因为疲劳和风寒，生病卧床几天。一天早晨，因为前夜山里刮了大风下了大雪，大爷不放心辛勤栽种的茶树，就拖着没有痊愈的身体去茶园看看。

途经那一片坟地的时候，他习惯性地看了一眼在这里长眠的父老乡亲，可没想到却发现在坟地的一角，莫名地多出了一座新坟。

这座新的小土坟和其他坟头一样，被白雪掩盖，但是比其他的坟头小得多，也没有耸立的墓碑。如果不仔细观察，很难发现这是一座新坟，不知道的还以为只是一个普通的雪包呢。但是老大爷对坟地太熟悉了，他一眼就看出了这座小新坟的诡异。

老大爷心里开始打鼓了，自己卧床这几天，也没有听见谁家死了人啊，毕竟办白事总要敲锣打鼓、燃放爆竹的，他住得这么近，没道理听不见。而外村人也不可能翻山越岭地把死者运到他们村，埋在这里。

老大爷带着疑惑干了一天活儿，想想还是放心不下，下午回到村里就挨家打听怎么回事，结果所有人居然都是一问三不知，没有人知道谁家死了人，更没有人知道谁在他们村的坟地堆出了这么一座诡异的小土坟。

老大爷晚上回到家里越想越害怕，总不可能是死人自己埋了自己吧。

他一夜未眠，思来想去，一大早就打通了报警电话。

派出所民警很快就到达现场，和老大爷一起来到那片坟地。到了坟地的时候，老大爷更不敢相信自己的眼睛：那座新坟居然不在了！难道它自己长脚跑走了？

好在，派出所民警很快就明确了老大爷并没有报假警，因为在老大爷指认的那块地方，仿佛还能看到那座坟的轮廓，堆坟的泥土散落在周围，只不过坟里并没有尸体。

会不会是谁在恶作剧呢？这种猜测很快又被民警排除了。

因为派出所民警在这座突然出现又突然消失的小土坟里，找到了一只黄色的女式布鞋。

"空坟不可能有鞋子啊，难道是有人挖坟？"老大爷的描述让我觉得毛骨悚然，"谁会埋了人，又挖出来？而且没有棺材，谁家埋人也不会直接埋了啊！再穷也得裹张竹席吧！总不能是尸体自己爬出来的吧。"

潘哥突然打断了老大爷，说："荒山野岭的，你怎么能确定不是野兽把尸体拖出去的？"

侦查员果然是侦查员，思维就是很敏锐。此时，我转头看了看那深深的山林，想着野兽拖拽尸体的情景，感觉脖子后面阴风阵阵。这一转头，我的余光看见了缩在当地民警身后的林涛，他居然在瑟瑟发抖。

"你怎么了？"我觉得他的样子很搞笑。

林涛颤抖着说："对，应该不是闹……闹鬼，是……是野兽干的！"

"工作都那么久了，你还怕鬼啊？"我忍住不笑。

"什么鬼，是野兽！"林涛瞪了我一眼。

老大爷用敬佩的眼神看了看潘哥，说："你说对了，我后来左思右想，估计也就是这么一回事儿。"

2

老大爷继续讲故事的后半截。

发现鞋子后，派出所民警和老大爷一起，仔仔细细地查看了那座消失的新坟的痕迹。原来这座坟下并没有挖出一个墓室，而是简单地用周围的黄土直接在地面上堆出了一个小土堆。如果不是小土堆里遗留下了一只本不该出现的黄色女式布鞋，那么在这里出现一座坟堆就根本不足为奇了，因为很多胆大的孩子会在坟地里玩一些整蛊游戏。但是，这只让人摸不着头脑的鞋子，却让整个事件变得有些离奇。

虽然事情很诡异，但民警终究不能根据目前的情况来立案侦查。刑事案件的三个立案条件是：有犯罪事实、需要追究刑事责任和属于自己管辖。光凭一只鞋子肯定不能确定是有犯罪事实存在的。

民警们简单地巡视了小土坟周边的情况，并没发现什么有价值的线索，于是简单填写了处警登记表，照了几张现场照片，就收队撤离了。

接下来的日子仿佛过得很平静，雪停了，连续几天大晴天，天气也变暖了。一周之后，村里的两个年轻人拿着自制的弩，准备去山里打一些野味卖了补贴家用。当他们走到离坟地1里以外的树林时，隐约闻见了一股异味，像垃圾场里的腐败气味。

循着臭味儿，他俩走到了一条旱沟旁，旱沟里灌木丛生，遮住了沟底。但是沟底仿佛有什么东西在阳光的照射下闪闪发亮。

"不会大白天捡到金子吧？"其中一个胆大的年轻人跳下旱沟，探查究竟。他拨开灌木，定睛一看，却"哇"的一声叫了出来。原来闪闪发亮的物件是一只做工精细的银手镯，只是这只银手镯却戴在一截泛着黑绿色、散发着恶臭的手腕上。

两人慌慌张张地报了警，派出所民警和刑警队民警先后赶赴现场。

这两个年轻人没有看错，这确实是一具尸体，还是一具残缺不全的尸体。灌木丛掩盖住了大部分的躯体，从外面只能看到一只已经高度腐败的手。派出所民警壮着胆子，拉住这只手用力一拽，半具尸体就暴露了出来。

"半具尸体？"我还是忍不住好奇，打断了老大爷的叙述，问道，"是碎尸？"

"尸体我没有看见，也不敢看，只是听派出所民警说尸体不全，后来还拉来了警犬搜索，不过什么都没有搜索到。"老大爷说。

"不着急，你们明天去检验一下就知道了。"潘哥说，"天色不早了，不如……老大爷你带我们去墓地里看看行吗？"

听到潘哥这样说，老大爷面露难色："本来天黑就忌讳去墓地，现在冤死了个人，我……我真的不敢去啊……"

在一旁的林涛的脸色也跟着变了，甚至比老大爷的脸色还苍白。

"已经过去这么久了，现场估计也很难再发现什么。"我笑着说，"我们就是去看看现场方位，有个大体的印象，具体还是要看当时现场勘查的照片。所以，大爷你放心，我们这次很快就看完了，保证在天黑之前回来，而且这么多人一起，没事的。"

林涛嘴里慌慌张张地像是在念些什么，然后狠狠地点了点头，像是给自己打气一样。

老大爷听我们这么一说，就没再拒绝，带领着我们一行人向深山走去。山里就是不一样，天色渐晚，走在山路上，依稀都能听见狼的嗥叫声。

走了二十多分钟山路，我们就到了老大爷说的那块坟地。坟地静悄悄的，墓碑在夕阳的余晖下一闪一闪。

老大爷指着其中一座坟墓的旁边说："当时就是在这里发现的坟堆。"

老大爷又抬手指了指远处，接着说："看见那处树林了吗？尸体就是在那边发现的。"

"尸体的位置我知道。"陪同我们一起进村的派出所民警显然看出了老大爷不敢再往前去，于是主动请缨，"我可以带你们过去。"

跟着派出所民警又走了一里地，我们到了发现尸体的现场，简单地看了看尸体所在的旱沟以后，我们又绕着旱沟走了一圈，可惜并没有发现什么有价值的线索。

毕竟已经时过境迁，想要再找到点什么，只能去照片里找了。

在回去的车上，我想到一个问题，于是问派出所的民警道："尸体没有穿衣服吗？"

"应该穿了，但是后来分析是被野兽撕扯了，衣服都破烂不堪了。"派出所民警说，"看上去好像没有什么价值了。"

"嗯，价值是人找出来的，不是摆在那里让人发现的。"我说，"既然尸体还在解冻，那么今晚咱们的任务，就是研究死者的衣着。"

晚饭后，我们来到县公安局的技术物证室。县局的技术人员显然对死者的衣着也下了大功夫。他们拿出两个塑料袋，里面都装着衣着的碎片。尸体的身上是不可能附着那么多衣物碎片的，所以这些碎片都是技术人员沿着坟地到尸体附近的地上一片一片找出来的。

于是，我和林涛又开始了拼图游戏。在县局技术中队的李法医的帮助下，我们蹲在地上把衣服的碎片按照衣服纤维的方向、大概的部位，尽可能地拼接在一起，很快，死者的衣着就初现端倪了。

死者的衣物中，以下肢部、胸腹部碎裂得最厉害，这两个部位的衣服碎片有很多没有找到，自然也就无法完整地拼接上。只有两个上肢和背部的衣物很完整，并没有被撕碎。根据我们拼接的结果，基本可以断定，死者是个女性，死的时候，下身穿着黑色蕾丝边内裤、蓝色棉毛裤、黑色布外裤；上身穿着黄色文胸、蓝色棉毛衫、绿色黑花薄线衫；脚上穿着白色线袜，还有一双样式很时髦的黄色布鞋。

"你们认为这些衣服对本案的侦破没有价值？"物证室里的暖气开得很足，我擦了擦额头上的汗珠问道。

县局技术员茫然地摇了摇头。

"我觉得还是很有价值的。"我一边仔细地看着每件衣服，一边说道，"第一，从衣着上可以看出，这是一个年轻女性。"

"这个我们已经从耻骨联合上推断出来了，是个 27 岁左右的女性。"李法医对我的这个所谓推断很失望，忍不住打断了我的话。

我对李法医的打断并没有理睬，接着说："第二，看看这里。"

此时，我已经将两块小碎片拼接在了一起，显示出"OLAER"的商标。

"这个标签和文胸上的断裂口可以相连，也就是说，这是文胸的牌子。下一步，你们去查一查这个牌子的文胸主要在哪些地方销售。"

这是惯用的寻找尸源的一个方法，就是确定其消费范围从而锁定死者的基本居住地。一旁的侦查员点了点头。原来我曾经以为侦查是一蹴而就的事情，经过在基层刑警队的锻炼，我知道我这一句话，代表着好几名刑警熬夜通宵的工作量。所以我又补了一句"辛苦了"。

"第三，死者应该是住在农村。虽然穿着显得比较时髦，但是把衣服放在一起根本不搭。"

我突然发现，比起第一次单独主持法医工作的时候，我说话更加坚定了。

我接着说："关键是死者的衣物都是杂牌子，质量很差，她的经济条件并不是很好。更为引人注目的是，死者穿的是布鞋，这和她的年龄不太相配。但如果她是住在山区农村，穿布鞋就正常了，因为要走山路，其他材质的鞋子自然没有布鞋实用。"

"第四，"我见大家对我之前说的推断毫无兴趣，于是准备了一个分量重一点儿的推断，说，"凶手事先藏尸了。"

"藏尸？"这个推断确实让大家觉得有一些意外。

"是的。开始听说尸体高度腐败，我就十分奇怪。现在山里的温度最低可以达到零下十几摄氏度，坟堆是 11 月 20 日被发现的，尸体是 11 月 28 日被发现的。短短 8 天，在这种温度下，尸体不可能出现高度腐败的现象。"我说，"所以死者应该是在死后一个半月左右才被移尸，凶手埋掉了她，她却被野兽从简陋的坟堆里拖了出来。"

"死后一个半月？死亡时间可以根据腐败程度推断得这么准吗？"李法医提出了疑问。

"根据她的衣着状态，我就更加肯定凶手有藏尸的过程。"我说，"这样的衣着，在这么冷的冬天，根本没法生活。我刚才查了天气情况，今年山里十月底就已经降到几摄氏度了，而适合死者这样的衣着的天气，大概是十月上旬。这样算来，她的死离发现至少应该有一个半月的时间。太长时间也不可能，腐败程度就会更加严重了。"

"凶手把尸体放在自己家里？"林涛惊讶地说，"太变态了吧？"

"应该不是家里。"我说，"山里之所以冷是因为风大，室内即使没有取暖设施，温度也会比室外高很多。如果在室内，这么久的时间，尸体腐败会更厉害。所以最大的可能是凶手把尸体藏在室外，比如自己家院子内。因为时间长了，尸体腐败了，臭味儿渐渐变得浓重，凶手知道在自己家里藏不住了，才会拖出去掩埋。"

"可是，这个推断对案件的侦破有什么作用吗？"林涛想了想，说道。他显然是觉得不管凶手藏没藏尸体，都无助于刻画犯罪嫌疑人。

"藏尸这个推断对案件的侦破有没有作用，得结合明天的验尸结果综合起来看。"我说，"死因很重要，知道死因后再结合藏尸的过程，可能会对案件有帮助。"

"死因结合藏尸的过程？那怎么推断？"林涛追问道。

我没有回答他的问题，因为我也不能保证明天的尸检会不会有所帮助。我拿起死者的绿色线衫，仔细地看着。这件绿色的线衫前面已经被完全撕碎了，基本上没有找到什么碎片，断面的边缘浸染着血污。但是线衫的后背部十分完整，使这件套头线衫看起来更像一件从前面系纽扣的开衫。

我指了指后背部的一处破口，说："第五……这个破口，你们怎么看？"

林涛和李法医凑过头来看了看，林涛说："这个应该没有什么价值吧，半件衣服都被撕碎了，后背有个破口能说明什么？反正我们痕检是不可能从这个破口来发现特征性的工具痕迹的。"

我摇了摇头，说："首先，衣服撕碎的边缘都有血污，应该是尸体被野兽啃了，血液流出来浸染的，但是后背这个破口没有，而且位置很独立，应该不是野兽撕碎的。其次，仔细看一看这个破口的边缘。"

我递给林涛一个放大镜。

林涛用放大镜仔细地看破口，说："断口毛糙，而且，哈，是铁锈！"

原来这个破口的周围黏附着铁锈，这我倒是没有看出来，看来搞痕检的眼睛就是贼一些。

"一个新鲜的破口，而且周边黏附着铁锈，那就更加印证了我的猜测，这个破口应该是被钉子之类的东西刮破的，而且刮出这个破口的时间不算很久，至少刮完了以后没有洗衣服的过程了。"我摊了摊手，说道。

"钉子刮破了衣服的后背部……"林涛沉吟着。

"既然是不久前刮破的，说不定和案件有一定的关系。等找到尸源，去看看死者生前的住处，说不定能有发现。先记住这个点就好了。"我说。

一二三四五，上山打老虎。我看完衣着后居然得出这五个推断，连我自己都没有想到。虽然暂时没有办法把这五个推断联系在一起，也没能做出更有价值的推断，但是这坚定了我们尽快破案、回家过元旦的信心。

睡了一个好觉，第二天，我们乘车前往秋岭县殡仪馆，开始对死者尸体进行检验。

冬天，正常情况下对于复检的尸体要提前两三天拖出冰柜解冻。但是这一次是因为命案督导而进行的尸体复检，所以尸体拖出来晚了。幸好秋岭县殡仪馆内有标准化法医学尸体解剖室，解剖室内有先进的排风装置和新风空调，解冻、除臭的效果很好。所以据李法医说，空调热风开了一天一夜，他清早来解剖室看尸体的时候，已经具备了解剖条件。

但是当李法医带着我们一起打开解剖室的大门时，我们还是被一股扑鼻而来的恶臭熏得半死。这股恶臭夹杂在温暖的空气中，格外熏人。

我下意识地揉了揉鼻子，抬眼朝解剖台上望去。

解剖台上停放着一摊黑乎乎的东西，在门口几乎无法辨认那是一具尸体。直到我们走近解剖台，这才看了个清楚。

可是这一看，我全身都起满了鸡皮疙瘩。

如果仅仅是一副骷髅或者说是一具高度腐败的尸体，我都没觉得有多么可怕，毕竟习惯了，可怕的反倒是眼前这种景象。死者身上有软组织的地方，都已经被毁坏得惨不忍睹，附着在尸体身上的衣服被剪下后，剩下的只有一具赤裸的、半骨半肉的躯体。

尸体的下半身软组织已经基本消失，白森森的腿骨在解剖室无影灯的照射下显得阴森可怖，大腿的一部分肌肉还附着在腿骨上，格外刺眼。尸体的头颅也已经白骨化，黝黑的眼眶里还可以看到残留但已经干瘪的眼球，上下牙列因为没有肌肉组织的固定，无力地张开着，像是在为自己已经陨灭了的生命而呐喊。

颅骨的顶部有一个很大的缺口，显得整个头颅少了三分之一。缺口的周围散布着放射状的骨折线，从缺口处可以窥见死者的颅内脑组织已经完全没有了，缺口周围黏附着被撕裂的硬脑膜碎片。

对于那些野兽来说，尸体大腿的肌肉和脑组织大概是最好的食材吧？

尸体的上肢软组织还保存完好，但是腐败膨胀得比正常人手臂粗了一倍，在灯光的照射下显得黝黑发绿，腐败了的静脉网清晰地印在手臂内侧的皮肤上，像一张粗大的黑绿色的蜘蛛网。尸体背部的软组织依旧保存得完好，但是整个胸腹腔软组织已经基本消失，看似野兽撕咬形成的死后损伤，在胸腹壁两侧清晰可见。尸体已经被解剖过，胸骨已经被取下，像盖子一样盖住了尸体的整个胸腔。右侧胸部软组织还剩下半个乳房，血糊糊地耷拉在胸腔上。腹腔的内脏缺少腹壁软组织和大网膜的保护，乱七八糟地摊在尸体腹腔里，还有一部分肠管挂在尸体的体外。

"原始现场，腹腔脏器就是这样的？"我皱着眉头问道。

"是的。"李法医说道，"现场很恶心，尸体被我们从灌木丛拖出来的时候，尸体被翻过来背朝上了。因为没有腹壁的包裹，整个腹腔里的脏器，尤其是肠管就像从碗里倒出来一样，都掉在外面，我们费了半天劲儿才把脏器捡回来都放回腹腔，然后把整尸装袋拉回来的。"

"你们解剖了吗？"

"都不需要解剖了。"李法医说，"除了开胸以外，腹腔没必要解剖，脏器都露在那里。颅部我们看了看，应该是被野兽咬碎了脑袋，脑组织都没了，也没有开颅的必要了。"

"背部呢？"我说，"也就背部软组织没有被破坏了。"

"背部？"李法医摇了摇头，"这个，我们常规解剖术式里没有背部解剖。再说了，背部也看不出来什么啊。"

"不试试怎么知道看不出来呢？"我想到了上一起伪造成交通事故的案件，说，"常规术式确实不开背部，但是这个尸体没有什么可检验的了，不如先做个背部解剖。说不定还能发现一点儿线索。"

李法医没说话，但是看得出他很不服气。

"这样吧，我们先看背部。"我说完，一边用塑料布裹住已经没有软组织的腹腔，防止腹腔脏器再次被拖拉出来，一边和李法医合力把尸体翻了个个儿，让它呈俯卧位。

后背因为高度腐败加上经受冷冻和化冻，显得湿漉漉的，腐败气泡随处可见。我们小心地切开背部皮肤，分离了斜方肌和背阔肌，突然发现尸体左侧肩胛到右侧肩胛有一道很明显的红杠。

3

我仔细地看了看尸体背部的出血变化，对李法医说："其实很多时候，对于背部的解剖都是能有所发现的。"

"这是什么？"林涛此时已经适应了这种温暖而且恶臭的解剖室环境，走上前来问道。

"这是深层肌肉出血，说明死者生前背后有衬垫，前方有压力，挤压形成的。通俗地说，就是杠出来的伤。只是因为有衣物的衬垫，所以在表皮上没有表现出来罢了。"

"这……也说明不了问题吧？"李法医说。

"你们仔细看，这道出血痕迹非常直，没有弯曲，没有颜色区别，说明衬垫物没有突起。"我说，"这样的痕迹说明死者是背靠在一个有规则棱边的地方，前方受力，被挤压而形成的。"

"嗯，支持你的观点。"林涛说。

"强奸？"李法医说。

"也不一定是强奸。"我纠正道，"死者衣着完整，没有强奸的迹象和依据。在前方掐、扼、控制，不也是施压吗？"

"可是死者没有窒息征象啊。"李法医说。

"没有窒息征象说明死者不是被掐死，但是不能表示她没有被掐。"我在纠正李法医犯的逻辑错误。

李法医耸了耸肩，说："好吧，就算是被掐了，又能说明什么问题？"

"有规则棱边的物件，比如柜子、床、桌子。"我接着说，"这都是室内才有的东西。如果在深山老林里，有的只是不规则的石头。说明死者遭受侵害是在室内，而不是室外的尾随抢劫什么的。"

我觉得这个推测十分重要，死者在室内被人侵害，说明死者和凶手有着某种关系。但是李法医不以为然，他摇了摇头，表示对这样的分析不感兴趣。

背部解剖完，我们把尸体又翻转过来，用纱布擦掉尸体上黏附的血液。

"死因之前有没有搞清楚？"我一边说，一边用纱布擦掉颅骨缺口部位附近的骨膜。

"没有，脏器都没有损伤，能看到的软组织也没有损伤。舌骨没有骨折，窒息征象也不明显。中毒已经排除了，但是有没有致死性疾病不好说，所以，我们没法推断死因。"李法医说，"不过，死因搞不清并不是我们的问题，这样条件的尸体，查不出死因也正常。"

我皱紧了眉头，一边依旧擦着颅骨上的骨膜，一边问道："为什么不能是颅脑损伤致死呢？"

"头皮一点儿也不剩了，脑组织也没了，硬脑膜就剩下碎片，碎片我们也看了，没有附着凝血块，我们没说一定不是颅脑损伤死亡，但是也没有依据判断一定是颅脑损伤死亡。"李法医说。

"为什么没依据？"我指着死者颅骨缺口处的骨折线说，"颅骨有这么大面积的粉碎性骨折，不能导致死亡吗？"

"这条骨折线说明不了什么问题吧？"李法医说，"既然看不出颅骨粉碎性骨折是否有生活反应，那我们认为也有可能是野兽咬开了她的颅骨。"

"有的野兽是可能咬开坚硬的人颅骨。"我说，"但是，这个缺口中心点是在顶部。也就是说着力点在头顶部，头顶部的对应部位是颈部啊！咬合损伤的特点是对侧要有对应的损伤。你说，这种情况，野兽怎么咬？通常看见的被咬裂的颅骨，野兽的上牙列在颅骨的一侧，如额部、枕部、颞部，下牙列在对应的另一侧，这样才可以上下用力。但是如果一侧牙列在顶部，另一侧牙列该放在什么位置呢？该怎么用力呢？"

这个理论听起来很复杂，不容易表达清楚，所以我用左手拳头当颅骨，右手当成野兽的嘴，比画着。

李法医一脸迷茫的表情，似乎没听懂。

我接着指着颅骨缺口周围放射状的骨折线说："另外，这一部分颅骨缺损，应该是粉碎性骨折以后头皮缺失，导致骨片掉落遗失。这里的粉碎性骨折形态是放射性骨折。如果是上下用力地咬裂，怎么会是放射性骨折？放射性骨折通常见于钝物的直接打击，力向周围传导，才会造成放射性骨折。"

这个理论李法医听懂了，表情显得很尴尬。因为尸体的全身多处都有野兽的咬伤，就简单地认为头部的骨折也一定是被野兽咬裂的，这显然是先入为主了。

我见已经基本说服了李法医，就没有继续在这个问题上纠缠，我拿起电动开颅锯，避开颅骨的缺损，绕颅一周锯开了尸体的颅骨，把整个天灵盖拿了下来。因为先入为主，认定了颅内没有异常就图省事儿而不打开颅骨，这显然是违反尸体解剖规范的，我有点生气。

我用放大镜照着被锯开的颅骨断面，看了看，又让林涛拿起一个强光手电，对颅骨的断面进行照射，说："而且，谁说看不出生活反应的？你们看，这里是刚才锯的，骨小梁之间很干净，是白色的。"

说完，我又拿起有一个大缺口的天灵盖，用放大镜照着缺口周围的骨折断面说："再看看这里的骨折线，有强光穿过，就能看到有明显的生活反应。所以，这个顶部的缺口是生前被打击形成的骨折，头皮缺损后，碎骨片掉落。"

"这，这也行？"李法医满头是汗。一开始，他对我们来做命案督导的事很是排斥，感觉自己并没有哪里做得不对，甚至可能还想等我们一顿折腾后看笑话，现在，他显然已经笑不出来了。

"用特殊的光线照射骨折断端，从有没有红晕来判断有没有生活反应，这个方法在几百年前的《洗冤集录》里就记录了。"我说。

"您是说颅脑损伤死亡？"李法医心里已经明白了，只是问出来再确认一下。

"这个推断应该没问题。"我笃定地说道。

"尸体损坏、腐败得确实很厉害，而且你们之前已经检验过了，我们抓紧时间，主要看看胸腔。"我说。

我对接下来的尸检能发现什么线索不抱多少希望，但心里清楚，只有颈部和胸腔是有可能发现线索的。既然凶手曾在死者前方对死者施压，就有可能会留下痕迹。胸腔保存得相对完好一些，希望能有发现。

我沿着原来的缝线打开尸体的胸部皮肤，然后拿掉遮盖胸腔的胸骨，暴露出胸腔，在死者的胸腔内仔细地查看。

死者的胸腔脏器并没有任何损伤，整齐地排列在胸腔内，胸腔内也没有过多的积液或者积血，说明主要脏器和大血管应该都没有问题。我又顺着胸腔往下，在恶臭、凌乱的腹腔里整理腹腔脏器。只要简单看一眼就知道，县局法医的第一次尸检显然并没有仔细地观察腹腔脏器，因为我将位于尸体内侧的肠管翻出来的时候，还能看见肠管上粘着树叶。显然这是尸体在被拖出旱沟的时候，内脏被拖出体外而黏附的，第一次尸检并没有把脏器整理清楚、清洗干净。李法医看到树叶，顿时有些脸红。

不过，我在腹腔剩余的脏器里，也没有发现任何异常。

我又重新切开了死者颈部原切口附近的皮肤，扩大切口后，方便我实施"掏舌头"的解剖方法。我用这种办法整体取出了死者的气管，用手摸了摸舌骨，发现死者的舌骨没有骨折，但是颈部中段的软组织好像有一些出血。这个位置，是甲状软骨的位置。

在颈部受力的案件中，甲状软骨有的时候比舌骨更容易骨折。

我仔细地分离死者甲状软骨附近的软组织，终于把半透明的软骨组织完全暴露了出来。果不其然，甲状软骨的上角有明显骨折。因为骨折附近的软组织内有出血，可以断定这是生前形成的，而不是死后被野兽撕咬形成的。

"甲状软骨上角骨折。"我淡定地说出所见，李法医尴尬地记录着。

"是吧，凶手是用一只手掐住了死者的颈部，将死者固定在一个有规则棱边的物体上，另一只手拿着钝器打击了死者的头部。"我一边比画着，一边开始了现场重建，"这就是凶手杀死死者的整个过程。"

"掐脖子又不是死因，没什么用吧？"李法医虽然已经意识到了自己工作的失误，但仍没转过弯来。

"怎么会没用呢？"我说，"一只手就可以将一个成年人固定住，还能全凭一只手的掌力弄断死者的甲状软骨，这说明什么？"

林涛插话道："说明凶手相对于死者力量悬殊，应该是青壮年男性，对吧？"

我笑着点了点头。

犯罪分子的刻画已经有端倪了。

"另外，腹腔的仔细检验，也是有很重要的线索的。"我接着说，"看看剩下的这半个乳房，是右侧乳房的下一半，乳房下面的皮肤上这么明显的痕迹为啥初次检验没看到？"

林涛和李法医一起凑过头去看，发现乳房下方的软组织有类似疤痕的东西。受到腐败的影响，确实看上去不那么明显。

"是疤痕？"林涛惊喜地问。大家都知道，在尸体上发现疤痕、胎记之类的标志性痕迹，有利于下一步尸源的查找。

"这个，我们初次检验的时候就看到了。"李法医说，"可这个不是疤痕吧，皮肤软组织腐败成这样，不能断定这颜色加深的痕迹就是疤痕，也可能是腐败程度不同造成的色差。再说了，肝脏什么的都被野兽啃食了，基本不剩了，也看不出右侧腹腔少了什么脏器、什么脏器做过手术啊！"

"是，如果是愈合已久的疤痕，形态确实不是这样。"我说，"但是，如果是刚刚形成不久的疤痕呢？会不会和你理解的疤痕不太一样？如果真的是刚刚形成、愈合的手术创口，岂不是对尸源寻找更有帮助？"

"我还是觉得不像。"李法医又用放大镜看了一遍乳房下的痕迹，说道。

我没说话，用两把止血钳继续在腹腔里翻找着，既然初次解剖没有仔细检验腹部，那么很有可能在腹部找到他们没有发现的线索。

功夫不负有心人。

"结合这个看一下呗！"我微笑着举起了我右手的止血钳。

此时，我右手的止血钳上夹着一小段打了结的黑色缝线。我用左臂擦了擦额头上的汗珠，能从黏附有淤泥、杂草、树枝的肠管里找出这么个小玩意儿真是不容易。

显然，林涛和李法医也知道找出一段缝线意味着什么，但他们仍有疑惑，因为前提是这段缝线和死者有必然的关系，才有意义。

"能确定这段缝线是尸体里的吗？"李法医说，"内脏都被啃食得很严重了，为什么恰巧留下了这么一小段缝线？"

我依旧胸有成竹，笑嘻嘻地说："荒山野岭，怎么会有这种专业的缝线？我肯定这是死者生前做过手术所留。结合她右侧乳房下方隐约可见的比较新鲜的手术疤痕，这段缝线也很符合，毕竟它还没有被机体吸收，说明时间也不长。"

"能看出是做过什么手术吗？"李法医追问道。

我用止血钳指了指已经被野兽啃食殆尽的肝脏位置下面，说："从疤痕位置看，胆囊手术的可能性大。所以我就在这个区域重点找了一下，缝线是在胆总管的位置打结的，应该是胆囊切除的手术。"

"胆囊手术是常见手术，不好查吧？"李法医忧虑地说，"虽然乡镇医院还不具备进行胆囊手术的条件，但是县医院每年也有非常多的胆囊手术的病例，总不能把这么多年进行过胆囊手术的人都清理一遍吧？那得多少工作量？更何况，谁知道尸体是不是从外县抛过来的？谁知道她是不是在外地手术的？"

现场的位置，是5个县的交界处。

"我们可以进一步缩小范围。"我沉吟了一下，说，"我们的职责就是尽可能缩小范围，辛苦侦查员们了。"

林涛摩拳擦掌，问："怎么缩小范围？"

我整理了一下思路，说："有三点可以缩小范围。第一，胆囊病发病年龄多是40岁左右，而之前你们通过耻骨联合面，已经推断清楚死者的年龄是27岁左右，这么年轻的女子进行胆囊手术，可能会给主刀医生留下印象。"

我看见李法医在摇头，可能是认为我的这个推断有点儿草率，可能起不到什么效果。

"第二，"我见大家并不服气，接着说，"我们看到的这种缝线，是医院外科手术专用的可吸收缝线，这种缝线可以在手术后一个月内被机体逐渐吸收。也就是说，手术做完后一个多月，在死者体内的缝线应该就被吸收掉了，看不见了。我们现在看见的是一段完整的缝线，虽然已经有明显的被吸收的现象，但是依旧说明死者是在手术后一个月内死的，加上我们推测死者有被藏尸的过程，这个过程也有一个多月的时间，11 月 20 日发现坟堆，那么死者是十月上旬死的，手术就应该是在九月份进行的，九月上中旬的可能性最大！有了明确的手术时间，至少能省去很多的排查工作量吧？"

我自己一边算，一边说，心里也是充满了信心。

"如果是周边 5 个山区县的居民，可能会比较好查，但万一是去大城市开刀的呢？"李法医问。

"我觉得，山区的居民做这么个小手术，没必要跑去大城市排队吧？而且现在都有新农村合作医疗，为了报销，他们也不会去外地。"我说。

"如果只需要查 5 个县医院的就诊记录的话，那范围确实不大。"李法医说。

"而且，咱们再加一码：不需要每个开过胆囊的人都要查。"我说，"这就是我说的第三点，我们可以注意到死者乳房下侧的类似疤痕的东西，结合我们找到的缝线，基本可以断定这就是进行胆囊手术遗留下的疤痕。"

李法医茫然地点点头，不知道我说的这个第三点能有什么突破。

我接着说："咱们都在普外科实习过，胆囊手术的切口能切到这里吗？"

"你是说，医疗事故？切口切错了？"林涛恍然大悟般地说道。

"县医院开胆囊，还能开错位置？"我被林涛逗乐了。

"我觉得应该是胆囊异位。"李法医终于和我想到一块去了。

"英雄所见略同。"我哈哈一笑，说，"很多人存在胆囊异位的现象，这在术前检查不一定能发现。手术中，如果发现胆囊异位，只有扩大手术创口才行。结合我们现在看到的胆管的位置，基本可以断定，死者的胆囊位置比正常人要高一些，所以手术中延长了手术创口。"

"所以，我们只需要在山区的几个县的县医院查找九月份接受胆囊手术，且存在胆囊异位现象的 27 岁左右的女性就可以了！"李法医兴奋地说道。

此时，我的心里很是满足。多闻一些尸臭、多花一些心思，就能让前线的侦查员减少大量的工作量，这也是我们的职责之一吧。

4

前期，仅仅依据尸体上的银镯子和杂牌衣物的品牌来进行排查，难度是非常大的。因为于总队长仍在专案指挥部压阵指挥，派出去的侦查员不敢懈怠，所以我们到达会议室的时候，大部分侦查员还没有从侦查岗位上撤回来。

"6点开会，估计现在侦查员们都在吃饭。"于总队长说，"怎么样，有发现没有？"

我笑着点了点头，说："有发现，估计尸源查找不是问题。等侦查员都到了，我们再详细说。"

"好。"于总队长很高兴，"远抛近埋，范围应该不大。这种处心积虑的匿尸行为可以提示凶手和死者之间有着密切的关系。只要找到尸源，案件就侦破了一半。"

在等候侦查员们来专案指挥部汇报的时间里，林涛一个人坐在会议室的角落，抱着一台笔记本电脑，慢慢地翻看第一现场的照片。毕竟我们是在案发后一个月才来的，已经没有了第一现场，想从第一现场获取信息，只能看照片了。

突然，林涛说："老秦，过来看看，这是什么？"

我跑过去一看，林涛正在把其中的一张现场照片逐渐放大。照片是白雪皑皑的山地，看似一片雪白，什么也没有。

"雪。"我调侃道。

林涛瞪了我一眼，说："雪地里有隐约的痕迹，仔细看。"

我又探头盯着电脑屏幕仔细看，别说，这么放大仔细一看，还真看出了东西。看来林涛的观察力又一次得到了证明，不愧是搞痕检的。

照片里的雪地上，隐约有断断续续的条状的凹陷，凹陷的地面凹凸不平。

"这……这是什么？"我脑子迅速地转着，"难不成是车轮印？"

"对！"林涛见我的意见和他一致，立即来了兴致，"我也觉得是车轮印。车轮压在雪地上，留下痕迹，然后经过大雪的覆盖，基本看不清楚了。虽然肉眼看不清楚，但不代表照片放大后还看不清楚！"

我很高兴，点头说道："这就充分说明了基层所队配备高质量的单反相机的好处。"

林涛对我的发散思维并没有理睬，他接着说："你仔细看，所有的车轮印，都是有两条平行的。从痕迹检验学的角度看，如果是一去一回，很难这么平行，所以……"

"所以是板车！"我抢着说道。

林涛微笑着点头。

我说："是用板车运尸的！"

林涛继续点头。

于总队长听说我们看看照片就发现了一个线索，也过来凑热闹："板车运尸，对案件侦破有没有什么帮助？"

"说明犯罪分子的家里有板车。"我说。

于总队长沉默了。这个推断貌似对案件没有什么帮助，因为山区农村里至少一半的住户家中都有板车。

于总队长愣了好一会儿，又问："车轮印有比对价值吗？"

林涛摇了摇头，说："都被雪盖上了，只能看到个轮廓，就连车轮花纹是什么样的，都没法判断啊。"

于总队长说："那么，目前看，还是寻找尸源比较靠谱。至于板车嘛，可能目前看来对案件侦破没有帮助，但是说不准就有不时之需，或者可能有意外发现。这个，到时候再说吧。"

很快，专案组的人基本到齐了，于总队长急匆匆地要求我赶紧开始介绍我们的尸检发现。

我喝了口水，不紧不慢地说："通过尸体检验，我们首先明确了死因，是颅脑重度损伤导致的死亡。同时我们也推断，凶手是掐扼死者颈部，把死者固定在家具的边缘，然后用钝器打击头部，导致死者死亡。死者死亡后，凶手又将尸体放在家中的院子等场所隐藏。因为距离案发的一个多月前，尸体开始腐败发臭，凶手无法再进行隐藏，于是在一个雪夜，用板车把尸体运送到坟地草率掩埋。雪停后，山里的野兽把没有棺椁的尸体当成了食物。"

我突然想起师父曾说过，要把搜寻证据的思维，放在整个现场重建当中。因为现场重建的一个重要目的，就是按照作案过程来寻找证据。那么，这一起案件，我们把藏尸的过程和死者的死因结合起来看的话……

我灵光一闪，说道："既然死者是被钝器打击头部，头部粉碎性骨折，她的头皮必然有挫裂创。在头部有挫裂创的基础上藏尸……"

"藏尸地点应该有死者的血迹！"林涛掩饰不住内心的喜悦，突然把我要说出来的话给抢着说了。

侦查员们几乎是异口同声一般说了一声"哦",然后在笔记本上唰唰地写着。

我接着说:"对。根据其他条件,我们认为犯罪分子应该是年轻力壮的男性,和死者熟识,家里拥有板车,且他家里的院子应该有可以藏尸的地方,那个地方应该有死者的血迹。"

于总队长说:"干得漂亮!不过,我看了地图,现场位置是五县交界处,虽然有'远抛近埋'的理论,但是距离现场不远的,我算了算,就有几十个村庄。如果现在我们就组织民警挨家挨户搜查,工作量还是相当大的。"

我神秘一笑,说道:"所以,我不主张这样大张旗鼓地搜查。上次我去看现场,发现有不少小路都可以通向现场所在的坟地。而且因为第一现场拍摄的照片很局限,不能推断板车的来去路线,所以我们目前不能肯定凶手到底是哪个村的。如果搜查的动静太大,我觉得很有可能打草惊蛇。到那时候,即便我们知道谁是犯罪分子,还需要花好大警力去追捕,何必呢?"

于总队长点点头表示认可:"可是不搜查,我们从何处下手呢?"

我说:"别着急,我们还有一条路可以走,而且比搜查这条路更便捷。"

听我这么一说,侦查员们都拿起手中的笔,开始记录。

我说:"通过仔细的尸检,我们现在发现了极其重要的线索,有希望在很短的时间内发现尸源。"

于总队长的眼睛亮了起来。

我接着说:"目前确定死者是一名 27 岁左右的女性,家住附近山区——也就是邻近的 5 个县——的可能性很大。死者应该在今年九月左右在这 5 个县的某个县医院进行过胆囊手术,而且手术并不是很顺利,因为手术中医生发现死者的胆囊异位,于是扩大了手术创口。"

侦查员们埋头记录,于总队长忍不住好奇,问道:"这么准确的信息,你们怎么推断的?"

"这个我们会在鉴定书中表述,这里就不一一细说了。"我说,"下一步,我们应该兵分五路,到各县调查病历。因为有了这么明确的指向,我觉得很快就能把尸源找到。"

"好!"秋岭市公安局刑警支队长开始下达命令,"我们开始分为 5 个工作组,一组负责一个县,马上出发,连夜联系当地公安机关请求配合,找到各县医院领导,以最快的速度排查!"

侦查员们纷纷开始收拾笔记本，准备连夜出发。支队长又转头看看李法医，说："我想请问你，为什么这么多的线索，你就发现不了？"

一句话问得李法医满脸通红，埋头不敢正视支队长冷峻的眼神。

我连忙打起了圆场："庸医看头，名医看尾。我们这次的发现，其实是建立在初次解剖的基础之上的。"

于总队长不愿纠缠于这些毫无意义的指责当中，说："没任务的赶紧回去睡觉，说不准明天会更辛苦。"

回到宾馆，我在笔记本上把今天的工作一字一句地记录下来，通过这一天的工作，自己实在长进不少。看来，有的时候赶鸭子上架，对鸭子是一件好事。

夜里12点，手机响起了短信的铃声。我拿起手机一看，是于总队长发来的："很顺利，尸源已找到，目前工作组正在去她家的路上，赶紧睡觉，明天咱们要破案。"

推断精确了，范围就最大限度缩小了。仅仅6个小时的时间，我们就找到了看似不可能找到的尸源，我兴奋的心情无以言表。我躺在床上，辗转反侧，无法入眠。看来，我是可以顺利回家过元旦了。

第二天早上8点，于总队长带着我和林涛准时坐在了专案组的会议圆桌前。

前来报告的是其中一组的3名侦查员，从黑黑的眼圈可以看出，他们彻夜未眠。

"调查很顺利。"主办侦查员说道，"根据省厅专家的推断，我们昨晚11点30分在邻县秋蓬县查找到了符合条件的胆囊结石患者孙丽梅，于今天凌晨2点赶到了孙丽梅家。孙丽梅，28岁，住在秋蓬县境内的丰收村，已经结婚，家里有个2岁的女儿。她的丈夫常年在外打工，孩子是由孙丽梅的婆婆带着。据孙丽梅的婆婆反映，孙丽梅近两年因为丈夫长期不在家，和邻村的一名男子走得比较近。这个男子所在的峰梁村，也是我们县的，和现场所在的秋景村距离7公里。"

一听见这个消息，我感觉热血沸腾，破案在即了。

主办侦查员接着汇报："孙丽梅是9月11日去秋蓬县医院进行的胆囊手术，因为孙丽梅的婆婆要照顾小孩，所以孙丽梅找了她所谓的表哥——其实就是这名峰梁村的村民照顾她。出院后，孙丽梅就去向不明了。一直到现在都三个多月了，一直处于失联状态。不过，她的夫妻关系很差，家里人居然没有报警，也没有寻找。"

"这个男的是什么情况？"我皱起眉头，追问道。

"这名男子叫郭三。有一个比较大的茶园，因为他的茶园位置好，茶叶产量高、质量好，所以经济条件在峰梁村数一数二。我们没敢惊动这个郭三，通过侧面了解，这几个月里，郭三除了去医院照顾过孙丽梅几天，他和妻子林玉兰几乎没有离家。所以我觉得郭三作案的可能性不是很大。"

"为什么可能性不大？"

"因为这个郭三对孙丽梅很大方，据说医药费都是郭三出的，所以不会是债、仇的原因杀人。因为情的可能性就更小了。据你们分析，死者应该是手术后一个月内死亡的，也就是十月份中旬左右。从国庆节至十一月，林玉兰一直在家，而孙丽梅是 9 月 20 日出院的。既然是在室内行凶，郭三能把孙丽梅带到哪里去？他在外面没有住处，要是带走只能带去自己家。那，林玉兰能忍？"

我说："我们不能想当然啊，什么样的人都有，万一这个林玉兰就是能纵容她丈夫把情人带回家呢？"

侦查员点点头。

"不管怎么说，这个郭三有重大犯罪嫌疑。"我说，"我觉得可以先把人抓回来，同时讯问林玉兰。给林涛腾出一个空房子，让他好好搜搜。"

第一次亲历抓捕嫌疑人的场面，我显得很不适应。当我看见 3 名侦查员把正在院子里拨弄茶叶的郭三狠狠地摁在地上戴上手铐时，我竟然对这个像小鸡一样伏在地上的郭三动了恻隐之心。林玉兰在一旁哭喊着，听不清楚她在说些什么。

一名女警走上前架住林玉兰，说："一起去公安局吧，了解些情况。"

郭三夫妇被侦查员塞进车里的同时，拿着搜查证的林涛走进了郭三家的院子。

一开始，我还在纠结自己是应该去听审讯，还是应该配合林涛搜查郭三住处，毕竟审讯更容易获得谜底。不过，考虑到林涛一到山区里，就会情不自禁地害怕，我决定还是陪着他吧。

我环视一圈院子，就看见院子的一角放着一架板车。这架板车立即引起了我浓厚的兴趣。我迫不及待地戴上口罩、帽子和手套，走到板车旁仔细地查看。林涛则被院子另一角的柴火堆吸引，绕着柴火堆慢慢地挪着步子，时不时用多波段光源照射柴火堆的内部。

这是一架再普通不过的板车了，看起来至少有十几年的历史。我戴着手套在板车的车面上轻轻地滑动，突然仿佛一个硬物钩住了我右手的纱布手套。我慢慢地把手套从硬物上分离，定睛一看，原来在板车车面中段有一根突出的铁钉。大概是怕铁钉伤人，铁钉的尖端已经被砸弯，在板车的车面形成了一个稍稍突起的铁钩。

我拿过强光手电打着侧光，然后用放大镜对着这铁钩仔细看，很快，在铁钩的底部发现了重要物证——几根绿色的毛线。

我的脑海里立即浮现出前天我们对死者衣物进行检查的情景。当时我们发现死者穿在最外面的绿色线衫的后背有一处破口，破口的周围黏附着铁锈。如果在显微镜下，这几根绿色的毛线和死者的线衫可以认定同一，那么这个板车应该就是运尸用的板车。

"林涛！"我兴奋地叫了起来，"这里有和死者衣物相似的衣物纤维，和死者背后的衣物破口对得上！"

我抬头看了一眼，并没有看见林涛。这小子又在干啥？我压抑着内心的激动，让跟随我们一起来的技术员对这一处微量物证进行拍照、录像，又小心翼翼地用镊子把它们夹进了一个透明的塑料物证袋。物证检验是证据需要，但是从破案的角度看，我已经胸有成竹了。

做好这一切，我绕到柴火堆旁边找林涛。

林涛此时正蹲在柴火堆后侧，身边敞开着一只现场勘查箱。他的手上拿着一张滤纸，正在柴火堆后面的地面上擦蹭。

"嘿！"我拍了一下林涛，他顿时吓得跳了起来。

"人吓人吓死人知道不？"林涛瞪了我一眼。

"你是兔子吗？胆儿那么小，人也怕？"

"毕竟这里是死过人的地方！"林涛继续用滤纸在地面上擦蹭。

我走近一看，原来柴火堆后侧的地面上仿佛有一片黑黝黝的痕迹，这一块地面像是被深色的液体深深地浸染过。之前我在专案会上推断过：尸体有被藏匿的过程，而且藏尸的地点不在室内，更重要的是藏尸的地点应该有死者的血迹。

居然真的被我说中了。

我哈哈一笑，说："这……这是血吗？你怎么连法医的活儿也干？"

"血迹分析是法医和痕检两个专业共同进行的，谁说只有你们法医分析血迹？"林涛说完，拿起被蹭得漆黑的滤纸，用物证箱里的联苯胺试剂往滤纸的中央滴了两滴，转过身来举着滤纸笑着说，"老秦你看，呈阳性！"

既然确定了这片痕迹真的是血，这就更加坚定了我们的信心，林涛兴奋地说："提取吧，DNA认定同一，加上你发现的证据，这就是铁案！"

我和林涛哼着小曲回到了专案组，向于总队长汇报完我们的重大发现后，于总队长长舒了一口气，伸了个懒腰，说："估计明天我们就能打道回府了！"

我们发现的证据，虽然还没有进行完相关的检验鉴定工作，但是足以作为压垮嫌疑人心理防线的大石。

负责审讯的主办侦查员记录好我们的最新发现之后，拿着物证的照片，兴高采烈地向办案区走去。

于总队长带着我们，在会议室静候佳音。

"下派锻炼，很惬意吧？"于总队长说。

"还行，能学到不少东西。"我说。

"你倒是惬意了，你师父抓狂了。"于总队长哈哈一笑，说，"厅里对命案侦破的要求很高，全省这么大，他一个人无论如何也跑不过来。所以我这次来，还有一个任务，就是把你带回去。"

"带回去？"我惊讶地瞪大了眼睛，于总队长居然在来的时候没有告诉我。

于总队长似乎看透了我的心思，说："之前不说，是因为怕你归心似箭，影响办案。"

确实，被于总队长这么一说，无论基层工作有多锻炼人，此时我也忍不住想念铃铛和师父了。

不一会儿，主办侦查员就推开门跑了进来："报告领导，招了。"

有了我们提取到的关键证据，凶手的供认不过是时间问题，所以于总队长听见这个喜讯后很淡定地笑着说："别着急，坐下，喝杯水，慢慢说。"

主办侦查员坐了下来，把审讯得来的信息告诉我们。

因为案件事发已久，郭三和林玉兰显然已经达成了攻守同盟。在刚刚开始对他们讯问的时候，他们一直是一副一问三不知的模样。

正是因为我和林涛在现场找到的两个撒手锏，让林玉兰最先招了，这下郭三也就没有了抵抗的意义。

原来，郭三和孙丽梅从前年开始就有了奸情，但是两个人行为隐蔽，并没有旁人知晓。去年开始，郭三的茶叶生意越来越红火，生活条件也越来越好，郭三也越来越放肆。他首先和林玉兰摊了牌，告诉了她自己和孙丽梅的关系，强迫林玉兰接受他们的奸情。

也就是说，郭三是在利用自己的经济实力作为砝码，做起了两妻共侍一夫的美梦。

没想到，这个无耻的要求居然被懦弱的林玉兰接受了。以林玉兰的说法，一来是为了孩子，二来是为了安稳的生活。可是，这种退让真的能换来安稳的生活吗？

孙丽梅做手术后，郭三便把她接到自己家进行调养。其间，为了让郭三满意，林玉兰做牛做马一样伺候着孙丽梅。而孙丽梅在身体康复以后，却忘恩负义地提出要求，逼迫郭三和林玉兰离婚，想要独占郭三。被郭三拒绝后，她便提出了要分郭三一份财产的要求，不然就把他们的奸情曝光。

十月份的一天，郭三又和孙丽梅因为此事发生了争吵。林玉兰出于好心，在中间斡旋、劝架。可是在她阻拦孙丽梅的时候，被孙丽梅一把推倒。此时的郭三自认为是良心发现，他回想起林玉兰精心伺候孙丽梅的情景，认为这个孙丽梅就是个恩将仇报的恶人。于是他勃然大怒，将孙丽梅摁在床边，一边掐住了她的脖子，一边顺手从床下拿出一把铁锤将孙丽梅打死。

打死孙丽梅后，郭三夫妇慌了神。他们商量了诸多对策，却一直不知道该怎么处理尸体。起初，他们以为尸体在冬天不会腐败，就把孙丽梅的尸体藏在院子里的柴火堆后面。可是没有想到，即便天气逐渐转凉，尸体还是会腐败发臭。他们怕事情败露，在一个大雪的夜晚，不得已冒险将尸体用板车拉去坟地掩埋。

后来他们听别的村民说了秋景村"坟堆里尸体无故消失"的传说，也是吓得要死，每天晚上都紧紧相依、瑟瑟发抖、难以入眠。直到后来又传言说尸体又出现了，但已经被野兽毁了，他们开始有了侥幸心理，认为所有的证据都已经消失殆尽了，即便是警察找上门来，只要坚定攻守同盟，总是能糊弄过关的。

谁能想到如今夫妻双双进监狱，春节即将要来了，他们的孩子从今往后再也吃不上一顿完整的团圆饭了，好不容易发展起来的茶园，还能熬过这个冬天吗？

案子顺利地破了，我们心情大好地返回省城。

回去的路上，林涛拍了拍我的肩膀，说："今天你回龙番，铃铛肯定要做一桌子好菜给你接风吧？我不管，我要去蹭饭。"

"没见过这么执着要当电灯泡的。行啊，刚才铃铛给我发信息说今晚打火锅，这样甭管我们几点到，菜都是热腾腾的。"我打了个哈欠，"待会陪我再去买点菜吧，今晚我们好好叙叙旧。"

"啊，可是我不会挑菜，我就没去过菜市场。"

　　"很简单的，我们法医可是挑菜一把好手，兄弟我教你几招。"我一说起吃的，就困意全无，"买猪肉呢，不能选有尸斑的；买鱼呢，要看它们的角膜混不混浊；买牛肉呢，要挑那些会自己抽动的肉，超生反应说明够新鲜嘛；还有啊……"

　　"老秦你可别说了，我的食欲都快被你恶心没了……我看你就是故意的，哦！怪不得铃铛姐那么瘦，你却日渐圆润。"林涛推我一把，打断了我的"施法"。

　　"这叫幸福肥，唉，单身狗不懂也很正常。"我反撑道，"反正这些贤惠的技能你先学着，将来也不知道哪家的小姑娘会跟了你，技多不压身嘛。"

法医秦明

VOICE OF THE DEAD

| 第八案 |

清明花祭

——

最孤独的人最亲切，

最难过的人笑得最灿烂。

——

《素媛》

1

过完元旦，就进入新的一年了。

我的生日是 1 月 10 日，从小就有很多父亲的同事戏称我天生是干警察的命。

而这一年的生日，我记忆犹新，因为我收到了一份特别的生日礼物。

一大早，师父就把我叫到了办公室。

"今天你过生日对吧？给你个礼物。"师父拉开抽屉，拿出一个信封，扔给了我。

"这，直接给现金不好吧？违不违反纪律？"我嬉皮笑脸地接过了沉甸甸的信封。

"你想得美。"师父瞪了我一眼，说，"我的私房钱都偷偷给我上大学的女儿了。"

我撑开信封口，从里面拿出一个绿色封皮的小本子，心中一喜。

专业技术任职资格证书！真的是它！

我用颤抖的手，翻开了小本子的第一页，两枚红色的印章跃然眼前："中华人民共和国人力资源和社会保障部"和"中华人民共和国公安部"。

第二页，是我一张愣愣的大头照，旁边的资格级别一栏，印着"主检法医师"。

"这，这是真的？"我激动得甚至有些语无伦次了，手也在颤抖着。

"废话，难不成是我去天桥底下办的假证？"师父还是一副喜欢说冷笑话的模样。

"这，这么快吗？"我不敢相信我的眼睛。

"是啊，你本身就是双学士学位，办案又多，所以在资格评审的时候，提前了半年。"师父说，"从此以后，你就不要跟着我了，你可以独当一面了。听于总队长说你上个案子办得漂亮，但这是法医的分内事，没什么值得可吹嘘的。况且一个案子办好了，并不代表你可以驾驭所有的案件。我希望在今后的日子里，你还是要戒骄戒躁，谨慎对待每一起案件。毕竟，我们这个职业，是不容犯错的！你要记住，就像你和林涛玩的那个什么游戏一样，满级了只是游戏的开始；而获得职称只是证明你具备了工作的能力，我要看见的是，你能拿到那个——"

师父居然知道我和林涛一起在玩《魔兽世界》，他还真是消息灵通。我顺着师父的手的指向看去，那里挂着师父只有参加重要场合才会穿的一件警察常服，上面挂满了功勋章。

功勋章，师父指的是它们。

"知道了，我会拿到的。"我把职称证书像宝贝一样藏进了自己衣服的内口袋，说，"以后，我就一个人出现场了？"

"现在命案确实少了很多，但是上级对破案率的要求，以及对已破命案的证据链要求是越来越严格了。"师父说，"以前，我们可能经常跑的都是特大、疑难的命案现场，而现在只要是可能存在证据缺陷的小命案，都需要我们支援指导，那些看起来不是一目了然就可以侦破的命案，也要支援指导。所以，我们的工作量反而增加了。"

"所以我得一个人跑现场了？"我再次问道。

"你们法医科，我分了几个组。"师父说，"你就率领勘查一组，做组长，其他专业的，你可以自己挑。"

"林涛。"我说。

"好，你和林涛，还有大宝，组成目前的勘查一组。"师父说。

"大宝？"我愣了一下，说，"您是说青乡的李大宝？"

在师父的微笑当中，李大宝不知道从哪里走进了师父的办公室，热情地冲我来了一个拥抱。

大宝是个戴黑框眼镜的男人，比我岁数大一点儿，个子高一点儿，但也更显得肉乎乎一点儿。他是青乡市公安局青乡分局刑警大队技术中队的副中队长。在以前的办案中，我们早就合作过。在我的印象中，大宝有些木木的，反应不快，还经常会闹一些笑话。他那无论一紧张、一激动、一着急就会发红的鼻头，给我的印象最深了。但是他干起活儿来，那可是任劳任怨。尤其是解剖技术，我也甘拜下风。

勘查一组刚成立，师父就为我找来了这么强劲的队友，我高兴得把大宝搂得死死的。

"哎哟哟，别太用力，别太用力。"大宝不好意思地推拒道，"刚吃过，胃还满着呢。"

青乡是座人口密集的城市，虽然命案发案数不低，但是命案侦破数量在全省领跑。师父看中了青乡市的法医工作成绩，决定再为青乡培养出一名可以肩扛重任的骨干，于是师父把大宝从青乡调来省厅，一来是可以对他进行为期一年的以师带徒培训，二来也是给新组建的勘查一组注入有生力量。大家取长补短，才能把工作做好。

很快，大宝就融入了我们的日常工作。

法医之所以能够在又苦又累的工作岗位上乐此不疲，多半是因为法医们沉浸在参与命案侦破的挑战性和成就感中。大宝也不例外，他来厅里两个多月，原本以为会每天出现场出个不停，可是没想到这两个月却出奇的平静。每天不是写不完的行政文件，就是查不完的信访案件，要么就是令人头痛的伤情鉴定。

眼看着油菜花都要盛开了，还是没有接到一起命案指令。这样一来，大宝开始有些不耐烦了，只要一闲下来，就坐立不安、踱来踱去。

这天一大早，我7点半抵达办公室的时候，大宝又开始办公室里转来转去了。

"你就不能消停点吗？"我对大宝说。

"我就一年的时间！不能都浪费在办理信访案件上吧？"大宝摸了摸红红的鼻头，说，"总要来几个大案子给我磨炼下！"

"你也别着急，师父说了，只要你愿意，一年时间到了，你可以申请延期。其实处置信访案件也能磨炼意志、锻炼能力。"我说，"我刚参加工作的时候，全科的信访案件都是我一个人包圆儿了。"

"那也不行。"大宝说，"你见过只吃过青菜的灰太狼吗？"

"灰太狼本来不就只能吃得到青菜吗？"林涛一边在电脑上比对着一枚基层送检的盗窃案件的足迹，一边说道。

"我们省治安情况很稳定的，各地刑侦力量又在不断增强，不太可能有那么密集的案件需要我们支援。"我说。

杀死两人以上的恶性案件在我们省本来就比较少见，按照平时的情况，一年顶多碰见个一两起。即便是发生了，也都很快通过侦查工作破获了，需要省厅法医参与的疑难重大案件着实少见。

"就是没有大案子，疑难的也行啊，这信访案件没挑战性啊。"大宝意识到自己的说法欠妥，又低下头无奈地说，"不过挺矛盾的，发了案就等于又死了人，还是于心不忍，人间太平比什么都好。"

我点了点头，说："是啊，我们失业了才好。"

我转头看了看窗外，阳光明媚。

因为出生在冬季，我也有一个叫冬子的小名，仿佛我和冬天有着不解之缘。可是天生畏寒的我最讨厌的就是冬天，每年冬去春来、迎春花开的季节就是我心情最好的时节。有人说，省城没有春秋两季，过完了瑟瑟寒冬，就会迎来炎炎夏日，唯一能够体会到春风拂面的时节，就是三月末四月初，清明节前夕。如果这时候去踏青，眺望漫山遍野盛开的油菜花，是何等惬意之事！

可惜，我读了 7 年大学，出游的计划一直只是个梦想；参加工作后的这几年，周末都没有休息过几次，更不要说是清明节假期了。此时我看着窗外的阳光，心想着要不这个周末和铃铛一起去看看油菜花？作为经常出差、随叫随走的省厅法医，我们离开龙番都要办理复杂的请销假手续，不知道我的这个想法，师父能否批准呢？

美梦还没开始做，就被一阵催命似的电话铃声给打破了，我清楚地听到，是桌子上那台指令电话响了起来。

大宝倒像是中了彩票似的猛然间跳了起来，第一时间拿起了电话的听筒。

接完电话后，大宝兴奋地说："走吧，师父打来的，说是临近省城的石培县发生命案，石培县公安局领导向省厅法医部门提出了技术支援申请。"

石培县的油菜花蛮出名的，每年这个季节都会有不少人去石培县观赏油菜花，尤其是那些摄影发烧友，更是石培县的常客。这个季节去石培县出差，从形式上来看，和我梦想中的"踏青"其实差别不大。问题是，我一想到那么清新唯美的地方是和林涛、大宝俩男的去，而不是和铃铛一起去，立即感到索然无味了。

大宝倒是欢呼雀跃，甚至整理勘查箱的时候，都在哼着小调。我都被他逗乐了，不管是谁看到他这样，都会以为是要放假了，可哪知道，其实是要开始工作了呢。

"你就这么喜欢出现场？"我说道。

"出勘现场，不长痔疮！耶！"大宝比画了一个"V"字，丝毫不掩饰他内心的激动。

虽然每年一大半时间都在出差，但是师父的宗旨是对基层的邀请有求必应。师父说了，虽然我们的能力、时间有限，但是我们应该尽自己的力量，尽可能多地办案，为了基层法医工作，为了打击犯罪，更为了保护百姓。开始听师父这么说，还觉得有点儿太大太空，可做法医久了，我才慢慢发现，其实我们一直都在默默地践行这些大道理。尤其是今天在大宝身上看到的那股兴奋劲儿，真是完美诠释了师父的宗旨。在外人看来格外冷静甚至很酷的法医们，内心其实充满热血与正气，也正是因为那份无法抗拒的责任感，无论多困倦多繁忙，我们都能随时接受召唤，赶赴现场。我们就是这样无怨无悔地实现着自己的人生价值。

时间紧迫，我们赶紧收拾好勘查装备，三步并作两步跑到楼下，坐上了赶往石培县的警车。警车上，我迫不及待地追问大宝关于本案的情况，期待能在到达现场之前掌握一些信息，好有些心理准备并制订下一步工作的计划。

"师父下达的指令，我没来得及细问情节。"大宝呆呆地盯着我，说，"当时太兴奋了，没管那么多。反正师父只有一句话，石河内发现一具尸体，初步判定是他杀。因为尸体是在县城的繁华地段发现的，所以社会影响很大，总队长要求尽快破案。"

"没了？"我失望地问道，"就这么点儿信息？"

"没了。"大宝挠了挠脑袋，说，"哦，对了，师父还说了，为了保险起见，民警已经保护了现场，等我们过去再开始打捞尸体。"

"那尸体还不被水冲走了？"我很诧异当地的这种荒唐决定。

"显然是冲不走，能冲走还不捞，你当人家傻啊？"林涛扑哧一声笑了起来。

我沉默了，但心里还是隐隐担心。第一现场的原始状况固然重要，但是为了等我们，导致尸体位置改变或者尸体受到损坏，那可就得不偿失了。

虽然我们是在早晨8点的城内车流高峰时期出发的，但因为石培县和省城很近，所以我们在1个小时后，就到达了位于石培县县城中心的现场。

此时是上午9点，街上的行人很多，现场是石培县的城中公园，算是整个县城里最繁华的地带了，所以我们远远就看见了黑压压的一大片围观群众，都在那儿踮脚翘首、议论纷纷。负责现场保护的民警正在努力阻止群众和记者跨入警戒带。

我们在现场外围停好了警车，戴着现场勘查证件，拎着勘查箱，在一片"法医来了"的议论声中，走进了警戒带。

拥有20万人口的石培县，是一座山清水秀的县城。石河自西向东横穿了整座县城，在城中央穿过的那一段小河周围，政府沿着小河修葺了一个小公园。整条石河的上面，横跨着十多座石桥，为这座县城增添了几分古色古香的美丽。石河公园中的这座小桥是最长的，也是最古老的一座了，叫作石元桥。石元桥的两岸是错落有致的店铺门面，毕竟是在县城最繁华的地段，所以整天都是热热闹闹的。石元桥下，是小河最宽、最深的部分。这个季节这一段石河的水有两米多深，水质还算清澈，但要想细看水中的物体不太可能。

尸体被发现的位置，就是在石元桥的附近。早晨6点，某家门面的店主到石河打水洗拖布的时候，看见水中仿佛有什么物体在浮浮沉沉。这时候，天还没有大亮，这个店主在昏暗的河边脑补出各种可怕的场面，甚至起了一身鸡皮疙瘩。他二话没说，立即打了电话报了警。等辖区派出所民警赶到现场，用强光手电向那个"物体"一照射，立即就分辨出，水中漂浮着的是一具穿着碎花连衣裙的尸体。

我们几个人站在桥上向水里望去，隐约看见尸体在水流的冲击下仍在浮浮沉沉，碎花衣裙在尸体的周围散开，像是墓地里环绕的鲜花，哀悼着死者的不幸。

"水流不是很慢，为什么尸体没有继续往下漂？"我心里明白，首先要问清楚石河的情况。

"这是中心桥，桥下有天然形成的屏障。"穿着高帮胶鞋、戴着橡胶手套准备下河打捞尸体的石培县公安局桂法医说道。

"天然屏障？"我很是好奇，"什么屏障？"

"就是河床下的青石，这里的青石呈斜坡状，最高的地方离水面只有不到 30cm，因为这个屏障不影响水流，还可以过滤一些垃圾，方便清理，所以也没有人去改造。很多年了，一直都这样，一般上游流下来的一些大物件，在这里都会被拦截。"

"哦，因为水面高度没有超过尸体的厚度，所以尸体就被拦截在这个位置了。"大宝恍然大悟，"可是，这个季节，尸体上浮要三四天吧？"

我摇了摇头，说："不会。这里的青石是坡状的，所以我们看到的尸体不是浮上来的，而是搁浅的。"

我和大宝其实都是第一时间关注尸体上浮的状态，这是作为法医的一个习惯性思维。因为尸体的上浮，牵涉死亡时间的推断。如果尸体只是搁浅，而不是上浮，那么这可能就是一具新鲜尸体了。

于是，我接着说："这里地处县城中心，人员密集，白天时时刻刻都会有人经过石桥。如果尸体是昨天下午漂到这个浅滩，花裙子那么显眼，那么肯定就会被群众第一时间发现。既然是清晨被发现的，那说明尸体应该是昨天夜间漂过来的。如果死者是死后立即入水或者本身就是入水溺死，据我所知，石河也不长，石河的水流还这么快，那么就证明死亡时间也不会很长。"

"我们可以下去看看吗？"我见桂法医已经准备下水了，于是向四周看了看，希望能够寻找到下水的护具。天气虽然已经暖和了，但是这个季节卷裤脚下水，还是挺冷的。

"可以，这里的水很浅。"桂法医说，"不过青石上很滑，要小心，这里经常会发生小孩下水玩耍，滑落深水溺死的事故。"

"乌鸦嘴。"我笑着看了看桂法医，心想：桂法医简直和师父一个说话风格。我从县局勘查车上找到两双长筒胶靴，一双自己穿上，另一双递给了大宝。既然现场还是原始状态，那么我们就要义无反顾地下水探一探。

2

没有想到桂法医说得一点儿也不错，青石上真的很滑，我刚下水就摔了一跤。好在岸边水浅，我又刚好用手支撑住了水下的青石，所幸只是湿了衣裤。天气已经暖和了，但是冰凉的河水还是刺激得我打了一个激灵。我拍了拍大腿上的泥沙，继续向尸体附近挪步。

走到尸体旁边，才发现尸体果真是被这块青石拦截在西边，一浮一沉的，就是没能越过青石屏障。

我小心地探过身子，抓住尸体的右手。这是一只纤细但僵硬的手，看来尸僵已经完全在小关节形成了。尸体的手指弯曲着，指甲不断地刮擦我戴着橡胶手套的手掌，我心里一阵阵发毛。

站在滑溜溜的青石上，我和桂法医都很难使上力气，费了九牛二虎之力，才借助河水的浮力，将尸体拖到了岸边，然后与岸上的派出所民警合力将尸体抬上了岸。

岸边有大量的围观群众，在我们把尸体拖上来的那一刻，"嗡"的一声，就像是一道炸雷在人群中炸响，大家议论纷纷。

为了保护死者的隐私，我们几个人围在尸体旁边，让派出所民警将警戒带的范围扩大。等人群被民警们一步步逼得更远了，我们才蹲下来观察尸体。

这是一个很年轻的死者，看上去也就十几二十岁。她皮肤白皙，下巴尖尖的，一双大眼睛无力地瞪着天空，仿佛死前充满了对未知的恐惧，身穿一件线衫和一条浅蓝色的薄牛仔裤，外面套着一条碎花连衣裙。

我努力想活动死者的上下颌关节，看看死者的牙齿，期望能初步判断死者的年龄。可是尸体的尸僵已经形成得很坚固，下颌关节完全没有能活动的迹象。

"牙齿也看不了，年龄暂时也没法判断啊。"我说，"看这面容和穿着，应该是学生吧？"

"如果是本县的学生,那就比较好找了。"林涛说,"很快就会有学校报到派出所那里。"

"嗯,不着急,还是先把现场勘查做完。"我说。

"不过,这显然不是杀人现场,有什么好勘查的?"林涛说。

"那也得勘查。"大宝从尸体旁边站起身来,又重新走到了水里。

"通过尸体检验寻找尸源,是没有办法的办法。"我趴在桥上,往下方的水面仔细地巡视着,"最好是能通过现场勘查,直接找到尸源。如果不能,才考虑通过尸体检验推断一些寻找尸源的依据。"

"可是怎么通过现场勘查确定尸源呢?靠衣着吗?"林涛依旧在端详着这个因为尸僵而显得姿势有些奇怪的尸体。

"尸体可能会有随身物品呗,比如说,身上带着身份证,这是最好的办法。"我说,"不过,这个死者的口袋里倒是什么都没有,现在就寄希望于她带着其他的随身物品,被水流冲击后,正好也在这个浅水面搁浅。"

"嘿!嘿!"站在水里的大宝,此时正戴着一副长胶皮手套,在水里摸着,说,"我抓到东西了!抓到了!"

我和林涛的目光立即被大宝吸引了,我们看见大宝直起了腰,手里居然拿着一个书包!

可能是因为大家的注意力都被尸体吸引了,没有注意到其他东西。加之书包比较沉重,没有浮在水面上,而是被水底的青石拦截在了水流中,所以我们刚才下了一遍水,居然都没有发现它。

"真的是个学生呢。"林涛从桥上跑下去,伸出一只手,拽大宝上岸。

粉红色的书包已经全部湿透了,书包包面上的美少女战士还沾着几根水草。书包看上去很陈旧了,包角过度磨损,露出了白色的纤维,毛毛糙糙的。书包背带的根部,还有缝合的痕迹。

看上去,这个女孩的家境不是很好。

发现死者的随身物品,这对现场勘查员来说实在是一件好事。每起案件的现场勘查,勘查员都期盼能发现类似身份证、名片、手机什么的关键物证。通过这些物证能够较快地确定尸源,也就能为接下来的尸体检验工作省去很多麻烦事,加快案件侦破的速度。

大宝打捞上来的书包便是这样一件"神器",包里放着一张被浸湿的学生卡,学生卡上贴着死者生前的照片，照片旁边，分别有学校、班级和姓名栏，每一栏都写得一清二楚：石培县一中高三（1）班，马小兰。

对比照片看，死者正是这个马小兰，一个高三女生。

"去找人吧。"我对身边的辖区民警说完，又转头对大宝说，"现场人越来越多了，我们尽快开始现场尸表检验吧。"

说完，我的脑海里已经开始规划好了检验的流程。

第一步，就是得明确死者的死亡方式。水中尸体，第一要务就是明确死者是生前溺死还是死后抛尸入水。如果是后者，基本可以断定这是一起命案了。

我翻看了死者的眼睑，又用棉签探查了一下死者的鼻腔内部，说："眼睑球结合膜出血点很明显，窒息死亡的可能性大。不过，口鼻腔没有蕈状泡沫，双手干净，没有水草泥沙，鼻腔内探查也没有发现泥沙，溺死的可能性不大，看来像是死后抛尸入水的。"

"确实，这条河里，每年都会溺死人，但大多是光屁股下河摸鱼的小孩。"桂法医说，"这么衣着整齐地落水，多半都是命案。"

听桂法医这么一说，我的目光又转向了死者的衣着状态。死者是个年轻女性，也确实如桂法医说的一样，死者的衣着非常整齐，那么就不像是一起性侵案件了。为了确信这个推断，我又观察了死者外面的碎花连衣裙的衣缝。这条裙子质量不好，如果有被暴力撕扯的过程，应该很容易就被扯碎了。可是，马小兰的衣服没有任何毁坏的痕迹，她的腰带是完整扣好的，鞋子也好好地穿在脚上。

"看来不像强奸，学生又没什么钱，也不会是抢劫，难不成这个高三女生是和谁有仇吗？"我疑惑地摇了摇头，从目前的情况看，很难对案件的性质有一个初步的认识。

此时，大宝正把尸体的连衣裙和线衫往上掀起来，观察死者的背部尸斑。

我则测试了一下尸体的尸僵，发现每个小关节都已经形成。尸僵是在死后2小时就可以在尸体上出现的，由大关节到小关节逐步形成，在死后12至15个小时达到最硬，死后24至48个小时开始缓解。根据我的经验来看，目前死者的尸僵情况，已经即将达到最硬了。结合死者的角膜混浊情况等尸体现象，我在心里已经对死者的死亡时间做出了一个初步的判断：死者是昨天晚上8点前后死亡的。

"尸斑，似乎看不清。"大宝一边嘟囔着，一边不停地翻动着尸体。

"等等。"我突然眼睛一亮，让大宝停下了动作，说，"死者的衣着从外面看，似乎相当整齐，不过，这不代表不是强奸案件。大宝，你看看死者的文胸。"

作为痕检员的林涛早已养成了先拍照、后观察的习惯，他走过来先是举起相机咔嚓咔嚓一顿拍摄，然后蹲下来顺着我的手指看死者的文胸。

死者的文胸下边缘是弧形的钢圈，而钢圈此时略向上蜷曲，是处于一种翻卷的形态的。正常情况下，这样穿衣服，是会十分难受和别扭的。

大宝倒是不以为然，说："这个不能作为依据吧！可能是水流冲击形成的，也可能是打捞的时候弄的。"

我摇了摇头，说："水流冲击解释不了，线衫都没有向上翻卷，里面的内衣怎么会翻卷？打捞也不太可能，尸体是你打捞的，你弄的？"

"没……没……"大宝鼻头突然发红，连连摆手。

"总之是有疑点的。"我没有笑话大宝的窘态，皱起眉头说，"不管怎么说，为了避免痕迹物证的遗失，现场就不要脱衣服进行尸表检验了，回解剖室再慢慢检验。"

"哦，好的。"大宝把死者的线衫和裙子重新翻转了下来。

现场没有对尸体进行详细的尸表检验，但是刚才随着大宝翻动尸体，我浏览了一遍尸体的状态。死者除了双手手腕可以隐约看到皮下出血以外，其他部位并没有明显的损伤。不过，死者口唇、指甲的青紫程度告诉我，她的窒息征象是非常明显的。

我协助大宝麻利地把尸体装进了尸体袋，把拉链拉好，这才直起腰，沿着河朝西头望去，问道："上游是什么地方？"

桂法医用手肘戳了戳身边的一个黑壮汉子，说："这是我们刑警大队的曹大队，我们石培县的'地头蛇'，你们问他就好了。"

"上游？沿着这条河往西边走3公里，就是彻彻底底的城郊了。没有高层建筑、没有商铺，两岸都是农田和住户。"曹大队长说，"哦，还有一些工厂的厂房。"

"咋就没有什么尸斑呢？窒息死的尸斑应该很重啊。"大宝并没有像我一样关注河流的走向，还蹲在尸体袋旁边嘟嘟囔囔。

我哑然失笑道："你没见过水中尸体吗？"

"我们那里，水少。"大宝有些不好意思地说道。

"水中的尸体，会随着水流不停地翻滚。"我说，"你是知道尸斑的形成机理的，对吧？人体死亡后，血管通透性增强，这时候血管内停止流动的血红细胞就会从血管渗出来，因为重力作用，坠落在底下部位的软组织里，从而透过皮肤显现出颜色。可是，如果人体死亡后，不断翻滚，就没有一个固定的低下部位了，就很难形成尸斑。"

大宝恍然大悟地点点头，说："可是，如果死后形成了尸斑再落水的话，尸体上还是可以看得出尸斑的，对吧？这具尸体没什么尸斑，而尸斑一般在人死后 2 小时就开始形成，这说明死者是死后不到 2 小时就抛尸入水了，那个时候尸斑还没有形成，落水后也形不成了。"

"是这个道理。"我说，"不管怎么说，死者的死因和尸体上其他地方有没有损伤，还是要尽快明确的。"

"好咧，那就赶紧去殡仪馆。"大宝站起身来，一个踉跄没站稳脚跟，赶紧跺了跺双脚。他蹲了这么久，估计双腿都蹲麻了。

石培县殡仪馆没有建成标准化尸体解剖室，法医尸检的地方是在告别厅后面一间破旧的小屋内，屋内除了一张不锈钢的解剖床外并没有其他的装备和设施，连照明的条件都很差，是个极其简陋的尸体解剖室。

解剖室外，是大量来参加亲属遗体告别的群众。见我们这么多警车鱼贯而入，已经开始翘首向我们这边观看了。

我走进了这间破旧的小屋，一股解剖室存积下来的腐臭气息扑面而来。我左右看看，虽然室内光线不充足，但是相比而言，总比露天解剖被群众围观影响要好。所以我还是决定在这个昏暗阴冷的小解剖室对马小兰的尸体进行检验。

一个漂亮的女孩，在花季之年，生命却戛然而止，不免让人感到痛心。我相信和我一起进入解剖室的其他人，也都有这样的感受。大家都不说话，默默地准备着器械、穿戴着解剖装备。此时我们都感觉肩头似乎有千斤重担，压得我们喘不过气来。也许他们都和我一样，此时正默默想着，要把这种痛心转化为破案的动力，把杀人的恶魔早日绳之以法。

眼前的这个花季少女安静地躺在解剖台上，因为尸僵完全形成，她蜷曲在那里，睁着双眼，雪白的皮肤上没有一丝血色。

"尸僵很厉害，衣服不好脱。"大宝试了试死者肘关节的尸僵，说，"是不是剪开？"

"不。"我斩钉截铁地摇了摇头，"目前我们没有掌握一点儿信息，衣服上可能会有重要痕迹，不能破坏衣服。"

"那就破坏尸僵吧。"大宝说完，开始用力掰动死者的关节。

尸僵形成后是可以被破坏的，用力将关节部位活动开，尸僵也就自然消失了。不过这是一项力气活，我按住尸体，防止移动，大宝和桂法医费了九牛二虎之力，这才把死者全身大关节的尸僵都破坏了。

马小兰恢复了自然状态，睡美人一般平静地躺在那里。

我们仔细地对尸体的状态进行拍照、录像固定，然后逐层脱去死者的衣物。我特地和大宝、桂法医交代了，要求脱衣服的时候千万小心点儿，并且每脱一层都要拍照固定，防止有重要的物证被我们遗漏。

总体来说，马小兰的衣着情况还是很正常的，除了内衣下边缘有些卷曲，其他都是穿着整齐的，衣物的缝线和纽扣都完好无损，看不出有什么疑点。如果真的一定要找出一些异常，那就是马小兰的袜子并没有穿好，袜跟褪到了脚掌中央的位置，袜子就这样皱巴巴地套在前脚上。

"挺讲究的一个小女孩，袜子这样穿，不难受吗？"我说。

大宝和桂法医倒是没觉得有什么不对，继续低头检查着各自手中的衣服。

去除了死者全部的衣物以后，我小心地把衣物拿到了解剖室外早已准备好的检验台上，说："里面光线太暗，等我们尸表检验结束后，再着重进行衣着检查，看热闹的群众总不会来围观几件衣服吧。"

在现场的时候，初步尸表检验就已经进行完毕了，此时再次检验，也没有发现什么新的线索。从尸体的外表看，没有什么损伤。翻开尸体的眼睑，发现有明显的瘀血，手指甲也是青紫色的，可以断定死者是窒息死亡。翻开尸体的口唇，发现口唇黏膜完好，牙齿也没有松动，基本排除了捂压口鼻腔导致的机械性窒息死亡。既然不是溺死，颈部又没有索沟，那么她很有可能是死于颈部被掐。

尸体的双手腕隐约有些颜色的改变，我和桂法医小心地切开皮肤，发现皮下有出血。

"手腕部的皮下有出血，表皮没有擦挫伤，这是别人抓握她的手腕形成的，是约束伤。"我自言自语，"这种附加性损伤，是很有价值的。"

"控制双手、掐脖子，却不捂压嘴。"林涛说，"要么就是死者没有叫喊，要么就是他们是在一个喊破喉咙也没有用的地方。"

"除非是意识不清，否则被人控制怎么会不喊叫？如果真的是意识不清，凶手为什么又要花力气约束她？"我说，"所以，最大的可能性，还是作案地点很偏僻，凶手不怕她喊叫。"

"在一个没人的地方，对一个年轻女孩实施约束。"桂法医开始凭借他的经验猜测了，"看来多半又是强奸杀人哦。"

"检查一下会阴部吧。"当我准备用纱布给死者进行阴道擦拭物提取的时候，却意外地发现死者的会阴部黏附着血迹。

"啊！"我惊呼了一声，想到了我在实习期遇见的那起案件。下身赤裸的女主人被人杀死，凶手用匕首插在了死者的会阴部。

"怎么？有发现？"正在给死者剪指甲的大宝把头探了过来。

3

"会阴部有血！"我说。

大宝摇了摇头，无奈地说："大惊小怪的。女孩子来例假嘛，你一个有媳妇的人会不知道？"

林涛"噗"的一声笑了出来，我瞪了他一眼，说："严肃点。"

为了尽快确定案件性质，在大宝进行常规尸表检验的时候，我重点对死者的会阴部进行了检验。清洗干净死者的会阴部，我意外地发现，死者的处女膜完整，会阴部没有任何损伤。这显然不是一起性侵案件的特征。

"桂师兄，你猜错了，不是强奸。"我擦了擦额头上的汗，说道。

死者生前没有遭到性侵害，我感觉自己的心里稍稍平静了一点儿。一直以来，我最看不得强奸案件。记得在责任区刑警队下派锻炼的时候，我办理过一起强奸案件。在把犯罪嫌疑人抓回来进行审讯的时候，看着他那满脸嬉笑、毫无悔意的样子，我一时没能忍得住怒火，冲上去狠狠踢了他两脚、打了两拳。然后我立即被侦查员拉开，说："不能打不能打，有一点儿伤都会说是刑讯逼供。"

说是这样说，但犯罪嫌疑人立即尿了，交代了全部的作案过程，而且每次看到我都会害怕到眼神躲闪。这种只会欺负弱者的人渣，我一直认为死有余辜。

桂法医仿佛陷入了困境，说："不是性侵害，不是侵财，又难以用仇杀来解释。谁闲着没事杀害一个这么漂亮的女学生呢？难不成是因为高中生谈恋爱引发的情杀？"

"看来案件性质，只有和侦查员碰头以后再考虑了。"我说，"开始吧？"

　　虽然尸检工作已经开始了一会儿，但是我们通常会用"开始吧"这样的词语表达开始进行系统解剖检验的意思。既然死者没有性侵害导致的损伤，那么衣着检验似乎显得没有那么重要了。所以我决定先开展尸体解剖，把主要问题搞清楚后，再进行衣着检验。

　　尸检工作进行得很快，一来我和桂法医都已经轻车熟路；二来尸体上没有损伤，需要测量、拍照、局部解剖的地方少，节省了大量的时间；三来是新鲜尸体，哪里有异常一目了然，无须进行其他更加复杂的检验手段。

　　"你们解剖吧，我去看看衣服。"林涛说道。

　　死者不存在水性肺气肿的现象，肺脏上也没有肋骨压痕；她的胃内是空虚的，说明昨天晚上并没有吃饭，而且胃内完全没有任何溺液或者水草。就这两点，就可以确定死者不是生前溺死，而是死后被抛尸入水的。

　　但死者的心血不凝、颞骨岩部出血和内脏瘀血，更加提示了她的死因应该是机械性窒息。于是，我们对于死者的颈部进行了相当仔细的解剖检验，逐层分离肌肉，发现深层肌肉有明显的出血反应，相应的舌骨也骨折了。由此可以判断，之前推测得不错，死者正是死于扼压颈部导致的机械性窒息。

　　"感觉通过尸检，只能大概还原一下作案的过程。"大宝说，"可是没有能够具体指向犯罪分子的信息啊。就连凶手的作案动机，也是毫无头绪。"

　　"真的不是性侵案件吗？"桂法医还是怀疑。

　　我没有回答，脱下了沾满血迹的手套，走到解剖室外。林涛此时正在一点儿一点儿地检查着死者的衣物，衣物的旁边整整齐齐地放着一些物件，有钥匙、零钱、发绳什么的。

　　我走到林涛旁边，翻动着碎花连衣裙，看了看背部，似乎有一些白色的物质黏附在碎花之上。我拿出放大镜看了看，白色的物质原本应该是粉末状的，被水浸泡后，成了糊状，黏附在衣服上，此时干透了，又有小部分变回了粉末状。

　　我低头想了想，拿起死者那一双洗得发白的破旧运动鞋，鞋跟和鞋帮上有明显的擦蹭痕迹。

　　鞋跟和鞋帮擦蹭，这是仰卧位蹬腿形成的啊。

　　"看什么呢？"林涛问道。

　　我说："在看看你有什么发现。"

　　"你刚才说不是性侵？"林涛头也不回地问道。

"只能说，从尸体上看，没有任何性侵的迹象。处女膜完整，会阴部无损伤。"我说。

"那你彻底错了，这就是一起强奸杀人的案件。"林涛笑了一声，说道。

林涛的这句话像是给了我闷头一棍。两个多小时辛苦的尸检，结果还"彻底错了"。这要是师父说的，也就算了，但是林涛作为痕检员直接否定了我的观点，实在是太伤自尊了。

我晕乎了几秒钟，很快反应了过来。是啊，衣着检验都还没有进行完，就依据尸体上的现象对案件性质进行判断，显然是不客观、不全面的。看起来，林涛应该是在死者的衣服上发现了什么线索。现在不是面子的问题，如果他发现了线索，就最好不过了。

于是，我连忙问道："也就是说，你发现了有性侵的依据？"

"首先要纠正你的错误。"林涛学着师父的口吻，说，"没有发生性行为，不代表杀人凶手的目的不是性侵害。这是逻辑性问题。"

我想了想，发现自己确实犯了一个逻辑上的错误。案件性质的推断是从现场、尸体的种种细微痕迹分析凶手的动作，从而发现凶手作案的目的，而不是看尸体的被侵害结果来倒推凶手的目的。我忽视了"未遂"这个概念，先入为主地认为死者既然被牢牢控制住，那么侵害结果就必然会发生。

实际上，在尸检过程中，我就应该发现自己犯的逻辑错误，因为我明明发现了死者处于生理期。

"没有实施性行为的原因很多。"林涛接着数落我，"凶手性功能障碍可以吧？准备强奸的时候发现马小兰已经被掐死了就停止强奸可以吧？关键的一点，你刚才也注意到了，马小兰貌似刚刚来了例假。"

是了，是这个道理。

林涛从操作台上拿起死者的内裤，裆部果真有些许血迹。

我嘿嘿笑了一下，说："你说的这些，我都明白。不过，你是发现了其他什么关键的痕迹物证吗？"

"不仅仅是关键痕迹物证，我是发现了可以确定案件性质的依据。"林涛指了指检验台一旁整齐摆放着的物件。

"这些零钱、钥匙能说明什么？"我看了一眼那些物件，说道。

林涛一脸无奈的表情。

"别急，我看到了。"我眼睛一亮，连忙戴上一副新手套，用止血钳夹了几段绿色的物体，说，"你说的不是随身物品，而是这些植物碎片！"

我拿起死者的牛仔裤，此时牛仔裤已经被林涛翻转了过来，我指着牛仔裤裆部的位置说："这些植物碎片，就是这里发现的对吗？"

林涛点了点头。在死者外裤的内侧面发现的植物，显然是很有意义的。

我接着分析说："我知道了，你的意思是说，裤子里面出现了不该有的东西，说明死者曾经被脱去了裤子。凶手杀死死者后，又为她穿上了裤子。所以外界的树枝树叶沾到了裤子的内侧面，对吧？"

林涛点点头，说："反应还挺快，就是这么回事儿。"

我却摇了摇头，说："我觉得牵强了一些。"

听到我突然的反对意见，林涛有些惊愕："牵强？"

"是的。"我说，"尸体被水流冲击了这么远，如果是水中的物体被水流冲击，从死者的裤筒内钻进了外裤的内侧面，不也可以吗？"

"呃，好像也是可以……"林涛语塞了。

"不过我看了这些植物茎、叶的断裂面，很新鲜，挺像是折断以后立即就沾到了裤筒内侧的。"大宝在一旁插话道。

我说："能排除水里一定没有新鲜折断的植物叶子吗？"

我见二人不再回答，哈哈一笑，说："不过，林涛的推断是对的，这确实是一起性侵案件。"

"你能不能不要这么善变？"大宝埋怨道，"都把我绕晕了。"

我拿起死者的内裤，用止血钳从裆部的血迹中夹起一片黄黑相间的片状物体。这东西藏在血迹当中，如果不仔细看，还真不容易发现。

大宝凑上前去，闻了闻，说："花瓣！油菜花瓣！"

"你是狗鼻子吗？"我惊讶地问道。

"沾了泥巴的油菜花瓣，不会错的。而且是新鲜搓裂的。"大宝说。

林涛想了想，说："异物被水冲进裤筒的确有可能，但是这些花瓣不可能被水流冲进三个边都是松紧带的三角内裤里面。"

"是的。"我说，"所以可以断定，凶手是脱下了死者的内裤，发现死者来了例假，或者是发现死者已经死亡，于是没有实施性行为。为了隐藏他强奸的目的，他又为死者穿上了衣裤，然后将死者扔进了河里。"

说完，我长舒了一口气，总算是有依据可以证明这起案件的作案动机是什么了。

"对了，刚才发现死者的袜子也有异常。"林涛想了想，说，"袜子的底部全是卷起来的，这样的状态走起路来多难受啊。而且袜子虽然底部卷曲很厉害，但是卷曲的地方并没有褶子，也就是说，袜子被褪下来一截，导致脚底部卷曲的地方并没有受力。换句话说，死者在袜子被褪下、又重新穿上鞋子后，就再没有站起来过。我分析，凶手一定脱了死者的鞋子，因为不脱鞋子，很难把细裤筒的牛仔裤脱下来。脱鞋子或者脱裤子的时候，导致袜子褪下、卷曲。"

"袜子的事，刚才我也注意到了。这算是个辅助印证。"我说，"你进行的衣着检验，还有别的什么发现吗？"

"有。"林涛从操作台上小心翼翼地捧起一张纸。这是一张从作业本上撕下来的纸，已经完全被水泡透了。林涛还是有耐心，在我们解剖尸体的时候，他把这张几乎滴着水的纸，硬是给展开了，还没有任何破坏。

此时，纸张已经被晒得发干、发皱了，但是中间那一行被水泡散了的钢笔字，还是清晰可见。纸上工整地写着两个字"郑总"，后面是一串手机号码。

"这是哪里发现的？是马小兰写的吗？"我问。

"这个是在死者的牛仔裤前口袋中发现的，是叠好的。"林涛说，"虽然我不是文件检验专业的，但我大胆猜测一下，这应该就是马小兰的笔迹。"

"看来，这个郑总肯定和马小兰的死有着一定关系。"大宝猜测道。

"这就要结合调查了。"我笑了笑，说，"收拾收拾，吃个饭，下午专案会上再说。"

专案组会议室里，侦查员都在紧张地整理着一上午调查访问得来的情况。

"我们开始吧。"我省去了寒暄，因为这一起案件的侦查情况实在是非常重要，我迫不及待地想了解马小兰的家庭情况和当日活动轨迹。

"我们组负责调查马小兰的身份问题。"侦查员开始分组汇报，"马小兰是县一中的高三学生，家中父母早年离异，她跟随父亲生活。马小兰品学兼优，但是性格内向。最近可能是家中出了什么事情，情绪很差。"

"我们组负责调查马小兰的社会交往。经查，除了老师同学，马小兰没有其他的社会交往，平时放学就回家，没有不良嗜好。我们还重点调查了她的感情情况。"另一名侦查员说，"可以断定她没有谈恋爱的迹象，她性格内向，很少和男生交往，即便是面对男生的追求，也都不予回应。"

"我们组负责调查马小兰的家庭状况。"这个主办侦查员显得有些情绪低落，"马小兰的父母早年离异，马小兰一直跟随父亲，和她母亲近十年没有联系。她父亲靠打一些散工维持生计，不过一个月前不慎跌落路边深沟，三根腰椎爆裂性骨折。因为没有钱治疗，现卧病在家，估计半年内下不了地。家里很穷，只有一间土房子，我们去的时候，死者的父亲还在床上躺着，饿得不省人事了。我们送去饭菜，等他吃完了以后，才告诉了他噩耗。目前我们正在协调相关部门对其进行救助。"

侦查员们纷纷低下了头，对这个不幸的家庭感到悲伤。主办侦查员接着说："据马父介绍，马小兰每天6点都会按时归家，昨天中午马小兰告诉他说晚上去同学家写作业，晚点儿回来，说晚饭晚一些再做。可是马父等了一夜，马小兰也没回来。目前我们正在调查马小兰可能去过哪个同学家。"

听了主办侦查员的介绍，大家的情绪都很低落。

"一个月前受伤的。"我思索了一会儿，说道，"我觉得不用调查同学的事了。去同学家应该是个谎言，这个马小兰是去找工作了。"

"还有两个月高考，她去找工作？"

"不然怎么办？继续上学，参加高考，可家里就没人管啊，就得挨饿，而且是父女俩一起挨饿。马小兰很有可能是准备选择辍学了，"我说，"唉，这孩子真的不容易啊！"

"有依据吗？"曹大队双手抬起往下压了压，让嘈杂的会场安静了下来。

我拿出用透明物证袋装着的作业本纸，说："我们在死者的贴身口袋发现了这张写有郑总电话号码的字条。当晚，她应该是去见这个郑总了。根据马小兰目前的家庭状况，她很有可能是去面试找工作。"

"看来找到这个郑总，是案件突破的关键。"曹大队长说，"有电话号码，这个事情不难。"

"从死者的死亡时间和行动轨迹看，她接触的最后一个人，很有可能就是这个郑总。"我说，"因此郑总也就有了最大的作案嫌疑。"

"可是没有直接的证据，办理刑拘恐怕不行。"曹大队长说，"我们先考虑一下，是先把他传唤来，还是先不惊动他，跟他一段时间看看。"

"你们考虑吧。"我说，"趁着阳光正好，我们还要去现场再看看。"

我们几个人坐着警车，重新回到了中心现场的小桥旁边。

此时，热闹的市集已经恢复了正常的景象，几乎没有人记得这里有一条年轻的生命刚刚逝去。因为地处县城中心最繁华的地段，而且杀人的第一现场也不在这里，所以警方已经撤销了小河两岸的警戒，只是在河边还拉着两条警戒带。

在这里，很难再发现什么有价值的线索了。

"走吧。咱们这次是去找第一现场的，中心现场已经没有意义了。"我对驾驶员说，"沿着石河往西开，西边是上游。"

我的心里盘算得很清楚，既然在死者的内裤里发现了油菜花，那么，她遭受侵害的地方必然是有油菜花的地方，说不定这就是马小兰冥冥之中给我们的提示。只要我们能找到死者遭受侵害的第一现场，说不定我们就能发现直接证明犯罪的物证。现在有了嫌疑人，只要能找到直接指向他的证据，就能成为本案迅速侦破的关键法宝了。

林涛和大宝显然也猜透了我的想法，他们把脑袋贴在车窗上，眼睛随着飞驰而过的景色快速地转动着。我们的目标都是一样的：寻找油菜花地！

不过事情并没有想象中那么简单。

车子开出几公里后，便开始颠簸，很快我们就发现了开得正旺的油菜花，只不过我们看到的是漫山遍野的、黄灿灿的油菜花。

"这……这么多油菜花。"大宝愣住了，"这可怎么找？"

4

要不是附近发生了命案，严重影响了我的心情，这片地方还是非常值得欣赏的。

石河弯弯曲曲地把这个地界划分为两等分，河流上偶尔可以见到古色古香的石桥。河流的两侧种满了油菜花，黄绿相间，从远处看十分美丽。每侧的油菜花地约有20米宽，沿着东西走向如地毯般铺展开来，一望无际。油菜花地的南北两侧都是白墙黑瓦的房屋，陪同我们前往的刑警队员说，这里多半是些小工厂的厂房，也有一些住户。

大面积的油菜花，让此处的风景甚为别致，可是也给我们的工作带来了极大的难度。我们总不能踩进油菜花田里地毯式寻找吧，一来破坏农作物，二来无异于大海捞针啊。

"以后要是有超小型的无人驾驶直升机就好了。"林涛看了看天空，说，"只有从上空俯瞰，才能知道哪一片田地里有油菜花倒伏的痕迹啊。"

"所以，还是得动动脑子。"我思忖了一会儿，说，"你们说，马小兰和这个郑总约在这里，会不会是因为郑总对这附近的环境比较熟悉？或者，他的工厂本身就在这附近？这里有很多工厂，如果这个所谓的郑总也是这里某家工厂的老板的话，在这附近约见，可能性就比较大了，和我们发现的油菜花刚好相符。"

"可是咱也不知道是在哪家工厂的哪个方向作案的啊！"林涛说。

"这么大面积，我们是要沿着河一路走到头寻找吗？"大宝急着问，"这可是一项艰巨的任务。"

我站在油菜花地东侧的石头桥上，向油菜花地里看去。我无心赏景，也无心细想马小兰为什么会到这片油菜花地里来，只是想绞尽脑汁，找出一条寻找到第一现场的捷径。

一个画面在我的脑海中闪了一下。

我说："首先咱们需要明确一下，油菜花瓣沾有泥土，那么可以判定是在油菜花地里作的案。因为是企图性侵，所以两个人需要倒伏在油菜花地里，油菜花花瓣和茎叶的断裂还是新鲜的，那么，这片油菜花地有大片倒伏的地方就是案发现场。刚才林涛也是这样认为的。"

大家纷纷点头，倒伏了的油菜花，是不可能被重新扶正的。

我接着说："回想起来，马小兰的碎花连衣裙虽然被浸透了，但是有些地方仿佛可以看到零星的像石灰一样的白色附着物，而且死者的鞋子有明显的蹭擦、刮擦的痕迹。这样的痕迹肯定是和大面积的硬物相摩擦形成的。我仔细看了这里的环境，没有硬质的地面，都是泥土，那么要形成蹭擦的痕迹就只有在桥上，或者在墙边。"

我又抬头看了看远方，确认周边的环境里，确实只有屋墙、小桥具备大面积硬物的特征。

"在桥上作案就不可能沾到油菜花，那么，唯一的可能就是在墙边作案。这样也符合墙上的石灰沾到死者衣物上的可能。墙边都是隐蔽的地点，在这里作案的可能性也很大。"林涛兴奋地说道。

"还有第三点。"我竖起三根手指，说道，"马小兰不可能主动走到很靠油菜花地的地方，她就算再单纯，也不可能和对方约见在那么隐蔽的地方。毕竟是来面试，又不是偷情。所以，我认为，凶手肯定是从油菜花地的边界挟持死者到油菜花地深处的墙根处，那么从油菜花地的边界到第一现场会有痕迹。"

林涛点了点头："赞同！虽然凶手挟持死者进入油菜花地的路线不会非常明显，但是油菜花向两侧倾斜的可能还是存在的。顺着这个轨迹进入油菜花地，就可以很容易找到油菜花倒伏的地点。"

"明白了，只需要寻找那些距离墙根近的油菜花地边缘，一旦发现有油菜花的倾斜，就往里面找，要是到了墙根处发现有倒伏，就是作案现场了。好！出发。"大宝说完就向 300 米远处的一个工厂围墙附近跑去。

"这家伙，真冒失。"我笑着对林涛说，"我找河的南边，你和大宝找河的北边，如何？"

距离河岸近的建筑物并不多，我们本着只找建筑物附近的河滩边的油菜花痕迹，没到一个小时，就找到了一片倒伏的油菜花。

当然，仅仅找到倒伏的油菜花，并说明不了什么。好在当天的光线非常好，没有花费多少精力，我们便提取到了有价值的物证。这个物证让我很感兴趣：倒伏的油菜花地里，有几棵油菜花的花茎上黏附着血迹。血迹呈现暗红色，已经干透，但并没有氧化变黑，说明时间并不久。

"怕是死者的月经血吧？"我皱着眉头说，"毕竟凶手是脱掉了死者的内裤，月经血有可能黏附在这里。"

大宝麻利地打开勘查箱，进行了联苯胺试验，然后抬起头，说："是血！我现在取回去做 DNA 看看。"

大宝提取血痕的时候，林涛慢慢地移除了倒伏在地面上的油菜花，指着地面的泥土说："仔细看，这两片泥土有明显的下压痕迹，结合附近的泥土分析，这里应该是臀部着地、反复挣扎压迫地面导致的，简单说，就是臀印。"

听林涛这么一说，看起来还真是像。

大宝提取完了油菜花上的血液，也探过头来，说："臀印下方的泥土也有颜色改变，估计也是血，一起提了。"

"臀印下方的血迹可能是死者的月经血。"我说，"但是我们刚才在油菜花枝叶上发现的血痕，距离臀印太远了，所以我觉得是死者的血的可能性不大。"

臀印和发现血迹的油菜花残枝有一米多的距离。

林涛说："如果是死者的内裤被扔在那里，内裤上的血迹染到油菜花残枝的呢？"

"不不。"我说，"不可能。残枝上的血迹浓度不小，呈流注状，是流上去的，而不是擦蹭上去的。"

"看起来是这样的，那这个血迹的价值就很大了。"林涛点了点头说，"总之去检验吧，很快能知道结果的。排除了死者的血，我们就有抓手破案了。"

"另外，"我突然想起了某件事情，"这房子没有人住吗？"

刑警队员指了指油菜花倒伏所在的那片墙根："你是说这儿？这好像是个印刷厂吧？"

"怎么了？"林涛插话问道。

"是这样的。"我说，"检验的时候，发现死者的口鼻腔没有任何损伤，也就是说凶手并没有捂压死者的口鼻。凶手把死者拖行了这么远，又试图在一个工厂的墙边强奸死者，难道死者不呼救？别忘了，咱们尸检的时候就发现了这一点，当时认为是一个偏僻的地方，可是这里的工厂不可能没人吧？"

刑警队员的电话铃声突然响起，他走到一旁打了两分钟电话，回到我的身边说："那个郑总查到了，叫郑国，不是什么老板，就是一家小工厂的员工，平时偷鸡摸狗的，品行不端。曹大队他们是在一家赌场里找到他的，干脆就以赌博的借口把他拘留了。通过旁敲侧击，这个郑国矢口否认他认识马小兰。"

"不着急。DNA 可能还要一天的时间才能出结果，你们先问着吧。"我说，"有什么情况及时通报我们。"

回到了宾馆，我们三个人花了一下午的时间研究尸体检验的照片和现场的照片，尤其是碎花连衣裙上的白色物质。从林涛在现场拍摄的照片来看，现场的墙根确实是有很多石灰堆积的。碎花连衣裙上的白色物质和墙根的石灰都已经送去市局理化实验室进行成分比对了，估计很快就能出结果。

晚上 7 点开始，捷报频传：疑似中心现场的臀印下方泥土，检出死者马小兰的DNA。臀印附近一米处倒伏油菜花枝叶上，检出一名男性 DNA。碎花连衣裙上的白色物质和现场墙根处石灰的成分一致。

可以断定，我们没有找错第一现场。而且，有了嫌疑人的 DNA，我们也不怕破不了案了。只不过是时间问题了。

当我们赶到专案指挥部的时候，才发现审讯进展得并不顺利。经过一下午的盘问，侦查员们仍然不能确定郑国是不是本案的凶手。

"开始郑国矢口否认认识马小兰，后来在证据面前才又改了口。"主办侦查员说，"据郑国说，他是通过网络认识马小兰的。他在一个网站看到马小兰求职的帖子，加了马小兰的 QQ，承认自己的初衷是想骗色。"

果然，马小兰是准备辍学务工了。

"可是，马小兰不是每天都按时回家吗？"我疑惑地问道，"她哪有时间上网？"

"我们调取了郑国和马小兰的聊天内容，证实马小兰确实刚刚申请了 QQ，上网时间一般是下午 1 点到 2 点。这样推算，她是利用中午回家做饭后的空闲时间来上网求职。"主办侦查员说，"从聊天内容上看，郑国确实是在欺骗马小兰。马小兰想在城西开发区上班，可能是觉得城西开发区待遇比较好，郑国看马小兰有这个求职意向，谎称自己是城西开发区的工厂老板。所以他们约在城西开发区见面。"

"郑国对现场附近的环境很熟悉吗？"我问，"不然他怎么知道那里没有人？"

"不，你理解错了。"侦查员说，"据郑国说，他绝对不敢强奸，他就是想哄骗小姑娘主动献身，所以不在乎约见的地点。经调查，郑国确实很少到城西开发区，应该对那一片的情况不了解。当天晚上，他还找错了路，到达现场的时候，远远站在桥上想先看看马小兰的长相。结果他没有看到马小兰，只看到一个光头的男子蹲在油菜花地旁边抽烟。他以为马小兰带了男朋友来，就跑了。"

"哦，是想用假职位为诱饵，骗马小兰就范。"我点了点头，这和强奸确实差别很大。

"不太肯定他有没有说真话。不过，结合外围调查情况看，郑国平时胆子很小，我们分析他不敢干这种胆大的事情。另外，确实有人证实郑国当天晚上 8 点 10 分还在离现场不远的一个小卖部问路，问的就是城西开发区入口在哪儿。"主办侦查员说。

"应该不是他。"我说，"我分析凶手应该对现场很熟悉。"

"郑国身上有伤吗？"大宝想起了现场发现的流注状血迹，问道。

"没有，没伤，仔细检查了。"侦查员说。

"不一定有伤，不排除鼻血。"我说，"目前难辨郑国的证词真假，等郑国的 DNA 检验结果出来，比对一下就知道了。另外，我觉得可以去做一个现场实验，看看郑国是不是在说谎，这不仅能说明他是不是嫌疑人，还能提示我们下一步的侦查目标。"

"什么实验？"侦查员问。

"现在马上 8 点了，今天天气和案发那天差不多。"我说，"我们去现场，站在桥上，看油菜花地的旁边如果蹲着一个光头的话，郑国能不能看见。按理说，阴天是很难看见的。"

"对，"林涛附和道，"如果根本不可能看见油菜花地旁边的情况，那么说什么看见光头男子抽烟就肯定是在说谎了；如果能看到，就可以说明重点嫌疑人是一个光头！"

8 点 10 分，我们一行人马准时到达了上午发现的作案现场进行现场实验。

晚上的现场和白天似乎有些不一样，但并不是想象的那样伸手不见五指。白天仿佛没有动静的厂房原来晚上都在生产，雪亮的灯光从窗户照射出来，把油菜花地照得挺亮。这个实验不用做了，因为我们连错落有致的油菜花都可以清楚看到，更别说一个人蹲在那儿了。

"居然是晚上工作！"我惊讶道。

"嗯，我怀疑这些小厂子环保过不了审，都在晚上偷偷干。"主办侦查员说，"这我回头得和环保局说一下。"

"看来郑国说的是事实啊。"大宝说，"那么这个光头说不定就是凶手！"

"现在不仅仅是光头的事情。"我说，"还记得下午我提的问题吗？既然第一现场在这里，为什么凶手没有捂压死者的口鼻腔，死者不呼救吗？显而易见，中心现场旁边的厂房在这个时间点还在开工，厂房里面肯定有人，窗户透出来的光线是可以照到强奸发生的地方的，难道犯罪分子不害怕惊动厂房里的人？"

"我还在想，为什么凶手能够轻松脱掉死者的衣物，又能把衣物穿得那么整齐？"林涛说，"没有光线肯定是不行的。目前看，这样的光线足够完成了。不过，你说的问题确实值得思考。"

"我们可以去厂房里面看看吗？"我问。

"没问题。"侦查员带着我们绕到厂房正面的大门，走进了厂房。

没有想到看起来破旧的厂房，隔音效果如此之好，外面并没有听到多大的噪声，可是走进厂房，却发现厂房内的噪声非常大，连近在咫尺的人互相说话都要扯着嗓子。原来这是一家印刷厂，为了不打扰附近居民休息，也是为了防止环保部门来查他们的污水排放，内装潢采用了隔音材料。

"这样看，即便是外面敲锣打鼓，厂房里也听不见一点儿声音了。"我说，"目前看，凶手肯定是熟悉这个厂情况的人，甚至有可能是这个厂的职工！"

林涛点了点头，说："对，如果不熟悉，肯定不敢在这面墙的外面犯罪。即便在这里犯罪，也应该阻止马小兰呼救。正是因为凶手非常了解厂房的情况，所以才用更多的力气控制马小兰的双手，而不顾她的呼救。"

"是的。"我有些迫不及待了，"肯定是熟悉这个厂的人作的案。首先咱们要去问问，这个厂里有光头吗？"

"真找光头？郑国的话靠得住吗？"侦查员说。

"既然通过调查，确认了郑国对这一片不熟悉，那么基本可以排除他的作案可能。既然不是他作案，那他就没有必要……"

我的话还没有说完，就陡然停了下来。

因为我们几乎同时看见了一个剃着光头、身穿印刷厂工作服、40岁左右的男人拎着一个水桶从外面走进了厂房。让我们更感兴趣的是，这个男人卷起了衣服的袖子，右上臂清晰可见两道血红的抓痕。

男人走进厂房，乍一抬头看见一屋子的人，而且有几人身着警服，想都没想，转头就跑。

我和林涛相视一笑，因为我们知道他跑得再快，也绝对快不过我们的刑警。

"真的是冥冥之中，自有天意啊。"我叹了口气，说。

十分钟后，刑警们已经将光头押上了警车。

第二天一早，我们就从专案指挥部得知，现场发现的流注状血迹，正是光头留下来的。在铁一般的证据面前，光头无法再狡辩，此时已经全部招供了。

我们一起来到了审讯室，眼前这个杀人恶魔一夜没睡，正在审讯椅上打着瞌睡。

我走到负责审讯的侦查员身边，翻看了他的口供。

原来案发当天晚上，光头和平常一样，8点左右去石河打水回厂房打扫卫生，经过油菜花地的时候，发现一个年轻女孩背着书包正在油菜花地旁边站着。看着年轻女孩窈窕的身姿，光头立即产生了歹念，趁女孩不注意将她拖到油菜花地靠近自己厂房的墙边，企图实施强奸。

马小兰誓死不从，抓破了光头的手臂，光头一时恼怒就掐住了马小兰的脖子，本来是想吓唬吓唬她，没想到自己用力过猛，待他松手时马小兰已经断了气。发现马小兰已经没有气息，光头吓得魂飞魄散，跑到油菜花地边抽了根烟才冷静下来，他觉得尸体要是放在这里，就相当于告诉警察是这个印刷厂里的人干的，那他一定脱不了干系。

于是他又重新回到现场，认真为马小兰穿好衣服，将其扔进石河，想伪造死者失足落水而死的假象。他知道石河里每年都会淹死一两个小孩，警方很有可能会草草了事。

未承想，24 个小时以后，警察就出现在了他的厂房里。

想到马小兰惨死的场景，我又没忍住脾气，差点上前动手，同样被侦查员拉了开来："别打、别打，打伤了会说我们刑讯逼供，不利于案件起诉……"

我愤愤不平地回了宾馆，又一次觉得心头沉甸甸的。

在这个草长莺飞的季节，一个鲜活的生命就这样永远消失了。逝者已矣，唯有祈愿她那饱受折磨的父亲能够得到有效的救助，让这个无辜的孝顺女孩的在天之灵可以安息……

法医秦明

| 第九案 |

天外飞尸

人类一切的活动都发生于两个来源：

冲动与愿望。

伯特兰·阿瑟·威廉·罗素

1

"这不是碎尸案件。"我揉了揉鼻子,心里算是放下了一块石头。

虽然对于公安机关来说,碎尸案件一般都不疑难,只要搞清楚尸源,案件也就侦破了一半。但是,我以前毕竟在南江市实习过,一遇见碎尸案件,就会不由自主地想起南江大学的碎尸案。虽然这一起案件的事实并不像网络传言的那么妖魔化,但至今的结果仍是未侦破,是所有南江刑警心中的痛。命案不破,刑警们都会觉得是欠老百姓的账,更何况是一起残忍的碎尸案件呢?

好在我参加工作后,全省还没有出现过碎尸案件,所以一直没有触碰到我心里的这个紧张点。我和大宝最近东奔西跑,处置各种疑难的非正常死亡案件,一直没有遇见过很有挑战性的命案。

直到3个小时前,我接到了云泰市公安局的邀请,说是发生了一起碎尸案件。

我的心里瞬间就咯噔了一下。

事情是这样的。昨天,云泰市的两个居民发现有两个小孩在踢一个球状的物体,走近一看,是一个五官都看不清楚的人的头颅。在接到报警后,派出所民警立即赶赴了现场,细心询问了两个差点被吓傻了的小孩。据小孩说,这个球状物体是在一堆淤泥里发现的。因为看不清五官,他们只是认为那是个球形的破罐子罢了。

按照小孩的指认,民警找到了那一堆淤泥。

那是一堆被清淤工人从下水管道里清理出来的淤泥。在清淤工人的帮助下,民警在淤泥中,又找到了一具无头女尸。但是,这具尸体已经全身尸蜡化了,法医工作进行起来难度很大。于是,云泰市公安局便想到了我们。

一听说是身首分离的碎尸案件,我虽然心里一凉,却也打起精神,二话不说,招呼林涛、大宝,驱车来到了云泰市,处置这一起案件。

　　比起初次见识尸蜡化的那天，我已经驾轻就熟了很多。尸体穿着的是冬季的衣服，由于衣服的层层包裹，加之下水管道内缺氧、潮湿的环境，尸体的蜡化已经有很长的时间了，看上去也不再滑腻、不再潮湿，反而已经完全压缩、干硬，就像放置很久没有使用的肥皂一样。

　　我们知道，虽然尸蜡化是保存型尸体现象，但是这种已经完全干瘪、皲裂的皂化软组织上，已经很难再发现什么有用的线索了。

　　我们艰难地脱去了死者身上的衣物，即便已经非常小心仔细了，还是碰掉了好几块软组织的碎块。褪下衣物后，我们发现尸体蜡化后保存得还比较完整，虽然皮肤的特征形态已经完全消失，但是至少没能看出尸体上有明显的缺损或创口。因为人体组织不能辨认，内脏组织器官也都腐蚀殆尽，软组织不存在什么意义了，我们只有一块一块地把皂化的软组织掰碎，在淤泥和皂化组织中寻找尸体的骨头。

　　"这不是碎尸案件。"此时我已经把颈部的皂化软组织都掰碎了，说，"你看，这7根颈椎都很完整地在这里。"

　　我一边说着，一边把尸体的颈椎一节一节地排列在解剖台上。

　　黄支队长今年45岁，也是我在皖南医学院的师兄，从学校毕业后，当了20年的法医，现在被提拔成了云泰市的刑警支队的支队长。虽然当了支队长，但是他的法医情结依旧根深蒂固，所以一旦发生命案，他通常不是坐在专案组的指挥室里坐镇指挥，而是会经常参加法医检验工作。据说于总队长还曾批评过他，说他不能及时转换自己的角色。批评归批评，他依旧坚持出入解剖室，把自己当成一个法医来用。

　　黄支队背着手，凑近看我的操作，说："人家是鸡蛋里头挑骨头，你这是尸体里面挑骨头啊。"

　　我心想：这些老法医怎么都这么喜欢讲冷笑话？难不成和我师父都是一脉相传？我没搭理黄支队的冷幽默，而是指了指颈椎，说道："碎尸案件中将死者的头颅割下，通常是在第三、第四颈椎之间。第一颈椎直接连接头骨上的枕骨大孔，位置很深，没人能够在这个地方下刀的。所以，这是因为尸体皂化后，再干燥，软组织之间已经没有了连接能力，已经不能维持骨骼的连接，所以头颅就和颈椎自然分离了。"

　　"有道理，有道理。"作为我助手的大宝点了点头。

　　"而且，死者的颈椎完整，没有切割的痕迹，也没有砍痕。"我说。

　　"不过，很多碎尸案件中，凶手下刀都走关节和椎间盘，比如外科医生作案。"

黄支队长一说到这个就兴奋了，"10年前我就碰到过类似的案件，那凶手，比庖丁解牛更加游刃有余——哦，对了，那时候你还没参加工作呢。"

"我也见过屠夫碎尸的案例。当然，我做出这个结论，还结合了其他因素。"我说，"凶杀案件里有杀完人后给死者穿好衣服的，但没有碎了尸还给尸块穿衣服的。所以，死者死的时候应该是穿着现在的这身衣服对吧？"

死者的衣服破烂不堪，不是因为尸体在下水道待的时间长，而是死者原本就穿着一身破烂不堪的衣服。

"如果是死后割下了死者的头颅，虽然不会有大量喷溅状的血迹，但是大血管内储存的未凝固的血液依旧会从断裂的血管断面流出，那么死者的衣着，尤其是前襟和后背肯定会沾染血迹。"我一边说，一边仔细地检查死者穿着的多件衣物的领口，"可是她的衣服没有血，所以我不仅认为没有碎尸的动作，而且认为死者全身没有开放性损伤。"

黄支队长赞同地点点头，又凑过头来，仔细看了看死者衣服的领口，接着问道："死因可好定？"

我摇了摇头，说："尸体条件太差了，但是从全身和头部没有损伤来看，应该可以排除机械性损伤死亡。口唇虽然掰不开了，但是牙齿没见到出血和脱落的痕迹，舌骨、甲状软骨又是完好的，至少可以排除勒、缢、掐、捂导致的机械性窒息死亡吧。"

"只是排除，没有什么提示性的依据吗？"大宝问道。

"那就要看看死者的牙齿了。"我一边说着，一边从解剖台另一边拿过了死者的头颅。确实，整个头颅就像是一个破罐子，因为看不清五官，似乎成了个无脸的头颅。头颅外面覆盖着皂化的黑黄色的软组织，也看不到骨骼，难怪小孩子会把它当成球踢呢。

我掰碎了死者口唇部位的皂化软组织，露出了两排焦黄且有几颗缺失的牙齿。

"牙齿有脱落，但看皂化的牙龈状态，应该都是陈旧性的脱落。"我说，"死者的口腔情况很差，应该是很不注意平时口腔卫生的人，牙根吸收的情况很严重。"

说完，我很轻松地就从死者的口腔里拔了三颗牙齿。牙齿，有的时候可以给警方提供很多的线索。

我先是用酒精仔细地擦蹭着几颗牙齿，擦干净之后，干脆就扔进了装有酒精的烧杯之中。少顷，我从烧杯里拿出牙齿，说："牙颈部有红晕，是玫瑰齿现象啊。"

玫瑰齿是法医判断溺死的一种参考依据，早在《洗冤集录》中，就对此现象有观察。虽然现阶段国内很多法医研究机构否认玫瑰齿和溺死之间有必然的因果关系，也有很多法医认为任何机械性窒息或者电击死亡案件中，都可以出现玫瑰齿的现象。但是我从多年的法医实践工作中发现，玫瑰齿对于溺死的判断还是有一定的参考意义的。

"排除了其他机械性窒息的可能性，加之玫瑰齿，我认为死者可能是溺死。"我说，"再看死者牙齿的磨耗程度，虽然口腔卫生很差，但牙齿咬合面只有一两个齿质点，说明死者应该不到 35 周岁吧。"

法医会通过牙齿的磨耗程度来推断死者的年龄，主要是根据齿质点的出现和多少以及齿质点是否扩大并连接成面，但这种推断并不是很精确，通常只能框定一个年龄的范围。受到外界因素、卫生情况、个体差异、饮食习惯的影响，推断年龄的误差也很大。所以直到目前，还是利用耻骨联合面形态来推断年龄更准确。

"这尸体，已经在淤泥里待了一年了吧？"林涛说。

一听不是碎尸案件，而且死者是生前溺死，林涛顿时没劲了，他一直坐在解剖室的小椅子上，无所事事，此时突然问道。

"一年，不止了吧？"黄支队说。

我从一堆尸骨中找出了一根肋骨，说："师兄你看，肋骨腐败得只剩骨皮质了，其他的骨头骨皮质也都脱落了。这样的现象说明，死者在这种潮湿的状态下应该有3 年以上了。"

"这么久？才被挖出来？"大宝好奇地问道。

"这个倒是可以解释的。今年年初我们这儿下大雨发大水，估计尸体埋得比较深，正是因为大雨冲走了部分上层淤泥，所以今年的清淤工作才把尸体连同淤泥一起挖了出来。"黄支队说，"不过，你说 3 年以上，这个范围太广了，我们关心的是，以上到什么程度，能不能有个上限，以便我们查找尸源。"

"我觉得是 2006 年冬天以前的事情。"我说，"而且，肯定是冬季发生的事情，因为死者穿着冬天的衣服。你们云泰每年穿这么厚衣服的季节，也就两三个月吧。"

"2006 年以前，冬天？"黄支队问，"能不能再缩小点儿范围？"

我摇了摇头，说："这个恐怕还真不好再缩小了。"

死者的衣服质量很差，但是看得出来，身上穿的几件毛线衣都是手织的。

我说："寻找尸源，不一定只从时间上考虑嘛。这个岁数穿这种衣服，应该不是一般人，很可能就是家里穷得揭不开锅的那种人。"

"范围还是太大。"黄支队皱着眉头，摇着头。

"衣服，看看衣服。"林涛指了指放在一边操作台上的几件旧衣服说，"别忘了，清明节时候的强奸杀人案，衣服提示了我们多少线索呢。"

是啊！林涛看起来无所事事，其实也在思考。要不是他提醒，我还真忘了寻找死者随身物品这一茬儿呢。

"没有，我看过了，口袋里什么都没有。"大宝说。

听大宝这么一说，我的心又重新落回了谷底。不过，我还是不死心地拿起了死者的牛仔裤，在前前后后的口袋里搜寻着。

死者的上衣没有口袋，随身物品就只能寄希望于这条牛仔裤。前后四个口袋确实什么也没有，但是当我把手指伸进右前侧的一个小口袋的时候，我感觉自己的手指碰到了一个硬硬的物体。

希望不是碎石块，我心里默默地说着。

我用两根手指，从这个小口袋里夹出了一个硬物。乍一看，就是一个泥巴块，但是从泥巴块的边缘可以看到金属锯齿一样的东西。我很快明白过来，这是一枚锈迹斑斑且被淤泥和尸蜡组织紧紧包裹着的硬币。

我心中一喜，对大宝说："不是说口袋里没东西吗？"

林涛也站起身来，一边看着我剥离硬币周围的泥巴和尸蜡，一边对大宝说："怎么检查的？这都没找出来？不就这么几个口袋吗？"

大宝委屈地说："我也摸到了，但是以为是一个泥块呢，再说了，硬币有什么用？说明她有五毛钱吗？"

我没有理会大宝的辩解，用手术刀慢慢地刮着硬币，直到把硬币上的图案和字都暴露了出来，然后兴高采烈地说道："你觉得这五毛钱硬币没用吗？它简直就是个关键物件，太关键了！"

"啊？"大宝还是一脸迷惑。

黄支队长听我这么一说，也连忙戴上手套，把硬币拿过去仔细地看着，说："有什么用？为什么关键？"

我用止血钳指了指硬币上镌刻着的"2005"字样说："硬币都有发行年份的，这枚硬币是2005年发行的。2005年发行的硬币能装在死者的衣服里，说明死者肯定是2005年以后死亡的，对吧？"

黄支队拍了下脑袋，说："对啊！也就是说，死者只可能是 2005 年冬天或 2006 年冬天死亡的。这可就好查了！"

"失踪人口、出警记录，都要查。"我说。

"那死亡方式呢？"大宝问道。

"现在没有任何依据可以证明这是一起杀人案件。"我说，"我看一些论文集，经常会有人意外掉落窨井，在下水管道中死亡的案例。既然在尸体上没有找到任何遭受侵害的依据，那么我们不如就等调查的结果出来，再定夺吧。也许结果一出来，一切困难都迎刃而解了。"

"希望如此吧。"大宝一边说着，一边开始收拾器械。

这段时间，因为频繁地跑现场，我已经疲惫不堪了。在等待案件调查结果的这段时间，既然我们没有其他工作可以做，所以我提议我们三人回宾馆好好睡上一觉。有时间就要及时休息，因为法医这个职业，说不定什么时候一发案，就连睡眠时间也很难保证了。

中午吃完饭后，我一觉睡到晚上 8 点，才被急促的手机铃声惊醒。我揉了揉惺忪的双眼，伸了一个懒腰，才懒洋洋地拿起了手机。

"都没敢打扰你，休息得怎么样？还没吃晚饭吧？"是黄支队的声音。

"好久没睡这么爽快了，算是把觉给补足了。"我看了看手表，说，"你们这调查速度可真的不怎么快啊。"

"谁说的？"黄支队说，"下午四点多就查清了，刚刚出来 DNA 亲子鉴定的结果，确证了调查的结果，案子已经结案了，这还不快啊？"

"居然连 DNA 结果都出来了，那确实很快了。"我的心已经放下了，因为黄支队既然说结案，说明这确实不是一起命案。

本来就是这样，法医在工作中遇见的最多的死亡，其实都是意外、事故、自杀等造成的非正常死亡，命案才是寥寥无几。

"肚子饿了，要不师兄请我去吃一盘炒面片？"我又伸了个懒腰，说，"听说云泰的炒面片很好吃啊。"

"五盘都行。"黄支队哈哈一笑，说，"不过，你要注意一下你的体重，从毕业到现在，长了至少 30 斤了吧？"

"再说体重就友尽。"我说。

很快，黄支队开着自己的奇瑞小轿车，接上我们三个，去了云泰市一条著名的小吃街。在路边摊儿上，我和黄支队面对面坐着，我一边狼吞虎咽地吃着酱汁饱满的炒面片，一边问道："案子查到最后，是什么情况啊？"

"唉，死者还挺可怜的。"黄支队说，"她是一个小村子里的人，一个精神病患者。2006年冬天，现场附近在开发，因为排水不好，所以那段时间窨井盖都是敞开的，以便维修。死者跑到窨井口边上，对着井里说话，我觉得可能是因为窨井里有回声嘛，所以这个精神病患者就以为有人在和她对话。当她家里人去拉她的时候，她剧烈挣扎，不愿意走。这么一挣扎，她的家属就没拉住她，一个跟头就掉了下去。那时候下水管道水流很急，等民警和消防队接到报警赶到后，下井找人，她早就已经不见人影了。这几年，都是活不见人，死不见尸。死者的家属也早就做好心理准备了，我们去通知他们取样做DNA的时候，他们也没提出什么异议。"

"有证明材料吧？"我不放心地问道。

"当年的报警出警记录都调出来了，没问题。"

"哦，那就放心了，不是命案碎尸案，你们就不用那么辛苦了。"我嚼着美味的炒面片，说。

"我有个问题。"大宝举了举手，说，"如果是死者家属要谋害她，骗她到窨井边，乘其不备推她下去，然后报警，怎么办？"

"2006年这个事情发生后，派出所就对外围进行了调查。"黄支队说，"根本找不到家属杀死她的动机。"

我嚼着面片说道："确实，法医学不可能解决所有的问题，但是我们必须本着尊重科学、尊重常理的态度，不要太阴谋论了。"

"网上的'福尔摩斯'们，就喜欢这样干。"大宝说道。

"对了师兄，明早我们就回去了。"又顺利解决了一起案件，我的心里既有欣喜，也有唏嘘。要看护一个精神病患者，其实是很不容易的。悲剧发生后，她的家人心里肯定也留下了难以弥补的创伤，虽然她得了精神疾病，但那也是一条活生生的生命啊。

"话说最近我们云泰真是稳定。"黄支队和我一起感慨了一番后，突然转了话题，"别说碎尸案了，杀人案都很少很少。"

我"噗"的一声把嘴里的面片都喷了出来，说："师兄，可千万别这么说。案件这玩意儿邪门儿得很，你说没有，说不准明天就要发案。我还想明天回去约铃铛吃烤肉呢！”

黄支队哈哈大笑：“不至于吧！”

2

有些事不相信不行，就是那么邪门儿，第二天早晨我果然没能如约返回省城。

早晨 7 点半，昨天熬夜上网的我还没有起床，就被手机铃声吵醒了。还没有去看手机屏幕，我就有了一种强烈的不祥预感，黄支队长在路边摊儿说的那番话萦绕在耳边。

“不会真邪门儿了吧？”我心里想着，拿起了手机，果然，是黄支队打来的。

“别走了，‘乌鸦’同志。”黄支队急促的语气中不乏调侃，“可能还真让你说中了。”

“怎么我是乌鸦？”我说，“明明是你先说的好不好？”

“打扰你睡觉了吧？”黄支队哈哈一笑，“生怕你归心似箭，起个早就跑了。我已经和陈总请示过了，陈总指示，让你‘就地卧倒’，帮助我们办案。”

“命案？”我说，“有头绪吗？”

“还不清楚。”黄支队说，“高度怀疑是碎尸案件。”

“不是吧！昨天那起案件你也说是碎尸。”我不敢相信可疑的碎尸案也会连发，“说说看，什么情况？”

“别那么性急，电话里也说不清楚。10 分钟后我来楼下接你，辛苦你了，一起去看看，如果排除了案件，我再放你回去。”黄支队说完挂断了电话。

师父不仅把本事传授给了我，同时还把一听见有案件肾上腺素就会迅速分泌这一特征传染给了我。

我挂断电话，几乎是从床上弹了起来，先是喊醒了同屋住着的林涛，又敲响了大宝和驾驶员的房门，然后用了 5 分钟的时间洗漱完毕。林涛和大宝的兴奋劲儿不亚于我，尤其是大宝，好不容易出差，结果办了一起意外死亡的案件，似乎很不过瘾的样子。如今听见来了真的案件，甚至比我还更早跑到了宾馆大厅里等候黄支队的到来。

黄支队的时间观念很强，10 分钟后，我就看见了闪着警灯的警车从宾馆大门口飞驰进来。

"早晨6点30分,一个老大爷打电话报警称,在我市郊区的一座高速公路大桥下面发现了一个崭新的塑料袋,塑料袋的外面有血,透过塑料袋好像能看见里面有类似头发之类的黑乎乎的东西。"黄支队简要地介绍情况。

"打开以后呢?里面是什么?"我像是在听故事,看关键时候黄支队停住了,便好奇地问道。

"没打开。我接报以后,就要求辖区派出所把现场周围封闭了,没人动那个袋子,等我们过去了再看。"黄支队说,"我是害怕他们会破坏一些关键的物证。"

"嗦,"我说,"我以为什么呢,原来还不一定是案件啊,说不准是动物组织呢,这么兴师动众的,吓我一跳。"

大宝也露出了失望的表情。

"有肉有血有头发的,又在高速公路高架桥那个特殊的地点,怎么会不是案件?"黄支队说,"还有,你见过什么动物长黑头发?你看,上个案子,你就是我们的福将,这次你去了,最好还能给我们招来一点儿福气,要不是案件当然最好了。"

"福将"这个名称我很喜欢也很受用,比"乌鸦嘴"好听多了,我笑了笑,没有说话,默默接受了。

警车在市区里行驶了半个小时后,开进了狭窄的乡间小道。云泰市是我们省比较发达的城市,交通便利,也是我省南部的一个高速公路枢纽城市,所以在很多城郊的位置都会有高速公路高架桥通过,我们随后到达的现场正是在其中一座高速公路高架桥的桥下。

本身这个偏僻的地方就没有多少住户,但是因为开进了十几辆警车,又拉起了长长的警戒带,现场的周围还是聚集了很多群众。

这是一片开阔地,周围都是农田,零星可见几栋雅致的两层小楼,可见当地农民的生活条件还是很不错的。警戒带围着的现场曾经应该是一片池塘,现在已经基本干涸了,土壤仍是湿漉漉的,都是淤泥,周围长满了杂草。一座宏伟的高速公路高架桥横跨这片干涸的池塘,桥架得很高,我们在下面只能听见车辆开过的呼呼声,却看不到桥上的汽车。

警戒带里,两名民警拿着本子正在询问一位头发花白的老大爷。老大爷边说边用手指了指前方一个白色的塑料袋。

看起来,池塘里面的淤泥非常深。两名痕检人员穿着胶鞋,深一脚浅一脚地从池塘的边缘向塑料袋走去,边走边把塑料袋周围的可疑足迹和其他痕迹拍照固定。

我在一旁看着着急，也穿上胶鞋向池塘内走去。

一脚踩下去，泥巴能到高帮胶鞋的一半位置。

"这么多淤泥，有一点儿好处，就是经过这里的人，必然会留下痕迹。"林涛一边说着，一边向周围的淤泥面观察着。

确实，淤泥地面，是最好的载体，这种极其松软的地面，无论什么东西压上去，都一定会留下痕迹物证。这种地面，对于痕检员来说，像是宝贝一样。

可是，经过林涛的反复勘验，并没有发现很新鲜的足迹和轮胎印，也没有发现什么有价值的线索。现场附近，居然没有人的踪迹。

"别灰心，再仔细找找。"我见林涛一脸失望，于是对他说道。

说完，我慢慢地接近塑料袋的旁边。我毕竟是个法医，先得搞清楚，塑料袋里的，究竟是不是人体组织。在接近塑料袋的时候，我已经戴上了橡胶手套。走到塑料袋的旁边，我先是观察了一下，果然袋子上附着着鲜红色的血迹，不知道是附在外面的，还是从里面透出来的。

我蹲下身来，小心地解开塑料袋口的绳结。为了不破坏绳结，我一层层地把打成死结的数层绳结逐一解开。当我打开袋口的时候，一股血腥味儿伴随着腐败的臭味儿直冲脑门儿。我抬起胳膊揉了揉鼻子，定睛往袋里一看，原来是一头乌黑亮丽的长发，头发被血浸染，黏糊在一起。

报案的老人家没有眼花。

我的心里咯噔一下，知道这下不好了，还真是出碎尸案了。我这个福将的头衔很快就难保了。

我拉开袋口仔细地观察了袋子里的情况，确认没有什么其他可疑、有价值的线索和物证后，伸手进去抓住头发，往上一拎，提起来的是一颗血淋淋的人头。

站在我身旁拍照的痕检员，是警校刚刚毕业的小姑娘。她看我突然从塑料袋里拎出一颗沾满血迹的人头，吓得"啊"了一声，踉跄着连退两步。因为淤泥实在太深，小姑娘没能站稳，一屁股跌坐在泥里。

她这样一喊，倒是吓了我一跳，我转脸问："你没事吧？"

小姑娘一脸惊恐，另一名痕检员赶紧挪过去扶她。

我又回过头，仔细地看了眼这颗人头，虽然被鲜血沾糊了颜面，但是白皙的皮肤和红润的嘴唇显示她应该是一名年轻的女性。她的一双杏眼微微地张开，无辜地看着我。看着这颗恐怖的人头，我也突然觉得后背一阵凉风，没再细看，把人头又装回袋里。

"哎呀，不止一个袋子啊。"痕检员一边说，一边指着摔倒的女警的旁边地上，"这儿也有个类似的塑料袋。"

我顺着痕检员的手指看去，果真如此，女警摔在地上，一只手刚好按在另一个塑料袋上。女警意识到自己的手按在了可能是尸块的东西上时，吓得缩回手哇哇大哭。

我心想：完了，这么一来，这个姑娘可能以后再也不愿意参加现场勘查了。虽然这不是一件好事，但是又发现了一个塑料袋，倒不是一件坏事。仅仅是发现一颗人头，那很有可能什么线索都找不到。只有尽可能找到多个尸体块，最好能拼接成一具完整的尸体，对于法医来说才是大好事。

我慢慢走近那个刚被女警按住的袋子，用同样的办法，解开了捆绑袋口的绳结，慢慢打开。果不其然，里面装的是一个女性的骨盆。骨盆的上端从腰椎处被截断，大肠、膀胱和子宫拖在外面，滴着鲜血；骨盆的下端从两侧股骨头截断，还隐约可以看到剩余股骨头残渣露在肌肉的外面。

"奇怪了。"痕检员扶起仍在抽泣的女警，说，"这里没有任何足迹，犯罪分子的进出口在哪里呢？如果站在池塘的岸上，扔不了这么远啊。"

"是啊，肯定不是走进来扔的。"林涛走过来指了指塑料袋下方的泥坑，说，"看到没，两个塑料袋下面都有泥坑，说明尸块着地的时候有不小的动能。"

我直起腰环视了一周，指着头顶上，开玩笑地说："这样说，那就只可能是'天外飞尸'了，肯定是从天上掉下来的。"

女警顿时不哭了，恐惧地看着我。

林涛顺着我的手指抬头看去，看见我们头顶上横跨着一条高速高架，说："对，也只有可能是从那上面抛下来的了。"

听林涛这么一说，女警才平静了一些。

"如果是从高速高架上抛下来的，那么剩余的尸块很有可能仍有不少在附近。"我说，"高速公路上停车很危险，下车抛尸更需要冒着被高速公路上其他车辆里的人发现的危险。所以凶手如果选择在高速公路停车抛尸，通常会在没有车经过的时候，伺机下车把尸块全部抛完。总不可能走一段抛一段，那样就增加了被发现的概率。"

"有道理，有道理。不过，这里有很多杂草，不好找。我们多叫几个人来找找吧。"林涛向池塘边挥手，示意塘边的民警都下来帮忙寻找。

很快，由十多名民警组成的搜索队伍都下到了塘底，黄支队也亲自穿上了胶靴，下去寻找。现场的范围不小，而且因为杂草丛生，做不到一目了然。在泥巴地里行走很艰难，也极大程度拖累了我们的行进速度。没办法，我们只能把高速桥下的池塘按照方向分为九个部分，分组开始了地毯式的搜索。这样可以做到无死角、无疏漏地寻找，也可以极大提高工作效率。

十几名民警，每个人穿着胶靴，拿着竹棍，在又是烂泥又是杂草的池塘里摇摇晃晃地来回走着。时不时会从远处传来令人振奋的消息。

"第五组找到一个袋子！"

"里面装的是什么？"

"右胳膊右手！"

"拍照录像以后再提取！"

…………

花了一个多小时的时间，不出意料，搜索队一共在 4 个区域内发现了 7 个塑料袋，分别装着双上肢、双大腿、双小腿加脚掌，以及躯干。

我一直站在场地的中央，手里拿着一个记录本，一边记录着塑料袋提取的大致位置，一边记录着每个塑料袋里装着的尸块部位，然后给塑料袋编上号。从我在记录本上画出来的"拼图"看，在第 9 个袋子被找到的时候，所有人体组织已经可以拼接成一具完整的尸体了。

"幸亏和我们推断的一样，他为了不被人发现，是在一个地方把尸体块一起扔了下来。"我暗地里想着，"要是走一路，扔一路，还真够我们喝一壶的。"

我收好笔记本，让身边的黄支队宣布搜索结束。各个组把自己找到的塑料袋按照我之前的编号分好，然后大家合力将尸块运到了岸上。

我走上池塘的岸边，跺着脚，把鞋底的泥巴蹭掉，然后脱下胶鞋，换上自己的鞋子，瞬间感觉两脚轻松了很多。

黄支队长走过来问："在这里查，还是去解剖室？确定尸体找全了吗？"

我点点头，说："找全了，年轻女性，抛尸地点应该是高架桥上，现在你恐怕得派痕检员去高架上看看能不能找到什么痕迹。高速路上，要注意安全。"

"怎么肯定是在高架上？"黄支队看了看很高的高架，又看了看池塘的周围，不放心地问。

"第一，池塘里除了我们现场勘查员留下的足迹，再没发现其他足迹，如果凶手不下池塘，站在岸边根本不可能抛到那么远。"我说，"第二，每个塑料袋的下方都有很深的凹坑，说明塑料袋坠落下来具有一定的动能，如果是站在池塘岸边抛，首先凹坑的方向不应该是垂直的，而且不可能形成那么深的凹坑。如果在桥上扔，就有可能。"

黄支队点了点头，说："其实我不怕碎尸案，碎尸案不难侦破。不过这个案子恐怕就没那么简单了，因为在高速上抛尸，很有可能不是我们本地的，甚至不是我们本省的，尸源不好找了。你可知道，我们是高速枢纽，一千公里外的城市，都能开到这里抛尸。"

我点了点头，碎尸案的尸源范围是最重要的，但如果是外省的失踪人口，恐怕就没那么容易找了。

"即便有了DNA，也不好寻找外地的失踪人口。"我说，"确实有点难，看来我这个福将当不了了。"

"是啊，"黄支队无奈地笑笑，"我刚才打电话问了高速管理的人，他们说这条高速上，每天都有近万辆车经过。你说我怎么查？"

"一天就这么多，更不用说几天了。"我说，"谁知道他是哪一天抛甩下来的呢？今天发现的，不代表是今天抛的尸呀。"

我这么一说，黄支队显得更加焦虑了，说："这我可不管了，你无论如何得给我想办法确定抛尸的时间，最好能搞清楚是从哪个城市开车来的，这样我们才好发布协查。"

"要求有点过分吧？"我笑了笑，说。

"炒面片是白吃的吗？"黄支队反问道。

"好吧，好吧，我尽力。"我说。其实，此时的我，心里是一点儿底也没有。

能不能在最短的时间内查找到尸源，就要看法医能不能尽自己所能为侦查提供一些线索，缩小查找的范围了。所以我们没有多说什么，一路呼啸着把9个塑料袋拉去殡仪馆，立即开始尸体检验工作。

3

在云泰市公安局法医学尸体解剖室的解剖台上，我们把9个塑料袋里的尸体块都取了出来，把尸体块按照塑料袋的标示号标上号码。这样做的目的是，之后还可以搞清楚哪个袋子是装哪块尸体块的。每块尸体块上，我们都提取了血痕和少量肌肉组织，已经在回来的路上就送去市局 DNA 实验室进行检验了。虽然很显然这些尸体块都是来自同一个人，但是法庭证据不是儿戏，不能简单地想当然，DNA 证据才是最保险、牢靠的。

在没有 DNA 检验技术的时候，这种碎尸案件，就得靠法医来解决同一认定的问题。方法很简单，就是拼接尸体块，看断端的皮瓣是否能够拼得上。拼接好了尸体，就可以进一步对尸体进行检验工作。

每个袋子里只装了一块尸体块，9 袋尸体块的拼接并不麻烦，所以我们很快就将 9 袋尸块拼接成了一具完整的尸体。尸体是全身赤裸的，身材很好，从洗净的头颅看，也能看得出是个容貌姣好的年轻女性。

在尸体拼接完成之后，我和大宝的第一件工作，就是仔细地检查尸体的每一寸皮肤。一来是需要检查皮肤上有没有开放性的创口，可以帮助我们来判断死者的具体死因是什么。二来是在皮肤上找一些特征性的标志，比如文身、胎记或痣，这些标志可以大大降低我们寻找尸源的工作量。只可惜，通过一番查找，我们既没有发现开放性损伤，也没有发现特征性的标志。

"看来可以排除机械性损伤死亡。"和我们一起进行尸体检验的云泰市公安局的高法医一边清洗掉手套上的血迹，一边说，"没有开放性损伤。"

"但是，你没有发现尸体的尸斑很浅淡吗？"大宝说。

尸斑是在人体死亡后两小时左右，由于血液循环停止，心血管内的血液因重力作用，沿血管网向下坠积，高位血管空虚、低位血管充血，透过皮肤呈现出的暗红色、暗紫红色斑痕，这些斑痕开始是云雾状、条块状，最后逐渐形成片状。一般尸斑浅淡多见于严重失血或者溺死的尸体上，因为刚刚办了石培县的水中浮尸案，所以大宝对此印象深刻。

"失血，还是溺死？"黄支队毕竟是法医出身，很快就抓到了重点，他一边站在一旁记录，一边说道，"也可能是死者在死后不久就被肢解了。"

"尸体表面没有任何创口，肯定不是失血死亡。既然死者不是死于失血性休克，如果是死后立即被肢解，血管内的血液依旧会因为血管的断裂、重力的作用而流出，这和失血死亡尸体的机理一样，尸斑也可以是几乎不可见的。"我同意黄支队的猜测，又补充道，"杀完人能够迅速完成尸体肢解的动作，说明凶手肢解尸体的工具应该是随手可以找到的。毕竟机体死亡后 2 个小时就可以形成尸斑了。"

我拿起血腥味儿浓重的死者的头颅，看着食管、气管的断端和暴露的颈椎骨碴儿，突然感觉到一丝恶心。我抬起胳膊揉了揉鼻子，又对照着看了看尸体头颅和躯体的断裂面。

"颈部肌肉全部被血液浸染了。"我说，"难以从皮肤和肌肉有无出血判断死者的颈部是否被掐压。"

"可是死者的窒息征象是很明显的。你看这口唇和指甲，这么乌紫的。"高法医说，"可是她的口唇和牙齿却是完好的，那么就可以排除捂压口鼻腔导致的机械性窒息。"

我知道高法医说的很有道理。我慢慢地沿着死者颈部的断端切开颈部皮肤，暴露出死者的气管。先检查了死者的舌骨，又检查了甲状软骨，最后还把那些没有被血染的肌肉组织都分离出来看了看。舌骨和甲状软骨都没有发现骨折，颈部肌肉也没找到外力作用的痕迹。

我摇了摇头，说："颈部不像是遭受过暴力作用。"

人体的舌骨和甲状软骨很脆，如果颈部受压可以致死的话，大多可以发现舌骨或者甲状软骨的骨折。这两处的骨折也会成为法医推断机械性窒息致死的一种依据。

"既然不是掐颈，不是捂嘴，颈部又没有索沟，那怎么导致窒息的呢？"我很疑惑，上一个案子几乎也有诸如此类的疑问，"难道真的是溺死？"

带着问题，我又拿起止血钳和手术刀，寻找死者的气管。因为死者的气管已经离断了，两头都因为弹性作用缩了进去，我只能一手用止血钳夹住气管的断端，另一手拿手术刀切开了死者的气管。

气管内是有明显血迹的，整个气管壁似乎已经失去了原本的白色，而是红彤彤的，这显然是不正常的。我知道，在死后切断颈部，肯定会有血液倒流进入死者的气管，但是让死者气管变成红色的，不仅仅是倒流而入的鲜血，更多的是死者的气管壁黏附着的气泡，而且气管壁还有严重充血的迹象。

"难道真是溺死？"我用止血钳指着气管壁说。溺在水中的人，因为气管里吸入了水，就会在水中剧烈地呛咳，呛咳的动作会让气管里的水分、黏液和空气在一起搅拌。经过搅拌，就会形成大量的气泡，直到机体死亡，气泡也经久不散。尸体被捞上来后，口鼻部位不断涌出的蕈状泡沫，就是气管中的气泡因为气压作用而涌出的。溺死尸体被解剖后，依旧经常可以在气管内发现气泡。同时，因为剧烈呛咳，溺水的人的气管壁也会有明显的充血征象。

"我刚才就那么随口一说而已！"黄支队说，"这案子怎么会是溺死？如果是溺死，凶手为什么要碎尸？难道打捞上尸体后在野外碎尸？这个太少见了吧。会不会是血液流进气管后，因为尸块的摇晃，和气管内原有的黏液发生搅拌而产生的气泡？"

"这个难度有点大吧，再怎么摇晃也难……等等！"

我看见在解剖尸体躯干部的高法医此时正在从死者腹腔里拉出胃，赶紧大喊道。

高法医吓了一跳，停下了动作。

"如果是溺死，胃内肯定有溺液。"我接着说。

高法医看了看躯干部的断端和已经截断了的肠子，说："这个恐怕看不出来吧。胃上的食管断了，胃下的十二指肠附近也被截断了，有水也流完了。"

我点点头，觉得高法医说的有道理："不管怎么样，咱们总得试一试。仔细一点儿吧，用干净的工具先从幽门和贲门处结扎，然后打开胃看看，不要挤压。"

当我们小心翼翼地打开死者的胃，惊喜地发现胃真的是充盈的，除了水，什么也没有。

"嚯嚯，当真有水，奇了怪了。"高法医说。

"可能是因为上端食管保存得比较久，尸块的体位也没有太大改变，所以没有反流。另一头，溺液刚刚进胃，死者就死了，胃的幽门闭锁，所以即便十二指肠下方被截断，胃内容物也没有过多流失。"我一边说一边用干净的舀勺把胃内的水舀进一个干净的玻璃瓶，"你们看，胃内的水还是显得比较清澈的，虽然有血液灌流进来，但是并没有发现泥沙、水草之类的东西。你们见过溺死的尸体胃里有这么清澈的溺液吗？所以我觉得她呛的应该是非常干净的水，肯定不是在小湖、池塘之类的地方溺死的。当然，这只是肉眼观察判断，具体的，还是送去做硅藻实验吧，看看硅藻的类型，基本就能确定是在什么水里溺死的了。"

"我去，我去！"大宝说，"解剖室里，有离心机和显微镜吧？"

那时候的硅藻检验，是用硝酸硝化法，所以检材处理只需要试管和烧杯就行了，硝化之后的液体，需要离心机进行离心操作，再在显微镜下寻找硅藻。

"有，隔壁就是。"黄支队指了指，说道。

大宝点了点头，用干净的剪刀剪下一部分肺组织和肝组织，又取了胃内的溺液，去了隔壁实验室。

"看来死者很有可能是在室内被溺水的。"黄支队沉吟了一会儿，说。

我们都注意到了黄支队用的是"被溺水"这个词。

黄支队接着说："把死者的头发剃干净，如果她是头部被人摁在水里溺死的，那么她的损伤当然不在颈部，而应该在脑后、项部。"

听到黄支队的想法，我非常高兴。这确实是很有道理的推断，颈部的肌肉被血液浸染，但是头皮质密，其下的损伤不会被流出的血液破坏掉。如果在脑后发现有皮下出血，那么就更加印证了死者是被人掐住项部、摁入水中呛水身亡的推断了。

有了这个推断，我连忙拿起手术刀剃除死者的长发。我现在已经是熟练工了，用手术刀剃除头发非常快，也都能齐根剃除。只用了十多分钟，我就把头颅上的长发剃除得干干净净，青色的头皮完整地暴露在了我们的面前。

不出所料，死者脑后的发际线内，左右各见一处皮下出血。林涛走近了尸体，仔细看了看皮下出血的形态，说："不错，应该是手掌和拇指在死者脑后形成的痕迹。"

"师兄，你的推断不错啊。"我说，"确实是'被溺死'，这种杀人方式，还真是不多见。至少我以前是从来没有见到过的，很有迷惑性。"

"等大宝那边找到硅藻，就更能印证我们的推断了。"黄支队说，"碎尸案件一般都是熟人作案，所以找到尸源案件就破获了一半。凶手能用室内干净的水来溺死人，以及杀完人后立即可以找到分尸凶器，从这两点来看，凶手和死者更是熟人了。"

我一边点着头，一边用放大镜仔细观察了尸体软组织和骨质的断端。

"死亡过程已经清楚了。"我说，"分尸工具看来也不难分析了。"

高法医和黄支队探过头，看了看我手上拿着的放大镜照的地方。黄支队说："嗯，手法拙劣，看来对人体组织不太熟悉。"

我笑了笑，说："是啊，专找致密的肌腱处下刀，不会找关节，刀子还不锋利。"

"为什么你这句话听起来，是在教我们怎么碎尸呢？"林涛拿起相机，照了几张照片，说道。

"他们不需要教。"我耸了耸肩膀。

黄支队没有理会我的调侃，仍在认真地观察着软组织的断端，说："软组织是用刀子割开的，但骨头不是，是用电锯锯的。"

我点了点头，对黄支队的分析表示认可："是啊，骨质断端呈阶梯状，而且阶梯间隙整齐，不是手工锯，是电锯。骨质也有砍痕，说明凶手是先用刀砍，没砍开，改用电锯了。这更说明凶手获取工具很方便。"

"而且，家里有电锯的人还真不多，你们家有电锯吗？"林涛若有所思地说，抬起头问我们。

我摇了摇头，然后欣喜地说："是啊，有道理！凶手应该很容易在家里找到肢解尸体用的电锯，得查那些家中可能有电锯的工种。"

"从特殊工具来找凶手，这是后话了。"黄支队看我们已经确定了死者被杀死的过程、明确了分尸工具，充满自信地说，"目前，咱们首要的任务，还是要再尽量缩小尸源的寻找范围，侦查员就一定有信心破获。"

我知道死因查得再清楚，从目前的情况看，也比不上查找尸源能发挥更重要的作用。只可惜，眼前的这名死者确实太"普通"了。所谓的"普通"，是指我们在尸体上并没有发现任何能证明她身份的特征。

"没有特征，我们也得把基本特征总结出来。"我有些沮丧，现在只有寄希望于准确地推断出死者的各项一般特征了。

这起碎尸案件，因为尸块全部找全了，性别、身高、体重自然不是问题，好在盆骨也在，利用耻骨联合面形态推断死者的年龄也很容易。

因为耻骨联合周围有丰厚的软组织，不容易分离，所以电动开颅锯反而不好用。我拿起手锯锯下了死者的耻骨联合，走到水池旁，慢慢地分离耻骨联合上的软组织。

正常情况下，是需要通过用高压锅煮骨头的方式来分离耻骨联合上的软组织和软骨、充分暴露耻骨联合面的。但是心急的我希望可以立即分离掉软组织，对耻骨联合面的形态有个大概的认识。

"奇怪了。"高法医说，"死者的膀胱内有冰碴儿。"

原来，我们取下死者的耻骨联合之后，高法医就在那里用缝线缝合我们的切开口，无意中手指触碰到了死者的膀胱，似乎被戳了一下。于是他连忙打开了死者的膀胱，发现膀胱内淡黄色的尿液当中，居然漂浮着一些冰碴儿。

我连忙走过去看。此时，高法医已经从切开的膀胱内，用止血钳钳出了好几块小东西。没错，确实是冰碴儿！

"尸体我们是没有经过冷冻就检验的，现在都已经过了五月份了，全国各地也没哪个地方是零摄氏度以下啊，膀胱内的尿液怎么会结冰呢？"高法医说。

"那只有一种解释了！尸体在冰箱内保存过！"我说，"既然刚才分析了死者死后 2 小时之内就被肢解，说明凶手这么快肢解尸体，是为了方便放进冰箱冷冻？"

我拿起死者的上臂和下肢，再次检查着指关节的活动度，说："之前就确定尸僵已经完全缓解了。尸僵完全缓解，说明死者已经死亡 2 天以上了。"

"等等，我有点儿乱，得捋一捋。"黄支队揉着脑袋说，"目前看，死者应该是死后 2 小时被人用电锯和刀肢解，然后被放进冰箱冷冻。48 小时以后，凶手从冰箱内拿出了尸块，然后抛尸到这里，是吗？"

我点了点头。

"可是，胃内也全是溺液，为什么就完全化冻了，而膀胱内的尿液却没有化冻完全还剩下了冰碴儿呢？"林涛好奇地问道。

"这个容易解释。"黄支队揉搓着自己的下巴说，"胃组织不如膀胱组织致密，保温效果也差。而且尸体腹部被截断，胃的一半暴露在空气中，而膀胱隐藏在盆腔内，周围的盆腔脏器和腹壁组织把膀胱包裹，就像是冰棍外面盖着棉被，化冻化得慢一些也是正常。"

"你这个比方，很不恰当。"林涛皱起了眉头。

4

"这个发现，有价值吗？"高法医问道。

我和黄支队都在思考，没有回话。我一边思考着，一边慢慢地剥离开死者耻骨联合的软组织，观察耻骨联合的形态。

"耻骨联合上的耻骨结节嵴还在，可以估计死者的年龄大概是 23 岁……"我的话还没有说完，就看见那个在现场被吓到了的女警急匆匆地走进了解剖室。

"抛尸点找到了。"女警适应能力很强，现在几乎看不到任何恐惧的神色了，她气喘吁吁地说，"从尸块坠落的上方，我们沿着高速公路边缘找到了抛尸点。那里的护栏上发现了滴落的血迹。只可惜那个地方正好没有监控。"

黄支队说："监控，是一个捷径，既然捷径走不通，那就还得靠我们法医的这些笨办法。不过，在现场的时候我说了，这条高速公路是贯穿江南各省的枢纽，即便不是高峰期，每天仍有上万辆汽车经过，如何查呢？"

我想了想，说："如果是这样，那么膀胱内的冰碴儿就有用武之地了。"

"你是说，冰块都没完全融化，是因为近，对吗？"林涛插话道。

我点点头，兴奋地说："既然凶手从家里出发，到高速上抛尸，而尸体内的冰块还没有完全融化，那么至少说明了两个问题。第一，凶手的家应该离我们这里不远，不需要日夜兼程。现在室外温度最高有二十摄氏度了，最低也有十摄氏度。一坨冰块，用不了几个小时就会完全融化的。第二，今天早晨发现的尸体，尸块不可能在现场停留了很久，被抛下的时间应该不长，所以只需要按照抛尸点在路的左侧还是右侧，确定车辆行驶的方向，然后查一查昨天深夜经过前一个高速收费站的车辆就可以了。时间上圈定了，排查对象要少得多了。"

黄支队和高法医都对我的想法表示认可，笑着点头。

黄支队补充道："高速上车流量那么大，凶手决计不敢在白天停车抛尸，多半是深夜时分趁车少、视线差去抛尸。"

林涛说："而且能边开车边观察在什么地方没有监控呢！"

"我觉得膀胱内发现冰碴儿，还有一个作用。"黄支队笑眯眯地说，"如果我们发现了犯罪嫌疑人，说不准有可能在冰柜中找到死者的血迹，这可是决定性的证据。"

"不错。虽然犯罪分子肯定会打扫碎尸现场，但是冷冻尸体的冰柜拐角缝隙很多，他未必能打扫干净。"我点了点头，说。

收获不小，我们决定结束解剖工作。即便尸体已经被锯得支离破碎，但是出于对死者的尊重，我们还是把能缝合的皮肤都缝合了起来，让死者有个全尸。

在缝合的时候，大宝也已经完成了硅藻检验，说："死者体内是有硅藻的，但是数量很少，每个视野里只能找到一两个梭形硅藻。"

"那就更加印证了死者是在自来水中溺死的了。"我一边缝合一边说道。

缝合完毕后，我们脱下解剖服，逐个儿洗手的时候，黄支队接了个电话。从他逐渐凝重的表情来看，不是什么好消息。

挂断电话后，他说："可能我们低估了跨地抛尸的难度。高速那边刚才来电话，收费站提供了过站数据，昨天夜里至尸块被发现的时间点，经过收费站的车辆居然有 2000 辆之多。他们问，能不能确定是什么类型的车辆，是货车还是轿车，如果轿车的话，会少很多，因为晚上行驶的货车多。"

"谁知道呢？货车也能抛尸啊。"林涛说道。

"确实有点儿多了，这样逐个儿排查，要查到哪一年去？"我皱起了眉头，"可惜，这个冰块的融化时间因为受到车内温度、环境温度和机体组织暴露在空气程度的影响，侦查实验真的不好做，没法确定从冰箱拿出来几个小时后能融化到这种程度，不然还能再精确一些。"

"其实已经不错了，总比要查近几天经过的所有车辆要好。"黄支队在自我安慰。

我们几个人都静静地坐在解剖室隔壁的更衣间内，各自苦思冥想。

突然，我和黄支队都跳了起来，异口同声地说："裹尸袋！"

因为本案中装尸块的包装物都是普通的塑料袋，所以我们没有重视，只是检查确定没有有特征的附着物后，就放在了物证袋里。现在缩小侦查范围的工作出现了难题，我和黄支队同时想到了那些印有花花绿绿字样的塑料袋。说不定，线索并不在于塑料袋上附着了什么，而是在于塑料袋本身呢？

我和黄支队重新戴上了手套，从物证袋里拿出那9个塑料袋，平铺在已经清空的解剖台上，仔细地查看。

"这年头，法医还得解剖塑料袋。"林涛哈哈一笑，说道。

"别忘了，清明节那个案子，咱们可就是利用衣物破的案。"我说，"这具尸体全身赤裸，就只能寄希望于塑料袋了。"

"能不能根据塑料袋的质地，调查它的产地和销售范围？"黄支队拿出了其中几个塑料袋，发现塑料袋都没有任何异于其他塑料袋的特征。光秃秃的袋子，连个字都没有。大多都是黑色的垃圾袋，只有其中3个塑料袋似乎是有字或者有logo的。

我们把没有价值的袋子重新装进物证袋里，然后开始清洗剩下那3个塑料袋表面的血迹和泥土，想看清楚袋子上印着的东西。

"看来，这也看不出什么。"黄支队指着其中的两个袋子，说，"这两个袋子上印的标志我认识，分别是'三莲'和'万家乐'两家超市。这两家超市，一家是全国连锁，另一家是全省连锁，门面加一起没有上千也有几百吧。"

"至少可以排除外省的车辆啊。"我说，"既然是全省连锁，那说明是我们省的案子了。"

"可是高速那2000辆车，至少有一半是我们省的牌照吧？"林涛说。

"别急，这不还有一个吗？"我拿起剩下的一个袋子，袋子上只印了一个篆体的"香"字。

"这个就不知道了，可以查一查是哪家店面的logo。"黄支队说完，脱下了手套，从口袋里掏出手机，对着已经洗干净的塑料袋拍了张照片。

"还有一个办法，查一下，附近几个地级市，所辖的区县里，有多少是既有三莲超市，又有万家乐超市的。"我说，"一个人在超市购物，一般都只会在自己生活的区域里购物。"

"好的，这就去调查。"黄支队说。

"还有，既然明确是我们省内的案件，那也可以让邻近几个地级市的刑警部门一起协查。"我说，"这个协查很简单，估计一个小时就能有结果。"

有了新的线索，我们也有了更充足的信心。

终于结束了解剖，也算是找到一些可以缩小范围的依据。我们吃过了中午饭，回到了宾馆。

协查通报已经通过公安内网发到了邻近的各个城市，毕竟除了找案发原始地点之外，还得有后续的很多工作。所以黄支队一整个下午都坐在我的宾馆房间里，挨个给邻近城市的刑警支队的支队长打电话，希望他们能高度重视，派出精兵强将来认真协查。

命案侦破工作，全省是一个整体，一荣俱荣，一损俱损。所以，各地的刑警部门在接到协查通知后，纷纷都行动起来。

众人拾柴火焰高，下午4点钟，黄支队的电话铃声就响起来了。

在经过几句简短的询问后，黄支队挂断了电话，兴奋地说："最后一个塑料袋的来源查清了，是香贵人专卖店的塑料袋。"

"香贵人？"我和林涛、大宝异口同声道，我们似乎都没有听说过这个奇怪的名字。

"确实不好查。"黄支队说，"非常小众，所以大部分人是不认识的。好在琴陵市的一名侦查员的爱人是开茶馆的。他的爱人知道，香贵人是一家茶叶的供货商。"

"琴陵市，距离云泰市不远，也在那条高速公路边。"我拿出手机，看了看地图。

"不，不一定就在琴陵市。"黄支队说，"我们的人去查了这家茶叶供应商，他们说这种袋子只在零售专卖店里使用。而他们的连锁零售专卖店，在琴陵市和汀棠市，还有秋岭市都有。"

"那范围也很小了。"林涛说，"找出那2000辆汽车里，挂这三座城市车牌的车辆，我想不会有太多吧？"

"还有更好的办法。"我说，"我觉得，在找车牌之前，还是先大胆地圈定范围。既然是茶叶零售，而不是供货，那么这种袋子就是私人卖茶叶使用的可能性最大。茶叶并不是这几个市的特产，也基本可以排除有外地人买了茶叶带回去。接下来，我觉得我们只需要查一下，这三个市所辖的区县，有没有哪个区县既有那两家超市，又有这个香贵人茶叶店的。"

"好，我来安排，这个好办。"黄支队拿出手机，在工作群里布置着工作。

"是的，从抛尸点位于高速桥北侧可以断定，凶手是从现场东边的收费站上高速的。然而汀棠市和秋岭市都位于云泰市的西边，没道理从国道绕到云泰东边再上高速。不就是抛尸嘛，何必多此一举？"我说，"而琴陵市在云泰市的东边，所以我觉得凶手在琴陵市的可能性最大。"

没过多久，黄支队的手机再次响了起来。

黄支队接完电话说："确实，琴陵市的城北区，具备这三家店的条件。"

"那就查琴陵市的车吧。"我说，"琴陵市是小城市，车辆保有量也很小，估计范围会大大缩小的。等查完了琴陵市的车，还查不到的话，我们再想别的办法。"

黄支队点了点头，说："明白了，我会安排两个组调查高速各收费站的资料。第一，查原定时间内从本市东收费站上高速的琴陵市牌照的车辆。第二，查原定时间往后推算的时间内，从琴陵市收费站下高速的车辆。"

"还有，要请琴陵市的刑警们做好协查的准备。"我说，"得查人。"

"行啊，先让侦查员们调查。"黄支队说，"我们去吃炒面片，然后你们回来休息。"

第二天一早，好消息就接踵而至。发案的当天晚上，符合上下高速路条件的琴陵市牌照的车辆共有 4 辆。

4 辆车的车主身份都已经查清。

"从 2000 辆缩减到 4 辆。如果凶手真的在这 4 个人中，咱们的推断就发挥大作用了。"黄支队说，"4 名车主，有没有重点嫌疑人？"

"有。"一名侦查员说，"根据琴陵市的同行发回来的消息看，4 个人里，只有 1 个是住在城北区的。"

"对，住在同时具有 3 家店的区域的人，可能性是最大的。"我又重复了一遍。

"这人是什么人？"黄支队问。

"货车司机。"侦查员说，"没有前科劣迹。"

"他就是跑运输的？"我问，"可有什么兼职？"

黄支队也急切地看着侦查员，因为我们想起了凶手家里可能有电锯之类的工具。一般货车司机家里，不太会拥有电锯这种特殊的工具。

"他在一个林场伐木，主要是跑木材生意，为周边城市运输木料。"侦查员说。

我和黄支队对视一眼，会心一笑。

"赶紧查他的社会关系。"黄支队说，"十有八九，就是这个人干的。"

"社会关系也调查了。"侦查员说，"蒋离，男，33 岁，单身。说是性格十分内向，似乎有社交恐惧症，一般不和人交往。经过多方面的调查，都没有人提到他身边有年轻的女人。"

"如果是谈恋爱的话，无论他再怎么社恐，也不太可能没人知道吧？"我犹豫了，"对了，失踪人口调查呢？不用在云泰市找失踪人口了，要在琴陵市找。"

"正在找。"侦查员抬起手腕看了看表，说，"应该快有结果了。"

"先让琴陵市的同行帮忙，等蒋离出门的时候，先对他家进行密搜。"黄支队说，"主要找冰箱、冰柜角落里的血迹。"

侦查员记录好黄支队的部署，快步离去。越接近真相，大家越是迫不及待，甚至连走路的脚步都加快了。

5 个小时以后，一阵尖锐的电话铃声吵醒了在专案组靠椅上睡着的我。电话里的声音很响："蒋离家冰箱里发现了血迹，经过琴陵市法医的初步种属实验，是人血，DNA 检验正在进行。"

黄支队喜上眉梢，重重地拍了一下桌子："抓人！"

蒋离到案后，并没有交代他的罪行。

即便 DNA 检验已经确定了他家冰箱里的血迹就是死者的，蒋离依旧摆出一副死猪不怕开水烫的样子，一句话也不说。

我们了解他的心理，想用所谓的社交恐惧症来对抗警方的审讯。他一定是天真地认为，只要你找不到死者是谁，又能拿我怎么样？

可惜，他的春秋美梦只做了 2 个小时，就直接破灭了。

虽然琴陵市警方排查全市失踪人口后，并没有找到条件符合的失踪人口，但是琴陵市 DNA 室把死者的 DNA 数据录入了本市的前科劣迹人员 DNA 库，经比对，意外地找到了死者的身源。

真是冥冥之中自有天意。

死者名叫刘小岚，24 岁，琴陵市琴南县某乡镇的村民。她从小就是一个孤儿，是被当地福利院收养的一个弃婴。3 岁的时候，她被一个女人收养了，虽然不富裕，但好歹有个家了。只可惜，她依旧无法和命运抗争。在她 11 岁那年，养母生下了一个男孩，是脑瘫儿。虽然家里三口人辛勤劳作，也可以养得起这个脑瘫儿，但是厄运仍在不断地降临。先是养父因为车祸而丧生，接着是养母罹患骨肉瘤，被截去了一条腿。养母巨额的医药费和脑瘫弟弟的生活开支，很快就把养父的抚恤金花尽，生活的重担落在了只有 17 岁的刘小岚身上。

为了养活残疾的养母和脑瘫的弟弟，刘小岚 17 岁就踏上了打工之路。在这几年中，她几乎什么活儿都干过，脏的、累的、苦的，依旧难以维持生计。后来，在一个同乡的诱导下，她最终失足成了一名卖淫女。

一年前，刘小岚因为卖淫，被公安机关行政拘留，而正是这一次行政拘留，在DNA 库里留下了痕迹。不然她失踪了，甚至都无人知晓。即便她养母发觉她失踪了，恐怕也得是一年后她没有往家里打钱时才会注意到吧。

刘小岚的身份一确认，蒋离这才开口了。

原来蒋离是刘小岚的常客，因为熟悉了，所以刘小岚也会应蒋离的要求，来他的家里过夜。这一天，蒋离要求刘小岚陪他一起在家里的浴缸中洗澡。刘小岚心情不好，没有同意。蒋离心想：自己在她身上花了那么多钱，玩一点儿花样都不行吗？于是恼羞成怒，开始殴打刘小岚。刘小岚拼命反抗，却怎么可能是一个干体力活儿的男子的对手？

蒋离把刘小岚整个身体都按进了浴缸里，控制住她的挣扎。在这个过程中，蒋离居然获得了几分快感，甚至都忘记了时间。几分钟过后，刘小岚在浴缸里不动了。

看到刘小岚死了，蒋离决定一不做二不休，要把尸体扔出去。可是，自己住着普通的高层，虽说电梯里没有监控，但是怎么也不可能在人来人往的小区里抱着一具尸体到处走。所以，他学着电视上那样，将刘小岚肢解后，分批把尸体块运到了自己的车上，又驾驶车辆跑了一百公里，在高速上抛尸。

他觉得没有人会注意到独自在外揽生意的卖淫女失踪，高速上又有那么多车辆，神不知鬼不觉抛弃一个卖淫女的尸体，应该不会被人发现，警方肯定永远查不到他。

但只要是犯罪，就会留下痕迹。每一个心存侥幸的凶手，最终都难逃法网。

案子虽然破了，但是得知了刘小岚的经历之后，我们没有一个人能高兴得起来。

黄支队叹了口气，说："生命无贵贱，更何况她其实是一个好姑娘。姑娘，安息吧。"

法医秦明

VOICE OF THE DEAD

| 第十案 |

午夜凶铃

——

一场欢喜忽悲辛。

叹人世，

终难定！

——

曹雪芹

1

"是 110 吗？"一个稚嫩的声音小声地问。

"是的，请问有什么可以帮助您？"110 接线员的声音。

"我们家闯进来了蒙面的歹徒，快来救命！"稚嫩的声音中夹杂着粗重的喘息。

"请问您的具体地址是？"

"超凡婚纱摄影主店。"

"是在城郊滨江大道东头的超凡婚纱摄影吗？"

"是的，快来救命！"稚嫩的声音突然提高了音调，随之而至的是一阵沉默。

"喂？喂？你还在吗？对方有什么具体特征吗？……"110 接线员的声音急促，电话那头却沉默不语。

"谁在喊救命？"突然出现了一个粗重的声音，随后便是激烈的打斗声和呼救声，很快，呼救声变成了"哎哟哎哟"的呻吟声。寂静了一会儿，便是"砰砰"的踹门声，紧接着，稚嫩的声音发出了一声惨叫，然后电话变成了忙音。

我默默地拿下耳塞，关上电脑，深深地吐了口气，心情格外沉重。

按照专案组的要求，所有专案组成员今晚都要仔细听这段报警录音，希望可以从录音中发现一丝线索。尤其是搏斗时候的背景音，看能不能听出一些不同寻常的地方。

这是一个月黑风高的夜晚，我一个人在宾馆房间中把这段录音听了十几遍。关闭电脑后，我四仰八叉地躺在床上，关了灯。

这一天太累了，我感到全身酸痛，仿佛无力重新站立起来。灯一关，顿时耳边又有声音萦绕，时而是小孩的声音，那凄惨的呼救声经久不息，时而又变成那无助的呻吟，"哎哟哎哟"声吵得我无法入眠。我顿时感到毛骨悚然，重新坐起靠在床上，打开宾馆房间的顶灯。

这是令人感到悲伤和沉重的一天。

案件的过程要从今天凌晨说起。

凌晨 4 点，是睡眠最深沉的时候。当时的我，正在做着一个看现场的梦，直到手机铃声响起，我还认为是在梦里。还是铃铛被电话铃声吵醒，然后推醒了我。

我刚上班的第一天，于总队长就告诉我，作为一名省厅的法医，是要随时待命的。换句话说，我的手机是 24 小时不准关机的。

到了科里，师父又给我加了码，说是不仅 24 小时不准关机，而且在铃声响起后 5 声之内要接电话。

这样的要求，让我养成了时时刻刻都要摸得到手机的习惯。如果进了山区、隧道之类没有信号的地方，我都会十分焦虑。

凌晨 4 点钟电话铃响，自然不会是什么好事。接通了电话，立即传来了师父急躁的声音："怎么才接？"

"睡迷糊了。"

"立即赶到省厅，和林涛、大宝会合。"师父说，"我正在北京学习，这次就靠你们了。"

师父的声音里充满了急切和担忧。

我现在已经是久经磨炼的"老法医"了，无论什么类型的案件，师父也应该充分信任我的办理能力啊。有什么事让师父这么方寸大乱呢？

"什么案子啊？"我好奇道。

"杀了 6 个，灭门案。"师父说，"很多年没有这样极端恶性的案件了，听说侦破难度也很大，你们得加油啊！需要我帮助的，线上找我。"

我心里一沉，虽然我早已是主检法医师了，但是让我主持这么一起不仅特大而且疑难的案件的法医工作，我的心里还是惴惴不安的。但是，对于一名法医来说，有什么比去办一起特大、疑难案件更具有挑战性的呢？有什么比破获这样的案件更有成就感的呢？

怀着这样矛盾的心情，我和林涛、大宝在夜色中会合，驾车开上了几乎没有人的城市公路。

为了尽早了解案情，我在车上就拨通了雷影市公安局刑警支队法医负责人汪海杨的电话。此时，痕迹检验部门已经进入现场，并对现场的通道进行标示。法医们正在现场外面等候，准备从痕检标示的现场通道进入现场。

所以汪法医才有时间在电话里给我详细介绍案件的发案情况和处警情况：

今天凌晨1点左右，雷影市公安局110指挥中心突然接到了一通报警电话，报警电话的内容就是那段孩童的报警录音。

接警后，110接线员立即通知了离现场最近的派出所。派出所指令正在附近进行夜间街面巡逻的民警以最快的速度赶赴现场。因为是深夜，所以路上车辆不多，民警5分钟后便赶到了电话里提到的地点，位于新城开发区边缘、城郊滨江大道东头的超凡婚纱摄影主店，发现一楼3间门面的卷闸门全部紧锁，二楼的一间房间开着灯。

民警呼喊无应后，紧急用撬棍撬开了卷闸门进入现场。巡视一楼发现空空如也后，他们上了楼，在二楼的楼梯口发现了一名男性倒伏在地上，几乎探测不到生命体征，而楼梯连着的二楼走廊上布满了血迹。民警一边迅速拨打120，一边查验二楼开着门的两间卧室，发现这两间卧室内各躺着一个人，和男子一样，也都探测不到生命体征。民警呼叫指挥中心，要求各警种部门立即支援，对周边进行布控。

现场的民警在呼叫完指挥中心后，又对从外锁住的房间进行了搜查，让他们没有想到的是，其中一间从外锁住房门的房间里，居然还躺着3具尸体。

虽然这6个人的体温仍在，但在120赶来之前，民警就已经确证这6个人都已气绝。

小小的雷影市，连命案都很少见，更何况这种一次性就杀死6人的特大灭门案件！

鉴于死者死前报警电话中的打斗声，专案组认为犯罪分子不可能跑远，于是立即布下了天罗地网，组织百余名值班民警和特警立即赶赴现场。雷影市武警支队也派出队伍，协助公安进行布控和追捕。公安和武警们对周边进行搜索，设置关卡对过往车辆进行查验，盼望可以发现身上黏附大量血迹的犯罪嫌疑人。

只可惜，报警、处警有时间差，而且现场附近的地势非常复杂，几百名警察来不及形成严密的包围圈。所以，经过一夜的盘查，并未发现任何嫌疑人。

另一方面，刑事技术部门全员出动，对现场进行了勘验。因为现场到处都是血迹和打斗痕迹，现场勘查工作进行得十分艰难。一个现场，6具尸体，地面大量血迹、大量血足迹掺杂在一起，顿时让现场勘查员们慌了神。

案件通报通过内部传真电报传到了省公安厅刑警总队的值班室，值班员也是被吓着了，连忙电话叫醒了于总队长。于总队长赶到了办公室，也意识到了这一起案件的严重性。一次性杀死多人的命案，通常都是因仇，存在非常明确的矛盾关系，案件残忍却不难侦破。可是这一起案件，通过大致的外围调查，却没有摸到任何有价值的线索，也就是说，本案毫无侦查方向。更麻烦的是，现场情况非常复杂，因为死者多、出血多，又有搏斗，所以现场的痕迹非常凌乱，想要捋清楚不是一件容易的事情。

于总队长当机立断，叫来了值班的侦查员潘哥，又叫上了刑警总队重案科的其他同志，几乎是重案部门全体出动，先行一步赶赴雷影市。同时，于总队长通知了正在北京学习的师父，让他组织技术骨干力量，随后赶来雷影市，支援、指导当地的案件侦破工作。

这么大的事情，师父首先想到了我，让我们刚刚组建不久的勘查一组承担了这一起案件的出勤任务。

我接到指令，是在凌晨4点。

我们3个人完成集结，4点20分就从厅里出发了。雷影市是距离省城最远的地级市，全程走高速公路，也至少需要4个小时。好在这个时间点，路上的车辆很少，我们很快就上了高速。在和汪法医打完电话，充分了解完情况后，我们都沉默了。在忐忑和激动的矛盾心理中，沉沉睡去。

像我们这样的省厅的现场勘查员，必须具备善于利用碎片化时间进行休息的能力，这么大一个现场、6具尸体，可想而知等待我们的是多大的工作量，现在必须利用4个小时的路程时间好好休息，为接下来的辛苦工作攒力气。

直到上午9点整，我们被驾驶员喊醒，才发现已经到达了案发现场。

案发现场位于雷影市的偏远城郊，居民不多，围观群众也不太多。现场被警戒带封锁，警戒带周围停了三十余辆警车，负责外围警戒、搜索的警察也有百余人之多。这样的阵势我还是第一次碰见，心里顿时有些打鼓，对自己没了信心。转念一想，无论如何，先打起十二分精神，既然师父相信我们，我们就要尽全力为这起灭门案的侦破贡献自己的力量。

现场旁边是滨江公园，专案组在公园的草地上搭建了一个简易棚，作为专案指挥部。一般专案指挥部都会设立在公安局里，或者附近的派出所里，最多也就是临时征用现场附近的民居、工厂。像这样直接在现场旁边搭建工棚的，我还真是没见过。可能是因为案件重大，专案指挥部需要第一时间了解现场状况吧。而且，搭建工棚，可以防止侦查秘密外泄，也可以遮挡初秋时节依旧酷热的阳光。

我们省厅侦查、技术部门一共有十多个人到达专案指挥部。我们立即各就各位，随同对口部门的联系人开始初步了解案情。

雷影市的法医负责人，也是雷影市刑警支队技术大队的大队长汪海杨，他是我的大师兄，这是一个沉着稳健的 40 岁男人，他十多年来刻苦钻研，与雷影市刑警部门紧密配合，成就了雷影市连续 4 年命案侦破率 100% 的成绩。他也因为成绩突出，多次荣获省厅授予的"十佳技术员"称号。所以，我们彼此都很熟悉。

汪法医和我简单寒暄之后，开始介绍现场情况。

"这是老房子了，很多年前就建成了。"汪法医说，"房子是死者张一年家的祖宅，张一年从 8 年前开始率全家做婚纱摄影的生意，其实也不是专业的婚纱摄影，但是他们价格低廉，而且无论什么艺术照啊、证件照啊、全家福啊都可以拍摄，业务覆盖面广，所以还是吸引了很多工薪阶层和城郊农民的青睐。"

"这个地方还真是偏得很。"我插话道。

"看起来偏僻其实也不偏僻。"汪法医说，"这里因为城乡一体化，逐渐开发起来。但是这座住宅周围的建筑还在规划中，离这座住宅最近的村落其实就在西边 500 米外。"

我顺着汪法医的手指望去，果真看见不远处有袅袅炊烟。

"但这块地盘正在开发中，所以这个孤零零的建筑成了危险之地。晚上这边确实黑灯瞎火，容易被犯罪分子看中。"汪法医说，"这些年，张家一点儿一点儿做大，在城里开了两家分店。但这边还是作为他们的主店，是他们投入精力最多的地方，晚上他们也都会住在这里。"

"这个店有不少员工吧？"我问。

"除了聘请的摄影师和技术工作人员，"汪法医说，"还有很多调配运输婚纱、摄影器械和其他物品的临时工，算是养活了不少人。"

"现场全面搜索了吧？确定是死了 6 个吧？"我问道。我害怕在勘查员勘查的时候，又找出其他的死者。

"嗯，死了 6 个。现场全面搜了，没其他人了，而且作案时间是半夜，也不会有其他人在他们家过夜。"汪法医说，"经过亲属的辨认，死者是张一年夫妇及他们的一对儿女，还有张一年的父母。"

"这也太残忍了吧！真的是灭门！居然连孩子也不放过？"大宝怒得跳了起来。

汪法医默默地点了点头。我一股热血涌上心头，这个畜生，一定要把他揪出来。

"放心，法网恢恢。我们先来看看犯罪分子的出入口吧。"林涛看出了我的心思，把我从愤怒的情绪中拉了回来。

"房子位于新建通车的滨江大道北侧，房子是两层结构。"汪法医说，"一楼南侧是 3 扇大卷闸门，临靠路边，算是一楼的门面。内侧是摄影棚和办公室。房子的北侧面对的都是荒地，所以没有门，只有窗户。一楼办公室旁，有一楼梯通往二楼，二楼有一条东西走向的走廊，走廊连通了 6 个房间的房门。房子的一楼层高 5 米，二楼层高 3 米多，所以二楼的窗户不好攀爬。"

"处警民警说了，卷闸门都是锁好的状态。那我们重点要去看看朝向荒地的北侧一楼窗户了。"林涛说。

我一边听着汪法医的介绍，一边和林涛一起随汪法医绕到房后。

房子的北侧果真只有 6 扇窗户，窗户看起来都很安全，因为一来一楼楼层高，所以窗户也就相对很高，不容易攀爬；二来窗户上全部装上了防盗窗。

但是这种安全，只是看起来的。

因为我们一走到房子的北侧，就看见其中一扇窗户的下方，有一摞砖头，而这扇窗户内侧防盗窗的栅栏被人用锯子锯掉了两根，里面的推拉式窗户也是开着的，窗帘被风吹得飘起来。

"这个是新鲜的锯痕吗？"我指着那两根被锯断的栅栏。

林涛则蹲在地上看那一摞砖头。

汪法医点了点头，说："现在痕迹检验部门已经确定凶手是从这里出入的，但是没有发现可以认定犯罪分子的痕迹物证，凶手应该戴手套了，是有备而来。"

"嗯，这摞砖头是用来垫脚的。"林涛说，"可惜就是普通的砖头，不具备保留痕迹物证的条件。"

2

我又跟着汪法医绕着房子走了两圈，没有发现什么新的线索，于是我说："不如，我们抓紧时间，进中心现场看看吧。"

我和汪法医穿好现场勘查装备，小心翼翼地走进中心现场。现场的一扇卷闸门已经被民警撬开了，我们从被掀起的卷闸门走进现场一楼，发现现场一楼是个大厅，大厅里摆放了各种婚纱和各种用于婚纱摄影的器械与背景。大厅的东头用钢化玻璃隔开一间小屋，玻璃门上挂着一块"财务室"的牌子。

我走到财务室的门口，拉了一下玻璃门。玻璃门没有锁闭，我和汪法医一起走进去。

"财务室里有情况吗？"我问。

"经过勘查，犯罪分子并没有进入财务室。"汪法医说。

"这个保险柜也没有被侵入的痕迹？"我注意到财务室的墙角有一个保险柜，于是指着说，"如果是抢劫杀人，犯罪分子又是从一楼进入的，那么他应该先在这个没有人住的财务室里找一找财物，对吧？这里最有可能有钱，而且最安全。"

汪法医点了点头，说："不仅如此，经过对二楼的勘查，发现主卧室的柜子、死者的衣服里共有现金7万元，而且都放在比较容易发现的地方，只要凶手简单翻找就能发现。"

"所以，现在专案组认为是寻仇杀人，对吗？"我问。

"是的。"汪法医说，"如果是抢劫，没必要杀这么多人，牙牙学语的孩子又不会指认他们。寻仇灭门基本已成定论，所以现在专案组的全部力量都在寻找死者生前的矛盾关系。"

我点了点头，简单看了一下整洁的财务室，拍了拍手，说："走，师兄，上楼看看。"

其实走在楼道中，我就闻到了一股浓重的血腥味儿。楼梯上已经被痕检员们画出了很多圆圈，表示圆圈里有可疑的痕迹物证，不可以踩踏。我们绕过圆圈，上了楼梯，从楼梯上转过一个弯，上到二楼，发现眼前的景象惨不忍睹。

一具三十多岁的男尸侧卧在走廊上，只穿着三角裤衩，身下一片血泊。经确认，这具男尸就是这家婚纱摄影店的老板张一年。尸体的后面房门大开，走廊上的血迹非常凌乱，一直延伸到屋内。

"你看，搏斗痕迹非常明显。"汪法医指着地面上凌乱的拖擦型血迹说。

我蹲下身来，简单看了看张一年的尸体。尸体皮肤上基本都沾染了血迹，死者完全成了一个血人，到底身上有多少处创口看不清楚。但是，尸体身上的血迹形态引起了我的注意。死者的大腿外侧有十余条流注状的血迹，血迹的流注方向是从大腿的前侧面流向后侧面，流注的血迹已经干涸，在皮肤上形成了血痂。虽然还有其他擦蹭、接触状的血迹覆盖在这十几条流注状血迹的上面，但流注状血迹的方向还是清晰可见。死者大腿后侧和小腿后侧皮肤完全被血迹覆盖，淡淡的血迹盖满了大部分皮肤，呈现出一种潜血的状态。

从我这些年的法医实践经验看，总觉得这样的血迹形态有些不正常，但我还没理清思路，说不出异常的点具体在哪里。

需要勘查的地方很多，我没有再继续思考下去，挑没有血迹的地面一步一跨地走进了主卧室。

主卧室非常大，衣柜、大床、茶几、沙发、电视机和组合柜一应俱全，还显得非常宽敞。主卧室的地面上也有很多搏斗形成的凌乱血迹。

主卧室的床边靠着一具年轻的半裸女尸，经确认是男主人张一年的妻子郑倩。郑倩同样也只穿了一条三角裤衩，双手紧抓着一条毛巾被，盖在自己的胸前。毛巾被已经完全被血迹浸染了，同样也无法看清创口的位置。郑倩的头仰在床上，微张着嘴巴，瞪着圆溜溜的双眼。

"不会有性侵害吧？"我皱起了眉头。

工作这么久，我最怕看见的就是强奸案件，总会有一股怒火憋在心里。而眼前的这一幕，最常见的就是在强奸杀人案件的现场出现。

"应该没有。"汪法医说，"现场发现了一枚避孕套，而且死者的衣物都整齐地放在枕头下面，我们分析是这小夫妻俩刚过完夫妻生活，所以没有穿上衣。由此可见，就没有强奸杀人的依据了。哦，对了，避孕套已经拿去检验了，以备进一步确认。"

我点了点头，表示认可，这确实是一个合理的解释。

我环视了主卧室一圈，突然，一片血迹引起我的注意。这是一大片滴落状血迹，就在郑倩死亡的床边。滴落状血迹散布的范围直径大概有一米，血滴都是规则圆形的，边缘没有毛刺，说明这些血滴都是垂直滴落的血迹形态。血滴每一滴都很浓，我粗略数了数，大概有五十滴。

"师兄你看这个血迹，是什么情况？"满心的疑惑，让我忍不住发问。刚才那种蹊跷的感觉，再次加强了。但是，我依旧说不出个所以然，于是想问汪法医是否有同感。

汪法医点了点头，说："开始我也看到了，但是我也说不出这么多垂直滴落状的血迹究竟是怎么形成的，等 DNA 结果出来了再说吧。"

"现场的血迹你们提取了多少？"大宝在一旁问道。

"我们已经尽力了，毕竟整个现场都是血迹。你们在路上的这四五个小时，我们挑选那些滴落的、甩落的血迹，提取了二百多份现场血样。省厅统一协调过了，周边几个市公安局 DNA 实验室全力配合，帮助检验。但毕竟检材这么多，估计得明天一早才能全部有结果。"

我点了点头，心想：血这个东西，大家都一样，通过肉眼不可能在满是血迹的现场分辨出谁是谁的血。进行大量血迹 DNA 检验，其实对案件的侦破帮助不是非常大，顶多是可以通过血迹转移的情况，来判断凶手的行为轨迹。要么，就是运气好到爆，恰好提取到了犯罪分子的血，这还得有个前提，就是犯罪分子受伤了。

看来，想找到案件侦破的突破口，还得从别的方面想办法。

于是我说："看看其他现场吧。"

我跟随汪法医又重新回到了充满血腥味儿的走廊，站在张一年尸体的旁边。汪法医指着周围的几个房间说："我们刚才看见的主卧室西侧还有 2 间卧室，门都是从外面锁上的，进去看了，都是堆放杂物的，没有异常。主卧室的东侧有 3 间卧室，紧靠主卧室的是一个小房间，平时是张一年的儿子张彭彭住的地方。12 岁的张彭彭就死在这间房内。"

我咬了咬牙。

汪法医接着说："张彭彭的房间再往东是一间小房间，里面只有马桶和淋浴，看来是简易的卫生间，经过勘查没有发现异常。最东头的那间也是个卧室，平时是张一年的父母张勇明、戴林住的，里面有 3 具尸体，分别是老夫妇两人和一个 1 岁多的女孩。这个小女孩是张一年的女儿，还没有取正式的名字，看来是老夫妇带着小女孩睡觉的时候被害的。不一样的是，张彭彭房间的门是开着的，老夫妇卧室的门却是从外面锁闭的。"

"也就是说，犯罪分子杀了老夫妇和小女孩后，出门的时候，从外面锁了门，对吧？"我问。

汪法医点点头。

"这个行为很反常。"我低头思索了一会儿，暗暗地记在脑子里，接着跨进了张彭彭的房间。

房间没有多余的痕迹，12 岁的张彭彭仰卧在地上，尸体下有一摊血。地上有一个摔碎了的手机。我走过去蹲在地上，拿起电池被摔掉的手机说："这个手机是报警用的手机吗？"汪法医点点头。

看来报警的就是这个小男孩张彭彭了。其实在遇见紧急情况的时候，打通 110 后，尽可能不要挂断电话是最好的。接线员并不会等挂断了电话才开始安排救援，而是一边接通电话，一边安排救援。如果能尽可能多地给接线员提供信息，会帮助救援人员最大限度地完善救援计划。而且，也可以通过和接线员的交流来获取下一步如何自救的办法。只可惜张彭彭的手机，在关键的时候摔落了电池，中断了通话。

看完了张彭彭的房间，我们又退了出来，向有 3 具尸体的东侧卧室走去。

走进东侧卧室，现场因为长时间密闭，血腥味儿更为浓重，扑面而来，让人忍不住干呕。

现场惨不忍睹，床铺基本都被血迹浸染，睡在床上靠门一侧的老太太和小女孩在床上安静地躺着，衣着沾满了血迹。床的内侧空着，老头张勇明俯卧在床内侧的地面上，后背的衣物也被血迹完全浸透了。

我走到尸体的身侧，简单地看了一下尸体的表面。老太太戴林胸前的衣物有个破口，我轻轻地摁压了她的胸部，血液从破口中噗噗地涌了出来。

"老太太是胸口中刀了。"我一边说，一边检查小女孩的尸体。

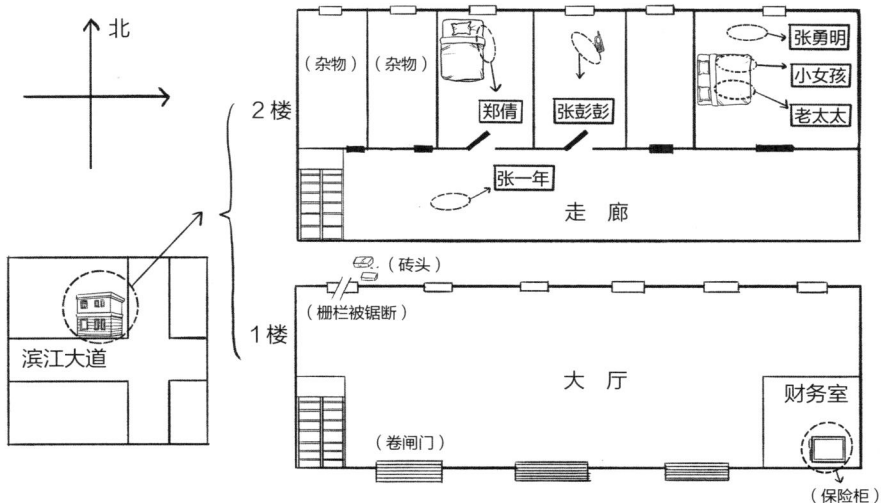

案发现场示意图

小女孩颈部周围的墙壁上、床背上都有喷溅状血迹，我翻转检验了小女孩的颈部，发现了一处刺、切形成的大破口，翻转她颈部的时候，血液还从破口中慢慢往外流。

"真他妈的是禽兽！"大宝咬牙切齿地说，"才1岁多的小孩，都忍心下手！"

"这是要斩草除根啊。"汪法医说，"多大的仇恨？"

我也心怀愤怒，没再说话，默默走到老头张勇明的身侧，看了看他的损伤。

"他的背部有不少创口，这里看不真切。所有的尸体都得拉去殡仪馆做进一步检验才能明确损伤。希望我们能从损伤上找到一些线索吧，师兄。"我直起身子，征求汪法医的意见。

汪法医点了点头，脱下手套，拿出口袋里的对讲机："准备准备，让殡仪馆的同志上来拖尸体吧。注意，不要破坏痕检部门画出来的现场通道。"

看完这惨不忍睹的现场，我走出现场房屋，深深吐了一口气，平复一下悲愤的心情。抬腕看表，已经接近中午11点了，我转头对汪法医说："走，去殡仪馆吧。"

"你不去吃个午饭再干活儿？"

"不了，吃不下，我性子急，准备出发吧。"我摇了摇头。

这时，我看见林涛站在警戒带外面喝水，看来他这边的痕检工作结束了。他一脸悲愤的表情，好像有些出神。我看殡仪馆的同志还在忙活，就走到林涛身旁，说："怎么样，痕检有什么发现？"

"虽然现场非常杂乱，但是经过初步勘查，我们排除了死者、110民警、120急救人员的鞋印后，还在现场发现了一种血足迹，初步判断是犯罪分子所留。这种血足迹不仅清晰地出现在3个有尸体的现场，还大量成趟、交叉、互相叠盖地出现在走廊上。"林涛说，"不过，大体的方向，我感觉是从老头所在的东侧卧室往主卧室走，然后从主卧室再往张彭彭的卧室走。血足迹基本呈现出犯罪分子的活动轨迹，和我们预估的活动轨迹差不多。"

"有没有什么特殊的痕迹，比如指纹？"我问。

"没有，手套印发现了不少，可以肯定凶手是戴手套作案的，感觉是那种洗碗用的表面有防滑点的橡胶手套。"林涛说，"对了，我们在老头张勇明的后背上也发现了这种足迹。这种足迹看上去应该是新鞋，没有磨损的特征，没有比对的价值。"

"嗯。"我点了点头，"张勇明的后背创口很密集，应该是固定体位下形成的，你这么一说，就可以肯定凶手是一只脚踩住老头，然后在其后背处乱捅的。"

"太惨无人道了。"林涛说,"简直就是没有人性。"

我点了点头,说:"你在这边继续加油吧,我去殡仪馆了。这案子看上去好像并不难,查找社会矛盾,还是极深的仇恨,应该很快吧?"

"但愿吧。"林涛说道。

雷影市殡仪馆是家全新的殡仪馆,在殡仪馆改建的时候,公安局在里面征了一块地皮,建成了省内数一数二的法医学尸体解剖室。这里有两个常规尸体解剖室、一个高度腐败尸体解剖室,还有一个烈性传染病尸体解剖室。四间解剖室组成一个矩阵,各解剖室大门位于矩阵的四角,四间解剖室都有专用的通道连通。进入殡仪馆大门,朝东望去,就能看见这个貌似五角大楼的雷影市公安局法医学尸体检验中心。

这个架势看起来,应该是向南江市的公安局学习的,解剖室的布局都很相似。所以刚刚走进雷影市殡仪馆,我就有一种似曾相识的感受。只是和南江市不一样,雷影市只有三百多万人口,案件发案率也很低,有必要建造这么豪华的解剖室吗?

"别认为我们是铺张浪费。"汪法医似乎看透了我的心思,说,"你看,这不就用上了吗?两间常规解剖室可以同时使用。"

"可惜你们的法医太少,就四五个人,要是人再多点,可以四间解剖室一起用。"我笑了笑,说道。

解剖室组成的矩阵中央,停放着六张移动停尸床,看来六具尸体都已经运送过来了。移动停尸床上放着白花花的尸袋,黄色的尸体皮肤和殷红的血迹印染在尸袋上,一家老小的尸体都在这儿了,让人觉得心情沉重。

我简单地分了组,因为法医人员有限,只能分两组进行。大宝带着两名雷影市公安局的年轻法医一组,汪法医带着其余两名雷影市公安局的年轻法医一组,每一组再配备一名负责照相、录像的痕检员。两组人员在两个常规尸体解剖室里同时进行尸体解剖检验,这样就提高了工作效率。而我则穿着解剖服在两个解剖室之间穿梭,成为两组法医的联系桥梁,共享解剖时得到的关键线索和证据,也顺带承担尸检记录员的职责。

即便是这样,每组法医也需要连续解剖三具尸体。不同于其他的案件,这一起特大、疑难命案的解剖工作要复杂得多,仅仅是尸表检验和损伤照相固定工作就要花很长的时间。这样算,每具尸体最起码要4个小时的检验时间,3具尸体就是12个小时。想到这里,我已经知道接下去的工作有多艰苦了。

尸体解剖工作按照"从易到难"的顺序进行。第一批尸体检验，两个解剖室同时对两个小孩的尸体进行解剖检验。

两个小孩的损伤都非常简单，张彭彭的胸口和上臂各有一处刺创，胸口的刺创直达心脏，贯穿了整个心脏，刀尖的末端还刺破了肺脏和后胸膜，在胸腔后壁上形成了一个小裂口。张彭彭的上臂创口也是贯穿创，应该是一个抵抗伤，也就是说，张彭彭抵抗凶手下刀的时候，被刺穿了上臂，因为剧烈疼痛，他放弃了抵抗，才会被凶手一刀扎穿了心脏。而心脏破裂是绝对致命伤，虽然心脏破裂后不同人会有不同的活动能力，但是最终的结果都是快速死亡。

小女孩双眼紧闭，稚嫩的颈部有一处巨大的刺切创，上衣和下巴沾满了喷溅状的血迹。所谓刺切创是指刀子刺入人体后，没有垂直拔刀，而是斜向拔刀，所以划开了创口周围的皮肤，显得创口十分大。小女孩的颈总动脉和静脉全部被齐刷刷地割断，尸斑浅淡是因为她的血基本流干了。

孩子们被残忍杀害，令人格外悲愤。法医们检验完尸体后，仔细地缝合了解剖创口，一言不发地合力把尸体放进了冰库。

3

第二批检验的是两名女性死者。

之所以是按这个解剖顺序，是因为两名女死者的损伤同两名小孩子类似，非常简单。

大宝他们组负责解剖老太太戴林的尸体。老太太的胸口有三处创口，其中两处刀尖都刺到了胸骨，但因为有胸骨的保护，刀子并没有刺入胸腔，所以虽然在她的胸口形成了两处刺切创，但是并不致命。另外一处损伤和张彭彭胸前的损伤如出一辙，刀子从肋骨间隙刺入胸腔，刺破心脏、肺和后胸膜，贯穿了整个左胸，导致死者立即死亡。

大宝准备缝合尸体的时候，我正好走进来。灯光一反光，我看到了死者的双手腕上居然有淡淡的瘀青。我用酒精擦拭后，戴林手腕上的皮下出血更加明显了，环绕了手腕一周。这说明，她在遇害前，应该被人用手抓住、约束过。这也解释了为什么她的尸体上没有抵抗伤。

汪法医这边也结束了女主人郑倩的尸体解剖工作。郑倩的全身只有一处刀伤，也是胸部中刀，刀尖从肋骨间隙刺入胸腔，但是刀刺入的位置是从斜上方刺向斜下方，导致肺脏和主动脉弓破裂。郑倩用于遮挡胸部的毛巾被上也发现了刀创，看来郑倩拿毛巾被遮住胸部时，被凶手一刀贯穿了毛巾被，刺穿胸壁而死。

结合损伤的方向和郑倩"靠着床边坐在地上"的体位分析，凶手应该是处在站立的位置，斜向下刺死郑倩的。郑倩主动脉弓的破口不大，没有立即死亡。在逐渐死亡的过程中，她仍死死地抓住毛巾被，护住了胸部。也正是因为这个动作，她的双臂上才没有因为遮挡刺器而形成的抵抗伤。

这四具尸体解剖花费的时间不算长，但天也即将黑了。我们的检查重点放在了最后两名男性死者的身上，因为他们生前是有抵抗的，就有可能发现更多的线索。

老头张勇明的损伤位于前臂和后背部。他的前臂有三处贯通创，看来他在被制服之前，有过短暂的抵抗。但毕竟是老人家，被刺中几刀后，就基本丧失了抵抗能力。老头在现场是处于俯卧位的，后背又发现有血足迹，所以，我们对他的后背进行了仔细的检验。经过检验，发现他的后背中了四刀，其中三刀刺中了脊柱，但没能进入胸腔；另外一刀从后侧胸壁刺入胸腔，刺破了心脏，导致他立即死亡。

男主人张一年的解剖工作进展最慢，因为他的身上伤痕累累，有贯穿前臂的抵抗伤，有搏斗中形成的擦划、磕碰伤，还有多处刺入胸腹腔的刀伤，但是这些伤并没有伤及内脏，不致命。但是他的上腹部和胸口各有一刀刺得比较深，腹部的一刀刺中了肝脏，导致肝脏破裂大出血；胸口的一刀刺破了肺静脉，同样导致胸腔内大量积血。最醒目的还是张一年胸口处，有八处平行的、细小的表皮剥脱，整齐地排列着。

我仔细看了看这几处表皮剥脱，不知道是什么东西在什么状态下形成的，正在考虑着，汪法医打断了我的思路。

"看来只有张一年是经过搏斗后，因为失血过多后体力不支倒地死亡的，其他死者几乎都是被凶手一刀致命，没有什么反击能力。"汪法医说。

"嗯，6个人身上所有的损伤都是刺器形成，通过创口宽度和深度综合分析，应该是一把刀就可以形成了。"我说。

"一个人，一把刀？"汪法医说，"小孩报案的时候，好像就是这样说的。"

"不，张彭彭说的是'我们家闯进来了蒙面的歹徒'，没说人数。"我纠正道，"我刚才又听了一下，可以确认原话是这样。这个细节很重要，因为这个案子，作案人数很关键。"

"你的意思是？"

"我现在还没有想好。"我说，"一种类型的刀具，不能断定只有一个人行凶，如果两个人用的刀是完全一模一样的呢？"

"人数不需要我们操心，现场那么多血迹，进去了就不可能不留下足迹。痕检看一下有几种外人的足迹就行。"汪法医说。

"在现场的时候，林涛和我说了，只有一种足迹。"我说，"可是，有个问题我一直想不通，就是老太太戴林身上的约束伤。看上去，应该是老头张勇明被人踩住用刀捅的时候，有另一个人约束住了戴林。如果是只有一个人作案，怎么去解释这种约束伤？既然都是一刀致命，还用约束她做什么？"

"这个作案人数，我们法医是辅助，主要还是看痕检。"汪法医还是坚持他的观点。

我点点头，暗自记下了心中的疑惑。

"这个人下手真是非常狠毒。"大宝在一旁咬牙切齿地说道。大宝是个疾恶如仇的人，从到达现场开始，我就听见他一直把牙齿咬得"咯咯"响。

"我关心的不是这个。"此时尸体解剖工作已经进行了十多个小时，我们已经从中午工作到了夜里，我脱下解剖服，揉了揉饿得咕咕叫的肚子，说，"我总觉得死者的胃肠内容物的消化程度有些问题。"

"有什么问题？"汪法医一直对师父带着我研究的关于利用小肠内容物迁移距离推断死亡时间的课题十分感兴趣。

"两名老年人的胃是排空的，看肠内的消化程度是末次进餐后 6 个小时。"我说，"但是两名年轻夫妇的肠内消化程度判断是末次进餐后六个半小时。四个人的胃肠内容物是一样的成分，按道理说应该是一起吃饭的。"

汪法医露出了惊讶的表情，他没想到我们可以计算得这么精确。

"不矛盾。"汪法医说，"从痕迹来看，走廊上只有从老人房间往主卧室走的血足迹，基本可以断定是先杀老人，后杀年轻人。"

这也是林涛告诉我的信息。我点了点头，说："但是，前后居然有半个小时，总觉得有些太长了。"

"我们先吃饭去吧，边走边说，我快要低血糖了。"一旁的年轻法医打断了我们的对话。

我看一时也不能得出什么结论，就点了点头说："走吧，我也饿了，我想吃牛肉面。"

这是漫长的一天。

我躺在宾馆的床上，看了看表，已经快凌晨 1 点了。从昨天凌晨 4 点出门，我连续工作了整整 15 个小时。吃完牛肉面，回到宾馆，我又躲在房间里把所有的现场与尸检的照片看了一遍，又按照专案组的要求听了十几遍报警录音。没想到这段令人毛骨悚然的报警录音居然把我的瞌睡虫全部赶走，我忘记了疲倦，越听越是精神抖擞。

不知道此时隔壁的林涛和大宝睡着了没有，我此刻躺在床上，瞪着天花板，是睡意全无。这是我工作以来，遇见过的最惨烈的现场，6 条人命，满屋子的鲜血，小男孩惊恐的报警声，全部在我脑海里回旋。我心想：一定要强迫自己睡着，白天还有繁重的现场复勘工作，我需要休息。

在迷迷糊糊之中，脑海里的案件线索不断浮现，又不断地组合着，整个作案过程仿佛逐渐清晰了……不知不觉，我进入了梦乡。

我被噩梦惊醒，已经是早上了。

爬起来洗漱完毕后，我敲开了大宝和林涛的房门。大宝和林涛也刚洗漱完，我们一起下了楼，开车赶往雷影市公安局刑事科学技术研究所。

车上，我问林涛："确定只有一种足迹？"

"确定，只有一种。"林涛说，"是崭新的运动鞋。"

"那我就有个问题想不通了。"我说完，又把老太太戴林身上约束伤的疑点说给了林涛听。

林涛听完，也陷入了沉思。

很快，我们到了市局的刑科所，我和大宝、林涛一起，坐在会诊桌前，各自抱着笔记本电脑仔细研究昨天的现场和尸检照片。

这时，汪法医走了进来，说："DNA 结果全部出来了。我慢慢说，你们记一下。主卧室的避孕套和郑倩的阴道擦拭物中检出的精斑，是张一年的。主卧室的地面擦拭状的搏斗血迹检出是张一年的血。主卧室的多枚血足迹的血检出是老头张勇明、张一年的混合血。主卧室滴落状血迹是张一年的血。走廊上从东侧卧室到主卧室的成趟血足迹检出是老头张勇明的血。从主卧室到张彭彭卧室的血足迹，是老头张勇明、张一年、郑倩的混合血。下楼的血足迹是多名死者的混合血。"

"那么凶手的整个犯罪过程就可以重建出来了。"我一边记录，一边画图，说，"凶手应该是先到东侧卧室杀死老两口和小女孩，过程中他下手干净利索，所以鞋子上没有黏附老太太和小女孩的血，但是他踩了老头张勇明，所以鞋子上黏附了老头张勇明的血。凶手杀完人后，从外面锁上房门，然后走到主卧室，杀死了张一年和郑倩，最后因为听见小孩张彭彭报警，走到他的卧室杀害了张彭彭后离开。"

"是了，就是这个过程。"汪法医说。

"可是，我们分析的都是轨迹，而不是时间。"我说，"我们不能确定这整个过程花了多少时间。"

"你还是在纠结死亡时间的事情？"汪法医问道。

"是啊！不仅纠结这个问题，而且我还总觉得这不是寻仇杀人。"我皱着眉头说道，"根据现场这一片滴落状血迹看，血迹是张一年的，那么张一年在受伤后应该在这片地方停留了一段时间。如果是寻仇杀人，为什么要让他受伤后还在这里停留？直接杀完人走人不就得了？"

我以为大家会像以往一样，先上来质疑我的推断，没有想到在场的所有人都没有露出惊讶的表情，反而纷纷点头。

大宝说："我同意你的意见，我们可以看到，张一年大腿上有干了的流注血迹，流注方向是从腿的前侧往后侧流，这应该是蹲着才能形成的流注血迹。如果是站着的话，血迹应该从上往下流！"

林涛说："我同意！你们看到张一年大腿后侧和小腿后侧的潜血痕迹了吗？那应该是有血迹黏附在腿的后侧，然后蹲下来，大腿后侧和小腿后侧把之间的血迹挤压，形成的潜血痕迹，这个痕迹应该可以证实张一年受伤以后蹲过很长时间。"

"这个时间可能接近半个小时！"我激动地补充道，"因为老人的死亡时间比年轻人早半个小时，这个我们已经用肠胃内容物推断出来了。"

"你们分析得非常有道理。"汪法医说，"如果凶手控制被害人的过程有半个小时之久，那么最大的可能就是威逼死者要钱，那这就是抢劫杀人案件了！"

"这可是会转变整个侦查思路、完全调整侦查部署的判断！"汪法医强调道，"我们必须有充分的依据才能向专案组汇报。"

我低头想了想，说："也是，我现在把照片传输给我师父看看。"

通过网上会诊系统，我把案件的尸检、现场照片都传给了师父，并且向他汇报了我们刑事技术部门开始怀疑"因仇杀人"案件性质的想法，请求他的帮助。一个小时以后，师父如约打来电话。

"这么多人集思广益，你们为什么还不自信呢？"师父笑着说。

"因为会转变整个侦查思路，所以我们还想有更多的依据。"我说。

"你们的依据还不充分吗？"师父说，"哪个因仇杀人的凶手会控制被害人那么久？能有什么目的？尤其是这种一个人要去杀 6 个人的案件，犯罪分子的心里只会是想越快杀完越好，怎么会节外生枝？而且，凶手杀完老人和小女孩后，从外面锁门，说明什么？"

师父问的这个问题其实我也思考了很久，但是一直没有头绪，被师父一问，我的脑子突然清晰了，我说："因为犯罪分子不想让两名老人出来支援，那么说明凶手并不确定他是否导致了两名老人死亡。也就是说，凶手的目的是让老人失去抵抗能力、让小孩不会哭泣，而不是铁了心就要杀死他们。犯罪分子的目的在主卧室，更能说明他就是想抢钱，而不是想杀人！"

师父说："很好啊！这不就能说明问题了吗？"

"能确定死者有被控制的过程吗？"我依旧不太放心。

"为什么不能？你们说的血迹形态已经很能说明问题了。"师父说，"而且男主人的身上有威逼伤，你没有看到吗？"

所谓的威逼伤就是指凶手威逼死者的时候在死者的身上留下的损伤。这也是法医需要重点关注的附加伤之一，虽然不致命，但是可以判断作案动机和作案过程。

被师父一说，我突然想起张一年的身上有 8 处平行细小的表皮剥脱，我说："对啊！那 8 处表皮剥脱应该是刀尖抵住皮肤形成的！所以说，凶手有用刀尖抵住张一年胸部的过程，这个过程就是在威逼！也就是在索要钱财所在位置或者索要保险柜密码的过程！"

挂断电话后，我信心十足，已经能确定这就是一起抢劫杀人案件，而且凶手知道从哪里进入室内最方便、最安全，再加上蒙面作案，都说明凶手应该是死者的熟人！

"对了，还有个情况。"汪法医打破了大家的沉默，说，"在张一年的指甲缝里，我们找到了一个男人的 DNA。"

"好事啊！"我拍了一下大腿，说，"张一年和凶手搏斗过，这是最好的发现了！"

"可是，不是血，证明效力有限。"汪法医说。

确实，指甲缝内的 DNA 没有直接的证明效力，也许只是死者白天的时候和别人接触时留下的。但是有这个 DNA，总比什么都没有强。

我说："不管怎么样，转变侦查方向是一件最大的事情了。汪法医，请专案组把专案会的时间提前。"

4

午饭时间到了，但大家都顾不上吃饭。专案组提前召开专案会，就是为了听取刑事技术部门的勘查意见。

"经过这么久的现场勘查和尸体检验，我们已经确定这是一起抢劫杀人案。"我斗胆说了开场白。

"什么？有依据吗？"雷影市市委常委、政法委书记强峰很惊讶地说道。他也是雷影市的公安局局长，因此担任了这次专案组的组长。显然，他对我们这几个小年青突然提出的新侦查方向不是很信任。

"我对你们的依据很感兴趣，说说吧！"于总队长饶有兴趣地问道。

"有依据。我们发现死者在死之前有被控制的过程，控制过程长达半个小时之久，且男主人身上发现多处威逼伤。所以我们认为凶手的目的是钱。"我说。

专案组内立即议论纷纷，大家交头接耳，有同意我们意见的，也有反对我们意见的。

"而且，"我补充道，"凶手杀完老人以后有锁门的动作，说明他不确定老人是否真的死亡了，他只需要老人不出来支援就达到目的了。所以，他的真正目的不是杀人，而是抢钱。"

"如果是抢劫，为什么不去撬现场一楼的保险柜？"有侦查员问道。

"因为这个人根本就没掌握开锁、撬柜的技术，小偷也是技术活儿。所以凶手去杀人、控制人，去威逼、拷问，要的可能就是保险柜的密码。"林涛自信地答道，"有经验的刑警们可能都知道，小偷有可能会去抢劫，但是抢劫犯很难当小偷。"

几名老刑警点头认可。

"现场有数万元现金，凶手并没有拿走，为什么呢？"又有侦查员问。

"因为促使凶手杀害张一年夫妇的，是凶手听见了小男孩张彭彭在隔壁打报警电话，这一点，我们大家可以从录音中听出来。"我说，"既然他知道有人报了警，他还有时间翻找钱财吗？他肯定是灭完口就落荒而逃了。不然，我们的民警 5 分钟内就赶到了，但凡凶手还在现场翻找钱财，肯定就被抓了。"

"是的。"汪法医插话道，"凶手杀完老人和小女孩，锁了门才去主卧室，这时候主卧室的人可能并没有发觉东侧卧室的人已经被杀，所以张一年存了侥幸的心理，虽然他已经被凶手刺伤，但伤情不重，他想拖延时间。"

"我同意这种说法。"有一名侦查员站出来支持我们的看法，"经过调查，我们发现张一年为人吝啬，是要钱不要命的主儿。"

"我也同意他们的看法。"于总队长对强书记说，"大家可能注意到了报警录音的一个细节。小孩说来他家的是蒙面歹徒。小孩一定是从房间出来，偷偷看见了主卧室里在控制他父母的歹徒，于是报警的。既然是蒙面歹徒，多半就是为了钱财了。"

"是啊！"又有侦查员站出来支持我们的看法，"如果寻仇，铁了心要灭门灭口，那么就没有必要蒙面吧。"

几个依据阐述完毕后，专案组的意见出现了一边倒，大家纷纷支持这是一起抢劫杀人案件。

"那就立即调整侦查部署。"强书记说，"一二三四侦查组立即转向侵财杀人调查，第五组继续调查死者家矛盾关系，要完全排除因仇杀人的可能，不能麻痹大意。"

"侵财案件，难度就大了。"雷影市公安局刑警支队的支队长说。

"难度不大。"我说，"虽然是侵财，但肯定是熟人作案。"

大家纷纷安静下来，屏息凝神地听我阐述熟人作案的依据。

"第一，如果不是熟人，他不需要蒙面。"我说，"第二，凶手并没有在财务室内翻找，说明他知道钱没有放在外面，而是放在那个他打不开的保险柜里。第三，他非常清楚走廊东头还住着成年人，会对他造成威胁，所以他先去东头房间让两名老年人丧失支援张一年的能力，为了防止小女孩哭喊引人注意，他杀了小女孩。第四，他知道小男孩报警后，杀完大人又去灭小男孩的口，而不是杀完大人就逃跑，是因为他怕小男孩认出他的身形。第五，案发后，咱们很快就组织了大规模排查路人和设置关卡的行动，但是没有发现身上有血的人，凶手很可能在附近有藏身之处，所以才没有被发现。"

五点依据一说，大家都纷纷点头，表示认可。

"不仅如此。"汪法医接着说，"我觉得凶手很有可能就住在附近，而且很可能是在张家打过工的人，才这么了解张家的内部构造。"

"那就抓紧时间开展排查吧！"强书记说，"以现场为中心，周边 10 公里，挨家挨户的人口都得排查。"

"你们还有什么判断？"于总队长满意地说，"不确定的也可以说，给我们提供一些思路。"

"您看，"我想起了昨晚半梦半醒之间想到的问题，于是用投影仪投射了老头张勇明后背创口的照片，说，"尸体身上的创口创道都是狭长的。这样的刀子不是制式匕首，通常是没有护手的。"

"护手？"大宝问道。

"是的，制式的匕首都有护手。所谓的护手，就是隔离刀柄和刀刃之间的金属片。但是这种狭长的刀子通常都是自制的刀具，或者有特别的用处，才会没有护手。"其实我自己是个刀具迷，大学的时候还私藏过管制刀具，被当警察的父亲发现后怒斥了一顿，我才主动缴了公。

"没有护手能说明什么呢？"于总队长问道。

我翻到几张照片，说："老太太戴林的胸骨被刺几刀，老头张勇明的脊柱被刺几刀。这几刀尤其是老头后背的刀伤，方向都是垂直的，而且结合痕迹发现的脚印，凶手应该是踩住老头的后背，从上往下捅的刀子。"

我一边说，一边做着示范："既然是狭长的、没有护手、锋利的刀具，又是从上往下直捅，且捅在了骨质上，那么，因为刀尖受阻，拿着刀的手会沿着刀的长轴方向往下滑，最终……"

大宝跳了起来，插话道："明白了！你是说凶手握刀的手很有可能滑到刀刃上。这么锋利的刀刃划到握紧刀的手，凶手的手很可能会受伤！"

我点了点头。

"分析得不错啊。"于总队长哈哈一笑，说，"既然凶手有可能受伤，那说明现场有可能有他的血迹，你们去找出来吧。"

我顿时愣住了，说："可是，可是现场全是血啊！这，这怎么分辨谁是谁的血？"

虽然现场已经提取了二百多份血迹点，但是对于满是血迹的现场，只是冰山一角，而且事实也证明，这二百多份血迹中，并没有发现凶手的 DNA。

"去试试吧。"大宝倒是跃跃欲试。

我这算是把自己逼上了梁山，又和大宝、林涛一起拎上了勘查箱，重新复勘现场。

其实我心里也不是一点儿底都没有，我想过，如果凶手的手真的受了伤，那么他的手接触的地方就有可能留下他的血迹。只要按照凶手的行动轨迹，有目的地去寻找特定形态的血迹，还是有希望找到凶手的血的。

我们在现场仔细搜索了三个多小时，突然主卧室墙壁上的一处血迹引起了我的注意，是一个类似五指印的血迹。

"林涛快来看看。"我说，"这是什么痕迹？"

林涛走了过来，用放大镜仔细观察了5分钟，得出结论："这确实是一个五指印，而且是戴着橡胶手套的五指印。"

"你们看。"我指着五指印中食指的末端位置说，"这儿有往外喷溅的血迹。如果是黏附在手套上的血迹，擦蹭在墙壁上，不可能因为挤压而形成喷溅血迹。"

"你是说，血液在手套内受挤压，从手套破口处喷出，才会形成这种形态的？"林涛的眼神已经兴奋了起来。

"是的。"我赞赏林涛的聪明。

"那手套内的血，肯定是犯罪分子的血！"林涛跳了起来。

"我马上把这块血迹送去DNA检验，是不是凶手的血，得要让检验结果来说话。"我说。

送完DNA样本，我重新回到宾馆，此时林涛也已经回来了，说："又仔细看了很多处血迹，没有再发现类似的了。"

我点了点头，说："等结果吧，别小看这一处血迹，说不准案子就会有重大突破了。"

"好的，我再去研究一下足迹。"林涛说。

"足迹？"我问。

林涛神秘一笑，什么都没说，就回了自己的房间。

怀揣着希望，我睡了一个无比踏实的好觉。第二天一早，梦想果然成真了。

汪法医敲开我的房门，身体侧倚靠在门框上，左手插裤袋，自以为很酷地说："恭喜你，凶手的DNA真的给你找到了。"

"真的？"我高兴得大声喊道。

"新鲜出炉的消息，比专案组组长还快一步。"汪法医笑道。

"有了这样的证据，就可以认定凶手，为诉讼服务。关键的是，我们有了物证，更容易甄别犯罪嫌疑人了。"大宝从汪法医的背后冒了出来，看来他也得知了这振奋人心的好消息。

"是啊！熟人、缺钱的人、住在附近的人，再加上有DNA甄别，这回凶手插翅难逃了。"我说完，突然想起了什么，问道，"汪法医，我们从张一年手指甲缝里找到的DNA，和血的DNA是同一个人吗？"

"不是。"汪法医说，"指甲里的，估计是之前被其他人污染的吧。"

"不一定哦。"林涛黑着眼圈、抱着一个笔记本电脑从隔壁房间里走出来，说，"昨晚我研究了一晚上现场的血足迹，得出一个重磅消息。就和你们更改侦查方向的消息一样重磅！"

"快说，别卖关子！"我急切地喊道。

林涛把笔记本电脑放在我房间的桌子上，指着上面的一张对比图，说："这是现场提取到的两枚完整的血足迹。"

"一模一样。"大宝凑过去看了看，说。

"是啊，因为是新鞋，尺码一样，鞋底花纹又是一模一样的，所以即便是行内人，都会误认为这是一个人的足迹。"林涛说。

"误认为？"我兴奋了起来，说，"你的意思是说，是两个人的？"

"你们仔细看我做标记的这些点。"林涛说，"可以看到，甲足迹是脚跟部位血迹清晰，而脚掌部位较淡，说明这个人无论是行走还是站立，都喜欢把重心落在脚后跟。而乙足迹，恰好相反，他的重心喜欢落在脚弓部位偏向前掌的一侧。"

"这个靠谱吗？"我问道。

"靠谱。"林涛说，"每个人因为个体差异，步伐、重心都不一样。在国外，都已经开始研究如何利用人的步伐特征来进行同一认定了。"

"你是说，凶手有两个人，穿的是一样的鞋子，拿的是一样的刀？"我说。

"对。"林涛说，"他们俩一起去买了两双一模一样的鞋子，用来作案。他们可能觉得穿着新鞋去作案，警方不容易发现问题。实际上，他们也确实因为这个动作，迷惑到了警方。巧就巧在，孩子报警的时候，居然没有说'两个蒙面歹徒'，而是说'我们家闯进来了蒙面的歹徒'。"

"这更能证明是抢劫杀人了。"我说，"一般寻仇都是一个人作案，抢劫都是两个人作案。"

"但是不是有两把刀，这个我还要保留我的观点。"大宝说，"我觉得只有一个人持刀的可能性大。"

我被大宝一提示，立即反应了过来，说："对！一个人用脚踩住老头，用刀捅他的时候受伤了。而此时，另一个人正用双手控制住老太太的双手。如果另一个人也有刀，完全可以同时杀人。"

"这说明，现场留下血迹的凶手，是持刀的凶手。"大宝说，"而张一年指甲缝里的 DNA，很可能就是另一个不持刀的人的。如果第二个凶手也持刀，张一年是无法靠近他并且和他搏斗的。"

"太棒了！重大发现！"我激动地说，"你们想想，我们一直认为凶手只是一个人，如果我们通过熟人这一点，排查到了两个凶手中没有持刀的那个，而血迹恰好不是他留下的，那么我们也会因为 DNA 不符，把他排除掉。那麻烦可就大了！"

"走吧！抓紧汇报给专案组！"汪法医说道。

我们纷纷用最快的速度洗漱完毕，乘车赶往专案组，想要把我们激动人心的发现告诉专案组，也期望能听到侦查部门带来的好消息。

5

专案组坐满了人，侦查员们已经两天三夜没有睡过像样的觉了，一个个眼圈发黑坐在自己的位置上拼命地吸烟。有的侦查员则直接趴在桌子上打盹儿。

我们首先把发现凶手 DNA 的好消息告诉了大家，然后同步了我们判断这起案件是两个人作案的依据。我们还把从血液和指甲中分别提取到的两份 DNA 数据，也同步给了大家，之后甄别犯罪嫌疑人就有了充分的依据和证据。

我们一说完，侦查员们纷纷亢奋了起来，那些正在打盹儿的侦查员也精神了起来。刚刚发案时的那种想要尽快破案的精气神，又重新回到了侦查员们的脸上。

"很好，"于总队长说，"我们刑事技术部门发现了凶手是两个人，而且提取到了两个人的 DNA，这是给专案组的强心剂，这个案子不怕破不了了。还有两点要注意：一是血迹的 DNA 是直接的证据，但指甲缝里的 DNA 不一定。大家留个心眼儿，在排查熟人的时候，要尽可能扩大范围，不能随随便便因为一个依据的不符合，就轻易排除掉有嫌疑的人。二是既然两名犯罪分子不一定都是死者的熟人，如果有可疑人员，即便和死者家不熟悉，也要进行 DNA 检验。"

"下一步是请各组侦查员汇报这几天的摸排情况，有无可疑的人员。"强书记在主持会议。

几个组的主办侦查员交头接耳交换意见以后，雷影市公安局重案大队大队长说："经过几组侦查员夜以继日地摸排，目前满足熟人、在死者家打过工、住在现场附近的人员这 3 个条件的，有 3 个人。目前正在逐一排查，但是最可疑的是一名叫乔虎的 21 岁男子。"

主办侦查员一边把 3 个犯罪嫌疑人的照片递给我们传阅，一边说："这个乔虎住在现场 500 米外，从小游手好闲，偷鸡摸狗，一年前在张家打工，负责在张一年各个店面之间调配运输婚纱和其他设备。后来因为盗窃店里的摄影器材未遂，被张一年开除，现在在省外的一家屠宰场打工。经他的父亲乔江林反映，乔虎最近并没有回乡，但是经我们与乔虎打工的屠宰场联系，乔虎因为受不了那些粗活儿重活儿，已经辞职一周了。目前，我们还没有找到乔虎。"

"乔江林的话不可信。"于总队长说，"如果真的是乔虎所为，案后乔虎必然会发现市局组织了大规模的巡逻搜查，他最好的躲避场所就是自己家。所以，不能排除乔江林有包庇儿子的嫌疑。"

"其余两名犯罪嫌疑人赵亮亮、林家翼的调查工作仍在继续，这两个人目前都还在雷影市，表现也比较正常。"主办侦查员说，"两名犯罪嫌疑人的血和乔江林夫妇的血都已经采集，开始进行检验，希望能比对成功。"

我看已经摸排出了非常可疑的犯罪嫌疑人，DNA 比对正在进行中，顿时放心了许多。专案会结束后，我和林涛、大宝回到房间，继续研究现场和尸体情况，期望能有新的发现。

我拿出了纸笔，逐个记录了每具尸体上的每处创口的长度、深度，慢慢地，整理出了一套完整的数据：长 0.1 cm，深 0.2 cm；长 1 cm，深 1.3 cm；长 2 cm，深 3.2 cm……

"你这是做什么？"大宝问道。

"你看看。"我说，"创口的长度就提示了刀刃的宽度，创口的深度就提示了刀刃的长度。在特定的刃宽下有特定的刃长，我们就可以推算出一把刀的模样。"

经过仔细的核对、绘图，我们用了一个下午的时间，绘制出了一把刀的模样。

这是一把尖刀，刀刃的总长有 15~16 cm，刀尖非常尖锐和锋利，刀身狭长。整个刀刃纵截面呈一个三角形。

"这种形式的刀，还真不多见。"我说，"估计是有特种用途的。"

就在这时，一阵急匆匆的敲门声把我们从对刀子的思考中拽回了现实。

汪法医站在门口："不好的消息，经过检验，排除赵亮亮、林家翼的作案可能，经过对乔江林夫妇的血比对，也排除了他们的儿子乔虎的作案可能。"

"血迹、指甲缝两个 DNA 都比不上？"我有些意外地追问道。

"比不上。"汪法医说。

这仿佛是晴天霹雳，好不容易摸排出来的 3 名犯罪嫌疑人却一股脑儿全被排除了，大家顿时显得垂头丧气。

"别急，我相信侦查员还能继续排查出新的犯罪嫌疑人，我们一定可以破案的。"汪法医看大家的情绪都很低落，安慰道。

此时已经很晚了，大家只能回房间睡觉，希望可以排解这郁闷的情绪。

我在百无聊赖中拨通了师父的电话，把前期的情况和师父做了汇报。

师父说："你总结出刀的模型这个很好，但是你并没有把这么好的想法用到实际用处。下一步，我觉得你应该去寻找这样的刀。"

"寻找？"我说，"天哪，那去哪里找啊？"

"很多事情可能没有你想象的那么复杂。"师父笑道，"首先卖刀的地方比较集中，你跑几个点就可以以点概面地了解个大致情况了。如果仍无法找到，你可以去一些可能用到刀具的厂子里找，厂子的刀具可能都是特制的，与众不同。"

我拿出纸笔，按照师父说的几种厂子，逐一做了记录，做好明天去一个一个厂子里找的准备。

迷迷糊糊睡了一夜，第二天早晨，我和大宝就开始查探全城所有售卖刀具或者可能有特种刀具的地方，希望能在路边摊儿、工厂矿发现相似的刀具，说不准就能确定凶手的职业，或是能发现他买刀的地方。

跑了整整一天，皇天不负有心人，终于让我们找到了这样一把狭长、锋利、尖刃而且纵截面是三角形的尖刀。我们出具了证明，借了这把刀，立即赶往专案组，希望能在专案会议上听见新的好消息。

"你们可以确定是熟人吗？可以确定是侵财杀人吗？"在专案组门外就听见了强书记洪亮的声音，看来强书记在质疑我们刑事技术部门前期的推测了。

"目前侦查部门已经全力以赴，再也没有发现符合初始设定条件的犯罪嫌疑人。"强书记接着说，"目前看来，问题就出在初始设定条件的问题上，是否真的是侵财杀人，是否真的是熟人作案，这是本案能否出现新的突破口的关键！"

我悄悄走进专案组，找了一个角落坐下，默默地思考我们的前期判断到底有哪些是站不住脚的。

"还有一种可能。"于总队长突然幽幽地开口了，"目前排除了赵亮亮和林家翼的作案可能，排除了凶手是乔江林夫妇所生的儿子，但是并没有排除乔虎。"

这一句话让侦查员们听得莫名其妙，但是我一下子就明白了于总队长的意思。

"对！"一语惊醒梦中人，这一句点拨，让我排解了心中所有的矛盾，我忍不住叫了出来，"于总说得对，说不准乔虎不是乔江林的儿子呢？说不准是抱养或者过继的呢？"

侦查员们都"哦"的一声明白过来。

于总队长接着说："之前我们说了，乔江林很有可能会包庇藏匿他的儿子，那么如果乔虎真的不是他亲生的，他也肯定不会告诉专案组这件事情。"

"是啊，我们之前也有判断。"我补充道，"凶手在杀完人后，身上肯定有大量的血迹。我们包围的速度那么快，都没找到他们，说明他们在现场附近有落脚点。如果乔虎真的参与了这起凶案，那他们杀完人后肯定会去附近的乔虎家里换衣服。乔江林不可能不知道这一点，所以他完全有可能包庇！"

强书记说："但这都是推测，毕竟这样的事情也太少见了吧。如果没有依据，我们不可能让整个专案组的精力都从摸排转化成抓捕。"

"不知道我这点依据行不行？"我站了起来，拿出了我画的刀的模型和刚才借到的尖刀，说，"我觉得这个乔虎是非常可疑的。大家看，这是我根据6具尸体上的创口形态推测描绘出的凶器的模型，而这个是我们刚刚走遍雷影市，借到的一把尖刀。大家看看，是不是如出一辙？"

我看见大家都在默默点头。

我接着说："这把尖刀，我走遍全市的刀具店铺，也没有找到一把。但是当我走进市肉联厂的时候，发现到处都是这样的尖刀。这种尖刀是杀猪用的。大家别忘了，乔虎辞职前，就在屠宰场工作。"

我一说完，全场都发出"哦"的赞同声，随后是议论纷纷。

于总队长清了清喉咙，等会场安静了一点儿后，说："凶手杀人，刀刀致命，开始我就觉得可能是和屠宰场之类有关的工作人员干的。所以当你们盯上乔虎之后，我的直觉就告诉我，他就是凶手！所以这么长时间，我一直在思考，为什么DNA比对不上？现在看，DNA证据可以帮助我们，也有可能会误导我们啊！"

强书记低头想了想，说："调查乔江林的情况了吗？是不是本地人？"

"乔江林的父亲是本地人，但是乔江林不是在本地出生的，在他30岁左右的时候，乔江林的父亲去世，他是举家带口迁徙到本地继承祖宅定居的。"主办侦查员说。

"就是说，乔虎不是在本地出生的？"强书记拍了桌子，说，"这个情况怎么不早说？下一步迅速去乔虎出生地，查清乔虎到底是乔江林亲生的，还是领养的。"

看见强书记没有再推翻之前的侦查部署，我稍微放了点儿心，问道："那另一个凶手怎么办？"

于总队长哈哈一笑，说："你也是在基层锻炼过的人了，不要问这么傻的问题。对于公安机关来说，只要明确了一个犯罪嫌疑人，那么和他密切交往的另一个人，还能查不出来吗？"

刑事技术的工作基本完成了，我只能枯燥地躺在床上，反复思考这个案子的全部推断，有没有漏洞，有没有矛盾点。

好在刑侦部门行动迅速，如同天兵天将一般。在我枯燥等待的3天里，他们不仅查清了乔虎确实不是乔江林亲生的，而且迅速在1000公里外的甘林省抓获了潜逃中的乔虎。DNA检验正在做，侦查员也不急于审讯，因为当侦查员们抓获乔虎的时候，发现他的右手包扎着一团纱布，纱布上还透出殷红的血迹。

DNA比对很快就有了结果，现场留下的血迹，正是乔虎的。

顺着乔虎的交友关系，第二个凶手马利峰也被顺藤摸瓜抓了出来。

案情总算是明朗了。

在我们回龙番的路上，汪法医又给我们打来了电话报喜。

据汪法医说，乔虎性格十分刚硬，即便是在确凿的证据之下，也依旧一言不发。无论侦查员如何讯问，他总是一副死猪不怕开水烫的样子，装哑巴，三缄其口。因为现在的法律要求，是要保障他的各项权利，所以侦查员似乎也没了办法。

好在，马利峰是个软骨头，被警察按在地上的那一刻，他就什么都交代了，补上了缺乏口供的遗憾。

警方依照马利峰的口供，找到了他们俩扔在乔家附近一口废弃机井里的血衣、鞋子、丝袜和匕首，进一步补实了证据。即便乔虎继续沉默，案件也可以顺利起诉审判。

毕竟，并不是凶手不开口，法律就治不了他。

根据马利峰的交代，乔虎在屠宰场离职后，天天泡在赌博机店里，输得连吃饭的钱都没有了。而一同泡在赌博机店、输得揭不开锅的还有马利峰。两人在走投无路之时，开始狼狈为奸。

乔虎早就知道张一年家每天都有十多万的流水，而这些现金来不及存，一般都会被锁在保险柜里。既然张一年曾经还开除过乔虎，那乔虎干脆就把自己穷困潦倒的处境，全都归咎于张一年。为了钱，也为了"复仇"，乔虎决定去抢一笔。

可是，乔虎知道张一年家人口众多，且不说女性，壮年男性就有两个，另外一个十几岁的男孩子，多多少少也有搏斗的能力，所以他单凭自己一个人，是不可以贸然行动的。

认识了马利峰后，乔虎开始说服他一起作案。以马利峰的话说，乔虎当时只说想抢钱，并没说要杀人的事，所以没有让他带刀。可是在进入现场后，控制老太太的马利峰见乔虎一刀一个、连杀三人，就知道自己被乔虎忽悠了。可是上了贼船，就难下来了。

万万没有想到，受了重伤的张一年依旧不肯就范，一直在拖延时间。马利峰听见了主卧室隔壁的孩子正在打电话报警，他们知道自己再不跑就没有机会了。

于是，杀人灭口，逃离现场。

为了抢钱，杀了六个人，却一分钱也没有抢到。

字字荒诞，却又字字带血。

案件侦破后的一个月，我都无法从这起命案的阴霾中走出来。

梦中不断浮现出 6 位死者惨白的面孔，让我夜不能寐。

这一天，师父把我叫到办公室，说："怎么，看你最近情绪不对头啊？"

"哦。"我低着头说，"灭门案太惨了，看到一家人惨死，我好像有心理阴影了。"

"你现在已经是一名可以独当一面的法医工作者了，但你现在还缺一样本事，就是学会自我心理调节，这是每一个法医必须掌握的本领。毕竟，我们公安机关并没有给民警提供心理咨询的服务。"师父笑着说，"社会上的人形形色色，犯罪不可避免，我们的职责就是预防、打击犯罪。相信法制越来越健全，技术手段越来越高超，犯罪分子逐渐就都会无处遁形的。我们的铁拳硬了，犯罪自然就少了，所以握紧拳头，努力工作吧。我预测一下，在如此高压的形势下，心怀恶意的人知道犯罪成本很高，不得不放下屠刀，而冲动的人，也会多掂量掂量。再过十年，命案发案率只有现在的四分之一，你信吗？"

我点了点头，说："没事，大的交通事故我也经历过，也有过心理阴影，不过我都调节好了。第一次碰见这么大的命案，我确实有点儿不适应，也确实有些郁闷。不过请师父相信，我没问题的。我们的目标是沉冤得雪、人间太平，对吧？"

师父微笑着点了点头，说："憎恶犯罪分子，同情受害者，这是法医们都有的情结。我们干的是一般人干不了的职业，老祖宗也自嘲我们这个职业是鬼手佛心。你的鬼手技术已经通过了考验，今天我又看见了你的佛心，我很欣慰。所以，你配得上它。"

说完，师父拉开抽屉，拿出一个精致的小方盒扔给我，说："这是厅政治部让我转交给你的礼物。"

我满怀疑惑，慢慢打开小方盒，呈现在眼前的，是一枚亮闪闪的功勋章。

后记

终于改完了！

《尸语者》典藏版的修订工作——我觉得不应该叫"修订"，而应该叫"重写"——终于结束了。

1

在重写《尸语者》典藏版之前，我和元气社的小伙伴们用了很长的时间策划，最终决定将这本内含我职业生涯初期印象最为深刻的 20 个案例的小说，改写成两本，也就是上、下册。这样我就不用被篇幅所限制，可以毫无保留地加入更多的案件细节，尽可能让大家更加沉浸式地进入法医世界，体验破案的刺激。

此外，我也有一份"私心"。每年中高考后，我都会收到很多孩子的提问：要不要当法医？当法医要学什么？会经历什么考验？将来怎么就业？这些好奇和困惑，也都是我曾经经历过的。既然《尸语者》写的是我法医之路的开始，我便打算在这次的修订中，补充原版很少提及的破案外的故事，让大家看到一个稚嫩的法医学学生是如何一步步成长为独当一面的主检法医师的。

其实，面对人生的选择题，不是只有法医才会有纠结和迷茫。

我们每个人都会面临大大小小的抉择，自己的人生要往哪个方向走？没有标准答案，更没有完美答案。在《尸语者》里，我扩写了秦明、铃铛姐姐和林涛三个人所遇到的一些选择，如果能让你感受到一些共鸣，为你提供一点儿参考，那就是我的荣幸了。

2

策划完成后，我在大年三十开始了《尸语者》典藏版的修订工作。是的，当家人朋友们在看电视、打牌的时候，我独自一人在书房改稿。想起来还真是有意思——十年前，也恰恰是在大年三十，我开始动笔，写下了《尸语者》的第一案。

本来我以为《尸语者》和前几本典藏版的修订难度是差不多的，但没想到这一修订，就花了半年之久，修订所需的工作量远远超出了我一开始的预想。

先说顺序。为了体现出主角人物的成长史，我根据案件的繁杂程度，对案件的排列顺序进行了调整。本来我以为单元案换个位置也没什么大不了的，毕竟小说里的故事都是独立存在的嘛。可是等实际改起来，才知道改得有多痛苦。

在调整的过程中，我深刻体会到，法医对季节的掌握有多重要。一起案件，如果季节不同，法医分析的很多问题都会随之发生变化。比如死亡时间，在夏季进行死亡时间推断和在冬季是完全不同的。所以，我又得根据具体的季节问题，对每起案件的分析细节进行修订……现在想想，可真不容易啊。

再说篇幅，我呕心沥血地让《尸语者》"胖"了整整一倍，从原版的 20 万字新增到典藏版的四十多万字，可以说是这本书涉及的干货，我都全盘托出了。

上、下册一共 20 个故事的原型，都对应着真实的、精彩的案件侦破工作。当我需要补充一些之前没有写到的侦破细节时，发现很多破案细节都记不太清了，毕竟那都是二十多年前的经历了！于是我就翻出好多本工作笔记，重新细细地回顾了当年的案件，还真的找到不少值得改编的素材。

在对旧案件的梳理中，这二十多年前的回忆就像海水一样在脑海中涌出，我念法医学专业时期的懵懂、与铃铛相遇时的心动、毕业即失业的沮丧、首次独立破案的喜悦……我把这些青春时代最珍贵的回忆记录在《尸语者》的十周年版里，不知道大家喜不喜欢。

3

终于修订完成后，我真的不由得感慨万分。《尸语者》是我的第一本小说，记录了主角最羞涩的模样：秦明初出茅庐，怀揣着一腔热血，闯入法医的世界，以初生牛犊不怕虎的勇气，步步前行……它便是法医秦明系列的开端。

在十年的时间里，法医秦明系列不断"生长"，到今天为止，已经孕育出了9本小说，还在继续更新中。

《尸语者》《无声的证词》《第十一根手指》《清道夫》《幸存者》和《偷窥者》，是最早出版的6本小说，这里有各具特色的凶手，也有复杂矛盾的人性，人情冷暖，世间万象，尽在其中，因此被我汇编为万象卷。

在这几年里，万象卷也在陆续进行着修订，包括现在你们看到的《尸语者》，前五本书都已经出了典藏版。最后一本《偷窥者》的典藏版，也希望能赶在年底前问世，这样就可以在法医秦明十周年里，集齐万象卷典藏版的完整套装了。

而从《天谴者》开始，法医秦明系列进入的是第二卷：众生卷。

目前出版的《天谴者》《遗忘者》《玩偶》三本书，都各自聚焦了一个社会话题，希望能通过这些案件，折射出芸芸众生的无奈与坚守，从罪与罚之中，获得救赎与新生。

即便我们见识过万象众生的复杂，也不轻易屈从于黑暗，而是保持内心的善意，携勇气和智慧前行——这或许便是我通过法医秦明系列传达的一种希望。

十年来，感觉自己真的写了不少。除了法医秦明系列，我还创作了守夜者系列的四本书和两本科普书。如果算个案的话，我已经写了上百起案子了。

这些个案大多数是我自己亲手办理的案件，也有一些是我的战友办理的案件。十年一回顾，很多人问我，老秦，你印象最深刻的是哪个案子啊？但是从这么多案件里面选出一个，我实在觉得太难了，毕竟每本书都像是自己的孩子，每一本我都很喜欢，每一个案件我都印象深刻。

所以，我思来想去，选出了16个案子，实在是无法再往下筛选了。这些案子，要么是案情让我印象深刻，要么就是法医在侦破工作中发挥了重大作用，这份十年精选的16个经典凶案清单，我已经藏在了这本书的赠品中，请大家自己去寻找吧。

4

十年来，我从刚开始写书的而立之年，成了现在的不惑大叔。

十年来，我经历过诱惑。

因为无法达到忠孝两全，我选择了辞去法医科科长职务，成为一名到处跑现场的普通的公安法医，经历形形色色的命案和非正常死亡事件。有很多人让我改行或者独立创业，但是我都拒绝了，我不会感觉可惜或者后悔，因为我说过：法医秦明，除去"法医"二字，一文不值。

十年来，我经历过质疑。

有人会觉得我写小说是不务正业，认为我为舆论事件发声是哗众取宠，我迷茫过，也焦虑过、抑郁过。但后来也想明白了，不管怎么努力都没办法得到所有人的认可，只要我觉得所做的事情是有意义的，我就能问心无愧地在这条路上坚定地走下去。

十年来，我甚至经历了网暴带来的至暗时刻。

我是一个解剖尸体都不会做噩梦的人，却会被侮辱干扰，有段时间每晚都会被噩梦萦绕，这说明活人有时候比死人可怕多了。

当时，我为"有些人出于流量变现而吃人血馒头"感到愤怒，为"有些人不信科学却信谣言"感到失望，更是为"有些人不分青红皂白就对兢兢业业的警察泼脏水"感到委屈。

可是后来我仔细想想，我又何必为此烦恼？这不就是人间万象吗？经历了这些事件，我意识到自己的心理还不足够强大，还需要继续加强自我的心理建设；让我深刻地体会到：法医的科普工作，任重而道远。

我收获了十年来写作给我带来的成就感和满足感。

在科普辟谣的路上，我感谢那些选择相信我的读者朋友，感谢那些尊重事实真相并自发向陌生人科普的读者朋友，感谢那些暖心地给我发私信安慰我的读者朋友，也要感谢那些可以独立思考不被带节奏的朋友。

在创作小说的路上，我感谢你们一如既往地支持着我、鼓励着我，感谢你们在签售会现场向我提出握手的要求，感谢你们不仅让自己而且让更多人理解、了解、尊重法医——我的写作初衷达到了。

我知道，我所做的远远不够，我还会继续战斗下去。

毕竟，十年书写法医路，风雨无悔守夜人。

下一个十年，又会有怎样的故事呢？

希望到 2032 年，和你们在"法医秦明 20 年"的纪念日再相会！

到那时，法医秦明系列的众生卷应该也完结了吧？筹划中的人间卷不知道开始写了没有？新开辟的蜂鸟系列，是不是已经出了大结局？我脑海里那么多未讲完的故事，是否都已经变成了文字？

而你们呢？你们的下一个十年里，又会有怎样的奇遇？

一起许下愿望，努力实现吧！

读者问老秦的 10 个问题

2022 年是法医秦明十周年，我们在法医秦明的读者群里，发起了一场特别的问题征集。感谢"芹菜"（法医秦明的读者昵称）们的踊跃投稿，老秦从中选出了提问频率最高的 10 个问题，进行了回复。看看下面的这些回答，有没有满足你的好奇呢？

Q1 读者（Rosie）：十年来，法医的工作环境有何改变？

老秦：

我觉得这十年来，变化最大的，就是解剖室的建设。

以前，很多县级公安机关都没有解剖室，市级公安机关也都是简简单单一间房子，有的解剖台还是用砖头砌的，有的解剖室里连水都没有，更别说排风系统了。但是经过这些年的发展，大部分地方都有了标准化的解剖室，法医的工作环境自然好了很多。

解剖室建设其实非常重要，可以避免出现露天解剖泄露死者隐私或案件秘密的问题，也可以保证微量物证不会遗失，还可以让法医在较好的环境下更投入地工作、更好地保护法医的身体健康。

Q2 读者（百亚）：十年来，法医行业在科技方面都有哪些提升？

老秦：

如果从"大法医"范畴来说，法医科技提升最明显的就是法医物证技术了，也就是我们常说的 DNA 检验技术。

三十年来，DNA检验技术从无到有，从有到飞速发展，成了命案侦破的撒手锏，也为"重物证、轻口供"的案件侦破提供了条件，推动了法治进程。

而传统法医这一块，其实也是有着飞速的发展，比如对于推断死亡时间的新方法研究、硅藻检验的新方法研究，还有现在很时兴的"虚拟解剖"……这些在我的后续作品（尤其是法医秦明系列众生卷）里会有介绍，感兴趣的朋友可以去看看。

Q3 读者（老秦肚子的第三层肉）：十年来，老秦对当法医的态度和看法有改变吗？

老秦：

作为一名普通的法医，在日常工作中，经常会体会到艰苦和疲劳，也会在破案后感到成就感，但确实很少会思考这个职业深层次的价值观。

我在写书的过程中，通过对自己经办案例的回顾，也慢慢地梳理着自己的职业价值观，提炼着这份职业的精神：

我们是守护生命最后的关卡；

生命没有高低贵贱，我们唯一尊重的就是事实与真相；

无论别人如何质疑、如何误导、如何泼脏水，我们追求真相的信念是不会被动摇的；

正义是建立在事实与真相之上的；

…………

我为成为法医而感到自豪，也会严守职业操守，用自己的行动践行这些职业价值观。

Q4 读者（一块绿豆饼）：十年来，老秦的科普目的和方式发生了什么变化？

老秦：

十年了，无论用什么形式科普，我的目的都没有改变过：让更多人了解、理解、关注法医职业；让善良的人提高警惕，让怀恶的人放下屠刀，更加珍惜自己的和别人的生命。

我最早是通过新浪博客来写科普故事的，其间也在论坛发表过科普小说。后来我主要通过新浪微博来发一些法医学的知识点，对一些谣言进行辟除。在这个过程中，我发表在论坛上的小说——也就是《尸语者》出版了，我发现通过出版物可以科普到更多的受众群体，还可以通过出版物的影视化来扩大受众群体，所以我这一写就是十年。

近年来，新兴的自媒体形式也是多种多样，所以我的科普方式也在与时俱进。我除了写书之外，也尝试过很多新的形式，比如在《一席》上演讲、拍科普短视频、开直播、录制播客节目，等等。感觉自己在科普之路上可以运用的方式方法还有很多，以后还会继续拓展新的方式方法。

但我的科普之路并不是一帆风顺的，遭遇过不被理解、谩骂诅咒，甚至人身攻击。我坚信科普是有意义的，看到很多读者朋友增强了谣言免疫力，也提高了安全警惕，甚至会和家人朋友辟谣的时候，我内心都感到很宽慰。但我们永远都叫不醒装睡的人，不管是小说还是线上科普，只度有缘人吧。

Q5 读者（Betty）：十年来，人们对法医有什么想法上的转变吗？

老秦：

随着以法医为主角的文学作品和影视作品不断出现，我个人觉得人们对法医工作更加了解、理解和关注了。也有很多同行告诉我说，刚刚参加工作时常听到的歧视语气"法医？"变成了现在略带崇敬语气的"法医！"

丛斌院士在《初入职场的我们·法医季》职场真人秀里说，法医维护的是公民的生命权、身体权和健康权，是国家医学。我非常认可。我觉得法医职业是一项很神圣、很崇高的职业，应该让更多的人看到。

《尸语者》首次出版是在 2012 年的时候，当时取这三个字是为了精确概括"尸语者"的职业特征，即"解读尸体语言，为死者发言"的人。但十年过去了，我没想到这个生动形象的名词已经成为中国法医群体的代名词，被超过上百家官方媒体引用和报道。

十年前"望尸生惧"的偏见，到如今为"尸语者"鼓掌的呼声，正是说明了大众对法医群体刻板偏见的逐渐消融，相信这个新时代会出现更多替死者说话的"尸语者"。

Q6 读者（奥特曼 biubiu）：秦叔叔好，如果十年后我想成为一名法医，我要怎么办呢？

老秦：

小奥特曼你好，你现在应该念初中了吧？

虽然我下面说的这些你可能不一定都能理解，但没关系，两三年后你读高中的时候可以再看一遍：

想从事法医，可以直接报考法医学专业，现在有三十多所医学院校都有法医学专业。也可以报考临床医学专业，这样毕业以后的路子可能更广一些，因为有一些地方的招警条件，会设定为"法医学专业或临床医学专业"。

毕业后，可以通过公务员考试，进入公安系统、检察系统成为一名法医；也可以留在高校法医系当一个法医学老师；还可以通过社会司法鉴定机构的招聘，成为社会司法鉴定机构的法医。

这里只能简单一说，如果其他读者朋友也想像小奥特曼这样了解更多法医报考的问题，可以看万象卷第 4 季《清道夫》收录的"法医报考指南"，或者等 2023 年我的科普书《法医之书》出版后，去书中查阅更加详细的信息。

Q7 读者（吃吃）：十年来，老秦觉得最难写的小说是哪一本呢？

老秦：

守夜者系列。因为法医秦明系列是基于我和我战友们经办的真实案例改编的，又是在我的专业范畴内，写起来得心应手。而守夜者系列是轻科幻小说，不仅需要设计天马行空的情节，而且有很多不是我专业范畴内的内容，需要查很多资料。

Q8 读者（拆拆）：十年来，老秦是如何平衡工作、写作和生活的呢？

老秦：

我现在除了工作，就是写作。

能够做到这样，首先感谢家人的理解和支持，我才能有足够的业余时间来做自己想做的事情；感谢读者们的支持和鞭策，给我提供源源不断的写作动力；感谢元气社的小伙伴们，他们不仅会给我提供创作的灵感，还帮我节省了处理杂务的大量时间精力。

其实说老实话，这十年，我还是很累的，创作也是挺耗费心神的。白天上班忙忙碌碌，晚上回家再累也会坚持创作一两个小时。是的，我唯一的诀窍就是"坚持"。以一本书 30 万字来算，如果每天坚持写 2000 字，不到半年就能完成了。不过这只是理想的状态，好在我的作品大多不是那么天马行空，不需要太复杂的想象空间，我安安静静地把自己经历的故事讲给你们听就好了。而且我觉得，写作等于是总结工作的经验和教训，可以提升自己的业务素质，而提升了业务素质，就可以接触更多、更难的案件，积累更多的写作素材。某种程度上说，这是一种良性循环。

那最后怎么坚持和平衡呢？两点很重要：这两件事情都是我感兴趣和觉得有意义的事情，并且在两件事情完成的过程中，都会在无形中给另外一件事情带来正向的影响。

Q9 读者（老秦的眼镜腿）：十年来，老秦对于死亡的认知有没有不同的感悟？

老秦：

这个问题还是挺大的，我曾经多次尝试，也无法用简短的语言来形容和概括。人生中，有很多事，是需要自己去感悟的。

当然，这也是国家进行"死亡教育"的必要性所在。我写过一本科普书，叫作《逝者之书》。我觉得可以用这本书封面的文案来回答你的问题：不留心死亡，便看不见生活。

对于死亡，应该要留心，而仅仅是留心而已，并不是关注。这是两个概念完全不同的词语。如果我们总是关注到"每个人最后都会死亡"，那么你的生活也会很暗淡；而留心身边的风险，才能更珍惜自己的和别人的生命，享受生活、拥抱生活。

Q10 读者（橘子）：十年来，老秦在和读者互动中有什么记忆犹新的故事？

老秦：

我记得我第一次参加这种公众活动，是在《一席》的演讲。演讲的过程中，我说到了别人不愿意和我握手的经历。当我讲完下来之后，好多人主动过来找我握手，我的手都被握肿了，但是也暖到我的心里了。后来，每一次签售会，读者们都会找我握手，让我觉得特别温暖。

还有一个上海的小姑娘，无论我到哪里签售，她都会拖着一行李箱的新书找我签名。我问她究竟是哪个城市的啊，为什么我去哪个城市都能看见她？我还问她，何必买这么多书呢？她说，她要她所有的亲戚朋友都来看。

最让我记忆犹新的是，有一次在上海签售，我的读者们顶着烈日等候了好几个小时，好不容易签售会快开始了，却因为某种突发状况，只允许一大半读者进入会场。可是这样的话，另一小半读者就白等了那么久啊！我的编辑包包看出我的焦急和无奈，她自己也焦急。当时我得签售，没办法离开，于是她就跑到场馆外面，寻找那些拿着我的书还在徘徊着没有离开场馆的读者，把他们全都带到了我住的宾馆大堂。等我把场馆内的书签完了，我又赶去宾馆和大家见面聊天。后来这件事被《钱江晚报》报道了，他们亲切地把这件事称为"捡芹菜"。

　　这十个问题，问到你的心坎儿上了吗？

　　如果你还有想问老秦的问题，也欢迎在 # 法医秦明 # 新浪微博超话中，留下你的提问，并 @ 元气社，编辑会定期收集有趣的问题，来发布 Q & A 第二弹。

　　期待你们的参加！

十年书写法医路，风雨无悔守夜人

感谢十年里支持老秦的每一棵"芹菜"

未来十年，老秦将与你们继续同行

图书在版编目（CIP）数据

法医秦明. 尸语者. 下 / 法医秦明著. –– 北京：
北京联合出版公司, 2023.4（2025.8重印）
ISBN 978-7-5596-6778-6

Ⅰ.①法… Ⅱ.①法… Ⅲ.①长篇小说—中国—当代
Ⅳ.①I247.5

中国国家版本馆CIP数据核字(2023)第044156号

法医秦明. 尸语者. 下

作　　者：法医秦明
出 品 人：赵红仕
选题策划：北京磨铁图书有限公司
责任编辑：龚　将
封面设计：王照远

北京联合出版公司出版
（北京市西城区德外大街83号楼9层　100088）
嘉业印刷（天津）有限公司印刷　新华书店经销
字数371千字　700毫米×980毫米　1/16　印张20
2023年4月第1版　2025年8月第10次印刷
ISBN 978-7-5596-6778-6
定价：52.80元